王琴的资机楼

张乐朋——著

山西出版传媒集团 北岳文艺出版社

·太原·

图书在版编目（CIP）数据

王琴的资格楼 / 张乐朋著．— 太原：北岳文艺出版社，2024.6
ISBN 978-7-5378-6845-7

Ⅰ．①王… Ⅱ．①张… Ⅲ．①中篇小说－小说集－中国－当代 ②短篇小说－小说集－中国－当代 Ⅳ．①I247.7

中国版本图书馆 CIP 数据核字（2024）第 068071 号

王琴的资格楼

张乐朋◎著

//

出品人
郭文礼

选题策划
古卫红

责任编辑
王朝军

助理编辑
郝宇琦

书籍设计
张永文

印装监制
郭　勇

出版发行：山西出版传媒集团·北岳文艺出版社
地址：山西省太原市并州南路 57 号　邮编：030012
电话：0351-5628696（发行部）　0351-5628688（总编室）
传真：0351-5628680
E-mail：bywycbs1984@163.com
印刷装订：山西人民印刷有限责任公司

开本：787mm×1092mm　1/32
字数：259 千字
印张：10.75
版次：2024 年 6 月第 1 版
印次：2024 年 6 月山西第 1 次印刷
书号：ISBN 978-7-5378-6845-7
定价：58.00 元

品读与思忖·张乐朋小说之窥探（序）

二十年前初识乐朋那会儿，他是山西实力派青年诗人，除却诗人的共性之外，他有更为明显的特质，那就是敏感甚或神经质。他常常谨慎地留意着身边的一切，他把自己的锋芒和个性包裹在清高和冷漠的外衣里，便形成了一个中学教师内心自卑与自负、强大与脆弱、渴望深刻理解又不得不封闭心域的表现和流露。这情状和形态出现在尚陌生的文学圈子的时候，由于缺乏深刻了解，致使部分文友对乐朋产生误解和错觉，觉得他不近人情。

我与乐朋却在初次见面就成了交心文友。2004 年，山西省作协召开青创会，我俩是发言代表，相邻而坐。那时作协条件有限，代表们两人一个标间，我房间的那一位临时有事请假，标间便由我一人独享。夜半时分，已恍惚入睡的我被敲门声惊醒，笃、笃、笃，轻微却异常执着。我打开门时，敲门者身子站立外面，脑袋却探伸进来，那是一张有着白净且细腻皮肤的脸，高度近视镜下是一对探寻的十分警惕的眼睛。他的额头开阔明亮，而硕大脑袋上仅有些稀疏苍凉的“荒草”，这让我忽然想到列宁。

来者正是张乐朋，他谨慎地说明来意：他觉轻而另一位打鼾，他从会务组打听到我一个人住，便来“借宿”。我听明白后让他进来。

说来也怪，共同的中学教师的经历，成了我俩沟通的渠道，而三观的一致和文学理念的认知相同就此夯实了知心文友的基座。他告诉我一件事，他看《泪洗七月天》的那天中午，泪水浸湿了枕巾（《泪洗七月天》是我为了纪念夭折的小妹而写的），我很感动，也更加深入地看到了乐朋内心的善良和真性情。

在之后漫长的二十几年的文学交往和感情交流中，我深感乐朋是一位可以推心置腹的挚友。他正直，善良，嫉恶如仇，有独立的人格、自由的精神、悲悯意识和人文情怀，还有难能可贵的批判锋芒，让我十分感佩。

有缘分的是，在之后的日子里，我俩都被评为山西省作协第一届签约作家，无论省内笔会或是域外采风，我们基本上都被分在一个屋里，常常通宵达旦，彻夜长谈。

那几年时间里我认真品读了张乐朋的两本诗集。他诗作境界的高远和思考的深邃，让我一个诗歌爱好者受益匪浅，他诗风的冷峻和感觉的鲜活又给人以多元启发。

在首届签约作家中，乐朋是唯一一位诗人，这就有了另类的意味，有了边缘的感觉。签约作家中还有一位资深诗人柴然，当时他已完成了从诗人到小说创作的转型和过渡，显然是以小说创作签约的。这便让乐朋有了潜在的尴尬，他能敏感地捕捉到同行眼光后面的疑惑抑或疑问——张乐朋的好强好胜性格被他压抑在内敛和静默中、柔韧和蕴含中，他纠结着，苦恼着，也决定来一次创作转型和思想的嬗变。

在笔会和采风的许多个日子里，乐朋几乎一直处在沉默和思索的状态中，有时半夜醒来，发现他仍枯坐在阳台上抽烟，眉头紧紧地拧着、皱着，痛苦网罩着一张白净光滑的脸。

痛苦是一个过程，过程是有结果的，张乐朋痛苦之后的第一个结果，是他的短篇小说《边区造》。

这是一篇让人惊讶的小说，是一篇寓刚于柔的小说。他思索的深邃和文本的构架以及语言的老到，让人品读之后先要愣怔一会儿，然后才可以回过神儿来……我是这篇佳作的第一阅读者，当时欣喜地说，只有《人民文学》才配发这么棒的作品！乐朋却冷静着也谦和着，他说，在省内文学刊物发表就不错了。著名诗人潞潞是第二个读者。在潞潞阅读的过程中，一旁的乐朋一直是忐忑着观颜察色，潞潞的每个细微表情都让敏感的乐朋心惊肉跳。读罢小说的潞潞掩卷深思，把一双睿智的眼光长时间地投射于窗外，久久不语……这于期待中的乐朋无异于炼狱般熬煎，他宽阔光洁的脑门上爬满了细密汗珠……终于，潞潞开口了，几乎吓了乐朋一跳。好啊，难得的好小说！潞潞的认真和尖刻是有名的，轻易不会说某一作品好，如此这般，空前绝后，这让张乐朋一时激动也有些委屈地溅出泪来……大约英雄所见略同，潞潞也让乐朋把小说投往《人民文学》《当代》等。有了两位老兄的首肯，乐朋自然充满了底气。但他还是谨慎着，怀了一颗虔诚的心，把小说给省刊。谁料，石沉大海，又给另一家，依然杳无音信，这让乐朋有了困惑和疑虑，对自己，对刊物。他索性投给了《人民文学》……几经周折，小说在《中国作家》推了出来，还被其他刊物选载，之后又获了很有影响的《中国作家》鄂尔多斯文学奖。这之后，张乐朋信心倍增，激情喷发，又先后在《中国作家》《莽原》《百花洲》《北方文学》《小说林》《延河》《山花》《野草》等刊物发了一系列中短篇小说，并被

《小说选刊》《2016年中国短篇小说精选》(长江文艺出版社)选载，且获《莽原》年度文学奖。还是那篇似有争议的《边区造》，又获得了赵树理文学奖，之后又被改编成电影搬上银幕。当然乐朋之后还有其他中短篇小说的接连刊发。也正因如此扎实的创作成绩，乐朋荣调到山西省作家协会文学院，成了一名专业作家，从而结束了漫长的基层厂矿子弟中学的教师生涯，结束了二十余年青灯黄卷的繁忙教程。

某种意义上讲，是清贫清洁的文学改变了乐朋下半生的生活轨迹，也可以说是人生走向。

乐朋属于不动声色的实力派作家，其作品也如同他的为人一样，冷寂而低调。文学圈子里大约也有实力与偶像之区分，他不像那些一时走俏的作家作品那么大红大紫，他认真生活着，深刻思忖着，踏实践行着，在出版了两本诗集之后，他把主要精力投放在小说创作中。

由于人缘和地缘，我一直比较关注他的创作，在《晋南作家》创刊第一期头条推出他的中篇小说《烟圈儿》，给他评了年度优秀作品奖。这篇小说就是后来发表在《中国作家》上的《一束莲》，是一个四五万字的大中篇，算得上他中学教师题材的代表作。

也许还是人缘、地缘和上述种种吧，乐朋托我给他这本集子作序，我没推辞，古训有“以文会友，以友辅仁”，出于道义情分，我就当仁不让了。

前头说过，我一直关注乐朋的创作，这里的不少篇目在发表之初就曾读过，像《王琴的资格楼》《师说》等，这次汇集起来重新阅读一次，还是有感触的。

冷峻沉稳，峭拔劲健，丰筋内敛，针脚细密的诸多元素，形成张乐朋小说的语言风格。

一个文学写作者的语言，是其性格性情、气质修养的体现和流露。

我一直认为，语言从来不仅仅是一种形式，作为文学内容的承载者、传达者、表现者和抒发者，语言有多元化的身份。对文学语言的自觉以及自觉之后的历练，以至形成别于他人的个性化的风格和特质，这应该是一个文学人的基本操练，也是影响作品质量的某种界定。

张乐朋首先是从一个优秀诗人嬗变为小说家的，他经过了漫长的诗歌语言的锻打和锤炼。从诗人蜕变为小说家的有许多出类拔萃者，如阿来、韩东、吕新、葛水平等，对语言质感和语言弹性的探寻和琢磨早已夯实了文学语言的基础。乐朋是转型的后来者。

后来者往往居上。

细细品来，乐朋的小说语言深深打着他性格的烙印。闲静、沉稳、淡泊、敏感、孤僻、清高、冷漠，甚或多疑，不多愁但非常善感，还有某种程度的封闭，这是典型的诗人气质。乐朋把他诗人的语言经过一番炉火燃炼之后又冰雪一般地冷处理，便具有光滑的质感和伸缩的弹性了。流泻在书页上的，是语句的清冷和节制，是文学意义上的简约从容，是只有优秀小说才具有的准确丰富，是下过一番功夫再加上原本就有的潜质被开掘出来之后的自觉与历练。无论短刀或是佩剑，都干净利落，自带品质，在拔刀示人的时候，无论日光之下或是月光之下，均见寒光一闪，令人心生敬畏。

这样的语言，在平和的不动声色的叙述里，你会惊讶它的绵密细腻，亲切与祥和的分子在品读之中一丝一缕从字里行间萦绕而现，又让你的心域里笼罩了美妙与温暖的感受。还有，这种语言有着十分强烈的表达效果和囊括能力，客观上十分复杂的事物和难以描摹的状况，在他语言的一伸一缩之中，俱清晰明了地展示出来。他的切入点也往往让人好奇，如同一个老练的屠夫执刃于手下的猪羊，从每一处都可以下刀开口而又游刃有余，切割自如。起初惊讶于他这种语言的峭拔劲健、柔韧内敛，而之后的阅读便成为一种品味的享受了。

一个作者的文学语言还充分体现了他的思维方式。在阅读乐朋小说的同时，我还在思忖他思维的平滑行进和跌宕起伏，思忖他在制造小说矛盾冲突之时思维的多重铺垫和集中爆发，而这种铺垫和爆发在他思维的钳制下又显得节制而冷静，这使我颇受启发。

哀其不幸，怜其无奈。在对笔下女性客体冷静的叙述里，渗透了个体的内面开掘和人性拷问。

品读张乐朋的小说，最让人揪心的，是他笔下那些女性的凡俗生活的展示、客观冷静的陈述和悲催结局的宿命走向。

更具体一些说，是他从教二十多年的中学教师的群体，那一群清高自负、洁身自好、小心谨慎、锱铢必较又卑微矜持的中学教员的形象在他笔下的鲜活跃动。特别是女性教师的逼真书写，让人悲从中来，爱恨交织又扼腕长叹。我想，张乐朋在书写这群女性的时候，他的情感是复杂的，他的笔，倾注着情，倾注着泪，也流淌着血。

曾在中学教过七年语文的笔者，自认为是了解中学教员生活状态的，可品读乐朋的作品，我还是一片汗颜。尤其是他对女性教师细腻的观察、深入的透析，对她们微妙复杂内心的细微观照。对她们生活流程和思想流程的渐次变化，他了熟于心，且逼真深刻地倾注笔端，这是丰富的生活所赐，也是他绵密的心理使然。

众所周知，中小学校园一般是难有惊天动地的大事件的。当年刘心武先生的《班主任》之所以能轰动文坛，撼动国人，是1977年那个特殊的政治文化背景之下，需要一个人站出来用文学的形式呼喊出压抑十多年的心灵之声，刘心武使命般地借助于典型性的中学生形象，书写出解放思想、破除坚冰、救救孩子的生命呐喊。这个文学现象的个例是不具有普遍性的。在之后近半个世纪的漫长岁月里，很难有中小学题材的文学作品引起大的反响，也很难有在中小学从教的老师成为有见地、有出息的文学工作者或是个性凸显的作家。因素很多，生活圈子的，眼界视野的，知识积累的，个人性情的，写作坚守的，等等。张乐朋是这诸多不可能中的可能者，是这诸多限制中的突围者，是这个凡俗而忙碌的群体中脱颖而出的另类。客观条件有千种万种，最关键的主观条件仅有一种，那就是，创作才是硬道理，作品才是硬条件。乐朋以他青春的激情、生活的认知、理性的思辨和瑰丽的想象创作发表了几百首现代自由诗，结集出版了两本诗集，又以他丰富的生活积累、独特的艺术途径、鲜活的文学感觉、深邃的生命颖悟创作出从另一侧面反映中学教师生活的多篇小说来。让我深有感触的是，他对女性教员们的多元观照和内面探寻，表现出这个不为人留意的女性群体颇为典型和极具代表意义的性格流变、人格分裂，乃至为了当下利益而不得不委身于人的违心出轨。中青年女教师们大多是固守清贫、忠于职守而洁身自好的。在家里，她们是相夫教子的贤妻良母；在学校，她们又是争强好胜的称职老师。她们宁静的生活一如一泓平静的水面，微风轻拂，波澜不惊。中学校园毕竟不是游离于尘世之外的一方净土，社会上各类物质引诱，校园里一次次、一年年评定职称的潜规则的陷阱设伏，使得她们在严峻的现实和看得见摸得着的利益诱惑面前，情感失衡，心潮荡漾，固守多年的为人准则在无法告人的利益驱动下，苍白得如同她们走向圈套中的那一张美丽失血的脸，而道德的底线在她们矛盾、纠结、内心无数次的徘徊之下，也脆弱成了被一把扯下的遮羞布。

不过，乐朋并没有把她们塑造成纯粹的无辜者、被污辱被损害者，乐朋的高明处是把她们作为有血有肉有情感有内心驱动力的知识女性去多元描摹的。在个体矛盾和社会大背景的浓郁阴霾下，张乐朋把揭示和拷问的笔触探伸到更为广阔更为深邃的地带。

悲悯情怀，人文关照。底层小人物的生存状态和命运走向成为张乐朋永不倦怠的书写载体。

翻阅之前的小说集《乱结层》和这一本《王琴的资格楼》，能看出作为山西文学院专业作家的张乐朋社会视野的开阔和小说题材的丰富。他的小说文笔触及了小摊菜贩、退休教师、中学校长、企业人员、大学老师、门房老头、女护工和依然在职在任的中青年女教师，而学校领导和公安人员则是由女教师们牵引出来的。所以，他笔下的人物便愈发卑微弱小了，应该说大多是社会底层的挣扎者或曰奋争者。

客观公允地说，张乐朋表现了他所触及的社会上的各色人等，再现了平凡人物的悲喜交集。在塑造人物、挖掘人性、弘扬道义和表现世道人心上，有所突破，有所拓展，有所创造，这是较为概括的评价。张乐朋在描摹和展示这些平凡小人物的生活日常和所遇困境的时候，并不是展示生活的意识流，不是新写实主义的纯客体表现，不是自然主义粗卑化的零度介入，也不是缜密选择的审丑罗列，他是用凡俗生计中不为人留意的细小事物来充盈自己的情节，并循序渐进地营造其后的矛盾。一所极为普通的中学，除却教职员工繁忙的教程与教学相关联的工作，大都是些平凡甚或平庸的琐碎事情，乐朋能用一条显形或隐形的线索，把这些事物串联起来，并且酝酿成颇有情趣的故事，从容不迫、沉稳平缓地把他的故事一步步引向高潮，这是他把控的能力和自信的耐性。为了进一步吸引读者走进他编织的情节里，张乐朋用心良苦地采撷早已累积下的细节花束，装点情节，给情节锦上添花，让他笔下素净淡雅的文章恰到好处地点缀几点迷人的色彩，让难能可贵的细节熠熠生辉。

这一切，都是为了凸显他笔下的人物——那一群群一个个生活在社会平行线上的弱者，为生计，为活出一点点人样儿来而千方百计的努力者，或者说奋争者、改变者。乐朋笔下跃动着的是小人物的众生相，是行业不同、形象各异而又颇具典型意义和个性色彩的“这一个”。

乐朋笔下的所谓领导们，大多是侧面触及的，是主人公因情节发展不得不涉及的，如《红了樱桃》和《宽带鱼》里的经理董事、车间主任，《感情用事》里的中学校长、副校长，还有似乎是闲笔带过的那个《师说》里的教育局副局长，等等。虽说不得不涉及这类人物，但在作者眼里他们一律是扁平的。相反，富于性格特征和个体色彩的无一例外都是生活的弱者，是被污辱被损害的女性们，是有许多人格欠缺、性格残缺甚或人格扭曲的小人物。这种扭曲完全是生活压力的使然，是社会赋予他们更狭小更逼仄的生活空间所导致。如《黑皮花生》里的小菜贩老米为接济一个流浪的疯女人所经历的一系列事件，以及在《外财》中得到所赠馈的黑皮花生后又喜剧般遭遇的一系列生活嘲弄；《王琴的资格楼》里，牺牲自我的王琴在资格楼问题上的起伏跌宕、人情冷暖……

在表现这些弱势群体和卑微人物的时候，乐朋的笔调是冷峻、冷淡甚或冷漠的。透过这些客观而清冷的文字，依然能品读出文字背后作者那颗悲悯的良心的跳动。他的人道情怀，在每一个小人物身上均有充盈的表达和流露，他的人文关怀春雨一样洒在笔下的每一个小人物干渴的心域里。乐朋是宽容的，是理解的，这种宽容就如同他为师多年对学生的宽容忍让一样，是有原则和限度的。他的善良不仅表现在同情上，还表现在显形和隐形的批评上、批判上，那就是对邪恶的批判，对非正义的批判，对人们性格中固有顽疾的抨击和剖析。还有一点，乐朋也是一个常常自我反省的自我审视者，这表现在他的言行里，他的作品中。

张乐朋的小说作品是我品读和思忖的宝藏，我仅能用个人的目光窥探和开掘，探视得更旷远一些，开掘得更深邃一些。

（张行健，一级作家，

山西省作家协会副主席，临汾市作家协会主席）

目录

红了樱桃

1

尚建新在中转签字窗口把车票改签成当天的，他从售票厅出来，把两个背包摞在广场的凳子上，排队排出一身热汗，掏出矿泉水猛灌了几口。

细细的羊膻味混杂着尿臊和土腥味，在燥热的车站广场上空浮动。城墙那边两辆小轿车好像发生了剐蹭，有人在喊打，好几辆公交堵在门洞两头，广场上那个脖子上拧着铁丝讨钱的男孩儿跟着路人奔过去看热闹，免费看，也就暂时顾不上和人讨钱了。

由于没见到师姐，原定在西安逗留两天的计划就落空了，这样一来，尚建新就得提前九天回到铁道学院。

尚建新提前返校是要补考电工学原理和电子电路技术，电工学原理还有一个学期的课程，教电工原理的是个辣妹子，叫肖竹，长得小巧玲珑，学员们背后都喊她“小猪”。上学期期末考试，尚建新拿着韩江的卷子抄答案，肖竹走过来敲了他桌子两次，警告他自觉遵守考场纪律，命令他把卷子还掉。尚建新赔着笑说：“看你急得，我又不抄，我给他检查一下答案嘛。”肖竹板着脸说：“考场上不能对答案，基本规矩都不懂。”

考试结束前十分钟，尚建新的四页大卷子连一面也没抄完，尚建新着急了，再次拉过韩江的卷子要抄，肖竹又轻飘飘地站到他的课桌前说他，尚建新躁气地说："肖老师，这么多人抄，你看别人去呀，干吗老盯着我。"肖竹说："别个我没看见，就看见你一个在抄，而且三番五次不听劝阻。"说着话就伸手抽他的卷子。尚建新用手去压，结果连韩江带他的卷子都撕裂了，肖竹估计也没料到会这样，那边的韩江心疼得直哎哟，这意味着三四十分的填空选择题没分了。尚建新把笔狠狠拿起，复又轻轻放到桌上，他摇着头，把剩下的半截卷子也递给她。此举谁看都是挑衅，肖竹粉脸通红，有些不知所措，学员们都停笔看她，她一咬牙把卷子撕烂扔到地下，厉声命令尚建新离开考场。尚建新苦笑着站起来往出走，低头悄悄地说："肖老师，你咋就是个这人？"

尚建新不得不提前一礼拜回来补考，补考的共有六七个，尚建新头一个回来，在宿舍里蒙头睡了一天一宿。第二天韩江、老梁从武汉过来，韩江这次补考纯粹是被尚建新拉下水的，有些冤枉，他是正经的中专毕业生，期末考试被肖竹撕了卷子，尚建新下来内疚地给他道歉，他乐呵呵地说没事儿，还没补考过呢，正好试试补考是啥滋味。老梁的水平就和尚建新一样提不起来了。其他几个补考的男女同学也陆续回来，一个月不见，少不了去东门口的"毒辣"火锅店会餐一顿，尚建新端着冰啤主动说明，今天这个锅是韩江做东他出钱。老梁打趣道："韩江为了拉你一把跌进火坑，早早回来补考，把火辣辣的小堂客搁家里，好冤屈的哩，这样重友轻色的伙计，真该好好感谢一下。"韩江笑呵呵地说："我就晓得建新今晚要搞怪名堂，没有这回事啊，我们大伙还是感谢一下建新，是他今天召集大家坐到一块儿的。"大家端着杯嘻嘻哈哈，说不知道这酒到底该敬谁了。老梁说："那就一分为二吧，我们先敬韩江再谢建新，敬韩江是韩江哥们儿义气，后谢建新是建新厚道热情。"大家齐声说好。吃完饭，又狠狠打了一通宵扑克，然后才开始补习。

因为考虑到他们都是进修的学员，学校就让代课老师集中补习五十道题，然后从里头抽出七道原题考试就算过了。肖竹只能陪他们磨，老梁动员兰州厂的女学员张爱珍拉肖竹去逛街，肖竹似乎挺不待见张爱珍，推说自己在成都腻味了，哪有心情瞎溜达。张爱珍后来埋怨他们不懂事让她失了面子，"同性相斥，这事本来该你们男的去。"老梁说那样太邪行。后来肖竹和老梁说她假期去了一趟云南，老梁就让她讲云南见闻，不让她讲那些枯燥难懂的电路。他们几个学不进，就轮着开导肖竹。老梁明白地说他从学徒工人到班组长干了九年多车工，以工代干当了七年多调度，就因为没文凭，耽搁了提拔转干的机会，和他同年或资历差不多的人都当上车间主任要么副厂长了，他伸出弯曲僵硬的右臂说，"啥叫老车工，看看这胳膊就知道了，成天摇刀架摇的。"肖竹眉头一挑冷冷地说："你别说这些，这和那是两码事，不挨边儿。"她这副冷漠刁泼的口气让一旁的尚建新一阵反感，忍不住抢白："他的事和你不挨边，他人总和你挨着边儿吧？"肖竹不防他这一冷枪，"咦"了一声，老梁赶紧拿起复习题假装向肖竹请教，把她对尚建新的注意力分散开。

有一下午，肖竹给他们讲解一道难题，三遍过去，大家还是懵里懵懂，睡眼惺忪，像一溜闷葫芦，肖竹讲得口干舌燥，喝了两口水，无奈地慨叹："道理很简单，你们怎么就死活听不懂？"尚建新赔着小心说："我们就这水平，你不让我们考过，反过来还得给我们补课，连假期都过不舒坦，我们服刑你站岗，你说你何苦呢。"肖竹不让尚建新站着和她说话，她太低了，她先让他坐下，然后才义正词严地批评他满嘴的歪理邪说。尚建新佯装痛苦说："好心当成驴肝肺，你既然乐意，你就讲吧，我们认真听，反正也听不懂，这次补考坚决不偷看，考不及格继续跟你补课。"肖竹秀眉倒竖说："休想，你不是不理解吗，那就把步骤背下来，我现在可以告你们，这次补考我就出这个原题，再不及格，我建议学校把你开回去。"尚建新夸张地叹了口气，掉头朝老梁嘀咕："我看肖老师当总理也够格了，硬让我们这号大老粗把个总理耽误了。"老梁咧咧嘴没敢笑，只是丢眼色，肖竹果然翻了脸说："尚建新，这是课堂，别乱开玩笑，别无视老师的存在，别自讨没趣儿，否则别怪我不客气。"肖竹一连说了四个"别"，尚建新跟着咧了四次嘴，自从上次考试被肖竹当众掰了面子，尚建新就比较忌惮肖竹了，他没意思地嘀咕道："太不友好了。"

这个季节的成都，湿热的空气像一块毛巾堵在口鼻之间，天天有雾有雨没有风，永远像是满城炊烟遍地灶，除了饭菜麻辣可口，其他的就不对尚建新的脾胃。

临考前一天下午，肖竹提前放了大家一小时的假，其他几个人相约逛街去了，尚建新站在教学楼门口的台阶上抽烟看雨，烟雾雨雾，他心里也雾气蒙蒙，不知所以。就在他出神时，听见身后有清脆的脚步声从楼梯上一路下来，回头就见肖竹挎着包拎个雨披出来了。肖竹看见尚建新，问他为什么不走。尚建新说，等雨歇了。出于礼貌，尚建新问肖老师是不是有什么活动。肖竹说回宿舍看电视看书睡觉。尚建新随口说寂寞。肖竹哂笑："你还知道寂寞？"尚建新皱了皱眉头，把烟头弹进外面的雨里说："这烂天气，连这些樱桃树都寂寞。"肖竹眉开眼笑，觉得有趣，也不着急走了，两人就站在楼口漫聊。尚建新了解到肖竹是湘赣人，就是在这个学院上的大学，然后留校保研，又到北方交大深造，读完了又回来接着教书。肖竹埋怨道："下个学期说什么也不教进修班了，烦死了，一个个都和你一样，不听劝，油盐不进，费神耗气，跟教小学生一样了。"尚建新听了歉疚地说："大家都是成年人，要笑话开开心。"大概是他真心实意的道歉让肖竹觉得舒心了，交谈随之深入一步，她听说尚建新当过兵，产生了兴趣，关切地问他为什么不考军校，尚建新惭愧地说，他就是实在学不进去才报名当兵的。肖竹说："那你也不简单，高中没上完能过了成人高考，很不容易。"尚建新笑了笑，算是默认，其实都是神通广大的妈妈一手安排的，包括找人替考。这些事情不能向外人说，特别是肖竹这样的任课老师。肖竹用谅解的口吻说，其实她在上课和考试时早看出来了，进修班的学员基础知识普遍欠缺。尚建新也难堪，也无所谓，讪讪地说，都不容易呢，以后照顾照顾，高抬贵手。肖竹"哼"了一声，不意间就把不屑一顾的神情露出来了，尚建新看在眼里记在心上，这窝囊气他现在只能受着。肖竹先跳开这个令人尴尬的话题，返回前面接上开头的话题说，当初她报考大学的第一志愿是军校，第二军医大。肖竹说话时用那只空手去掠散落脸颊的头发，尚建新无来由地看出她带着几分骄傲，还在无意间瞥到她隐约露出的柔软的腋毛。

肖竹属于体态轻盈的袖珍型美女，如果不教书也许更容易让尚建新接受。她今天穿了一身有领无袖的白色运动裙，"NIKE"标志打在将及膝盖的裙摆上，秀发散披及肩，小腿的线条纤瘦流畅，圆润的踝骨像惊叹号的终点，裸足，细跟皮凉鞋，这样的装束放进大学生堆儿里，也能被错认成清新养眼刚进校门的新生。尚建新还留意到肖竹的鼻子没长好，鼻梁很扁，但那两只眼睛实在漂亮，圆硕灵活，放出来的光居然带有紫气，填补在凹陷的鼻梁之间，意外的妩媚诱人。

雨没有再大，也丝毫没有小下去的意思，牵连不绝，均匀绵密，间或有些细风搅扰，把滋润甘洌的雨气送进鼻息，新鲜的空气沁心开胃。尚建新想走了，他也怕耽搁肖竹，就客气了一句："肖老师，我请你吃顿饭吧，不知你肯不肯赏脸？"肖竹开朗地说："吃饭还客气？行啊，去哪里？"尚建新想了想，然后说："你说吧，成都你比我熟。"肖竹不假思索地说："行，就去青羊宫吧，那里有一家餐馆，干净明亮，饭菜可口。"肖竹说完，又带着一脸体谅的亲切笑容逗他，"更主要的是，你能出得起。"尚建新觉得这个时候的肖竹更像个调皮可爱的学生妹，比课堂上随和多了，就笑说："你还是挑我出不起的地方去，我刚从家里回来，钱还足着呢。"

肖竹把雨披放到传达室，这工夫尚建新拦了一辆出租，然后两人上车直奔青羊宫。下了车，他俩合用尚建新的一把伞，肖竹主动挽住他的胳膊，两人在灯火辉煌人影憧憧的街道上寻寻觅觅，俨然就是一对儿情侣。尚建新小心翼翼地保持着距离，肖竹的眼睛在闪烁的招牌之间挨个扫过，直到认出要去的那家。

动筷前，肖竹突然举箸犹疑，半笑半嗔地说："尚建新，你不是贿赂我吧？"尚建新放下筷子，叹了一口气，摇着头说："你也把我看太低了吧？"肖竹用紫眼研究了一下尚建新的表情，嫣然一笑说："那我就吃白食了。"尚建新慨然而磊落地说："这样吧肖老师，我要问一个字，你把我舌头割下来扔进锅里煮着吃了。"他这么一说，肖竹就笑起来，用上海话说："我才不吃呢，疙疙瘩瘩的。"说完又掩了嘴仰起脸自个儿娇笑不停，她学说的是马季的一个相声，疙疙瘩瘩的东西暗指猪口条，可惜她的笑话对牛弹琴了，尚建新没听懂她的笑话，预期的效果没出来，不过尚建新的配合还算到位，瞎子听笑话一样地跟着一起笑，心想这个肖竹最好别教书了，一天假模假势，老得快。肖竹笑够了，就开始饕餮，不停地用餐巾纸擦嘴擤鼻子，没有半点斯文或淑女气象，还指使尚建新做这做那，尚建新觉得这样更好，真要摆出个师生共进晚餐的架子，他还真不愿意招呼呢。

吃饭工夫，雨住了，他们出来散步消食，走了不远，发现一个新开张的非洲风迪吧，肖竹拉着他进去，笑着说她来买票算回请，尚建新抢着买票说不必这样，肖竹不允，坚持说她就喜欢当下还人情。尚建新只好从命。他们在迪厅里待了三个多钟头才出来，打车回了校园已经过了十一点，下车发现雨伞落在了迪厅。尚建新送肖竹回她的宿舍，校区很静，只有树丛间的雨点摇落的哗啦声，地上的积水映照着朦胧的灯光。

尚建新是搂着肖竹回来的，事情的真实性都像是虚拟出来一样。单身教工的宿舍楼没几间亮灯的，都还没有回来。肖竹的闺房在三楼，是小套房，有窗式空调，很凉快的。他们冲了凉就上床了，肖竹一点也不推拒，尚建新担心她的娇躯吃不吃得消，做开后就觉得完全多虑了，肖竹的承受力很强，开头她还咝咝吸气，随后就用花鼓腔轻轻呻吟，嘤咛和娇喘一气呵成，莺歌燕舞，潺潺流水，激荡人心。尚建新浮想到了师姐的面貌，但张开眼睛，肖竹就把师姐置换掉了。

尚建新在那家迪吧里本来是想看个热闹，但浑浊黑暗的声浪很快把他们卷入旋涡，人们模仿小舞台上三个舞娘狂跳，音乐没有旋律，只有一个单音，乒、乒、乒、乒，像几条大棍轮番打在一具赤裸的肉身上，强劲的节奏怂恿着人的腰杆想干坏事，尚建新的身体很快就起了反应，他立即意识到这个节奏还可以做什么。几个怪模怪样的人挤过来缠肖竹，尚建新都把他们扒拉开。肖竹一进来就完全投入了，她蹦得很灵活，尚建新跟着她蹦，瞎蹦，他疯狂不起来，他的个头足以让他看见迪厅的全景。一个舞娘两手扶着一根闪闪发亮的柱子拼命摇头，彩色的头发厉鬼一样全飞起来了，另外两个舞女的脸上涂着一道油彩，肢体仿佛橡皮筋抽动的傀儡，做着复杂奇怪又极富挑逗性的动作。随着外面的夜色渐深，蹦迪的人越来越稠密，尚建新看见汹涌的人头在他周围起伏，此时此刻，超强的节奏更像是木匠手里的利斧，乒、乒、乒、乒，把不断冒起来的人头挨个儿凶狠地楔下去。

肖竹跳累了，拉他穿过人群，到一边的桌儿旁坐下休息，有服务生马上过来问他们要不要来点饮料，肖竹要了两瓶纯净水。尚建新说，太刺激了。肖竹挑起眉毛，表情夸张地做了个动作，大声喊“听不见”。他只好重说。肖竹接了水，喘吁吁地喊：“放松嘛，你不觉得？”尚建新说：“我就觉得吵，坐这么近，说话还得提气。”肖竹含着水嘟着嘴，却眉开眼笑。

隔着一张桌子有一个红发女一直看着他们，肖竹去洗手间的时候，尚建新一个人坐等，那个红发女就过来，问他想要一会儿吗？红发女浓妆艳抹，穿着吊带背心和小短裙，浑身散发着出一股浓烈甜腥的油膏气息，尚建新说我带着朋友。红发女又说，大哥看上去就是个好人，又凑近一些问他来点儿刺激的不。巨大的声浪让尚建新搞不清她的意思，肖竹回来了，红发女就和肖竹说，肖竹给他解释，就是摇头丸，然后问价。红发女说别人一粒二百，你们要的话两粒三百。肖竹说是不是东西不好。红发女大声说放心，她的是新货，还说她今晚不会走的。尚建新在电视上看过，知道摇头丸是查禁品。肖竹说没那么严重的，她指着那些不知疲倦的男女舞者说，这些狂放的人一看就是服药了。尚建新听出肖竹话里的意思，便要了两粒，就着纯净水吞下。随后尚建新觉得神志很清醒，所有的人都清醒，不一样的地方就是兴奋和不知疲倦。接着再蹦就没开始那么拘谨了，他还像抱孩子一样，一把将肖竹抱起来，让她看那个只穿着三块布片和绳子的舞娘。肖竹搂着他的脖子，小腿蜷曲着怕鞋底弄脏尚建新，尚建新的脸紧贴着肖竹的胸肋，抱腿的胳膊和手感觉到肖竹的汗湿，直到肖竹拍头拍背，他才把肖竹往下出溜了一截，到脸对着脸时，肖竹盘在尚建新的腰上不往下滑了，她的腿紧紧缠着尚建新的腰，两手却用力推开尚建新的肩膀，拼命地摇摆着脑袋，发梢抽打得尚建新的眼睛睁不开，尚建新只能闭眼拢住她的肩背，害怕她的脑袋从肩膀摇脱，滚到人们脚下再也找不回来……

现在她的脑袋还在床铺上拼命摇摆，红发女没有诳他们，摇头丸的余力显然还在肖竹的身上起劲儿，药力一直维持到床上。他们都没有仔细揩干身体，湿漉漉地接触在一起，随着活动的节奏，肖竹那两只小香瓜一样的乳房晃得几乎要溶解在皮下，稍一停顿，红紫色的乳头就会冉冉升起，“小香瓜”的轮廓复又重新浮凸起来。这情景很像两个撩人心魂的活动几何模型，紧凑的轮廓让他浮想联翩，他的手刚捂住一边，肖竹就吃惊地张开嘴巴，一脸痛不欲生的表情，尚建新沉下腰牢牢地扎下根去，风口浪尖的一刻，肖竹带着哭腔喊了一声谁来救救我，尚建新稀里糊涂也顾不上听清她说了什么。

过了好一会儿，肖竹猛然跳起身来说，闹，闹。掩着身子跑进卫生间稀里哗啦了半天，又踢里趿拉跑出来拉开床头柜，找出一板铝塑包装的胶囊抠开吃了一粒，然后柜门敞着，又刮风一样地跑出去找水，尚建新伸手去关柜子门，从地下摸起药板，一看之下竟失笑出声。

肖竹又跑进来，跳到床上，抱着膀子说好危险的，说着还像是心有余悸地打了个哆嗦，听见尚建新偷笑，就朝尚建新的肩膀上捶了两粉拳，“害死人了你还笑，还笑。”尚建新捏住她的鼻子说：“那我来个人工呼吸……”

打闹够了，尚建新把药板捡起来问这东西管不管用，肖竹一把夺了放回柜子“嘭”地关上门，用抑扬顿挫的花鼓腔说，截至目前还没出过事，应该是不错的。尚建新嘻嘻笑道：“那下次我来吃吧。”肖竹脸色突变，说：“下次？哪个说要跟你下次喽。”尚建新吓了一跳，他让肖竹批评得心有余悸了。肖竹继续粗了嗓子呵斥他：“吃你一次饭就这样，你好有手段啊，马上就又想下次了，我好贱呀我，我告诉你，没有下次，下不为例。”

初次亲密，尚建新吃不准肖竹的脾气，肖竹看他狐疑畏缩的样子，推着他说：“你去找她咯，那个红发魔女对你蛮有意思的，我好后悔搅了你们好事。”说着肖竹又推搡他，“你走哕，去青羊宫找你的红发魔女。”

尚建新终于听懂了，心里一阵释然，随之就把支撑身体的肘膝之力减掉，把一百五十斤的体重放回肖竹身上，肖竹挣扎着笑着啊啊只叫救命。趁肖竹的姿势放松下来，尚建新重新回到主导位置，肖竹随遇而安地舒了口气，两条胳膊箍紧尚建新的腰肢，接着指甲好像抠进他的肉里，尚建新屏息，一动不动地忍着，过了好一阵，肖竹才像沉在水底的人透过一口气，咕哝道，刚洗过，白洗了。

第二天，肖竹临时改变了考试规则，变成开卷。

考完试，大家就踊跃地把肖竹请出去吃谢师宴，老梁起身敬酒时，看着尚建新嘿嘿直笑，肖竹问他笑啥，老梁顾左右而言他，说庆幸啊，劫后余生。肖竹说怎么会有这种感觉？看来还是闭卷好。老梁连连说不，谦卑地讨饶说："我这个假期一直在家里温书呢，七上八下了几十天，现在终于放心了。"其他几个学员也随声附和，尚建新随着大伙一起谢过肖竹正在豪饮，听到老梁对肖竹说，尚建新昨晚好晚才回了寝室，说到外头去吃了个偏饭。尚建新听见老梁瞎说他的怪话，一着急喝呛了，放下酒杯捂着嘴到外边咳嗽了一会儿才进来，落座后怪怨老梁瞎说八道害他喝岔了嗓子。肖竹关切地问他没关系吧。老梁在一旁替尚建新回答："有关系也没事，有关系也没事，一场虚惊而已。"

下午尚建新就又去肖竹的宿舍专程感谢，他们还推敲了一下老梁在饭桌上说的那些怪话，肖竹的结论是无所谓，但她又说他们的事下不为例，尚建新装作没听见。

芬芳的黑夜披散在眼前，冲天而起的极光射进深渊般的夜空，融脂一样的温热不间断地蜿蜒滋润着最最遥远的远端，仿佛那里是一座孤悬在领海岛礁上的灯塔，被茫茫的云雾侵袭和裹挟着，偶尔才把神经质的光线突然送回他的眼前。

肖竹了无牵挂地伏在他身上，手还在他的眉眼口鼻间游走抚摸和熟悉，偶尔会停在一个地方，深深地凝视一番，认真地说："我要记住你。"肖竹打量他的眼神和说话的口吻有些陌生，陌生却又有些真实，那种真实的黑暗，尚建新很不习惯，于是他把肖竹的脑袋抱在怀里，不让她再说下去。稍事休息之后，肖竹又问他有几个女伴儿，尚建新毫无防备，问是什么女伴儿？肖竹说像他俩这样的。尚建新问："那你有几个男伴儿？"肖竹说她先问的，尚建新说："就你一个，我连老婆都没有。"肖竹看着他的眼睛说离得这么近还说假话。尚建新便详细说了他和楚芳的故事，"就处过这一个，几天就吹了，啥都没做过。”肖竹蛮横地说：“这更证明你在撒谎。”尚建新说现在轮到他问了，肖竹打断他的话，“我不会给你说。”尚建新笑她不讲理，她竟板了脸说：“我是不想撒谎，这是我比你诚实的地方。”然后又埋怨尚建新破坏了气氛。尚建新悻悻地说：“话题是你先挑起来的，怎么成了我先破坏气氛了。”尚建新为了找回平衡，便说：“其实你不说我也知道。”然后他说了她那次喊救命的事，肖竹马上警惕地抵赖掉，说他给她胡说，随后又装作满不在乎的表情说，就算那天说了什么胡话，“吃上神志不清的药了谁都会胡说。”尚建新诡秘地笑她：“你叫出了那个人的名字。”肖竹神经质地瞪大眼睛，紫眼里带着怨毒的意思质问他：“我喊哪个了，你说啊！”肖竹咄咄逼人的气势把尚建新惹恼了，他不甘示弱，学着肖竹的话说：“我不想破坏气氛，我也不告你，这也是我比你诚实的地方。”肖竹紫眼圆睁，一时无语，她真生气了。尚建新故意火上浇油地说：“再说你喊哪个你不知道？”肖竹翻脸说：“是啊，我喊哪个我当然知道，反正不是喊你，别碰我，你还不得了了？”说罢翻过身去。

尚建新流泪了，泪水完全是无来由地涌出来的，他第一次觉得内心被炙热的情欲烤软，第一次感到心软无力，第一次觉得肖竹的尖刻扎到他最软最热的心窝上。尚建新不清楚他遭遇了的这些无药可救的是什么，心疼和流泪，折磨得他糊里糊涂。

肖竹早已听见他的哽咽，依然佯装不睬，迟迟不回头，直到尚建新重新慢慢抱紧她，她才回过头来，冷着脸盯住他的泪眼看了许久才发问：“咱俩谁该哭啊？好意思嘛你，欺负了人家自己先哭。”尚建新唏嘘着说：“我怕失去你。”肖竹的眼睛暗了一下，闪过一丝不易觉察的怪异，她很快换成调侃的口吻，故意含糊其辞地安慰他：

“你可别当情种啊，我们没有未来，我和你这样，怎么说呢，我们确实很好，但是，还是那句话，我们没有未来。”

尚建新不明白肖竹的话，不能怪他，他已经稀里糊涂了。

2

每次结束，肖竹都会警告尚建新下不为例，可真到了一起就恋恋不舍了，结果是谁也说服不了谁，谁也结束不了谁。尚建新只要一进门，她就兴奋地叫着“忙课”“吾的派克”“李四儿的”“看门”一边蹦起来叫他和在非洲风迪吧那次一样抱着她。后来尚建新才知道她喊叫的是英语单词，意思是猴子、壁虎、啄木鸟、河蚌，等他把这些小玩意儿的其他意思搞清楚，就体会到肖竹喜欢他喜欢到什么程度了，在这个过程里，他也在“长进”，起码他知道肖竹在他怀里是小鸟依人那样地可爱。

大学生活太美好了，尚建新感觉自己那颗顽石般粗笨的心长起一层轻飘浮浪的毛毛了，他天天唱歌照镜子洗内衣，开始以为自己遭遇爱情了，要不然一个大男人怎么会那么难为情地流泪哭鼻子呢？要不然怎么会这样天天唱歌照镜子洗内衣呢？肖竹实在太亲了。

开学后为了规避人多眼杂，他们就抽空到外面的小旅馆和酒店的钟点房缱绻。肖竹害怕服务员记熟她的模样，只好打一枪换一个地方。一般都是尚建新登记房间，因为肖竹的身份证是当地的，很容易引人猜疑，不方便使用。每次等尚建新关好房门，肖竹都会叫着“忙课”“吾的派克”“李四儿的”“看门”飞蛾扑火一样扑进他心花怒放的怀里。

尚建新的电子电路学好了，近水楼台先得月，肖竹的点拨非常奏效，她教他按功能单元划块来简化庞杂的机床电路的读图法，就化繁为简，把尚建新的头脑培养得清晰条理。两人只要在一起，尚建新的回报也是倾心尽力的，像一对真正意义上的爱人一样娓娓交流。

肖竹的男友在美国读博，肖竹告诉尚建新，如果可能，她也会考虑尽快出国。尚建新在肖竹的写字桌上看见肖竹和留洋博士的合影，这让他觉得怅然若失时不我待，似乎肖竹也有同样的期许，他们的交情烈焰腾腾又黑灯瞎火。肖竹的界限分明，不存在约束警告忌讳，交往异常轻松，对尚建新来说更像在打一场解放战争，丢掉的是枷锁，收获的不光是自由，还有理由。许多尚建新想不清的事情，肖竹都能抓住要害，三言两语简单说清，在纵情之余，肖竹往往会安慰和开导失魂落魄的尚建新，说衡量幸福的两个指标是欲望和能力，他们现在全了，所以他们在一起才开心满足幸福。她还说这是美国一个叫什么的大学问家说的，尚建新到底也没记住那个名字。肖竹到了纵情极致，也从来不说爱不爱，她喜欢叫着脏字刺激尚建新，英语单词、湘赣方言、普通话、四川话、胡话搅和得像七荤八素的沙拉一样，又恶心又爽快。尚建新录下她的叫声，她听了先自己大笑说："走调了，听起来像'反革命''反革命'。"她要他抹掉录音不许他再偷录。

教师节下午，进修班和校工队有一场篮球赛，尚建新在场上，肖竹在观众席上。开始尚建新带球传球或准备接球投球的时候，还老是朝她那边溜一眼，肖竹也会朝他鼓掌加油，彼此心领神会。到尚建新后来再看肖竹时，肖竹在和邻座说话，是个男的，好像说了很久。肖竹坐在校工的啦啦队里，边上都是教师，尚建新看了几次就不看了，专心打球。后来过了一会儿再朝肖竹那边看，她人已经不在了。尚建新猜她可能有别的事临时离开，但直到打完比赛，肖竹也没有再露面。尚建新还是没有多想，因为他俩已经约好了。尚建新照例先去登记，进了房间先冲掉身上的热汗，又等了十来分肖竹才来。两人刚到一起尚建新就感觉异样，肖竹平时一上手就火辣辣的，可今天她的身体和眼神都不像往常紧致，尚建新的手无意间在她的头发深处抓出水湿，他低声问她洗澡了？她睁开眼说没，他说头发里湿乎乎的，她闭眼歪过脸说出汗了。尚建新说汗湿是热的黏的，洗澡水是湿冷的，同时抓起她的手让她试探他的头发，“我这就是刚洗过的。”肖竹试过后说：“回去洗了个头，赶着来见你，没吹透，这截路走得又出了汗，有汗有水，这样说可以了吧？”肖竹的脸偏到一边，有些愠怒，似乎尚建新说了不该说的话，肖竹敷衍了事，勉强维持到结束，两人第一次没做到火山迸发就草草了事，他不禁问她怎么了。肖竹说：“你问我那些什么意思？”尚建新说没啥意思，就是问问，关心。肖竹说：“你对我有不好的想法。”尚建新纳闷了，他简直不知道从何说起了，他不明白为啥随便一句话就惹得肖竹发这么大的无名火。他们的交道是从不打不相识来的，他觉得她就是火爆火辣那副古怪脾气，所以在一起多是由着顺着肖竹的性子来，这次还是一样，他赔着笑脸说了好些话才又哄顺了她。

其实尚建新在这件事上没想太多，他没有察觉肖竹发火是在掩饰心虚，数月之后尚建新才明白过来，他那天抓到了蛛丝马迹，又被肖竹遮掩过去了。这是后话。

那天晚上学校还搞了一场联欢晚会，尚建新回了宿舍已经半夜，宿舍里的灯都黑了，下铺的石家庄厂的小宋还歪在床头就着小灯看杂志，尚建新进来，他就放下书给尚建新说：“九点和十一点来钟，有女人给你打了两次电话，说是你师傅。”小宋说了半截停下来问他师傅怎么是个女的？尚建新没理小宋的话茬，追问小宋她说啥没有，小宋自觉无趣儿，简单地说："明儿中午还打，你记住。"尚建新愣了一愣，脑子反应了两三秒才应声。小宋一直翻眼看他，小宋说话有点大舌头，说出来的话磕磕碰碰，他诡秘地问尚建新："联欢会早散了，你跟个夜游神一样干啥呢？"尚建新附到他耳朵上说，……小宋把头挪开，往被子里钻钻说："操蛋的，你别弄鸡巴的死在成都了。"尚建新知道他想歪了，把他摁进被窝里闷了一会儿，直到他闷声闷气地讨饶才放手。

第二天中午尚建新打了饭带回宿舍吃，边吃边等师姐的电话，可饭吃完了，电话也没打过来，尚建新想了想，拨通了师姐的电话，接电话的人说冯青早不干了，再问，说已经辞工二十几天了，尚建新问怎么能和她联系，对方不耐烦地说不知道，然后就挂了机。尚建新正在纳闷，师姐的电话打进来了，尚建新先说了刚才打电话找她的事，问她是怎么回事，师姐简单地说她换了一家，比原来那家强。"跑出来就是图钱，谁给的多就给谁干。"她还在电话里向尚建新解释了迟迟没回话的原因，还说她知道他去西安找她扑空的事，说从沈阳回来就一直忙得不可开交，最后她还问干啥半夜不回宿舍。尚建新打着哈哈说到别人房间打牌去了。师姐说你这日子真消停。临了才问他国庆放几天假，回不回咸城？尚建新说三姐要结婚，放几天假都要回去。他以为师姐听了会高兴，却听见师姐在电话里和别人说话，什么货啊账啊的，他拿着话筒等了一会儿，师姐匆匆地说，她那边有事，然后道了别挂了电话。

放下电话尚建新才想起没给师姐说句表示想念之类的漂亮话，虽然不是太想，假如没有肖竹，他会十分想念的。不过他没朝喜新厌旧那边去想，没那么想也对，这事没那么复杂，也没那么严重。

离国庆四五天，三姐夫就每天打电话，问尚建新到底几号回咸城，说是三姐让他问的。尚建新说："肯定赶回去，你们忙你们的，我正准备抽空去车站看票呢，好像车票挺紧张。"三姐夫用咸城话说："回来啊，咱说好，买软卧坐飞机都要回来，你哥你姐一生就这一次。"咸城管姐夫叫哥。

国庆放假五天，三十号起放，学员们纷纷告假先走了，江岸厂、株洲厂、柳州厂的同学们买票回来说，成都火车站臭气熏天，人挤得和蛆虫一样一团一团的，出川入川的民工和游客比春节还多，火车的减震器全部压死，根本没有准点。

那天黄昏，他们在六福花园的小吃店里吃了点东西，就近找地方登记了一个钟点。肖竹摸着他的喉头问假期打算干啥，尚建新实说了，肖竹说劝他干脆别回了，尚建新作难地说已经答应姐姐姐夫，肖竹掐住他说："我不许你回，你妈结婚都不行。"尚建新不防这一掐，也有点恼了，一把掀开肖竹，咳嗽着说下手咋没轻重？肖竹几乎翻到床下，尚建新赶紧伸手捞住。肖竹愣了一下，反扑回来一口咬住他的肩膀，像雌兽一样呜呜地发狠咬着，尚建新忍痛不动，等她情绪平息，泄气松开，侧头看了看膀子上渗血的牙印问她："你属狗啊，疯了？"肖竹余怒未消气哼哼地又扑上去咬，不过不疼了。想到火车拥挤路上遭罪，尚建新轻轻搂住她表示和解："要不是三姐结婚这档事，我其实也不太想回家，我也乐不思蜀。"肖竹抬头擦掉口水，冷笑了一声说："不懂装懂，乐不思蜀是你回去不想来了懂吵？"尚建新服罪认错，我不懂我不好我错了行了吧。肖竹舒心地嘤咛一声，抚着他肩膀上的牙印不计前嫌地说："要不，你带我回去？我想去看看你们那儿的婚礼。"尚建新赶紧说不行。肖竹支棱起脑袋问他怎么就不行了？尚建新笑道，不像话嘛。肖竹愤然而起，说老子不瞎不麻，怎么就不像话了？尚建新觉得肖竹今天有点说不清，就不想明说了。时间就是金钱，这里也不是生气的地方，便把动作加上了，肖竹怨恨地说刚才我就掐你一下你就嫌没轻重，你这么狠就有轻重了？说着头歪到一边，胳膊搭到脸上堵了眼睛，咬着嘴唇默默流泪。肖竹不高兴，尚建新不好再动作，他拿开她的胳膊问她今天这是怎么了。肖竹睁开含泪冒火的紫眼，双手推搡他说："你滚，你算么子啊，少跟我来。"尚建新哪受得了这个气儿，他不算么子，算么子的远在美国，他本来还想哄哄她的，让她一顿奚落，也羞恼不堪了，霍然起身够过搭在椅背上的裤子就往里蹬，肖竹见状一骨碌爬起来，跟个怨妇似的扑过来抱住他哭诉："我等怕了，我不让你走，我要你留下来陪我。"

肖竹从来不这样的，尚建新似乎明白了什么，他没有再安慰肖竹，他知道现在需要安慰的恐怕是他自己。二人就那么僵了一会儿，他才低声说："那我不回了行了吧。"他知道他这个草率的决定会给自己带来多大的麻烦，他像实施犯罪一样抓过肖竹，手上身上的做法像是报复杀人，肖竹喜欢他粗暴，她说她最喜欢享受折磨的昏迷。

退房时，服务台加收他们一个钟点的费用，拐到街上截出租时，肖竹还偎在尚建新怀里迷糊摇晃，她讨好地建议两人去看黄果树瀑布……

为了造成既成事实，尚建新一直按兵不动，不告知家里，耽搁到三十号黑夜，三姐打来电话问尚建新怎么还不起身，他才说回不去了，不回了。三姐一听就火了，大声说："你不回来我怎么结婚？"尚建新要赖说："你又不是和我结婚。"三姐气急败坏地说："家里就你一个男孩儿，我结婚你得回来一趟啊，我哪件事惹你了？"尚建新继续要赖皮说就这件事，三姐听出他不好好说话，连哭带骂说他放屁，骂完了又央告他："大姐二姐都是咱俩去送饭的，你咋就不能回来送送我？”“送饭”是咸城一带的婚俗讲究。尚建新哭笑不得地说：“二姐结婚是我探亲赶上的，又不是请的假。再说还送什么饭，跟了三姐夫，你天天吃羊肉泡馍百鸡宴。”三姐破涕为笑，软了声气好弟弟亲弟弟地哄他央他。尚建新诡称正在搞课程设计，说：“你还不知道我这把式？我就想用这几天加加班。”后来妈妈也打来电话问他到底干啥放假都不能回来一下，妈妈那意思不光是三姐的结婚，还有给他定婚的事也准备趁他回来一块办了。尚建新黑着心肠推脱了家里的事情，坐在床边胡思乱想，还是没着没落，收拾了几件出行的东西就干脆躺下，但心里有事，翻来覆去不瞌睡。同宿舍的学员都走了，剩他一个人，睡得更不踏实。

第二天一大早，电话铃吵醒了尚建新，他以为是肖竹催他出门，爬起来看了一下小宋的小石英钟，才八点一刻，他迷迷糊糊摘下电话，一听之下，竟是师姐的声音。他才好奇地一吱声，师姐也敏感地听出是他，纳闷地问他不是说要回咸城，怎么还在成都。尚建新说车票不好买不回了。“那正好，太好了，等一会儿我去找你。”师姐明显喜出望外了，尚建新在电话里也能听出她的兴奋，他诧异地问：“你找我？你咋找我？你在哪？”师姐清楚地笑道：“我住天府酒店，昨晚就到了，玲玲还没起床，我没事干，这地方没熟人，就知道你的电话，拿房间电话随便拨了一下，想试试运气。”师姐稍许停顿，温婉地说，“看来我们还是有缘分。”

缘分？尚建新当下就慌乱了，他现在不是缘不缘分的问题，而是分身乏术的问题。师姐那边一放电话，他马上又给肖竹打，简单说了情况，不料肖竹竟然说好，这样他们可以带师姐一起。肖竹还说，她也想见见这个师姐，并约好在校门外碰头，

对于尚建新来说，这个国庆假期过得不一定愉快，但过得很快，

事实证明他所有的担心都是多余的，师姐和肖竹从素昧平生到姐妹相称，两个女人很快就熟了。玲玲也很喜欢美丽的肖阿姨，肖竹也犹疑地承认，如果有个玲玲这样的女儿，才不一天苦读书呢。师姐坚决地打消她的错误想法，说女人生孩子容易，大学女教授可不是人人当得了，自己连做梦都不敢想。但师姐没断了肖竹的念头，她让玲玲叫亲妈，这是咸城认干娘的叫法，玲玲乖乖地叫了，把肖竹叫出一脸母性的慈祥，掏出钱包要给“女儿”发钱，师姐坚辞，不许玲玲接收，肖竹便摘下脖子上小玉佛，给玲玲戴上，摸着玲玲的小脸说，这是块缅甸玉，男戴菩萨女戴佛，希望佛爷保佑你。师姐还是说啥也不收，弄得肖竹挺不高兴，师姐才收下，教玲玲谢过亲妈，玲玲举起玉佛乖巧地谢了。

师姐给玲玲介绍尚建新说，还记得去年吃的“遛洋狗”，就是这个哥哥给买的。玲玲抬头看着尚建新，眼里有一丝戒备。肖竹听见尚建新跌了辈分，拽住他的胳膊打趣道：“今后不许你再叫我老师了，要改口叫阿姨了，叫亲妈也行，听见了啵？”师姐笑眯眯地看他们闹，尚建新警惕地说：“肖老师，看孩子笑话你。”

从草堂开始游成都、吃小吃一天；出来到了都江堰、青城山又一天；因为玲玲要看猴，肖竹和师姐要看日出，峨眉山一天半；连夜再到乐山，看大佛一天。整个行程都是肖竹安排和主导，一路车旅吃住门票自愿分担，不论经济还是体力都没让尚建新透支，住宿时，两个女人带玲玲登记一个标间，他随便登记一个普通客房的铺位就行了。从峨眉山下来，他背着玲玲走了好长一段路。上峨眉山时，肖竹拉着玲玲走前，师姐居中，尚建新在后，听见前面三个女人说说笑笑，他像吃了三包怪味胡豆，三个女人都不是自己的，但四个人的行李吃喝全背负在他身上，成了地道的四川脚夫，还走走停停，兼职给她们拍照留影。

最后到了重庆，看了白公馆、渣滓洞，全部行程结束，师姐不走回头路，要带玲玲游三峡从湖北返回，这时的尚建新已经疲惫不堪，肖竹自告奋勇要出去订船票，玲玲也要随她坐电梯，两人带了雨伞去了。

除过不懂事的玲玲，三个大人都明白，这是肖竹安排给师姐的这次旅程的一个环节。

师姐关了房门，尚建新从背后抱住师姐，有个三五秒钟的意思，师姐就轻轻解开他环绕的胳膊，转回头笑着说："行了建新，以后不这样了，看你别别扭扭的。"尚建新甚是难堪地坐回床边。师姐看他一副可怜相，随他坐下，捧起他的脸仔细端详，眼里手上都有一种久别重逢和怅然若失的珍惜，手指轻轻抚过他的眉毛脸颊，"你比以前瘦多了，"师姐心疼地说，"这几天我和玲玲又给你添累。"师姐说话的口气吹拂在尚建新的脸上，熟悉的亲昵令他怦然心动，一切都是自然而然的，就连久违的轻微的触觉都令他着迷恍惚惭愧气馁。他忐忑地问师姐是不是听肖老师说啥了，师姐莞尔一笑说："你呀，还用她说？"他疑惑地说："那是……你和她说了？"师姐深深地凝视着他的眼睛亲昵地说："我们没你想的那么笨，没听说女人都有第六感？"师姐的话让他身上一凛，他猛地想起玲玲看他时眼里那一丝深远的戒惧。

……

假期结束当晚，照例到教室集中报到点名，负责班级信箱的小宋把囤积在信箱里的一大摞信件抱回来，然后站在讲台吆吆喝喝地分发，尚建新正和几个刚从家里回来的同学说笑，猛听到小宋喊他名字，他很是意外地扭头看小宋，小宋又叫他一声，他才起身去取。不容他走到讲台跟前，小宋就把一张大红贺卡掷飞盘一样给他飞过来，他当空接住，返回座位坐下细看，贺卡正面是国旗，背面满满当当写了七行祝福语，落款很小，是祁妍，尚建新这才油然想起那个红裙子的体育老师，他把这档子事忘得一干二净了。在他研读贺卡时，小宋过来又扔给他一个没有地址的公函模样的牛皮纸信封，还不怀好意地问了他一句，都是女朋友的？尚建新拿起信封溜了一眼顺手塞进抽屉。祁妍主动送来祝福，意思很清楚了，人家在乎他，本来这个假期妈妈是要给他俩订婚的，他没回去，还是和别的女人一起过的，也没把这事当回事，反倒是人家姑娘主动联络他，他觉得有些亏欠人家，作为弥补，也是出于礼貌，他整晚都在写一封回信，解释了不回家和迟迟不回信的原因。对着信纸编故事比当面撒谎从容多了，起码还可以构思，可以撕掉重写。当时，他根本没想过千里姻缘一线牵这种屁话——这样若有若无的关系能有什么结果呢？

写好回信，叠好装入信封，他才打开那个牛皮纸信封，开头一句是“请相信一个和你经历过同一个女人和情感的男人的内心”，犹如迎头挨了一棒，尚建新整个蒙了。里头有一句话说肖竹的“床上功夫不是一天练成的”，几天前那些令他难忘的场景顿时变得人影憧憧，在回忆里产生了重叠，刺激得他浑身羞臊。粗略看完，他已经没什么理智了，写信人的落款又来一次“经历过同一个女人的男人”，来这一手是惺惺相惜的体恤还是别有用心的羞辱？尚建新看不明白，不管怎样，尚建新恶心透了，他回过神来的第一反应是将信纸三把两把揉成一团，攥在手里狠狠砸在桌上。这一拳砸得砰然作响，把前后左右的学员都吓了一跳，大伙儿齐齐回头，近旁的人纷纷问他怎么了、怎么回事，他这才稍稍回过神来，意识到自己失态了，忘记了正坐在教室里头。班长站起来问他怎么回事，他竭力克制，先起身道歉，然后谎说家里出了点事，但不便说。班长有些疑惑地点着头，问他需不需要帮忙，并允许他先去处理。

出了教学楼，他觉得头皮肩背的肌肉都乱腾腾地抖动，路灯亮了，天已黑尽，他先在黑地里绕着樱桃树了无目的地转了几圈，一时不知如何是好，猛一抬头，看见围着路灯上下扑腾的飞虫，他突然觉得自己和这没头没脑的飞虫差不多，这样一想，心神反而稳住一些。

羞耻恶心和被骗的怒火搅和起来的滋味十分难受，这事有第三个人知情，他却没有第二个人相商，而这个指责他和肖竹“颠鸾倒凤”的人，居然和他“经历过同一个女人和情感”，太难堪了，他甚至觉得那个面目模糊的男人比他还痛苦——他在匿名信里不打自招地承认肖竹和他交往多年，一直还这么颠鸾倒凤着呢。

尚建新就想问个明白。

肖竹宿舍的灯亮着，但没人应声。

尚建新敲门时，看见一个楼梯口那边有个戴眼镜的人一直看他。他不能在宿舍楼道里久停，返身下楼，去到肖竹办公的楼下，刚刚开学，教师办公室黑灯的居多，他只好又返回教工宿舍楼，在距离楼门十几二十米的地方乱转。吸饱雨水的花朵在夜色里显得硕重无比，还有细碎的金属一样的噪音，说不清是虫鸣还是急火攻心造成的耳鸣，恶蚊隔着衬衣叮咬，让他火烧火燎的心情更加焦躁，也让他从狂怒的火焰中辨认出潜藏在这段不伦之恋背后的危险。几只蚊子一直聒噪着在耳畔飞舞，他发狠扇了一掌，结果扎扎实实打了自己一个耳光，力度之大简直赶得上一记单耳灌风，耳朵疼不算啥，整个脑瓜里都嗡嗡作响，他诅咒自己活该，他拿着那张纸，却不好意思再看。

不知等了多大工夫，远远传来肖竹的说笑声，她和两个女教员提着东西快要走进楼门，尚建新才赶上去，在背后喊住她，肖竹折返出来，那两个女老师就先上楼了。

肖竹走过来既不问他找她有什么事，也不问他等了多久，先说他不该跑到这儿来找她，怪怨他“让同事们看见了说闲话”。尚建新本来就憋着一肚子气，听她自私自利地这么说，心里的火气又蹿上来，说她还怕别人看见？肖竹变了脸说：“当然，咱俩身份不一……”说到半句，肖竹好像意识到什么，变了脸问他什么意思。尚建新看出她心虚的部分，冷冷地说，什么意思？他很想说出匿名信的事，话到嘴边又忍住了，一来说话地方不对，人多眼杂，一旦擦枪走火发作起来，附近的行人和教工楼进出的人一定会听见；二来是，他听到心里一个哀婉的劝告，事已至此，就不必再说了。肖竹看出他欲言又止的样子，走近了抬起手摸了摸他的脸颊，柔声问他什么事，尚建新慢慢吐出一口气，说：“想看看你。”肖竹摇摇头，又迷人一笑，不置可否地来了一句“放肆”。她从食品袋里分出一袋点心和橘子，又挑了两个大石榴装进去，递给他说：“这石榴好甜的，我买了几个想着明天给你送去，现在正好，你带走。”尚建新不接，肖竹就硬塞给他，说啥时学会客气了？见他还是闷不作声，以为他苦闷了，便低声安慰他，开学了就不能老在一起了，好好学习，别净想好事，听到没？她不知情，误会了尚建新的来意，尚建新也犹豫起来，肖竹真的是信里写的那种女人吗？后来他清楚地听到胸口发出一声哽咽，不争气的泪水在眼眶里转悠，他忍住悲声说了一句狠话，听到的竟是一声肖竹的娇笑，她又抬起手摸了摸他的脸颊，柔声问他：“什么时候实施‘犯罪’，时间地点，你定好后通知我，我一定和以前那样配合你。”一番话弄得尚建新哭笑不得。

肖竹叮嘱他以后接触不能太频繁了，临走时她又笑着说：“我可以来找你，你不许找我。”

尚建新站在黑地里目送肖竹进了楼门，背影一消失，匿名信里那些乌七八糟的事一股脑儿又翻起来，恶心感一阵阵地重新泛起，他开始相信那封匿名信说的话，越想越觉得肖竹不地道，真的轻浮随便，在和几个男人周旋呢。

今天他也瞒过肖竹一件事，低头看见手里拎的点心和水果，心里就又犯疑惑，他没法接受眼前的事实。

怎么了断，都很惨淡。

3

当晚，尚建新在外头徘徊了许久才回寝室，别人都睡着了，他摸黑拿了毛巾刷牙杯到水房简单洗漱一下，悄悄爬到床上，躺下后却翻来覆去睡不着，脑子里还是乱哄哄的。愤怒过去了，接踵而来的是一阵阵的悔恨和懊恼，匿名信里的话不断浮现在脑海，把他和肖竹之间发生的那些私密和甜蜜的动人故事全部篡改成乌七八糟的下流场面，写信的人根本没说别的，但尚建新已经认定肖竹在玩弄他，越这么想越觉得像，越觉得像心里就越发煎熬，他不由自主地辗转反侧。他怕吵醒下铺的小宋，索性轻轻跳下来，拎了一把椅子摸了一本书假装出去夜读，独自坐在楼道里抽烟烦躁，楼道里的蚊虫很快就不管不顾地哄过来围攻，他怎么拍打也赶不开，只好回寝室取来蚊香点在脚下。韩江起夜后特意跑过来，看见遍地的烟头烟灰和蚊香灰，睁大睡眼说他：“你这是熏腊肉呐？”那封信夹在书里，反复看了不知多少遍，等他终于犯困回寝室睡觉时，已经背下来了。他疲惫不堪地爬到床上，把书往枕边一丢，就迷迷糊糊睡着了。

韩江第二天一早给寝室的人说了头宿在楼道里看到的事，大家都好奇地问他家里到底出了什么事，他们都记得他昨晚拍桌以后离开教室的事，现在一联系起来想，都发觉事情严重了。尚建新当然不会给他们说真话，轻描淡写地说没啥事，是当时没沉住气。韩江摇头说，一定有事，要不怎么一宿不睡，信不过哥们儿？老梁则说，没事就好，没啥大不了的。他劝尚建新索性请假在寝室补一觉。

中午，老刘在食堂找到尚建新，让他下午到成人培训处去一下，尚建新马上感觉不妙，他心虚地问啥事，老刘笑道没事就不能聊聊了？明知故问。

老刘是成教处的主任，渭城人，长得像老电影里看守雪山哨卡的杨排长，进修班的学员私下叫他老刘。老刘还兼着进修班的临时支部书记，学院搞什么活动或办具体事，他都差派尚建新跑腿儿，所以两人素有来往。老刘很会做人，学员们聚个餐喝个酒也会拉他入伙儿，他也会高高兴兴出席。

下午，尚建新按约去成教处见老刘，老刘接了一杯水递给他，然后似笑非笑地瞅着他说，脸色不大好啊，眼圈发黑印堂发暗，怎么回事？尚建新来之前就加了小心，他听得出话里的试探意思，随便找话遮掩过去。

老刘果然问到他和肖竹来往的事，但他不多问，也不往深处问，尚建新说多了他就摆手打断。“假期里发生的不算，但现在开学了，那咱们就得这个是吧？”老刘说一半省一半地笑道，“还有一条，民不告官不究，现在有人告，那咱就更要那啥是吧。”老刘旁敲侧击地落实了几个问题，不失诚恳地批评他要注意影响，别闹出什么事来。“这事已经有人反映上来了，说败坏校风校纪，让我严肃处理，你说说我该怎么办？”这句话算是老刘说的最严肃的一句了，尚建新一阵担心，他当然不愿意丢人。老刘很诚恳也很体谅地说：“我说这事不比其他，一个巴掌拍不响，男女私情哪个不是两相情愿才能弄成事？所以我明确告诉他，我不能单方面地处理学员，不过我答应给他一个交代。”老刘看着尚建新说，“你看我们来个缓期执行好不好，收敛点，别再叫人抓住把柄，我也在部队待过，环境越宽松，越要有纪律意识。瓜田李下，你说是吧！玩感情等于玩火，玩火自焚，容易引火烧身。”老刘说话的口吻像兄长一样亲近，尚建新默不作声，也算他与人方便的意思。尚建新反过来打听是谁在背后捅他，老刘哑然失笑说：“一定是你捅了人家的人，人家才来捅你嘛。”大概怕尚建新听出话里的歧义，又很守原则地说明，“我今日能说的和不能说的，都是职责所在，责无旁贷，你该谅解。还有一点，不是我们疏于管理不作为，是相信你们能做到好自为之。”弄得尚建新挺不好意思。

出了行政楼，尚建新一路寻思老刘刚才说的话，也觉得自己有点走火入魔了。

其实他不仅走火入魔了，他还晕头转向了。晚上回寝室，老梁、韩江和小宋一齐用异样的眼光看着他，看得他心里都发毛了，他问他们看什么。老梁先发话：“我们知道你的事情了。”这句话算不上石破天惊，可尚建新还是被击倒了，他无力地倚坐在小宋的床铺上，以为他们听说了什么。这时小宋拿过那本书往他跟前一摊，书页翻开处那封信像书签一样露了出来。小宋不好意思地解释他回来没事想看书，“无意之间看到信。”韩江接着说：“不是无意，是天意。”尚建新目瞪口呆，眼前的情况几乎让他措手不及，因为他也不是故意的，因为他也忘了这茬事儿了，就像韩江说的，这是天意。他把信抽出来叠好装进裤兜，然后问他们是不是都看过了。大家一起点头。小宋歉疚地说："当时觉得这内容写得不像一封信，另外底下也没有写名字，我就跟韩江他们那啥了。"韩江点头说他们保证不知道"那个女人"是谁，也不知道写信的人是谁。尚建新苦笑着说："知道也没事，反正你们都看过信了。"韩江连连摆手说："绝对不像你说的这样，我们还是知其然不知其所以然。"老梁也像替大伙表态一样说："已经这样了，大家就都是知情人了，那么大家就一起替你保守秘密，一不打听二不外传，从今天起，你的信和里头的内容就是咱们寝室的共同秘密了。"

尚建新听了很感动。

熄灯后，大家躺在各自的床铺上谈论了一会儿，韩江在黑暗中说狠话："照信上说的那种情况，那个女人都成废墟了，为她痛苦一分不值。"老梁比较老成地提醒尚建新，色字头上一把刀，再那样的女人也是粉骷髅。小宋没动静，黑夜里没动静就显得很鬼。尚建新也不作声，他不便参与讨论，一怕留下线索，二怕露馅儿。

老梁的话总是若有所指，尚建新听了不是心虚便是发毛，老梁脑子比他还笨，可他老觉得老梁话里有话，像是知道什么。

4

尚建新很久没和肖竹来往，肖竹也没约他。尚建新相信肖竹知道发生了什么。

成都的天气老是阴郁愁惨，尚建新那天蒙头睡到了中午，才被小宋拍着床架叫起来。小宋一边打开门窗通风，一边秃着舌头说他把屋子搞成被窝子味儿，尚建新翻过身骂他一句脏话，小宋又踹了一脚床架说，不领情还骂人，真是好心没好报。说着把一张汇款单丢到他脸上。尚建新摸过来看了看，是三姐寄来的一千块钱，让他添置防寒衣服，其实三姐提前两天就打电话告诉他这事了。

尚建新从邮局取完钱出来，在融雪润湿的街道上漫无目的地溜达着，白昼的街道缺少光辉，令人泄气，反不及夜晚的灯红酒绿。湿冷的空气让他从里到外地感到饥寒交迫，本来就少吃一顿早餐呢，此刻的他才不想买衣服的事呢，他想喝点酒暖暖身子，在雨雪霏霏、美味飘香的成都街头，他一分钟都不想亏待自己的胃口。

他想起第一次请肖竹吃饭的地方，便打车到了青羊宫。

他瞅见某记方老壳青花椒鱼的招牌，餐馆里人声嘈杂，水烟浮荡，空气混浊，灯光朦胧，围桌进餐的食客们面目模糊。一个喜眉笑眼束红围裙的女服务员领着他穿过人声喧哗的台桌去找空位，落座之前他习惯性地环顾四周，看见肖竹和一个男人都在直盯盯看他，他们和他隔着一张台子，尚建新一下愣在那儿，他听到他的潜意识在不断地说就是他——写匿名信的人。他见过那个男人，就在校园里，似乎经常见但没留心，还有收信那天，就在肖竹宿舍的楼道里见过，尚建新在快速辨认眼前的男人，竟忘了和肖竹打招呼，他们已经两个月不来往了，内心的敌意让他离开座位。就在这时，肖竹起身朝他点了一下头，拿起外套、围巾，拉起那个男人就朝另一个方向匆匆离去。尚建新停下来看着他们，那个男人几次回头看他，一看就是心里有鬼的那号人。

看来这里是肖竹的据点。

那顿饭吃得没滋没味儿，酒也喝得格外苦闷，以前脑子里他和肖竹缠绵的画面，今天一下换成了那个男人和肖竹，尚建新哪能接受这事？如果说前一阵喝的闷酒叫酒入愁肠，从今天开始喝的苦酒就变成酒入断肠了。他自斟自饮，就把跟前的那条青花椒鱼划拉开吃掉一半儿，其他饭菜没怎么动。他至少用了半个钟头动一个心思，幻想着肖竹会急匆匆返回来劝他，骂他，陪他，或者返回来给他回话——那天不是说要给他一个合适的解释吗？刚才写匿名信的人都原形毕露了，这个时候解释不是最合适不过吗？但是，肖竹没有回来，酒越喝越苦，他后悔没叫上韩江或老梁一起来，好有个说话的。在无谓的等待中，不知不觉就磨过了饭点儿。顾客星散而去，餐馆里安静下来，空气好像也澄明起来，尚建新四顾之下，发现就剩他一人。他知道服务员们最讨厌过了饭点还磨蹭不走的顾客，他可不希望接下来的服务会出现所谓加这加那不加价的状况，假模假式的职业微笑后面的情绪往往复杂，既有无可奈何自认倒霉，也有愤恨不已的刻毒嫉恨。他不愿招惹这些人，酒不醉人是一回事，何况他没必要喝醉。

尚建新招呼买单，那个眉眼灵活的"红围裙"马上跑过来，看着他掏钱付账，笑吟吟地悄悄问他，先生还需不需要其他服务？尚建新怔了一下，点钱的手指也停了一下，他装出一副老练的样子，瞟了对方一眼说："就你吗？""红围裙"笑笑说："你愿意就我，不愿意我就选年轻漂亮的姐妹。""红围裙"拿了零头送回来时，尚建新等着看清她的眉眼，好像和三姐的岁数差不多。他接过钱时对那个女人道谢说："下次来找你。"那女人一下就笑了，扑闪着眼睛说："我知道你不会来了。"尚建新笑说会的，便说了再见，转身出了餐馆。

女人说对了，直到毕业离校，尚建新再没去那家餐馆。当然不是因为服务员。

返回学院的路上，尚建新冷静了，他觉得哪里不对头，和楚芳了断那次他就没怎么痛苦，因为师姐相帮，他反倒有庆幸之感，但这次他竟深深地陷进去了，想起师姐上次来说的第六感，他不禁摇头苦笑，看来师姐的第六感失灵了，没把他从这个旋涡里提前拽出来。

肖竹调到另外一个校区了，没再找过他，进修班的电子电路课程换成一个男的教。尚建新认定这是他们的事情泄露造成的，是学院的安排，奇怪的是肖竹似乎一直蒙在鼓里，因为她并没有刻意回避他，甚至还给了他新电话，而且至少有两次暗示他想在一起了，但都被尚建新借故推辞了。匿名信之后，尚建新对肖竹的感情既恋恋不舍又战战兢兢，偶尔到了避开眼目的场合，也是能亲不能爱，心里有障碍。直到有一次肖竹问他为什么没了激情，是不是嫌弃她了，然后再没有约会。

5

接近年根儿，三姐夫带了人车下四川来催款，抽空接他出去吃饭，说这趟任务是三姐左叮咛右嘱咐的，“你可以负我们，我们不负你。”三姐夫属于那号贼精贼精的生意人，当然不至于跟他这个小舅子使坏。酒过三巡才问他为啥看起来面黄肌瘦的，尚建新搓搓脸说还不至于吧。三姐夫诡秘地说：“啥叫还不至于，你看你都憔悴成啥了。”三姐夫招手叫过服务员吩咐她去催促厨房先上“双鞭汤”。汤钵上桌，滚烫蒸腾的腥膻味混合在大团大团的沸烟热汽里灼人鼻息，三姐夫拿起瓷勺给他满满捞了一小碗肉块，然后自己拿起筷子招呼他说，这是川菜的名菜，大补。尚建新夹起肉块认了认才送到嘴里，三姐夫低着头不怀好意地说，都吃都吃，这边的人和天气一样阴冷，吃这个能暖和暖和。

尚建新也觉得冬天的成都这种寒彻心扉的阴冷让人忍无可忍，宿舍教室都没暖气，被褥里吸满潮湿的水汽，屋里比屋外还冷得入骨，韩江、老梁这些南方人都习惯，就小宋和他忍不过这种湿寒，小宋长冻疮，手背上的冻疮皴裂流水，看着就难过。小宋尤其怕冷，睡觉前就往破脸盆里烧两本过期的旧教材，然后就着脆脆的火烬烤一会儿。小宋不止一次给他唠叨，手脚上的疮他倒不在乎，怕的是心里也长了冻疮，“老觉得心里好像有数不清的细针在扎，碎碎地疼。”小宋虚弱地说，“最害怕因此得上风湿心脏病，一想到这个就想退学回家。”小宋说到细针扎心的痛感时，尚建新油然想起了肖竹，一阵痛苦过后，他暗自思忖，看来对肖竹的感情还在，而且变成冻疮长在心上了。这样一想，对小宋的态度就友善多了，好像和他有点同病相怜，不时会捐出一两本旧书给小宋当柴烧，安慰他再忍几天放了寒假就能回家烤火炉了。

又是好久没见太阳了，阴冷逼得人无处可去，那天中午饭后从食堂出来，尚建新独自溜达，他只能通过运动来温暖自己。他选的这条路经过俄式风格的老行政大楼，到了近前，就看见三五成群的男女围在楼前的宣传栏跟前看什么，他百无聊赖地凑过去，发现是橱窗里头的展板内容更新了。他胡乱看着，在学院年终评比的劳模先进光荣榜上意外地看到那个人的大照片了，照片下有姓名、职务、荣誉称号，分别是程志霄、人干处的副主任、优秀党员和先进工作者。尚建新站定，冷笑一声，心说这么一个心理阴暗的下三滥，竟然混得像模像样，冠冕堂皇。此前他一直把匿名信的那件事和这个人对上号，尤其是和肖竹互不理睬之后，觉得这事就已经撂过去了。他现在暗暗咒骂也不过是泄愤而已，过去了就过去了，还能怎样？

往前挪了几步，尚建新的心理就突然失衡了。就在紧邻的另一扇橱窗的大玻璃后面，张贴着一张干部任免的公示，程志霄的名字赫然排在第一个，他要提拔成正处主任。程志霄的显耀刺激了他也激怒了他：程志霄笑得那么正经从容，甚至斯文，看不出邪恶，若不是和肖竹的事，尚建新说啥也看不出这个笑容可掬的真面目。现在就不同了，怒火中烧的尚建新看到的东西就多了去了，至少对他而言程志霄是一个掠夺者、入侵者，而且是胜利者，他用匿名信威胁他离开肖竹，这是一个官场上风光情场上也不想吃亏的“成功”人士，尚建新彻底被心里的屈辱扭曲了，他连砸烂橱窗撕掉榜文的冲动都有了，那张志得意满的照片太刺眼了，尤其那笑容让尚建新似乎感到程志霄在揶揄和嘲笑他：“就算我干了不可告人的事，你也不敢去告人。”

久藏于心底的愤怒被莫名其妙地触发了，一直以来窝在心里无法告人的屈辱悉数点燃，火气从里向外爆破，压得耳膜轰轰作响。新仇旧恨，这个不合适的词打劫了毫无防备的尚建新，搞得他心底鸡飞蛋打臭了一地，把他的心情败坏了好几个月。现在山不转水转，这个笑容可掬的伪君子主动转到他眼前。尚建新在公示栏前已站了多时，忘了走步忘了寒冷，谁也看不到他内心的火场蔓延开多大，只有他看到自己妒火中烧两肋挂满火焰。几个学员路过时有人用膀子撞了他一下打趣道：“哟，上头有你啊？”于是冷冷的悲哀重新笼罩了他的全身，他一个激灵清醒过来。

公示榜文底下有一行字：从本公告发布之日起，对以上人员的任职资格如有异议，可以通过电话、来访、书面等形式向院党委组织部干部监督处反映，欢迎广大师生认真监督，所反映的问题一经查实，将立即取消相关人员的任职资格，并予追责。

尚建新对着那块玻璃吐出一口气，哈气喷上去先是一时模糊，随即就冷凝成小滴，玻璃又透亮了。

尚建新看了下公示时间，记在心里。

以其人之道还治其人之身，他也给程志霄写了一封匿名信，就用手写，反正要曝光，就光明正大地来，不像他那样玩阴的。

第三天下午，尚建新在做课程设计的说明书，担任班长的资阳学员告诉他，门外有人找他，好像是个学院领导。尚建新拿着笔到门口，一眼就认出了眼前这个满脸堆笑的“学院领导”，他脑子里甚至确认了一下这个情敌，随即又觉得无聊。

程志霄约他到茶馆喝茶聊天，尚建新想都没想，马上答应。

临出门时，尚建新悄悄告诉老梁和韩江他去的地方，让他们随后过去支援一下。老梁老奸巨猾地要笑他：“吃豆腐吃出胃病来了啵？你千万别让我们惹上黑社会，先说好，出啥事我都不会上手的，我家里有老有小。”尚建新笑道：“我要惹是生非的话就不叫你了，你们去当个见证人，完事了咱们就在外头吃晚饭。”老梁说这还差不多，随后装出一副细究原委的口气来套尚建新的话，尚建新没搭茬。

尚建新没在茶室里和人话事的经历，找到地方上了楼直接走到程志霄定的雅间，推门看见的却是肖竹。尚建新肚子里骂出一句傻逼，返身退出，再次确认门楣上的名号，又往四下张看，他认定程志霄为人阴暗，不得不防，但是，他没看出有什么埋伏。

肖竹端坐在椅子上冷眼看他神经兮兮的样子，冷脸冷眼招呼他进来坐吧，没其他人了。

桌子上摆着两碟瓜子一壶茶，一小盒抽纸，简单，冷淡。

“这儿人少，安静。”肖竹依然面无表情，说话带着试探的谨慎和低声，“挺难堪是吧？丢人是吧？我们这算什么呢？”

又一次掉进了奸夫淫妇给他挖的坑里，反复遭人算计要弄的羞恼快把尚建新折辱死了，对肖竹的印象也坏透了，姘头、荡妇和贱女人，他把三个恶毒的词语甩到肖竹身上。

“你在骂我，在诅咒我，你可以骂出来嘛，骂完了我再说。”肖竹盯着他的眼睛说，好像她听得见他的心声了。

尚建新没有坐下，他知道自己已经失态了，他要心眼确实玩不过他们，他现在被动到极点，也狼狈到极点。他的脑子全乱套了，他进门的那一刻就意识到，这是程志霄给他设的一个局，一则是胜之不武，好男不跟女斗；二则是赢了也是赢来一个恶心不已的恶果，拿不走。

尚建新不明白的是肖竹竟是这么听程志霄的话，听他调遣，替他出面蹚这样的浑水丢这样的人。

肖竹干脆地说，是老程专门求她请她来跟他讲和，她才知道这件事的。她叫程志霄老程，尚建新想起程志霄在匿名信里叫她是“那个女人”。肖竹颇为大方地说：“如果你们两个大男人之间的个人恩怨是因为我，就请你原谅老程，别再捣乱，否则你就太小人了。”

尚建新真想对着肖竹破口大骂，他俯视着眼前的肖竹，忍了又忍，好半天才压住火气冷冷地说：“我品德不高，我没素质，我是小人，你也强不到哪里。”尚建新说完就走，他知道他们的关系今天彻底掰了。

肖竹追出来点名道姓地喝叫：“尚建新你给我站住！”她的喊叫惊动了近旁喝茶的顾客，不过也没人起来围观，在茶座里谈崩的情侣多了去了，大打出手的都有，客人们已经见怪不怪了，喝茶消闲，本来就是多一事不如少一事嘛。

不过尚建新还是大步返回，他不希望肖竹这样歇斯底里地继续发作，他推着肖竹进了雅间，掩上门扉，居高临下地盯着她冒火的眼睛说："肖老师请你自重，我尊重你是我的老师才吃你这一套。对了，你今天替老程两肋插刀，我也不能让你白插两刀却交不了差，你回去告诉他我不过是吓唬他一下，他竟然打发一个女……竟然打发你来挡事儿。还有，你咋没问我是怎么对上号找到这个烂人的。"肖竹不屑地说："你上次不是和我们碰面了？"尚建新深深地看了肖竹一眼，泄气地说："那是我忘了。你回去告诉他，我不会像他那样做人做事的。"肖竹听尚建新这么说，面色稍缓，点头说这样就好，她还想说点什么，尚建新直接打断她："请你以后不要大喊大叫，我真替你害羞。"肖竹的脸腾地红了，恶狠狠地说："尚建新，你不光是小人，还是无情无义的小人。"尚建新回头说："你少说了一个无耻，卑鄙无耻。"说完出门而去。

尚建新下楼梯时碰上姗姗来迟的老梁和韩江，楼梯不宽，两个人一前一后堵在楼梯上齐齐仰起脸察看他的表情。老梁问他这么快就完事了？他没说什么，三个人离开茶馆就近找了一家烧烤店随便点了几样，挑了一个靠窗的桌子坐下喝酒，尚建新的心情十分黯淡，韩江碰了一下他的酒杯说："看你怎么狼狈不堪的？"说完和老梁交换了一下眼色。

尚建新喝下一大口，惨淡一笑说："我也觉得自己越来越像一个小丑了。"

第二天下午，程志霄再次邀请尚建新喝茶，尚建新直接拒绝了，程志霄就差派班长给尚建新传话，班长本不知情，又要交差，就一个劲儿地催问尚建新为啥不去？是不是有啥事？尚建新烦不过，说不得，只好答应。

见面谈话从怎么称呼开始，程志霄故作矜持，不让尚建新称呼他职务，“叫程老师就行。”

“你不配！”尚建新冷冷地说，他这次是有备而来，早已识破对方的心术。这个级别的破干部，他家里就有一大把。

“那就叫老程吧，随便叫吧，无所谓。”程志霄悻悻地说。

口是心非的家伙往往爱装。尚建新挑衅地盯着这个自作聪明的“校领导”，想象他写出糟践女人名声的那些污秽文字时猥琐而耐心的样子，想象他在匿名信里威胁要开除他时的那副气急败坏的恶毒样子。如果自己不吓唬他，这个心地龌龊的家伙永远不会抛头露面，尚建新最瞧不起这号躲在角落里的心理阴暗的人，这号人就是人群里的坏人。

程志霄开始低声背诵尚建新的档案，说明他掌握尚建新的资料，最后他语带奚落地说：“我记得你好像是电机装备工，怎么工种填的是配件钳工？”

看这个阴暗的人出阴招，尚建新反问：“你知道我的工种，也该知道我的兵种，我可以在两分钟内把你绑成粽子，信不信？”

程志霄说：“谅你不敢。”

尚建新笑道：“你选地方，咱们试试，就现在，就用你的腰带反绑，保证让你的十个指头够到后脑勺。”

程志霄摆出一副不屑置辩的样子说：“你为了一个‘破鞋’值吗？”

尚建新把一盏茶水劈脸泼过去。

程志霄跳起来，两秒后又乖乖坐下，终于软了声气，从他和肖竹的过往说起，落到匿名信上。看得出程志霄在肖竹身上是用了真心的，他心有不甘地说，凡事总有一个先来后到，肖竹跟他在一起七八年了，比跟她对象处的时间还长，虽然两人在一起没名分，可这些年过得情同夫妻，所以发现肖竹生了外心跟了尚建新，那种夺妻之恨油然而生，可真的争夺起来他又没啥过硬的理由，“只能写信说明情况，请你走开。”

尚建新说：“你是什么都舍不得丢，你说明情况不能好好说，既然你说你和肖老师感情长久，为啥信里写那么多脏话毁人家的名声？肖老师从开始到现在，没在我跟前提过你的姓名半个字，她真是瞎了眼看上你，你连一个女人都不如。”

接下来对话根本达不成一致，尚建新甚至直接告诉程志霄，就是为了肖竹，他也不会原谅他程志霄。“肖老师和你的事，我确实不知情挡了你，现在我再挡你一下，我觉得你不配升官，公示栏允许教师学生反映情况，我想我不是唯一的知情人，对了，我是党员。我和你一样，写信向学院举报。”

“你去举报吧，你以为组织部门会听信你这些争风吃醋的话？你太幼稚了。”程志霄讥笑着说。

“信不信不由我，做不做由我。我还少给你说了一件，你的那封匿名信，我也一块装进去，管不管用，你也不敢百分之百保证吧？”尚建新报以冷笑，起身说，“咱们走着瞧吧。”说完话，尚建新拂袖而去。

老刘紧急出面，一大早找到尚建新，把他拉到僻静的竹园一隅，开口先劝他与人为善，冤家宜解不宜结，犯不上。小不忍则乱大谋，真的撕破脸，他不能独善其身，起码不体面。尚建新说他不在乎，他要程志霄付出代价，因为他的损失更大。老刘连连摇头说他糊涂：“程志霄四十好几，你呢？你正经光彩的人生还没开始，你和他对车，他的损失可能像你说的撤职罢官，可他丢了江山，还占着女人，女人跟他时间长嘛，千丝万缕，她心在哪边你看不出来？再者说了，人家老婆和那谁两个女人都不闹，你闹什么劲儿？争风吃醋是女人的事，你做算啥？还不是先把自己闹臭。反过来说，你呢，你能捞到什么？”老刘皱着眉抽烟，眼里和脸上满是替他感到不值的疑虑和烟雾。尚建新也慢慢回想起肖竹在茶馆里说的那些少恩寡情的刻薄话，一时间无言以对。

老刘看出他的心神恍惚，接着说：“斗气其实是对自己最大的不负责。”然后压低声音说，“再说为一个那样的女人你值吗？说句难听话，别人轧过的姘头你非捧着当天仙，真是那么回事吗？你真觉得那样做有意思吗？那句话是怎么说来，贻笑大方，是吧！”尚建新一阵害臊，老刘的话令他又羞又气，他想分辩两句，可是死活开不了口，老刘言中了事实，肖竹都做出来了。

老刘连连摇头，换回原来的口吻继续劝导：“以和为贵，就算为了你们的脸面，息事宁人。老程私下让我给你转达他认错了，你这件事对他也是一个教训，你挽救了他，他也要悬崖勒马了。”尚建新纳闷地问：“程志霄为啥三番两次找你来说话？”话里也有抱怨和责怪的意思。老刘眨眨眼睛，苦笑一声，他当然听得出尚建新话里的责怪和抱怨，他坦率地说：“我找你就是当和事佬来了，从他那边说我为了同事，从你这边说我为了朋友，旁观者清，给你们提个醒，尽量把话说开了，说开了就走开了。我虽然不站你的立场但还是向着你多，你慢慢体会。你还是个后生，后生可畏，血气方刚，想争一时之气，争眼前一个高低，这个都好理解。换个角度说，你将来要在学院里混，这么翻江倒海闹腾一场也算是给对方一个下马威让他给你腾地方。你又不在这里混，就根本没必要闹他，拿我老家的话说，摊上这事就是跌进茅坑里了，自己悄悄臭着别动，一动就熏了旁人，本来就是臭茅粪，越搅和越臭，你说是不是？”

风过竹林，窸窣有声，旧叶憔悴，新叶尚未抽青。尚建新无心观景，仰面叹息，他不知是否该接受老刘的建议，他不甘心。老刘也摇头叹息，他把抽剩的烟头踩在湿地里碾灭，拍了拍尚建新的肩背说：“别犯傻，别做傻事，回去慢慢考虑清楚。”

6

寒假结束回校报到之后，尚建新一直留心程志霄的任命，他甚至抱着一种非常模糊的期待。果然，开学两周后，程志霄等一干人的正式任命还是贴在原来的地方，程志霄不光官升一级，还补了一个党委委员退休的空缺。尚建新专门去看了新的公告，在橱窗前伫立良久，心里说不出什么滋味。站得久了，他渐渐在透明的橱窗玻璃上看见一层淡薄模糊的镜像，也逐渐看清心里那个隐晦不明的期待，现实比他心里的扭曲厉害得多。尚建新眼瞅着这个行迹龌龊的人堂而皇之地进入权力中心，心里不免愤懑，偌大的学院就没有一个人察觉程志霄是个伪君子？就没有一半个竞争对手出来阻拦他一下，任凭他这么顺风顺水往上混？尚建新想着想着就想起老刘，原来老刘的赌注是押在程志霄身上的。

尚建新好一阵失落，继之而来的就是深深的失望，愤懑好歹还有温度，失望就是一坨冰凉了。他看见自己投在玻璃上的面目模糊的影子，简直就是一个落败者的模样。尚建新也面对过各种现实，但撕裂感情的痛楚使他对现实重新变得敏感、新鲜和尖刻。要说现实，从上学期末肖竹在茶馆出面约谈保护程志霄的那天起，他就看出名堂，知趣地收手了，也没有什么丢不开的，就算恋恋不舍也要忍痛割舍，哪个人没有一点阴暗面呢？

何况他在铁道学院的进修剩下不到半年时间就要毕业了，这个学期的学习任务是三年里最繁重的一个学期，结束全部课程以后，还有毕业实习、毕业设计，这些才是让尚建新感到头大的现实问题呢。

五月上旬的毕业实习去了常州武进，实习回来就投入毕业设计，毕业设计是最后一关，韩江一直给他们散布紧张空气，说毕业设计用四个字形容就是“积重难返”，“积”是要把学了三年的东西全调动起来活用上去，“重”是占毕业成绩的大块比例。“难”就不用说了，韩江认为尚建新和老梁根本不具备设计能力。“返”不是说设计通不过翌年返回来补考，是说没脸返回厂里去见江东父老。

韩江危言耸听，让不懂轻重缓急的学员们像热锅上的蚂蚁一样忙碌起来。

尚建新被韩江提前判了“死刑”，心情的绝望可想而知，他只能揣着哀兵必胜的幻想努力挣扎，他没多少脑子，但他愿意肝脑涂地，为了毕业。

一件事情如果没完没了，一个可能是赶上别的事了，另一个可能是赶上别的人了，人和事分不开，总有人喜欢推波助澜，不让事情停下来。

学院在五月底开始筹备党代会，进修班的党员不多，尚建新在部队入的党，属于年轻的老党员，加上他在平时活动中经常出面替老刘组织张罗，老刘以支部的名义顺理成章地推选他为学员党代表。不久，老刘又专门通知尚建新，说有领导提名让他到筹备办宣传组工作，便来先征求他的意见。尚建新在部队养成了服从命令的习惯，组织上的要求对他而言就是命令，不过他这次有些作难，尤其听说还在征求他的意见，他就把面临的困难坦率地说出来了，一是正在搞毕业设计，时间精力都有限；二是完成设计任务的能力和水平有限，已经无暇他顾。老刘说："进筹备组属于殊荣，会写进你的档案，比你的设计重要多了。至于你说的情况，可以向上面反映，看能不能帮你协调一下，把你的任务分解给别人。"两天后，辅导老师就把设计小组的任务重新做了分派，尚建新承担的任务三去其二，完成起来就比原来轻松了许多，他这才安心地到筹备办报到。尚建新明显感到这些小意思和小动作是别人暗输情面白送他的甜头，但他也没太在意去打探这些甜头的来头，凡事都要人来做，组织选择他来做事，他就习惯性地服从了，不问为什么。直到毕业前夕，老刘组织学员们填写"高等学校毕业生登记表"，尚建新找老刘交表时，老刘翻到登记表的最后一页，最后一页是一个整页的空白大表格，名叫"学校对本人的政审意见"，老刘特意指着那个空页说，这个地方是老程负责审核。就说了一句，尚建新就听出来了，他勃然变色说："你当我怕他啊！""你误会了，"老刘安慰尚建新大可放心，"他和我私底下说起你，不愉快归不愉快，欣赏还是蛮欣赏，他说你敢作敢当，还能听人善言激流勇退，说你将来会有发展的。他这样说了，估计不会为难你的，否则你上次根本当不成代表。"

老刘像是无意说漏嘴了，尚建新却从头顶明白到脚底，敢情他占的那些小便宜是这两人的安排，这让他有吃苍蝇的感觉，而且是先后两粒，温情服下。

毕业前夕，大部分男学员都轮流做东，你请我叫，在学院附近的饭馆吃酒饯别，尚建新几次喝高。好些学员喝一场醉一场哭一场，尚建新不明白那些结婚成家的学员为啥比他伤感。老梁和张爱珍几次在酒桌上表现失态，张爱珍哭得像生离死别一样，把一段恨不相逢未嫁时的地下情，公然摊在了饭桌上。张爱珍哭得很认真，但没一个人认真劝她，这就是成人和水嫩毛愣的大学生的不同之处，于是张爱珍的哭就没啥意思了，又想表现难分难舍的真情，又没决心另起炉灶，哭声听着都不真切。佳木斯和华县的两个学员也突然凑对儿热闹到一块，有人背后笑话这俩一个天南一个地北，这样捉对厮杀分明上演的是一出一决雌雄的大决战。他们主动喝交杯酒给大家助兴，大家跟着起哄，但照样没一个人当他们是真的。

尚建新很平静，他和肖竹的事还没有解密，仍然限制在寝室范围内，加上祁妍不时给他来个“鸿雁传书”，他就成了一个没啥故事的人了，大部分时间焦头烂额，跟着韩江专心设计。

离校前一天，尚建新和几个外地学员叫了一辆卡车把铺盖箱子等大件行李拉到火车站提前托运了，那天是个难得的晴热天气，树冠都蒸得水烟缭绕了。候车室和车站广场更显得水深火热，万头攒动的旅客带着各式包裹，或背或扛或拖，这边还有挑的，熙来攘往在广场上无序地涌动，酸臭汗馊的人味在四下漾动，虽然看不见，却分明觉得格外黏稠。尚建新他们离开托运室，随着热烘烘的人流朝公交站那边走，老远就听见一声一声的哀号，苍凉凄惨，他们几个循声到了报警点，看到一对五十岁上下的农民夫妇跪坐在肮脏的地下抱头痛哭，两口子都很瘦小，再往地下一跪，如果不是他们的墨面苍头，就真像两个未成年人了。尚建新低声打听这是怎么回事，旁边先到的围观者唏嘘：“老汉儿还没上路就遭毛贼给扒了。”两个警察漠不关心地坐在岗亭里看着他们，看见围观的旅客多起来就拿起电喇叭厉声呵斥：“看啥子看啥子？有啥子好看？幸灾乐祸啊？你是小偷的同伙啊？”不少人听了就走开了，尚建新早前听成都的学员说过，车站这边的小偷非常猖獗，和警察联手分成，所以偷本地人都是明目张胆的。

他们从火车站步行回到学院，算是一个告别。街道上有从下水道里蒸腾起来的热浊腐败的气味，没有风吹，消散不开。回了教学楼下，很多学员邀请了任课老师合影留念，肖竹在场，他看见她在用手机打电话，当时很少有人用手机。肖竹也看见他了，边打电话边甩头发边意色洋洋地招手叫他，三个美丽时尚的动作一气呵成，但并未能抽换她在尚建新脑子里的旧印象。尚建新犹豫一下，走过去停在离她两步远的地方，等她眉飞色舞地打完电话，看她把细细的手机天线摁回去。然后肖竹才眉开眼笑地问他跑哪去了，又说她一直想找他，“一起吃个饭，你顺利毕业了，庆祝一下。”尚建新婉拒说不必了，他们就在那棵樱桃树的树荫下站着说了几句尴尬之人久违的客气话。尚建新说：“你看马上离校还有好些事没办，欢迎你有机会到咸城。”说完拔脚欲走，肖竹哪受得了他这份冷落，挡住他说：“尚建新你个臭毛卵子，你以为你是哪个？”尚建新慌忙四顾，他确实怕人听见，好在别人都在那边扎堆儿等着照相。尚建新这才定住神。肖竹故意找茬恶心他，尚建新好气又好笑，他只好停下，低头看着火气冲天的肖竹说道：“肖老师，您这样有损形象。”他看着肖竹眼里的光焰一点一点熄灭了，转身去和同学们会合，中午的散伙饭已经订好了，饭后就有几个同学离校，他不想错过与同学们的最后一次欢聚。

7

尚建新坐在车里就看到校庆的标语悬在巨大的气球上从半空中垂挂下来，大门里外站着好些面貌清俊的大学生，穿着印有校徽的蓝色T恤，脖子上挂着统一的吊牌，引导着返校参加校庆活动的学长。校门外马路的左右两头都有交警在疏导进出和过往的车辆，两辆交警巡逻车闪着警灯停在路边。

铁道学院的一百一十周年校庆活动要持续一周，尚建新在被邀之列，时隔十二年再次返校。

尚建新没有在校门口下车，他让司机又往前开出二三十米才下车，打发司机回酒店，然后自己步行返回校门，他穿了正装，高大挺拔的身材格外引人注目，一个斯文秀气的小女生笑盈盈地口称先生迎了过来，身形轮廓宛若肖竹，尚建新当时就恍惚了一下。他出示了邀请函，女生改口称他学长，引导他往横幅上留言签名，然后给他指路说启动仪式将在图书馆一楼报告厅举行，热情地问他需不需要她来带路，尚建新说就是杂树林边上那个图书馆吧，女生点头称是，问他是哪届的，是不是很久没回母校，尚建新没说他是哪届的，倒不是因为虚荣或别的顾虑，进修班本是“杂牌军”，一半句也说不清，便只说离校有十来年了。那个女生夸张地说十年啊，那时她还不满十岁啊，那变化可大了去了。尚建新委婉地说，新图书馆的规划他在校时就有了，他记得路，知道怎么走。

学院的主路两旁悬红挂彩，闪闪烁烁的拉花等饰物直接披挂到道旁树上，风吹树摇，蒙络摇缀。路两旁矗立着一块块宣传学院和专业的制作精美的版面。阳光弥漫，空气湿润，树叶亮眼，尚建新走在熟悉而又陌生的校区里竟有些恍若隔世，他顺着花坛小道拾级而上，回到进修时的那栋教学楼下，那棵樱桃树还在，没怎么长高，但粗壮了一圈，树冠和树梢挂着娇艳欲滴的红樱桃，尚建新潸然泪下，心说来对了，来着了。他不追求重游旧地的矫情和兴致，他不浪漫，可他这些年确实梦到过这里，对着吸饱雨雾的樱桃树，他和肖竹的晤谈。

完成了三年的进修，尚建新返回墅北矿机厂，八个月后通过大姐夫的关系调进咸城制版厂，又被派到浦东筹备新厂，协助姜蓉负责基建和设备安装，姜蓉是他碰到的第一个贵人，姜蓉回本部负责拓展国际市场，尚建新被派往马来西亚，出国前和祁妍协议离婚。这些年他飞来飞去经停成都多次，但都没有找到合适的时机或者合理的借口回来看看。

一般校庆活动玩的都是那些名声显赫的专家学者、海归博士或部委官员，像尚建新这样的民营企业家能得到校友会的邀请，一靠捐款，二靠身价。尚建新一直没弄清他们那届“杂牌军”还有哪位学员获邀。

头天晚上的接风宴摆在锦官城大酒店，尚建新在那里见到了该见的人，包括已经担任主要行政领导的程志霄。程志霄端着红酒率领一干现任领导窜桌敬酒，略显疲态的脸上笑容可掬，一副谦和斯文的风度，到了尚建新跟前，他一点没有假装，直接呼出尚建新的名字，显得他官大胆大，他也不讳言，直截了当告诉尚建新“你是我点名邀请的”。旁边马上有人附和，程志霄话里有话地说：“你在读时没有交集，这些年来我一直想见你。”边说边向周围的其他人引荐，“这是我们学院十几年前成人脱产班毕业的佼佼者，现在从事制版行业，他们的企业不仅遍及全国，还在海外拓展，欧、亚、美洲都有，他本人是负责菲律宾、泰国、马来西亚、新加坡等东南亚国家的总经理，是从我们学院走出去的年轻有为的企业家。”程志霄开头的几句话尚建新听了并不舒服，他一直对程志霄怀有防不胜防和耿耿于怀的心思呢，程志霄一直都是那种明处施恩暗地伤人的小人。但程志霄后面这些连吹带捧的夸奖着实让他受用，他当然不至于受宠若惊到忘乎所以的地步，但受用毕竟受用，而且程志霄说的也是事实嘛。

后来尚建新也端着酒杯去主桌那边回敬程志霄，程志霄见他过来，马上婉谢了擎着酒杯等在近旁给他敬酒的那些人，伸手拉着尚建新往落地窗边走了几步。礼貌性地交谈几句之后，程志霄文质彬彬的眼里终于流露出那种晦涩的狡狯，他对尚建新说："一开始我们都错了，到后来我们都做对了。"话里有炫耀有庆幸也有所指，就是没有忏悔，没有肖竹，因为他绝口不提"那个女人"。

尚建新早已知道，肖竹后来遭遇了一次意外，付出惨重代价，那个毁容者被判刑入狱，肖竹远在海外的男友也不堪其情貌和情事选择了分手．肖竹身心俱损，学院出于各种考虑，不再让她执教，安排她到图书馆工作。尚建新一直想象着肖竹现在的状况，担心她遭遇这样的打击之后精神会有什么变化，即使远远地想暗暗地想，他都心疼得睡不着。

看过樱桃树，尚建新顺着小路往图书馆走，他不去会场，他明白自己所为何来，他甚至猜得出程志霄邀请他的用意何在。什么心机什么布局什么虚荣，他都不在乎不讲究无所谓了，包括那场有没有他都无所谓的庆典。

他当过远游天涯的断肠人，在白昼紧张的拼搏和奔波之后，夜晚的虚无会更加空寂，一次他看电视时无意间记住一句唐诗，"青虫相对吐秋丝"，竟然再也没有忘记，他无来由地认为那条可以和他吐秋思的青虫，只能是让他爱恨交织的肖竹。

到处张灯结彩的辉煌的校园里，最显眼的应该是黑暗的枯水井了。

他在大厅入口查看了区域分布地图，然后往科技区的方向走，由于庆典活动放假的缘故，图书馆里人不多，嵌在天花板里头的日光灯洒下雪白的冷光，感觉像光滑的大理石地面真的结了薄冰，静穆的长廊只有他特意放慢放轻的脚步声。他在墙垣般的书架中间寻寻觅觅，转过一个高大的书架档头，远远看到一个圆乎乎的短发女人站在折叠梯子上往书架的高层摆书籍，一辆堆满书籍的小推车靠停在墙边，女人个子矮，只能一次次地爬上爬下，耐性十足地把小推车上的书转移到书架上。

尚建新的心顿时怦然一动，找到她了。

他朝她走去，她肯定看见他了，但没有停下手里的活，显然她没认出他来，把他看作一个普通的借阅者也未可知。

他走近她时，她刚又摆好一些，扶着梯子准备下来再取，尚建新抱起几本书放到书架上，递到她的手边。

她诧异地朝他看过来，眼里掠过几丝疑云，尚建新摘掉眼镜笑着迎接她的目光，这些年他已经有中年人的体貌，但面部轮廓变化不大。

“尚……是你！”肖竹惊呼，虽然声音低到不能再低。尚建新一摘眼镜她就认出他来了。

“是我，肖老师。”他也低声答应，一边细细打量着梯子上的人。白发、皱纹、赘肉都有了，眼睛里缭绕的紫光却没了，变成了黑黝黝的寒气，清晰的疤痕横贯右脸颊，停在耳朵上。

肖竹察觉到他在看她，把脸扭到一边，慌乱中似乎忘了还在梯子上，梯子晃了两下，尚建新伸手搀住她。

肖竹从梯子上下来，推开他的胳膊，转身顺着墙壁和书架之间的夹道径直走了，尚建新在她身后默默尾随，看着她随便的短发，简便的无领无袖的布裙裸露出来的圆滚滚的肢体，还有不穿袜子的双脚露在平底鞋外的脚踝，这些地方都是他曾经爱抚过的，依然有活色生香的温暖回忆。

肖竹走到一个十分隐蔽的角落才停下来，这是个书架摆放的尺寸打架构成的夹角，尚建新过去，从背后搂住她，低声念出暗语：忙课、吾的派克、李四儿的、看门……

“对不起。”肖竹叹息一声转过身来，专门掠起头发露出疤脸，盯着尚建新的眼睛一字一顿地说：“我们没有未来。”

“现在就是未来。”尚建新平静地回答。

（《延河》2015 年 3 期）

王琴的资格楼

老何的追悼会隆重举行之前，他的四个子女一直把他丢在大河边上的一所工厂，丢给大大咧咧的王琴。

老何级别高，追悼会的规格也高，厂工会安排组织，厂领导都来参加告别仪式。领导们挨个绕行灵堂过来慰问逝者家属，王琴赫然排在第一个，着实把圆头圆脑的厂长吓了一跳，因为王琴一把抱住这个平时只在工厂电视台的闭路频道里露面的滑头领导号啕大哭，边哭边说："何仲永走了，留下我和孩子们往后可咋过呀？"排在王琴后面的老何的四个子女那个尴尬，那个恨不得——遁地和蒸发是不大可能的——估计他们当时并排躺到亡父旁边的念头都有了。当时陷入难局的还有圆头圆脑的厂长，他被王琴奔放的哀告弄得不敢妄动，多亏随行吊唁的工会女工委员从旁劝解，同时解开她豪放的胳膊，才把厂长从她怀里剥出来。那天的场面很不严肃，本该是悲戚的气氛，结果很多人笑场了，再后来，就传成了笑话。

这事不能全怪王琴。

王琴是以续弦的名义进的何家，老何的四个子女都是见证人，他们分处于山南海北，各有事业，各自兴隆，无暇顾及老何，才想出给老何续弦这么一招，然后王琴进门。时年老何已是八十七岁高龄的老人，子女们给耄耋之年的老何续这个弦，显然不是让王琴给老何鼓瑟吹笙耕云播雨什么的，是要她来侍候老何，以妻子的名义，行全职护工之实。

王琴是个落难寡妇。寡居之前，她和原配丈夫老柴也举案齐眉过，不过此案非彼案，而是响声不绝的麻将桌。王琴夫妇都是嗜赌之人，互不嫌弃，过着有福同享、有难同当的潦草生活，有几年公安局严厉抓赌，两口子也是看守所双出双入的常客，儿子只好跟着爷爷奶奶过。后来放开了，两口子贷款举债，买房买车，提前消费，好一段时间过得比一般工人洒脱。两口子玩麻将，常常不分昼夜玩车轮战，常常是夫妻合练，协同作战，此消彼长，亡羊补牢。不过夫妇俩都是粗糙之人，习练多年，麻艺还是不精，久而久之，非但没有业精于勤，反倒是输多赢少，好在夫妇二人的赌品有口皆碑，于是，找他们玩的人也多。麻将这个活计一旦当成事业长年累月玩下来，就不光是破财的事了，还伤身。老柴出事的那个黎明就没露出一点征兆，他在麻将桌前鏖战一宿，而且小有进账，整点零碎钞票时，突然捂住脑瓜问对面的孙大夫："我头破了？"孙大夫笑道，好好的哪破了，老柴说他明明觉着流血呢吗，说这句话时脸色就变了，扶着桌子想起身，一挣扎反而连人带椅滚翻在地。麻友们发声喊，以为他瞌睡晕倒了，等他满口吐出沥青一样黏糊的东西，孙大夫就知道情况不好了，赶紧抬着往工厂医院送，折腾了一阵，还是没醒来，值班医生说职工医院看不了这个病，得赶紧转院。王琴赶到时老柴已经让搁在架子车上准备往救护车上转了，王琴拦住担架车喊叫，老柴不应，她这才连连顿足，居然没有大哭，而是不住声地说这下坏了，坏了坏了。大家都不知她说啥坏了，以为她吓坏了，悲伤过度失心疯了。不过王琴说对了，老柴在送到七十公里外的咸市中心医院时，继续昏迷了两天，就彻底坏了，他甚至没来得及给他的“同林鸟”王琴交代一句话，竟提前“西游”了。

老柴去后，身后一下现出的不是萧索的远景，而是一座高高筑起的债台。要说夫妻二人同心其利断金，大家还会信任王琴，如今到了二人举债一人偿还的地步，债主们就害怕王琴拒不认账。输赢是检验人品的重要标准，王琴乃赌中彩凤，埋葬了男人，她给前来帮忙的“麻友”赌咒发誓：人不死，债不烂，老柴没了她还在，“我王琴输金银不输人品。老柴的账全认全还，还不起就典房卖车，再还不清，我就卖了自个儿。”

借钱给她的债主和麻友都已经自认倒霉了，她卖自个儿，谁来买她？大伙儿认为王琴这么说不过是为了抹事消灾，真信了这号赌咒发誓，街头那些神经病的胡言乱语也就成了箴言了。不过，王琴愿赌服输的誓言债主们听来起码心里好受些，事无两样人心别，麻将对人的磨练小觑不得。后来的事情果如其言，房子车子卖了还是没还完，眼看到了山穷水尽的地步，儿子才刚上了中学啊，路漫漫其修远兮，王琴果断践诺，她在工厂范围内放话出去，谁能帮她还掉男人和她欠下的赌债，替他养活儿子成家立业，她就跟谁，只要是男人，年龄上不封顶，不怕老，不怕病。

麻友孙大夫在职工医院上班，负责给厂里退休的老干部当保健医生，他了解老何家的情况，就把王琴领到了何家，后来便有了王琴续弦到老何名下一说，这事与其说是缘分，不如说是有心的“巧合”。

老何是工厂里最早的一个高工，有史可查，他能活这把岁数，是脑子比别人发达，老不糊涂，老话说有大德的人一定有位子、有俸禄、有名气，还有高寿，老何德不德我们是不知道的，但前头话里的四件他起码占稳了两件，如果在河边工厂这个小范围里讨论，可以说他占全了。儿女们给他想辙，他也明白儿女们的心情，儿女们想把他这个浑身馊味儿的“废物点心”让外人替他们吃掉，反过来非说是他们顾不上吃。那老何又是何等醒豁之人，他眼观鼻，鼻观心，坐轮椅，不出声，听凭儿女筹划安排。老何头一次见了四十出头的王琴，老眼还是放了一下光的，但也就是精神了那么一瞬，这个光气除了王琴和老何的小姑娘何羽，别人压根不可能觉察。换句话说吧，老何之于王琴，各减二十岁，相当于六十七八的老头找了一个二十出头的姑娘，老何那脑子完成这样的换算简直太绰绰有余了，这意味着老夫少妻啊，能不激动人心嘛？再衰老的心脏也是喜欢这种欢愉的场面的呀。天理昭昭，人同此情，包括老何，概莫能外。那天等于是王琴上门来相亲，老何那边由何羽出面和王琴洽谈，基本没费周折，谈妥之后，才请老何说话。老何再次上下打量，鼓起全身力气犹然声气绵薄地立了一条规矩，债多不怕，这边替你还，但以后不许再碰麻将，能的话留下……老何说到此处，脑瓜就耷拉到胸脯上了。何家四子女连同他们的家属齐齐回头盯住王琴。王琴那天像是单刀赴会，可照样大大咧咧，当时就朗声立下誓言，保证不碰，否则出门让车碰死。老何黯然，显然听得见，但没再出声，事后他给最贴心的小女儿何羽说，此人赌徒心性，动辄赌咒，表个态而已嘛，真是不赌钱赌气，不赌气赌命。

难得王琴，果真金盆洗手安心服侍老何，老何每月工资将近九千，在这个河边工厂过生活，天天山珍海味都够了，老何四个子女没时间照顾老何，但一个个是真有钱，轮流回来探视，大包小包且不说，现金都是成千论万，一沓沓往茶几上摆。王琴跟老何有了名分，他们叫王琴王姨，很领王琴的情，虽然王琴实际上是老何的全职护工，但名正言顺，服侍尽心，在老何子女跟前底气儿很足，她替老何做主，一概不收子女们的孝敬钱。老何四个子女都是有脑筋的人，他们都有就事看人的讲究，见王琴不贪财，就更放心这个王姨了。人心换人心八两换半斤，尤其何羽，逢年过节甚至是换季都给王琴买穿戴，一律是河边厂少见的高档商品。

天晴道干，风和日丽，王琴就推着轮椅上的老何在生活区里转悠散心，老何盛夏都捂着口罩，戴着鸭舌帽，腿上搭着毛毯，脸皮跟得了白化病一样。王琴常常路遇以前的工友或麻友之流，不时也会停下聊两句天什么的，有人低声问她怎么能接受这根“干丝瓜”、跟木乃伊似的棺材瓤子啊。王琴就爽朗地说：“我服侍的是一尊财神，这年头谁他娘不为财神爷服务。”王琴的话里透着一股子能屈能伸的男人味儿。也有老姐们儿问得体贴：“那黑夜不得上床？他动不动你？”王琴指指轮椅上呆呆地久坐不语的老何说，都这样了，咋动？这时问话的人就诡谲地说，总能捏捏揣揣吧。王琴拍那老姐一掌，笑骂，滚一边去。孙大夫甚至给她支招，教她一宿抖擞死老何的邪门招数，他十分专业地说：“你正是如狼似虎的岁数，你就那样做了，他全是内伤，他儿女就算心里明白也说不出口，警察也不能说啥，两口子做事合情合理合法，愿打愿挨。”王琴慢慢摇头，坚决地说：“你他娘这不是让我快活，是想让天打雷劈了我呢。”孙大夫就泄气地说：“我还不是想教你早点脱身，看来你还是愿意侍候那个活死人。”

外人跟王琴嘀咕时，老何跟个不会说话的孩子一样坐在轮椅里不出声，其实他耳聪目明，只是觉得无论年龄还是身价，他都高出王琴这类人好多，既不可同日而语，也没必要申斥或辩驳，当然他也没这个力气。忘了是哪次哪个人的哪句话刺激了老何，晚上王琴给老何洗脚按摩时，老何说她：“看你交往的那些人，和碎砖烂瓦一样不可理喻。”王琴当时也很吃惊，因为老何从来没说过这么伤感情的话，于是随口就回了一句：“那我就是碎砖烂瓦了？”老何不再作声，可能生气更耗费气力。洗完脚，她端起脚盆去倒水，又笑着逗了一句：“老老的了，剥削阶级思想很严重。”老何就缓缓地笑了，速度和亮度都有点回光返照的味道，眉毛嘴角活泛了好一会儿呢。没有王琴这样照料，老何很难活到九十四岁高寿。

何家四子女，何羽最小，在大学里教书，有假期，又是姑娘，回来探视的次数比三个兄长要稍微频繁些。何羽高挑优雅，面色柔和但眼光执着，带些冷意，平时总是黑上装，包括短袖背心一色黑，下身老是洗旧的牛仔裤，但人家往人群里一站，整个人马上透出鹤立鸡群品质一流的都市风貌，很有范儿。其实何羽回家来就是给老何一个安慰，觉得儿女还惦记着他。但服侍老何的一应俱全的活计还是王琴一人做。

老何到夜里八九点就睡稳了，王琴就开始整理拾掇洗涮，何羽就地铺块毯子练瑜伽，互不影响。等到王琴洗泡过度而泛红的双手闲下来坐到沙发上看电视，何羽就练习茶道，王琴看来就是泡茶而已，故意麻烦自己，不过，王琴后来还是跟何羽学会了品茶。有时何羽用电脑和国外的儿子丈夫聊天，王琴很好奇，却一直不懂这个。资格楼的客厅很大，王琴早习惯了看无声电视，电视里演啥都一样，男的打过来打过去，女的哭进来哭出去，男的亲过来女的亲过去，她靠在沙发上瞧热闹，就像白天隔着窗户看人来人往的街道。

王琴不时要起身照应老何，咳嗽了要喝水，吭哧了要解手，呻吟了要翻身，任何细小的动静王琴的耳朵都能捕捉到并且处理好。何羽做不到，可她看得到，于是心怀感动。

何羽不回来的话，王琴夜里十点左右就睡下了，何羽回来，她们就会喝会儿茶，聊会儿天，都有了闲坐长夜的伴儿。老何的生活护理是固定话题，这个是道义。女人的私密也是一个话题，王琴比何羽还小一岁呢，名分上差着“辈儿”，实际上是同龄人，聊到推心置腹的地步，那个“辈儿”就没了，就剩下女人的私房话了。王琴觉得就算聊起私房话来何羽也聊得头头是道，很有学问，把自己比得像是糊涂一世白活了。何羽见王琴还来月事，又羡慕又惊讶，屈指算了一下说，她停了有四五年了，把这事都忘了，然后就感叹自己精神压力大。王琴不懂养尊处优的何羽有啥精神压力，便满不在乎地说：“我可想它早停呢，又热又痒又不方便。”何羽黯然地说：“不要这么说，这个是女人青春的最后标志，它能来，说明你还有生命的躁动。”什么青春标志、生命躁动的，王琴从没这么想过。

不过，打那之后王琴就觉得何羽看她的眼神变了，她在厨房张罗或在卧室服侍老何，何羽就会在身旁转悠，王琴想的是，何羽在督查她做活儿是否尽心尽力，何羽这样做是应该的，她也没多心。

平时王琴是和老何同床的，照料起来方便。何羽回来就拉她一起住，说说话什么的，有时老何那边有动静王琴要起身过去探视，何羽都会拉住她说没事的没事的。王琴起头还觉得何羽自私呢，后来就觉得何羽不太对劲儿，几次问到她那方面的事。王琴不敢说，她怕何羽套她话，说了真话，成了把柄，对不起自己；二来不好开口，说是给老何续弦呢，其实是当了个仆人，还不够惨？说是做夫妻呢，老何连绵薄之力都使不出，还不可怜？认命了，心凉了，但热腾腾的身体怎么说服呢？素着斋着清净着还好过，那些话说了也要动火的，而灭火是很熬煎很遭罪的。王琴有相好，内需实在迫切了才苟且一下，好赌不好色，她把得住。再说这种勾当只能背着人干，哪能给人说？莫非对不起老何，何羽还能原谅她？所以她坚称

“没有那方面的需要，更没有外人。”何羽见她又要赌咒发誓，就不再问了。但凡何羽假期回来探亲，就隔三岔五地给她放小半天假，她的眉梢就会光亮几天，丰厚的腰肢好像恢复了灵活的弹性——这是一份额外的福利，王琴心怀感激，何羽心照不宣。

王琴从四十三做到了五十一，照顾了老何八个年头，陪伴他走到了生命的尽头。老何去世前立下遗嘱，感谢王琴给予他桑榆晚景的体贴和温暖，并专文向子女重申了王琴必得和应得的财产，文件都经过了公证，就此也可看出老何这种高级知识分子为人做事的严谨细致，他用国法把至亲骨肉挡在他最后的善意之外，仔细想来，也是很无情的。老何留给王琴一笔丰厚的钱财，包括在河边工厂的这套全天供应热水的资格楼，这种资格楼属于河边厂的固定资产，不在“房改房”之列，但使用权归老何所有，老何就把房产使用证等文件留给了王琴。王琴是两手空空进的何家，有了房本儿，就不再担心无家可归了，养老也不是问题了，即使将来再走一步也进退有据，谁也管不着她了。

老何弥留之际，何羽和何家老大都赶回来守在床前，王琴想走开，以便他们多待一会儿，不料老何布满寿斑的枯手一直拉着她不放。她用勺尖儿挑着水珠子给老何润湿嘴唇，老何醒过神来就嗫嚅着，好像要说话，何老大贴着他的耳朵告诉，老二老三正往回赶呢，老何合上眼，然后再费力地睁开，嘴唇继续嗫嚅，何羽和何老大面面相觑，他们不明白老何说啥。王琴其实也不知所云，但她满口应承，哄得老何安心阖上眼睛——往生者心无挂碍才会一路顺风呢。

送走老何，子女们回家里整理遗物，何老三把搁在书架上的结婚证扔进了准备烧化的杂物堆里，王琴瞅见了，赶紧弯腰捡起来，问他为啥要扔了。何老三快快地说：“上面有我爸照片呢，人都不在了，留这废纸一张干啥？”王琴不高兴地说：“你没看见这上头贴的双人照？你爸走了，我还在呢，怎么能说是废纸呢？”何羽过来打圆场，一说这是重要纪念品确实不该丢弃，又说结婚证在民政局有存根，丢失毁损都可以申请补办。这才把两个有点紧张的人说开，王琴随后就把结婚证收藏起来，这是她来何家的准入证和走到今天的通行证，她觉得留下这个证件不再是感情问题，而是心眼问题了。

王琴完成了她的最后使命，老何一家也帮助她完成夙愿，她的儿子大专毕业后四下奔波，最后落到老何二儿子的公司安身，儿子的事后面还有话说。老何四个子女安葬了父亲，如约将老何的遗产转到王琴名下，以感谢她给予他们老父的临终关怀。王琴不客气地说：“一家人不说两家话，我跟了你爸，就算你们何家人，你们老这么客气就见外了。”她对追悼会上的惊诧旁人的表现没啥认识，还是大大咧咧的，不拿自己当外人。

安葬了老何，何家四子女先后离开，再无后顾之忧了。

空荡荡的资格楼里就剩下一个王琴，她成了何家的主人。她时常在浴室的大镜子前一站多时，审看镜子里那副松垮了的皮囊，陌生、凄凉、难堪，混在弥漫的水汽里，朦胧了她的心眼。说是卖身偿债嫁给老何，实际也是豪赌一把，不过这个赌局开得大、时间长而已，因此老何的末日就是她胜出的时刻，赢来的就是眼前这副光景，老态毕现，皮肉松懈——时间都去哪儿了？莫非这就是筹码？这就是要翻的本儿？这就是赢回来的自个儿？谁还要这？连自个儿瞧着都不顺眼了。

寡居大房，开头几天还觉得清欢有味，时日一长便觉得冷清难耐，过去老何喜欢清静，不许她随便邀请外人上门，现在她当家作主，来串门的客人就多起来了。孙大夫仍是常客，说："凡事都有缘分在，你和一所房子有缘，你一定会在里头生一场病，你和这资格楼就有缘，所以在这里结了一次婚。"王琴不客气地打断孙大夫的话说："得了，你咋不说说人家老何呢？真有你说的那个缘，我应该像老何，死在这里头。那他妈才更叫一个有缘呢。"孙大夫笑道："那还不简单，现在我就弄死你。"

资格楼就建在河边厂职工医院正对面，一共三栋，中间隔着一条马路。盖楼时就闹过风波。先是动工兴建之前被职代会否决，二是占用了生产资金，三是大大超过普通职工的住房面积。河边厂山高皇帝远，领导拍了板，来了个霸王硬上弓，硬把资格楼建起来，结果引起民愤，有几个职工代表联名写信，坚持向上反映。上级部委派出工作组来调查，京城来的调查组长实地察看了资格楼的结构规模，出于义愤也出于妒火，狠狠地批评身边陪同的厂长："怪不得工人捅你们，这岂止是超标，你们住的比他妈部长都阔几倍。"厂领导主动承认错误，说明盖资格楼的初衷考虑的是河边厂地处偏僻的实情，是为了吸引和留住厂里高级优秀人才特意栽下的"梧桐树"，属于企业固资，不会成为任何个人的私产。又派人去到上面活动，釜底抽薪，通过内线直接给部委领导回话，这条内线的两个端点就是老何和他的大儿子，因为部领导曾是老何的旧属，所以老何儿子就是部领导的下属，这种盘根错节的关系当然不是一般关系，是烟笼寒水月笼沙的包庇关系，是我越不说你就越明白的那种狗屁关系。部领导随后给调查组打了招呼，说违规是肯定违了，总不能把已经建好的楼房给扒了吧，责成他们认识问题，下不为例就是了。

既然部委领导发话了，资格楼就屁事没有了。

老何没反对过盖资格楼，他还是资格楼危机公关的参与者和同谋。当初大儿子怀疑这件事的可行性，不想替河边厂到上司跟前说话犯险，就和老何在电话里沟通，问他是否应该考虑一下群众意见，他态度明确地说：“黄钟毁弃瓦釜雷鸣，什么碎砖烂瓦的意见都考虑进来你还能决策下去？”资格楼建成后，他第一批坦然入住，作为绝对的既得利益者，他心安理得地享受了资格楼的好处。

王琴和工友们就不同了，往年她们常常要到医院探视病人看望产妇什么的，出了医院大门就是资格楼，她们更希望资格楼是活火山，瞬间被她们的妒火烧塌，夷为平地。但更多的时候，心里会生出觊觎，她就和工友说过，哪天咱也进去住住这资格楼。工友打趣她：“那你得赶紧让你家老柴当厂长。”王琴就泄气了，她的老柴能干啥不能干啥她最清楚，这样一来，委屈和绝望的妒火就会爆发，诅咒资格楼是太平房，正正修在医院旁。这个恶毒的骂法倒也不是王琴的发明，也很难说是不是群众瓦釜雷鸣的心声，结合上老柴的猝死就更说得通了，试想老柴那早晨如果是倒在资格楼的随便哪间房子里，一定不会那么快就没了。反过来的例子就是老何，老何咳嗽一声，孙大夫就拎着器械屁颠屁颠上门来检查老半天。

现在轮到王琴在资格楼里当家做主了，结果大于过程，她印证了她和资格楼的确有缘，她不在乎老何侵占了她们多少利益，多少面积，反正他不是灰飞烟灭了吗？在他魂飞魄散的地方，她获得了住在资格楼的资格。

麻友们来了，围桌打上几圈就是最好的待客之道。时隔多年，麻友们发觉王琴真像换了个人，心性不同以往了，她只小打小闹，口头禅也变成了小赌怡性不怕输赢。但能看得出她如今手头阔绰，输赢从容。

麻友们在一起搓麻也不是常人想象的那么利欲熏心剑拔弩张，

大部分时候还是谈笑风生说东道西，张家长李家短地交流感情。王琴这样翻身得解放的好赌之人，轻狂和芜杂的心性像荒草一样难以根除，尤其有了一些身家。说起何家的四个子女，这本是死老何的家珍，但她真不把自己当过外人，但凡有人问起老何家的情况，她的话匣子就呱啦呱啦关不住，何老大做了多大官，何老二有多大产业，老三养了几个小三家里有多热闹，小闺女何羽家住在广州但一家三口子都是外国人……最没意思的是，她喜欢炫耀，包括一些细枝末节，她也要添枝加叶，人参什么味儿，鹿茸什么劲儿，啥她都夸大其词地给人说，摸牌看牌凑搭子打牌，手脑并用嘴还不闲。麻友们配合她的话，或啧舌称奇或摇头唏嘘。大伙能体谅她的孤独，打牌就图个说话解闷儿，所以由她说啥，说啥也没错，反正都是过去的事了。

孙大夫几次规劝王琴，一个人住这大房夜长梦多，不如卖了大房换套稍微小些的，经济适用就够了，还能变现。孙大夫是个俭省卫生的男人，说话都跟过日子有关，他替她算账，一个人住这么大房子浪费不说，每月多掏多少电费水费物业费？王琴不喜欢他算小账，她甚至觉得她和他除了那儿合适哪儿都不合适，不过，她相信他不害她，就说住了大房再也不能住以前的小房子了，憋气。孙大夫叹气说："你变了。"她就说："当然，变老了，惹你嫌了，以后别来往了。"嘴里这么说，两人反而贴得更紧。

房子的事真让孙大夫给说着了，厂里高薪招来一个什么博士，准备安置到资格楼里，这事上了厂长办公会，由物业公司去给王琴做工作，希望她腾出资格楼，楼就给那个博士当待遇。物业领导电话和她沟通，她一口回绝了："我不要你给我重新安置，也不要你的优惠补偿，我就要这房子，这是我和老何的洞房，这也是老何留给我的待遇啊，凭啥让给他？”物业领导带了两个手下登门拜访，劝她顾全大局，体谅工厂，“咱们河边厂偏僻滞后，弄来个人才不容易，万一……”王琴打断他的话：“你这话白说呢，大道理我懂，我是不懂你这道理，楼上楼下前排后排好几十套，你为啥不找他们商量，偏偏瞅上何家这套？”王琴这么撕开了说，物业领导也就不再藏着掖着了，索性说出资格楼的入住资格，以为这样就将死王琴了，不料王琴一把拉开房门大声说：“你也没资格跟我说资格。你上门欺负我寡妇无靠，你当老何死了何家就没人了？老何尸骨未寒你们就想赶尽杀绝？”说完就撕开嗓子号啕大哭，哭声在楼道里嘹亮地回荡。物业领导当时就慌了，他不怕她撒泼，怕的是何家人，因为何家的子女都有背景，何老大就在河边工厂隶属的部委做官，王琴随便一个电话就通天了。物业领导怕惹下麻烦，不好向厂里交差，河边厂更是投鼠忌器，便另想办法安置那个博士住下。那个博士在河边厂待了不到半年，就另谋高就了。

有人说博士是没住上资格楼生了气才离开的，虽然没人和王琴这么说过，不等于她没造成影响，后来有人不怀好意地把这件事当笑话说到何老大跟前，不难想象到何老大会作何感想。

王琴有存款，有房子，有靠山，手机的挂件儿都是明黄亮堂的琥珀，随便打个电话，麻友们就和刀斧手一样从藏身之处一涌而出。她在家里支摊儿搓麻，麻将的喧哗招来四邻的不满，四邻尽是厂领导，不是这“总”就是那“总”的体面人，他们了解王琴，都不屑于和她过话，而是向物业投诉，给厂长告状。物业人员上门知会王琴，王琴先嚷嚷起来，哪条法律规定我不能住这里？哪条法律规定我不能在家里打麻将？物业惹不起她，怕她像上次那样哭闹，善意地劝她，干啥都行，最好别妨害到四邻。听说是邻居告发，王琴才收敛一点，她也怕犯众怒，怕牵连了何家人。便卷了摊场，不叫麻友来“暖房”了，实在想消遣寂寞，就出去找摊儿。

邻居们平常就不和她来往，这次告发之后，又彼此存了戒心，就算她不打麻将，邻居们也不打算原谅她，那些年老的邻家主妇们私下串联，互相打听何家子女的电话，向何家人告她的状。

王琴哪儿知道邻居们在谋算她呢？

老何去世后的那个春节太冷清了，王琴独自坐在大客厅里看春晚，当主持人煽动观众给远方的亲人打电话送祝福时，她都懒得去想该给谁打，后来才给儿子打去一个电话。她改嫁后，儿子改口叫她王琴，嫌她丢人，从来不给她打电话。儿子还是在奶奶家过，婆家人也早不认她了。有几个麻友给她打电话拜年，嘻嘻哈哈一通，这些电话不算数。孙大夫没给她打，他们喜欢实质性的交往，不来虚情假意的一套。何羽的电话是零点后打进来的，先说几句拜年的吉利话，然后邀请她到广州玩几天逛逛花市，临了又关切地说，一个人过年怕冷清，叫人到家里陪陪你，麻将还是少打，虽然过年过节邻居不好多言，还是不沾染为妙云云。

何羽的这个电话让她不开心，原来她还是有想法的，让何羽说破了，就难堪了：敢情我就是邻居们举报的那种女赌棍、女光棍？就喜欢打麻将寻欢作乐？

这么一赌气，一个正月都郁郁不乐。

那次王琴到医院找孙大夫开药，从门厅拐进走廊，远远瞧见孙大夫坐诊的办公室门口的硬塑料椅子上坐满了等候看病的人，一边两行齐压压地等在那里。她纳闷今天逢集了这么热闹，推开门却不见孙大夫，她问坐在医生圈椅上玩手机的护士，护士头也不抬地说：“孙大夫到后面的高干病房给首长看病去了，你先到外面排队。”

平时王琴来看病开药，孙大夫总是热情招呼，根本不要她排队。今天碰到一个当家不主事的护士这样对她，就算是怠慢加冒犯了。王琴心说什么破首长占着高级病房还把医生霸占了，让一大堆病人等了又等。她本来没事，索性转悠到后面的高干病房，推开门赫然看见躺在病床上输液的何老大。一个医院领导大概以为她进错门了，过来拦阻，孙大夫也小了嘴脸，急走出来低声切责怎么找到这里来了？王琴不理睬他这一套，径直问他里头的人是不是那谁谁，她直呼何老大的名讳。她的声音惊动了病房里的人，那边何老大已经稍稍起身，指点陪在边上的几个厂领导，几个人一起回头朝门口看……

王琴不请自到，大大咧咧惯了，没怎么犹豫就进去了，她直接和何老大打了招呼，关切地问他怎么会在这里输液？她确实不知道何老大现在的底细。那何老大眨巴眨巴老眼慢慢也认出了她，何老大的年龄要比她大好多，估计是不好意思当众称呼她什么，只好撑起身子，颔首微笑。是人总有尴尬时，何老大这样的官员也不例外，尽管他见过无数场面，可这王琴在场他就不体面，他又不能躺下装死，他起坐欠身实则是一个徒具其形的狼狈的礼仪。

王琴比较自然，在众目睽睽之下体贴地安抚何老大重新躺下，还给他拉拉白被子，往平整里盖了盖。在旁人眼里，她的一举一动分明就是一家人的做法。这时孙大夫和那位拦门的医院领导眼里流露出来的内容可就不光是刮目相看的羡慕之意了，还有更加复杂难言又俗气横生的妒忌之情。

王琴问何老大想吃点什么，这么打问也是人之常情。何老大也是病中孱弱，也或是久住宾馆饱饫膏粱，也或是敷衍之词，就说想吃扯面。一旁的厂领导叫人给宾馆打电话准备，王琴说不用麻烦，我现在回家做了送过来就是。何老大也不同意厂领导的安排，也不让王琴跑来跑去麻烦。孙大夫趁机插话，说领导输完液，不妨跟王琴回家，反正她家就在医院对过儿，走几步就到了，这样也有利于康复。

何老大采纳了孙大夫的建议，输完液就随王琴回了家，厂领导也不好说啥，打发差派的司机和服务员各回各家吃一顿团圆饭。

何老大跟着王琴重回资格楼，重游旧地，看到老何的床榻书柜还原封不动待着，难免惹动情愫，瞅瞅相框，翻翻旧书，也是老年心态。王琴在厨房调羹弄汤做扯面，俨然摆出一副晚娘的姿态，倒也不是刻意，是事情做到这儿了。何老大吃了两小碗扯面，说了三四遍饭香，稍微坐了一会儿，询问了几句生计，也说不出什么来，就告辞出门，王琴要送他回医院，何老大礼貌而坚决地不让她送。何老大下楼，楼下吕家的撅嘴老妇正好带着孙子要下楼玩耍，见面寒暄，少不了扯几句淡话，随后何老大径直回了医院的病房，傍晚王琴再去叫他吃饭，何老大就推说沉困，怎么也不来了。

王琴想那何老大是官身不由己，不能太巴结，就不再勉强了。

后来又到一起玩，孙大夫当众说起那天的情景，说她富在深山有远亲，在厂头儿跟前都有面子。她故作矜持地说：“我可不是冲他官去的，他再有权也是老何的儿。”下家是一个喜欢调侃的麻友，接住话就逗开了：“那他也是你的儿了。”她一边摸牌一边傲慢地说：“按理说是。”下家问：“你叫他回去喂奶了？”打牌的看牌的都笑了，王琴不急不恼，笑着问下家：“你也想吃？跪下磕头，叫声亲妈，我喂你。”说着一把揪住下家，一手伸到衣襟下假装掏奶，下家连声告饶，叫：“奶奶，我叫你祖奶奶行不行。”王琴不依不饶，狠狠地说：“吃屎的臭嘴，我叫你再作践老娘。”下家赶紧改口大姐、姊妹、美女地一通乱叫，王琴才松手，一众人跟着看笑话，孙大夫笑话那个麻友：“今日这风水都让你叫乱了，不好调边了。”

清明节前，何老大和老伴回来祭扫，王琴热茶热饭，热情款待，坚持让老两口住在家里。

何老大老伴一直住在京城，也是一个从半腰子领导岗位上退下来的国家工作人员，说话的声气天然地带有京官咬蛋的刁钻和狡狯，这位没侍候过公公的老媳妇，当然不会尊敬公公留下的小老婆，在她眼里的王琴不过是一个土老帽的老妈子角色。不过，她本人过于显老，猛看过去像一棵臃肿的大白菜，腮帮子和屁股蛋子都秃噜了的那种进入人生冬季的大白菜，发送老何那次王琴见过她一面，那时她对这棵“大白菜”的印象还谈不上好坏。这次见了，才发现“大白菜”是母老虎变的，肿胀的眼泡里冒出来的全是阴风恶气，一看就不好侍候。好在这次何老大两口住了两天就又走了。临走“大白菜”说，河边厂的空气好，她以后还来。

王琴也犯嘀咕，空气好就能把母老虎招上门来？

果然，果然得太快了，第二个月，“大白菜”又陪何老大来河边厂指导工作，这次“大白菜”提前通知河边厂，说她要住回家里，她仍管资格楼叫公公家，随后，“大白菜”带着认祖归宗的天经地义和不怀好意的不由分说，住进了王琴的资格楼。

老何的资格楼门庭若市起来，每晚都有厂领导上门走动探视，王琴负责应门招呼，沏茶泡水。来人都不空手，拎着营养补品什么的，就连日用也上档次，米是进口珍珠米，油是精制橄榄油。领导干部和何老大两口子在客厅谈话，王琴开始还坐在一侧作陪，添嘴添舌，说两句四六不靠的淡话，后来“大白菜”说了她一次，来人都是你们厂的头头脑脑，商量的都是大事，甭说多嘴了，最好是连听都别听。经一事长一智，王琴后来就不陪客了，侍候一圈茶水，就退避回卧房里歇着，一直等客人走后，再出来收拾茶几。“大白菜”自己拾掇那些礼物，不叫王琴经手，资格楼有一个大储物间，可以收纳堆放礼品，堆得多了，“大白菜”就喊来厂办的司机拎下去，不知拉到哪里变卖了。

何老大两口住回来，给王琴平添了一堆家务，天天得买菜做饭，侍候两口子，和当年侍候老何一样了，时间长了也觉得烦劳，到底不年轻了，不过她给自己宽心，以为再忙碌几天也就挺过去了，也就没二话了。

王琴存心要迎合“大白菜”的意思，她认为“大白菜”不和她亲近是碍于那层不尴不尬的“婆媳关系”呢，她想两好合一好，要不这抬头不见低头见的日子怎么过呢。可“大白菜”那副嘟噜脸老是拉得长长的，很难取悦。“大白菜”也进厨房搭帮她剥个蒜择个菜，说话老是敲敲打打，成心让人不痛快，好几次说她：“你这个人啊，优点是大大咧咧，缺点也是，完全不得要领。”王琴不明白她的话，但能听出这不是好话，不安好心。

那天上午王琴买菜回来，见厨房里有个妇人在埋头擦洗水池菜盆，进去一看，竟是楼下吕家那个长相鬼精的保姆，她吃惊地问她是不是走错门了。保姆用拳头往上推推汗湿的额发，眨巴着眼睛不作声，“大白菜”闻声进来说：“是我叫来的，你往后就不用做饭了。”王琴一时反应不过来，“大白菜”没这么善的，保姆没这么傻，可一时之间她又不知说啥好，便笑着说好，“正愁天天做饭变不了花样儿呢。”其实她想把拎在手里的菜兜子摔到“大白菜”脸上。

后来她才从保姆口里知道，老吕两口子带着孙子到北京了，小孩要上幼儿园，先去熟悉一下环境，爷爷奶奶还要陪走一段时间，留下她继续看家。“就是白天上来帮你做点小营生，”保姆看着她疑惑的眼神琢磨着说，“我当你早知道这事了呢。”保姆话里试探的意思王琴听得出来，她马马虎虎地说：“知道是知道，一下又忘了。”

很后来保姆才对王琴说了实话，“大白菜”嫌王琴大油炒菜，做的饭腻味。保姆很有心得地告诫她，当官的油水厚，一般心脑血管都有病。

王琴搞不清“大白菜”想干啥，不可能帮她，莫非花钱雇人就为成心晾她？

别扭，侍候老何那些年都没这么别扭过，王琴每天都像有什么东西梗在心里，梗在胃里，梗在肺里，梗在屁股眼里。

何老大总是忙碌，人挺温和的，但那温和也是隔膜，他从不和王琴交流。有时河边厂会搬动他出山去外厂通关，家里就留下“大白菜”和王琴，有个晚上，“大白菜”和王琴商量事，说今日要说的话她早想说，老何不让她开口（这里指的是何老大），今晚趁他出差不在，就照直说了，“过后你怨气就怨在我身上好了。”然后“大白菜”就说，“老何过去的几年不回来一次，变成现在长住这里，是你们厂硬弄他回来当顾问发挥余热的，他和这个厂有感情。我和他也有感情，这才害得我七老八十还得出门陪他奔波，照顾吃住。这段时间你都看到了，在北京这样，这里还这样，老是人来人往的，大家都不方便。”王琴说没觉得。“大白菜”说：“我给你们厂里说，既然叫回我们来不是一天两天，就得考虑住房，他们说这个好说，也同意安排，老何一直这么将就着住，这怎么行？”王琴随口说，这样住就挺好的。“大白菜”说：“我跟你商量的是，咱们谁搬出去。我的意见，这个资格楼原来是老何父亲的，如果厂里给我们房子，不如你先搬出去。我们估计也住不了多久，一年半载，大不过两三年，到时你再搬回来住就是。”

正弓腰收拾茶儿的王琴像突然闪了腰一样，一下就僵在那儿了，她慢慢直起腰来问：“那我去哪儿？”她脑子也卡住了。“大白菜”看她可怜巴巴的样子，不由失笑道：“刚才不是说了，我跟你们厂长说一下，让他看怎么给你解决一下。”

王琴摇头，再摇头。“大白菜”问：“怎么不行，我考虑再三，这算是最好的方案。”“大白菜”有现成腹稿，说起来也头头是道，一工作需要二鸠占鹊巢三完璧归赵四皆大欢喜，还有五六七八，云云云云。王琴越听越生气。等“大白菜”说完她无情的道理，王琴才说：“这房子是老何留给我的，你们三头六耳说好了的，现在反悔了，把我当成啥了？”

“大白菜”说，今日还是商量，还有余地，不过彼此有个心理准备。

王琴问何羽知不知道他们这么做。

“怎么不知道。”“大白菜”冷笑道，“她做好事，我做坏事，随后他们几兄妹自己会给你回话的。”

王琴坐下好久才说：“你们搭套子绊我啊，那我还是不动，你们搬吧。”

“大白菜”说：“没回来之前我们就听到很多反映，你顶着何家的名头，说话办事不注意影响，影响了何家。河边厂凭啥让你占住这套资格楼，你知道内在的原因。”

王琴羞恼难当：“我不是官，什么内在外在没人给我反映，我就知道，河边厂没赶出我去，就是等你今日往出撵呢。”

“大白菜”不动声色地说：“没人撵你，话别说得这么难听。”

王琴冷笑道：“我这话是你的话换出来的，你连这话都嫌难听，我难受你试着了没有？”

“大白菜”摆出一副不厌其烦的模样说：“好吧，还有什么话，今日没旁人，你都说出来。”

王琴对“大白菜”居高临下的态度厌恶透顶，就索性摊开说了：“你别忘了，我是何仲永的老婆，这算不算资格？说到阎王殿里都是资格。”

王琴的气话却把“大白菜”逗笑了。“大白菜”抬头对着挂在墙上的何仲永遗像笑模悠悠地说：“唉呀真对不住，家里就挂了个公公，弄得我想不起婆婆长啥样子了，也记不得她几时离世的了。”这几句话说得王琴浑身难受，“大白菜”又回头说：“咱们还是在家里商量吧，这事在你们河边厂就办妥了。”

王琴还是给何羽打了电话，何羽明确反对“大白菜”的做法，可她又惋惜地说，她表态恐怕于事无补了，因为老二老三都支持大嫂，她在国外，一时半会儿回不来。她希望她们能妥善处理这个“家务”。

连王琴都明白这事叫不成家务，这叫家庭纠纷都太勉强了。

何老大推说出差，一直规避，他是长子，还当过长官，王琴想问问他，却十天半月见不着人影。她问“大白菜”要人说事，“大白菜”就说他是干大事的，哪有心情管这琐碎。王琴说：“这来大的事咋就琐碎了？”“大白菜”冷笑道：“那是你没见过大事。”王琴无奈，只能天天面对“大白菜”。

似乎是为了表示诚意，也像是为了把关系掰开，“大白菜”叫来分管职工生活的领导帮她给王琴做工作。“大白菜”这么干王琴就已经气坏了，等领导大模大样坐在沙发上让她提出条件时，王琴真是气不打一处来，拉开房门冲着领导说：“这是我的家，我没叫你来，请你出去，这就是条件。”

“大白菜”本来是想压压王琴的，没料到王琴脾气反弹得这么厉害，看着那个领导脸上红一阵白一阵地下不了台，心说把这个干部害了。

到这份上，那个领导也不好再说什么，只能自嘲他是清官难断家务事，别别扭扭地坐了一会儿，起身向“大白菜”告辞悻悻而去了。

王琴一举伤了两个人的脸面，“大白菜”的愠怒可想而知，事后她压着火气问王琴为啥不随和点，“商量着就把事办了。”

王琴说：“咱俩说不着了，叫何羽回来跟我说，我听她怎么给我说。我不信你们何家人都这德行！”

“大白菜”阴风黑脸地说：“也好，那就找个合适的人来给你做工作。”

过了一个多礼拜，王琴的儿子回来了，住在河边厂招待所，儿子过去从不联系她的，这次却主动打来电话通知她晚上一块儿吃个饭。王琴自卖本身进了何家，儿子连一步也没踏进过她在资格楼的家门，见面也是拿冷眼看她。但是毕业以后找工作的事情着实把儿子折辱了，儿子文凭低，跑了很多地方，哪儿都干不长，万般无奈才听了她的话，招到何老二的风电公司搞售后服务。儿子跟她话少，性格有点说不上来的复杂，是那种含垢忍辱的复杂，说话腔调也不一样了。王琴做得了自己的主，却做不了儿子的主。

傍晚，儿子约她到一家扯面馆，见了面儿子才说他去赤峰出差回来，顺路见见她。落座时，儿子顺手从兜里摸出一个扁扁的铁酒壶放在饭桌上，儿子粗皮糙肉的，眼神迷茫，没有会见娘亲的那种欢悦，王琴听人说过，风电售后服务吃的不是一般苦，因为风场都在荒郊野外，哪儿风大去哪儿，喝酒可以抵御风寒，儿子随身携带扁酒壶，她不见怪。

到拿起筷子吃饭了，儿子才主动问起她和何家的事，这也是儿子一反常态的地方，以前他从不关心她这些琐事。王琴盯着儿子拿筷子的手，拇指食指都裹着创可贴，使筷子明显不利索，她抄起筷子给儿子夹了几下，儿子客气地说谢谢，她忽然有些动情了，其实满世界也就是儿子最巴心巴肝了，因此，尽管她开始不情愿说，还是讪讪地大致说了原委。儿子听得很不专心，到她说完了，才黯然一笑，也是自嘲也是自责地说："我是挣不下钱，也给你争不了气。"这句话说毕，母子俩都不作声了。

儿子独自啜饮，王琴一眼一眼看着对面的儿子，想起儿子小时嘬奶瓶的样子，也就恍惚了那么一下，儿子打小搁在爷爷奶奶家，她没怎么喂养过，所以马上又返回眼前：看儿子咽酒时的眉眼，扁壶里的酒像是苦的。她劝儿子少喝点，儿子咧嘴一笑，点点头说，这里没多少。然后反过来劝她："别硬撑了，曲终人散，好戏就该收场。"

"什么意思？"王琴问，马上又说，"大人的事你别管。"

儿子"嘁"了一声，似乎不堪其情地使劲扭了两下脖子，稍歇又琢磨着问她："你还回那个家？就不能不当人家的眼中钉？"

儿子话里和眼里流露出来的酸楚令她羞愧。

"小安老早和我说过一件事。"郁闷的儿子忽然提起了小安，小安是儿子处过的对象，也是河边厂子弟，王琴和安家也很熟，儿子和小安相处和分手她都是听安家人说的，她问过儿子，儿子佯装不睬地不跟她说。今天儿子提起小安，她还以为是两个人好了呢。她真巴望着儿子给她说个什么喜讯出来，不料儿子很别扭地说："小安说，咱们家里的情况太像我们学过的《雷雨》了，我给何总打工，你给何总老爸当护工。”

儿子说了几句就不说了，喝闷酒。

王琴慢慢明白过来，儿子说起小安是别有用心，有规劝的意思，也有拐着弯说明来意的意思，还有，为什么儿子领不回儿媳妇的意思。她知道那个戏，看过那个老电影，为娘的给主家当老妈子，女儿当使唤丫头，丈夫、儿子都是长工，一家人让主家挨个儿作践了个遍。现在儿子就是给何老二打工，可不就是长工？这些年她做小伏低揣着明白装糊涂，把难言的卑污积淀在瓦罐一样的心里，现在儿子几句话就打破了她的瓦罐，败坏了她的心情，叫她如何领情？想到这里，王琴不由埋怨这个小安，令人不堪。怨怒难堪悲哀混杂泛滥，以前她没有这么复杂的感觉，今日儿子往跟前一坐，她就难过得没法过。

于是她生硬地说：“我的事你还是别管了。”

儿子复杂地笑着说：“你是妈，要管也该你先管我呀。”

王琴一阵愧恨，不客气地说：“你今日这是……跟我算账来了？”

儿子闭上眼，仰靠到椅子上，手在额头上搓来搓去，一副不胜其烦的样子，过了一会儿睁开，王琴突然看见儿子眼窝里布满老气横秋的荒凉和痛苦，儿子现在这副模样比刚看见的样子更令她难过。

这时儿子一脸的无力，仍然劝她放松点，然后才说，何家赶她出门不是目的，清理门户才是目的，“人家把你看成一个污点。”

“啥目的目的，你听谁跟你嚼蛆呢？净是一些屁话。”

儿子苦笑摇头：“爱服了油。”

王琴马上追问一句：“说啥呢你，好好说。”

儿子只好重说：“是英语我服了你的意思。”王琴些许开心地说：“哟，你还会说英语呐。”儿子马上又一脸没意思地说：“这年头谁他妈不会说几句英语，装呢。”王琴说：“干吗装呢，我听着好听呢。”其实她知道儿子说的肯定不是这个意思，但儿子的话令她气馁，越想越气馁，可又觉得越想越气，肚子气鼓鼓的，不想吃了。

娘亲是个沦落人，儿子一副落魄相，谁看谁都不顺眼。王琴不甘心地说：“我便宜不了他们。”儿子抿了一口酒，好像那酒特别苦，苦得还特别深似的，王琴就不说了，儿子等了她一会儿，才咕哝道：“你说你这一辈子，怎么说呢？没必要，”儿子犹豫了一下，平静地说，“老这么不管不顾的，咱总不能把啥都放到桌上跟人赌了吧？”

儿子的话温吞吞的，王琴听来却是判决，心一抖，手里的筷子“噼啪”就掉了。

小饭馆的地下，污水蒜皮餐巾纸遍地都是，王琴弯腰去捡，儿子拦住她，扭过头招呼店主：“筷子掉地下了，再拿一双来。”

饭后，王琴站在饭店门口等儿子算账出来，她真想叫儿子去家里坐坐、说说话，这念头冒出来就自己打消了，就算儿子不拒绝了，想起“大白菜”那张脸，就够够的了。儿子一出来，她问儿子住几天，她也想叫儿子吃顿饭。儿子说明早七点的火车回西安。何老二的公司设在西安，王琴知道。儿子说，回了总部也待不了两天，就是添一些装备，改天就得去新疆。

不知是喝上酒的缘故还是别的其他——比如街上的灯火，儿子的眼神闪出一些光彩，把皮夹折起放在牛仔裤的屁兜里，双手顺势插在兜里挺胸拔背，四下张望，儿子这样就有了一些风度，老柴年轻时没这风度。儿子说：“这样也好，反正没家，四海为家。”

儿子的玩笑让她酸楚。

王琴拿出预先备好的一扎钱递给儿子，儿子挡回去，让她自己留着用，她就说她留着将来也是给他用，然后不由分说塞进儿子衬衣兜里，儿子看见她哭了，没再推让。

儿子走后，王琴一连几宿睡不着，有次她梦见老柴破衣烂衫走在风沙里，走近了看却是儿子，脸上灰扑扑的，眼珠子像两丸儿土块，她一辈子没见过沙漠，不明白为啥会梦到这情景。以前她不爱掉泪，也很少犯思量，当初老柴死到地下她都没哭，她猜是跟儿子那一面见坏了，她意识到人老了，就这么思前想后地寻思了好几天，失夫、失身、失房子，再不能失掉儿子了。

王琴给何羽打电话，何羽说她暂时回不来，听了王琴的想法，她在电话那头沉默一会儿，良久才说："你认了命就等于认输了，想过没？"

她咬了咬牙说："我认！"

何羽说，那就干脆等到周年再说。

王琴算了一下，到老何周年还有两个多月，也快了，便说那好。

和孙大夫到一起也会说起，孙大夫顺着她的意思说，资格楼的风水不好，早该搬出来。王琴一听就舒坦了，找孙大夫就图一个身心舒坦。孙大夫还建议她，有啥尽量让何家出面，让他们先提条件，他们有权有势，厂里也一定会按他们的意思来。孙大夫还特别叮嘱，尽量要一层楼，临街带门面的那种，做个什么都方便。孙大夫还体贴地说："咱岁数一天比一天大了，上下台阶都得费死老劲儿。"王琴一指头推开孙大夫额头说："谁让你上了？怕费劲儿你就别来往了。"

何羽在老何周年前一星期赶回来，她代表兄长们和她商量具体的补偿办法。何羽羞愧地说："好人坏人我都做了，但求一个好说好散。”

河边厂的物业很快倒腾出一套老房子，一层楼，六十五平不到，满足了王琴的要求，还把登着她名字的房本送到她手上，让她把资格楼的文件留给何老大。厂里还派了人车来给王琴搬家。厂里这么做，当然是看在何老大的面子。

过了老何周年的第二天王琴搬家，何老大又没露面，他知道无论安排得多么周详都做不到仁至义尽，他还担心再次遭遇老父追悼会上那种尴尬场面，便早早避了出去，他有旧身份，才有新顾虑，眼不见为净，留下老伴镇宅就够了。

王琴出门前又把阳台书房卧室厨房挨个儿看了一遍，流露出令“大白菜”不屑却又警觉的恋恋不舍之情，临了，她还到老何的遗像前道别，提了嗓门说：“老何，咱俩缘分尽了，又成了两家人了，从今往后就不给你看茶倒水地侍候了。”

镶在玻璃框里头的老何静默不语，流露出赌神一样高深莫测的微笑。

站在一旁的何羽说：“是我们一家人对不起你，真的非常谢谢你。”她唏嘘不已，一副欲言又止的模样。

王琴不领谢也不领情了，拎着装细软的挎包走到门口，回过头对着礼送她出门的“大白菜”和何羽说：“我如果赖着不走你们也没法，但我不是那号说了不算的无赖。”

“大白菜”站在门里，那张松垮秃噜了的菜帮子脸不红不白，很平淡地说：“咱不说气话好吗？你几时想回来就回来，欢迎你常回来看看。”王琴隐约觉得她客气得有些不地道，话里好像兜着什么似的。

何羽脸色有些惭红，她坚持把王琴送下楼。

王琴下楼时脚底故意用力，她的脚底其实发虚，头也有些晕乎，今天输掉这口气是为了儿子，脚底再有力，也是垮台，对何家人来说，尤其“大白菜”这样的妇人而言，都是一阵说不出的轻松。

那天是个晴天，很普通的那种晴天，是那种不会有事的天气，有几个人围在医院门口的张贴栏里看讣告，破损的水泥路面上有炮仗的红纸屑，夹杂着几片早凋的法桐黄叶。

王琴在家里开了一个生活馆，这是住一楼的好处，她在家里支了四张麻将桌，有人来玩，要喝要吃都可以，玩通宵也可以，但要按时计费，麻友们也挺帮衬她的，毕竟要维持生计。

搬来不满两个月的一个满天飞黄的午后，沙尘刮得门窗紧闭，几个打麻将的人边打边聊，说何老大不干了，回了北京了，还把资格楼交回河边厂了。王琴听到后吃了一惊，她问清楚以后，出了阳台关住门，拨通何羽的电话，问是怎么回事。开始何羽沉吟不语，随后又说既成事实，不想再提了。王琴气呼呼地问：“是不是你一开始就知道？不说，瞒着我？”何羽劝她不要激动慢慢地说，电话里传来她左右为难的叹息：“我该怎么说？换作你也一样的，有些事没法说，怕引起误会。”

说到最后何羽才向她承认，大哥回河边厂的主要任务，就是替爸爸处理这个后事，挽回不良影响。

“什么不良影响？啥叫不良影响？”王琴大声追问，呼呼喘气，烧开的电热壶也发出长长的哨音。

何羽答非所问地问她：“你在干啥？你没事吧？”

过了许久，王琴才说：“和你没有关系了。”

掐了电话，王琴没急着去给麻友们续水，先到卧室打开衣柜，从暗屉里取出存放细软等要紧物件儿的铁月饼盒，她和老何的结婚证就珍藏在这里。她这次拿出来一眼没看，径直返回厨房砰地打开煤气灶，把结婚证搁到点燃的灶口上，淡蓝的火苗像一圈密集的牙齿咬噬着红色的证件，很快就烧得卷边冒烟，外面麻将和桌椅一阵稀里哗啦乱响，几个麻友们紧张地叫唤着“啥味儿？”“烧啥呢？”“啥着了？”有两个已经起身咋呼着往厨房这边跑了。王琴拎着壶挡住跑进来的人，平静地说：“没事儿，点了几张废纸。”一个掉头就走，一个多看一眼，见她眼角带泪，问她哭啥。她说哪哭了。

那人说：“眼角明晃晃有泪嘛，不哭哪来泪？你让大家看看。”

王琴哈哈一笑，揭开茶壶低头续水，说：“沙子迷了一下，不看外头刮成啥了？”

窗外黄尘滚滚，那人瞅瞅，信了。

（原发《莽原》2016年2期。转载《小说选刊》2016年4期。入选《2016年中国短篇小说精选》。获2016年《莽原》年度文学奖。）

黑皮花生

1

七月十五一大早，老米搭车赶到沙江口蔬菜市场批发韭菜，竟然扑空了，他问赵侉咋不进韭菜，赵侉说根本就没货。赵侉是井陉上来的菜贩子，老米常年在他家批发菜。赵侉肥胖怕热，清早都是背心裤衩的短打扮，但脚上穿着高腰雨靴，指挥着几个打零工的男女清扫磅秤周围的泥汤烂菜。赵侉踢踏着扔在地上的破网袋说，那玩意儿存不住，臭气熏天，放一宿就稀巴烂，赶上这两天连阴，谁进谁赔，你不如到别家瞧瞧吧。

菜市场里弥漫着死葱烂蒜的臭气和湿热的雾气，天色阴晦，架了顶棚的市场里显得昏暗郁闷，老米在市场里转了一圈，只发现一家有，韭菜胡乱堆在塑料布上。老米弯腰扒拉着看了看，叶子软烂得像是刚从河里捞出来的水草，老米甩甩手直起腰，系黄围裙的妇女蓬头垢面地探出头问他要吗？老米摇摇头说，连卖相都没了让人咋个做吃。妇人又埋下头继续刨豆芽儿，说不买连这个都没有了不信你试试。

老米心里发毛了，桥堰讲究七月十五吃饺子，老米头两天就把猪羊肉、鸡蛋、生姜备齐了，猪羊肉搁冰柜不会坏，鸡蛋保质期起码在三五天，但韭菜没敢弄，那东西一放就稀巴烂，老米计划今天一早采办也来得及，没想到十三十四两天连阴大雨，看电视说考阳县那边出现水涝了。

沙江口吃的菜都是考阳县种的，菜农没法下地起菜，菜贩子也就没的贩了。

老米没敢耽搁，马上掉头往桥堰返。桥堰的蔬菜市场是本地菜农供给，批发价就起得高，老米舍近求远去沙江口批发，就是嫌桥堰的菜贵，除非应急，像眼下这种情况，才来配上一两样货色，老米今天弄不回韭菜去，冰柜里的肉蛋就卖不动，那些东西压着大本钱，这样一来，老米就会亏损。

还好，老米弄了两筐韭菜，他盘算着，这个韭菜弄回去卖出去，本钱路费再加脱秤，基本没啥赚头了，只能看住肉蛋的本钱卖。老米是做小买卖的，他得不停盘算。

老米和菜农结账，听见有人咆哮叫骂，扭头瞧见一个脏乎乎的人穿过人群奔逃而来，手上捧着一个生茄子，除了几声咋呼和几片丢过来的包菜叶子，并没有人追过来。老米忙着算账搬菜，没再理会，菜市里成天都有偷菜的，也有邋里邋遢的流浪汉，这些人被菜贩子追打驱赶也是司空见惯的事，见多了就不留心了。老米和菜农交接停当，先扛一筐出了市场门口，雇好一辆小四轮面包出租车送他回村，老米二趟取菜出来，又看见那个脏乎乎的流浪汉在市场门口转悠，手上的茄子啃得剩下小半拉。流浪汉啃吃的香甜劲儿，让老米想起他小时候偷吃生产队的茄子，那时他和小伙伴儿钻到生产队的园子里，那个伙伴后来出车祸没了。老米这么一恍惚，脚步就走慢了。

流浪汉似乎感觉到了他的探究，竟笑眯眯地朝老米看过来。

先是那疯疯傻傻痴痴的笑，还有妩媚迷人的，反正就是那种乱七八糟说不清楚的笑法，老米才慢慢看出眼前的流浪汉是女人，这一下他没有恍惚，他想起那个黄脸汉子田宝辰。

老米从头皮往下麻，麻到脚面，麻得迈不开腿，不会这么巧吧，老米自言自语，他站在那里。

这时老米才慢慢看出疯女人身上装束是女人的，这当然是废话，大概是换不了季，上身还穿着紫红的薄棉袄，袒胸露乳敞着怀，是嫌热还是扣子掉光了，谁都说不清楚。内衣也是又破又脏，像是撕扯过，露出几块脏污的皮肉，不好细看。紧身黑裤沾满污渍，脚上趿拉着一双变形的男皮鞋。头发好像混进胶水去了，锈得一块一绺的，仿佛整个人已经发臭了。

疯女人笑眯眯走过来，一股子污浊的秽气果然随之而来，走得太近了，老米看见她脸上有一道一道的汗污，两个内眼角堆着眵糊。疯女人侉声侉气地问老米，你是谁？你看我咋哩，离我远些儿。

老米心想这话该我说才对呢，不过他也听出来，疯女人的口音腔调和田宝辰一模一样。这么一想，他就对着疯女人叫了一声“田宝辰”。疯女人咹了一声就愣住了，眵糊婆娑的眼睛通电般一亮，嘴巴随之张开，露出槽牙上残留着的没嚼烂的生茄子肉。老米看出名堂，接着问她：“田宝辰呢？”

“你认得俺汉？”疯女人喜出望外，她反应过来了。

“你叫甚？哪里人？”

“你管？”疯女人不答反问，“宝辰哩？他哩？”

“你先给我说你是哪的？叫什么名字？”对上了，老米却觉得多事了，可说到这步，就是势在必行了。

“你不说我也不说，别想日哄俺呢，骗子流氓犯。”疯女人笑眯眯地骂他。

老米皱皱眉头，心说骗子都在你们家那边呢。老米不在意疯女人臭他，看来这人是个傻清楚，看着憨憨但知道防范，嘴挺严，还挺硬。不傻就好说了。

老米扛着菜站久了，有些吃劲儿，再加上闷热，一背热汗沾住衣服，他龇牙咧嘴地笑道，你不说我也知道你家是哪儿的，也知道你叫啥名儿。疯女人笑眯眯地啃着茄子说你就是想日哄人。老米心说我还真没那个闲工夫呢。他记得衣兜里有一张寻人启事，于是双手倒替去摸口袋，想拿出来给疯女人看一下，结果身上的口袋摸遍了也没找到，他猜老婆洗涮时掏出来扔了。老米没法证明了，前头的话就白说了，但他还是认真地告诉疯女人田宝辰还在四处寻她。出租司机瞅着老米半天不过来，按了几声喇叭催促他。老米换了下肩，最后告诫疯女人别再往别处乱跑，就在桥堰这儿等着，“我回去第一件事就通知你老汉来接你。”

老米朝出租车走去，疯女人尾随而来，老米不让她跟，停下来劝她等着田宝辰来接她。他是觉得疯女人不傻才正经和她说话的，疯女人紧随老米，他走她也走，他停她也停。老米急眼了，吓唬她，别再跟啊，再跟把你卖到矿上去。疯女人笑嘻嘻地说：“你敢？你不敢！”老米瞪起眼说那你试试。老米敦厚显老，好几年前老婆背地里就喊他面瓜了，疯女人似乎也看穿他这个面瓜里没啥恶毒，踢里趿拉追着老米，也不看脚底的污水烂菜叶，紧紧跟过来。老米着急回家卖菜，出租车司机笑话老米跟傻瓜瞎呱嗒瞎耽误工夫。市场里人多眼杂，老米怕人误会，他给司机简单说了事情的原委，司机才谅解似的说他有好心不能乱使唤，还说这婆娘在这里疯了多少时候了，警察都不搭理她，你这是何苦其来。老米放好韭菜，揪起T

恤汗湿的领子扇了几下，摸着筐子搓红的肩膀尴尬地再次给司机解释，这不正好碰上了才告诉她一声，顺便意思。司机懒得说他长短，后来见疯女人跟着老米往车里钻时，才跳下来阻拦，说啥也不让疯女人上车，还给老米说宁可不拉，让老米去找别人。老米给司机让烟都推三挡四地不接，后来才点上。

老米这样做是下了大决心的，开头给司机解释时，他就想起那天在庙台上田宝辰说他待人不实心的话，心里就特别别扭。他倒不在乎旁人说好道赖，五十大几的人了，顽皮铁脸都生锈了。他在乎的是那天的那个场合，那可是老爷庙的庙台，关老爷一辈子最讲义气，田宝辰在关老爷门前说他待人不实心，就是说他不义气，对老米来说这是一句重话，让他得了心病，因此他才起念实心实意帮田宝辰一次，他才决定多费些事，让疯女人跟他回南坪村。这些心思老米不可能给人说，更不可能给一个出租司机说，说了司机也照样不爱听，就像现在这样，两边说通了，司机答应给他行方便了，却照样反过来嗤笑他这样做是往手心里扎刺，抓也不是甩也不是。司机还警告老米，小心警察抓你个贩卖妇女儿童罪。老米说警察才懒得管这事呢。

出租车逮啥拉啥，掏钱就行，司机为了方便堆放货物，将后排座椅都拆掉了，司机让老米坐副驾，指挥疯女人到后头坐。老米把筐子篓子推开些，给疯女人腾出坐的地方，车子像是给人拉过面粉，疯女人爬进去席地而坐，也不管泥水菜叶和灰扑扑的面粉，老米拉上侧门坐到车上，司机挥手在脸前狠扇几下，叫老米把车窗摇到底，半真半假地说捎这货要另外算钱。老米也不当真，说包车是死数儿，都说好了。老米见司机脸带难色，笑着说，桥堰去南岭十来八分钟的路程，憋口气一脚油门就到了。司机啧了一声说，你给我一口气憋回去我看看。

老米和司机都点着烟，其实老米也怕疯女人身上散发的气味，比烂韭菜的味道还熏人。车跑起来后风吹进车窗就好些了，司机一路不痛快，一会儿说怪味儿熏臭他的车了，一会儿说这趟车他跑得后悔了。老米装没听着，反正耳旁都是呼呼的风声。

疯女人在后面拍着老米的椅背一个劲儿地问你真个认得俺汉？你还没告俺他在哪儿哩。你拉俺去哪儿呀？司机不耐烦地呵斥疯女人闭嘴，要不把你卖到矿上。老米扭过头去吓唬，别问了，师傅动了气把你推下车。疯女人笑嘻嘻地说，他敢！他不敢！老米见她那副满不在乎的样子，无话可说了。

2

老米第一次见田宝辰就是在去沙江口的头班车上。那趟车是北峪村老孙两口子包下的，老米天天早起起菜就坐老孙的车，早已互相熟稔了。那天老米上车就看见田宝辰灰扑扑地坐在对着车门的座上，定定地瞅着他，老米一眼看出这人一副倒霉相。那是第一次，接着第二次第三次第四次第十来八次，那一段时间差不多天天见田宝辰了，就是在老孙这趟头班车上。坐头班车的人少，老米登车后一般要先给老孙点一根烟然后才走回后面找座位，老米忘了是第几次见田宝辰，大概是第四五次，他给老孙点上烟，返回来找座位时发觉田宝辰在看他的烟，他就把烟盒递过去让田宝辰自己抽了一根，老米不富有也不大方，可他觉得抽烟的人不让人就不是人，那天田宝辰灰暗粗糙的黄脸挤出一丝笑容，尖着指头捏住一根轻轻拽出来，道谢时侉声侉气，老米马上就听出他是哪里人了。如果递烟搭话就算认识，老米那天就算认识田宝辰了，而且田宝辰那天就跟他在伍渡桥站一起下车，还帮他拎了两个空篓子一直走到菜市场，那大概是在清明谷雨前后的事，清晨的窜河风还正经冷飕飕的，路上田宝辰告诉老米，他老婆走失了，他天天坐这趟车是寻人呢，老米笑道我一直当你是矿务局的工人呢，老米那时没想和田宝辰交往，一个说话的同路人而已。

那次以后老米还是老见田宝辰，免不了要交言搭语，田宝辰丢失老婆的经过也就了解得越来越细，都是田宝辰在车上一起坐车或在地下一起走路时一点一点说出来的，他说那天他和老婆从沙江口火车站出来，换乘长途车往盔县赶，下了汽车都急尿了，于是各自排队进了车站的厕所，他上完出来又在女厕所门口守了两个钟头才觉得出了事。田宝辰后悔不迭地说，他是想到盔县煤矿挖煤挣钱，没想到头天就把老婆弄丢了。老米几次都想说是不是让人拐跑了，可他没说，人家说走失不就是觉得比说让人拐卖好受些么。况且他不想结交田宝辰，不想掺和他的事，不是他没有同情心，而是他没能力同情别人，他的屁股沟里夹着内痔外痔混合痔，不照样起早贪黑扛鸡蛋篓子背蔬菜网袋，有谁可怜过他。再说，拐卖人口的事太多了，寻人启事太多了，往沙江口火车站转一圈，墙上电杆上贴得都摞起来了，这年头可怜人和倒霉蛋太多了，摊上了就自己受着。再说上一趟茅房就弄丢一个老婆的事他就不信。

老米也记不清是哪次坐车时，田宝辰非要给他一张寻人启事，还硬塞进他的衣兜里，他掏出那张纸还回去，说我成天钻在村里头，给了我就白费了，你留着给人散发。田宝辰说挎包里还多着呢，这又不是钱。老米说再多也是你花钱印下的，咋不是钱。老米想的是给田宝辰节省呢，田宝辰却不这么认为。

就数最后那次见面弄得他尴尬，田宝辰竟在庙台上当面埋怨他的不是，那时他就觉得田宝辰这人难打交道，大家非亲非故的，咋好意思这样开口勉强别人呢。好意思的人总是把不好意思的人弄得更不好意思，老米觉得田宝辰就好意思，但没意思。老米以为那面之后再无见面的可能了。

3

老米雇来的出租车停在商店门前。

老米商店的路对过以前是一座官道庙，经过改拆修建，变成了村里的变电房，里头架着村里的大变压器。老米打电话叫人送货，报上南坪村名后，还要再报一个确切的地址，时间长了，配送货物的司机都知道老米商店和变压器对门。

老米下车拉开侧门，疯女人浑身面粉爬出车来，过来接货的老米老婆倒退一步，下意识地捂了口鼻发问啥味儿，问这人是哪的。不等老米开口回答，司机就打趣说，韭菜搭头，人肉馅馅儿。老婆惊讶地瞪着老米问他这到底是咋回事，老米说白蒿梁赶庙那天就给你说过嘛，老婆说你天天说废话呢，我哪能一句一句都记住。老米一时说不清，故意含糊地说卸了车再说，卸下韭菜，给司机算了车钱，老米打发出租车离开，也没给老婆解释，平时老婆就嫌他多管闲事，今天这事更没法给老婆解释。老米装出忙碌的样子，到三轮车坐垫底下翻出寻人启事，拿给疯女人看。疯女人接过纸片，稀罕地盯着上面的影印照片，颠来倒去看了好一会儿才抬头问老米，咋还印俺的像呐。老米说是你那就对了，老米让疯女人看内容，“看上头印的字。”疯女人扭捏道：“俺不认字儿，你不知道？”又把那张纸还给老米，老米失笑道，我哪知道你不识字，弄了半天你啥也没看，怪不得你找不着你老汉。

老婆在商店里头忙碌，还得惦记着门外，瞅着老米跟疯女人说笑，索性出来听他们在说些什么，听老米念了寻人启事的内容后，她竟像是恍然大悟了。其实老米就怕老婆这样不懂装懂地误会他，便说马上叫人来接她走，一会儿就利落。老婆不再作声，放心地返回店里招呼买卖。

老米开始拨打田宝辰留在寻人启事上的电话，回应老是您拨叫的电话已关机。他又打田豫明名下的手机号，电话通着但没人接，老米暗自嘀咕，这电话还不如不留呢。老米连打两次才住手，指着商店门口的板凳让疯女人坐下等着，然后便去忙活儿了。

老婆数落他半道捡便宜，自作主张弄个活人回来。老米商量着说，哪捡便宜了，都是可怜人，能帮一下帮一下，等一会儿联系上，马上就来人接上走了。老婆疑惑地看着他说，那你图啥呢，你打电话不掏钱？话费谁给算。老米嫌老婆强词夺理，便不再搭理她，拿着手机走到一旁，把刚才拨打的号码和留在寻人启事上的电话号码仔细对照，其实他比老婆更焦急，他也怕事与愿违，将举手之劳的一个善举变成扎在手心里的一根棘刺——和出租司机笑话的那样——抓也不是甩也不是，他会真的很后悔。

进出商店的人多起来，多数都是来割肉称韭菜的，老米老婆怕耽搁生意，顾不上老米这头，去忙着招呼买卖去了。

老米反复拨打田豫明的手机——平时也有陌生号码打到手机上，老米也不接，因为总有人会错拨一两个数字，等到第二遍再打进来再接不迟。老米设身处地，按自己的想法去做。果然，第六次拨通了，对方说他就是田豫明，问他是谁，啥事，老米简单说了事由，那边停了两秒，要求他把电话给小平，小平是疯女人的名字，老米反应了两三秒，才想起寻人启事上写的失踪者姓名郑小平。田豫明想先听听是不是要找的人，老米答应了，可疯女人伸手接手机时，老米又犹豫了，那手简直就是粪叉，看不出手心和手背的皮肉，指甲长短不齐，腻着黄黄绿绿的污垢，往过一伸就能闻到扑鼻的酸臭。老米后悔忘了让疯女人先洗把手，但手机已经递过去了。

疯女人接住电话，就“甜玉米儿”“玉米儿”地喊起来，连说带笑挺会接电话，一副没心没肺的样子，老米不禁暗笑。疯女人说了五六句话，那边就嚷她把手机还给老米，疯女人瘪着嘴还回手机，老米接过来就嗅到一股令人作呕的死猫烂狗的怪味儿。老米的手机是儿子淘汰下来的旧货，虽说破旧了些，可从没这么臭过，老米扭过吐了一口气，把手机移开老远，继续接听田豫明的电话。

不料田豫明接下来的话更让老米恶心，他承认了疯女人就是他们要找的人，说不用见人了，听听就行。接着就说寻人启事上印的那个酬金不算数，“起码我说了不算”。他在电话里很不老实地解释，“当时俺们想的是没个赏钱儿谁管毬这闲事呢，再说寻人启事都写这么一条，才胡乱写了个数儿。”老米听了恼羞成怒，他尽量捺住火气说：“算不算话随你便，我也不是找你来领赏的，我是叫你赶紧来接人。”田豫明又来一句，你真不要，说话算数，老米说当然算数，我要是冲你这个啥他妈酬金来，就不是说这话了。老米撮火了，心说真是老滑头不相信老实头。

老米老婆独自忙乎，割肉卖菜打油算账，黑红的脸盘上明晃晃一层油汗，她不时喊叫老米，你光打电话呀？你不做营生了？不看看多少人等你割肉？话里的火气十足。

老米好心不得好报，火气上攻，掐了电话。他这边一掐，田豫明那边马上就拨过来，老米也不作声，听那边又是道歉又是道谢的，还保证马上转告田宝辰接人。

放下电话，老米先安顿疯女人找地方坐下，这才拉开冰柜把冻肉抱出来，冻得梆硬的大肉块上蒙着一层细腻的白霜，往砧板上一搁，立时腾起一团清凉微茫的白烟。老米按买主的要求往下片肉，并随口夸赞片下来的每一块肉都是最好的肉。一个妇人笑话他，你净吹嘘呢，这块最好那块最好，你到底说说哪块肉好。老米笑道，都好都好，一只猪身上的肉，好猪长好肉。那妇人笑话他，好像你认得这猪。等着买肉的人都乐了。有人告诉老米说你的手机响了，老米说不管他，顾不上。

手机响了两三遍老米才抓过一张烂报纸擦手上的油脂，老米看了一下号码，是座机号，外省的区号，他接住电话，正是田宝辰，两边搭上话，田宝辰就叫老米大哥，先千恩万谢一通。老米不想兜圈子费时间，让他先和疯女人说话，田宝辰说用不着，老米已经把电话递给疯女人，疯女人对着电话喂喂喊了两声，把手机还给老米，老米接过手机发现已经挂断了，他以为疯女人按错键了，想再打过去，那个座机又打进来了，老米接通电话田宝辰就喊叫大哥大哥我跟你说话就行，别让俺老婆接，她不够数儿你别让她给俺丢人儿了。老米说行，催他马上来接人。田宝辰却支支吾吾地开始哭穷，先说家里没这没那，就不肯说接人时间，老米打断田宝辰的话说："我明白你的意思，啥也不说了，别想那么多，我无条件，无条件啥意思你知道？你现在就来，现在出门，赶紧来把你老婆领走。"田宝辰听老米说不要酬金了，又是一阵千恩万谢，翻来覆去说没多有少，总会补报的，不会让老米白辛苦。

讨了便宜卖乖的话老米不爱听，以前还说他不实心，现在实心帮他了，他可虚头巴脑的，不实心了。疯女人凑过来起哄，想要手机说话，老米沉下脸来，避过一边接着说："都听着了吧？你不如让你那个叫啥甜玉米的伙计先来接走，咱都别啰嗦了，我这边忙忙的，也没地方安置，你快把你的人弄走。”田宝辰央告老米：“好我那老哥哩，豫明住宿舍，七八个人住一间，接回去他也没法安置，只好麻烦老哥你，就搁在你家，我现在就出门，一半天就上去了。”

老米说你这是个大活人，又不是物件儿，我给你往哪里搁落。田宝辰为难地说，我就是飞机也一下子过不去呀，他苦苦央求老米，你随便关她哪都行，一两天，柴房也行。老米说你真把我难住了，这好事不好做了。老米情知再说下去也说不过人来，只好催促他尽快起身，用最快速度来接人。田宝辰诺诺连声，老米才卡了电话。

老米老婆支应买卖，笑脸迎人，到扭头看老米时，黑脸就板得像铁片。老米装起手机赶紧下手干活儿，老婆问他接人的人咋还没来，他避重就轻地做了汇报，故作姿态地骂道，日他先人，还说我待他不实心，他可好，桥还没过就先想着拉桥板。老婆说活该，谁叫你多管闲事少放屁的。老婆说罢马上想到她和老米一回事，便冲老米说，你好心没好报，撵走她，你不撵我撵。老婆扔下手里的菜，就往门口走，让几个买菜的人挡回来，有人帮腔说话，说人弄来了再弄走就不好弄了，反正她家都知道了，早晚都得来，你还是先做你的买卖。老米也赔话说，我刚跟人家都说好了，一半天的个事，这憨憨傻傻的，你撵她哪里去？老婆说我管不着，哪里来哪里去，你打电话叫那个面包车拐回来，还把她拉回桥堰去。

不说两口子这边闹意见，却说来买东西的那些人里，自有嘴快的人当稀罕事一路说回家里去，这事就在村里传开了。听说老米拾回一个疯子，老米的一个本家老嫂子也来看稀罕，她故意逗弄那疯女人，你就找了俺兄弟吧，他是俺村的百万富翁，家里可有钱呢。你看商店里好吃的堆得满满的，饼干面包火腿肠，可乐饮料水果罐头，甜的咸的辣的喝的样样齐全，你别回你家了，就留俺兄弟家里吧，给他当二奶，好不好？

疯女人笑眯眯地看着老米，莞尔一笑说：“中！”

看热闹的老婆媳妇们笑得叽叽嘎嘎，老米笑着说老嫂你这是唯恐天下不乱。老嫂笑呵呵地说：“不乱，霞霞不嫌就不乱。”霞霞是老米老婆的芳名，不过此时的她不论脸色还是心情都更像一大块翻卷的乌云，才不是什么霞霞呢。

老嫂耍笑够了，买好菜肉出门，临走时特意避开众人对老米嘀咕：“这女人身上馊臭了，快弄她出去打扫打扫卫生，要不旁人都不来买你东西了。”老米摇头说等会儿吧，现在还顾不上呢。

因为门口坐了个疯女人，老米的商店意外地门庭若市，格外红火起来。南坪村子不大，小店铺小门面却有好几家，各把一块，各挣一头，村南村北的家户平时不往他这边来采买，今天上门就为看他捡来的“二奶”。一时间顾客盈门，看过热闹捎带就把菜蔬蛋肉油盐酱醋买走了。老米两口子忙得不亦乐乎，心花怒放，不到十一点，冰柜里的肉就卖得只剩拳头大小一块，四篓鸡蛋卖了快三篓，装韭菜的空篓子淌着泥水歪在墙角，别的像烟酒饮料等货色也捎带着卖了不少。老米两口子是有心人，还是迷信人，情知今天这种情况是沾了光，除夕才有的红火场面啊，所以他们宁愿挨人耍笑收人钞票心里窃笑。小本买卖就凭快速回本然后赚几个小钱，老米眼下这样周转，就赚了钱了。

最忙的时段过去了，赶到午饭时辰人就少了。老米整摞筐子篓子，疯女人也下手帮着归拢散摊开的菜蔬，还掂着笤帚打扫了地上的葱皮烂蒜和人们踩烂的菜叶子，老米老婆的脸色缓和了，说那疯女人敢情你也会做营生，疯女人说扫个烂地谁不会，把老米两口逗笑了，老米老婆问她那你还会做甚。疯女人说，你会啥我也会啥，老米老婆说那你会当二奶，疯女人说会。老米见老婆脸色不好看，劝她你别跟她疯言疯语地胡说。老米老婆“哼”了一声说，我看她一点不傻，装疯卖傻。她带着疯女人到门外洗手，警告疯女人，你要不洗就别想摸我的碗筷。

老婆洗了手张罗做吃的，他们的午饭就在商店里凑付，老婆从冰柜里掏出两袋速冻饺子，在电磁炉上煮了，先给疯女人捞一盘，顺口问她吃不吃醋蒜，疯女人说吃，再来点辣椒酱。老米老婆忍俊不禁地说，你还是个馋老婆呢吗，葱花花油点点，要得挺全。疯女人抓着筷子问你家咋不炒肉？老米和老婆面面相觑，还是老婆嘴快，说俺们不好吃肉。疯女人说我好吃。老米老婆真生气了，说白吃饭你还挑拣呢，你别吃了，放下筷子出去，寻你吃肉的地方去。老米劝老婆别动气，不看她是啥人。又对疯女人说，这饺子是肉馅的，里头有肉。那些肉是要卖的货，炒吃了就没货了。老米胡说，疯女人竟说了他一句小气鬼。老米真想劈手夺过碗筷，他那么想了想，但没那样做。

疯女人吃得太快，烫得伸着脖子大张嘴呵气。老米老婆吼她：“你慢点吃，烫死你，俺们负不起责。”疯女人忍过劲儿去，又内行地发问，馅儿里咋不放小麻油？又把老米老婆说躁了，老米老婆厉声说：“肉馅儿饺子还要香油？你就不怕油腻住你的肠子？”疯女人毫不计较她的态度，边吃边说，不放麻油就是不好吃。老米听得又好气又好笑，低声劝老婆，人疯不等于人傻，别小看人家。

买卖好，老婆才有好心情，她给疯女人添了一笊篱饺子，差不多有一碗，疯女人也不言谢，埋头往嘴里扒拉。见老婆心气缓和了，老米赶紧商量，这人实在不是味道，老远就能闻到，不如等会儿，你吃完饭带她去村里的澡堂洗洗，趁晌午人少。老婆拉下脸斜了眼说他，你倒尽心，你自己带她洗去。老米皱了眉说，正经给你说你就不正经了。老婆哼了一声说，谁不正经了？前晌你说不要我管待，现在呢，管了饭了，吃上饺子，还要给她洗澡，俺妈我也没这么伺候过。我也是大早起忙到这会儿，我不去，你自己带她去，去桥堰洗桑拿去。老米说你神经了。老婆说我神经了你娶二奶不是正好。老米说由你说，我说不过你。老婆赢了嘴仗，喝了一碗煮饺子的面汤，心满意足地给老米说，我去洗澡，你洗涮锅碗。说完喊上疯女人走了。

老米喝了面汤，打开小收音机，拉开躺椅仰躺上去听评书，破收音机发出的声音仿佛也是破旧的，嘶嘶啦啦，在开锅一样的噪声哗哗地陪衬下，说书人的声音忽强忽弱，忽隐忽现，老米听得更加认真。盛夏的午后，村庄会莫名其妙地遁入迷迷糊糊的休眠状态，比子夜还要倦怠的睡眠，别说是劳作了大半天的农人，就连看门狗都疲软到懒得吭声了，这种迷迷糊糊的昏庸状态和老米的破收音机里嘶嘶啦啦的说书声正相匹配，再赶上这号湿热的桑拿天气，风好像没一丝力气进村来，看哪棵树的树叶都纹丝不动，光着膀子的老米只能消遣那点嘶嘶啦啦的声音，细细捕捉声音里头的古老遥远的故事，此时此刻就是老米最惬意的光景了。

4

老米最后那次见田宝辰是在白蒿梁的庙台上，阴历的六月二十四，关老爷生日，老米和老婆开着三轮车拉了一车货物上庙台摆摊儿，临走还把一卷大雨布绑到车斗的扶手上，晌午还挨了一场磨刀雨，这些老米记得很清楚。那天老米占的摊位比较偏远，赶庙的人都不朝这边转悠，老婆嫌买卖不好，唠叨他挑的地方四六不靠，和老婆一起出来耳根就别想安静，不过有老婆看摊儿，老米就可以忙里偷闲找个借口跑进戏台看一出戏。

老米那天给老婆说要去给老爷烧一炷香，老婆说她也想去逛逛，让他快去快回替换她。老米转悠到庙台上，庙门口一边两行站着向路人兜售香烛黄纸和金箔的老婆婆，烧香的人车也涌来涌去堵满庙门，不停有熟人问他也来上香，他也不断跟熟人打招呼，他拿着香纸在台阶底下站队等候，看见村委会主任和会计带着老婆从庙里鱼贯而出，彼此打了招呼。

老米烧完香出了门，自己都能闻到身上沾染的香气，头面肩膀上落了斑斑点点的纸烬，老米点了一根烟想再看看热闹，刚找地方站下，就有人拍了一下他的肩膀，老米回头先一愣，拍他的正是田宝辰，田宝辰脏得简直没个样子，头发脏污，面色黝黑，衬衣领子被汗污油污浸得湿乎乎的，衬衣后襟和裤腿上的褶皱好像是谁故意揉搓过的那么细碎，皮革凉鞋的鞋头蒙着煤灰后跟沾着泥浆，好像整个人一年没有洗过了。这个时候老米最不想见的人就是他，刚烧完香出门就碰着一个倒霉蛋，不是眼前不舒服，而是心里不舒服。老米尽量正常地问田宝辰咋跑到这里来寻呀。田宝辰有气无力地说，哪儿人多上哪儿找。老米让了他一根烟，田宝辰深吸一口，像是连道谢的力气也没了。随后他们坐在庙台上连抽两根烟，田宝辰起身，掏出一沓子寻人启事递过来，老米不要，说用不着。田宝辰失望地说，你还说你记性好，我在你的摊子前过来过去转过两转儿，你也没认出我来。老米尴尬地说，赶庙的人轰过来轰过去，光顾看摊子哪顾上认人。田宝辰不满地说我明明看见你和这个那个打招呼了。老米失笑道，那都是老熟人，咋能一样比呢。老米对田宝辰占上风似的埋怨挺不然的，又不是沾亲带故的亲戚，给你烟抽陪你说话是看你可怜，是一份人情，当你个陌路也是本分。田宝辰双眼无神，有气无力地说，带来的钱花没了，再等一两天就得回老家了。老米听田宝辰这么说话心跳咕咚一声停了，田宝辰好像听见了，瞅他一眼接着说，回家的车价盘费老乡们能凑起来。老米的心才又怦怦地跳起来，他真怕田宝辰和前头那样说出不见外的话来，伸手跟他借钱，老米的紧张在此。田宝辰拿着那沓纸说，寻人启事印多了，没散完，今天又碰上你，还是有缘，你走村串巷做买卖，捎带着把它们散出去。田宝辰这么说在老米听来简直就是饶了他一遭罪，这次他没推辞，伸手接过，满口应承。印寻人启事的纸是米黄色的招贴纸，又脆又薄，字能看清，人像就很模糊，分辨不出眉眼五官。

田宝辰对老米说，这次上你们省来，除了老乡和房东，就认下个你。老米半信半疑地点点头，田宝辰指着寻人启事上的联系人说，这个是我，田宝辰，你说你记得，可从来没有提名道姓叫过一次。老米笑着叫了一声田宝辰，田宝辰不答，不无埋怨地说，你们这儿的人待人不实心。老米感觉被说中了，惭愧一笑，但也就是那么一两秒的事情，老米就不舒服了，心想你丢了老婆怎么埋怨起别人来了，老米不勉强别人，也不愿意让人勉强，换作别个他就拍屁股走人了，今天他愿意谅解，田宝辰有难才这么强人所难，于是也给田宝辰自我介绍，说我姓米，小米的米，你叫我老米。田宝辰难得地苦笑道，还是你这姓好，命里不缺吃喝。老米虚心地笑道人都一样，小猪出娘胎老天爷还给它带下三升糠来呢。田宝辰摇头，继续指点着寻人启事说，这个人是我一村的，也留了电话，万一打不通我的，你就给他打这个电话，叫他寻我。老米心说我没想过要替你找老婆，怎么老想给我安排呢。不过老米吸取了教训，负责地念了一下那个名字，田豫明，也姓田。田宝辰咕哝道，俺村人都姓田，这次就是豫明带俺们出来的，娘的白来了。老米心想，你连白来都不是，是丢人来了。转念一想就不无自责，觉得自己确实不厚道，便又好言安慰那田宝辰，蝎蜇蛇咬，一时的祸福，人走迷了，说不定转一圈就又碰着了。田宝辰沮丧地瞅着庙台上过来过去的人说，我上你们这地界儿来就光转圈了，一天没闲着。田宝辰纳闷地问，这些人赶集咋都拎把伞？老米见他变转话题还有所发现，高兴地向他介绍，今天赶的是老爷庙啊，关老爷要磨刀，会下一场磨刀雨。田宝辰说啥年月还讲迷信。老米不高兴地说你不信别信，别在这儿说这话。田宝辰无趣地噤声了。老米趁机建议田宝辰到庙里求一求问一问，“今天关老爷办公，香多卦灵，百发百中。”田宝辰哼了一声，冷淡地说，倒霉鬼不离卦摊子。老米劝他别乱说话，敬神如神在，这儿的关老爷最讲义气了，啥忙都肯帮。田宝辰摇头说，我现在正倒着霉呢，谁也帮不上，求也不灵。老米提醒他庙台上说话要恭敬，关老爷神位大，灵验呢。田宝辰漠然地说，神位大就灵？关老爷不灵，天老爷也不灵。老米见田宝辰一副油盐不进的样子，也就不想再劝了，起身对田宝辰说不能再陪他闲坐了，要回去做营生。田宝辰跟着站起来说，他来得早，转了好几圈了，马上去坐公共汽车到盔县，去北峪那边再找找看。田宝辰临走时说，进香打卦，样样花钱呢，老米听他这样说，也就释然了。

和田宝辰别过，老米返回自己的摊子，摊子前冷冷清清，老婆责备他一走老半天，也不想着赶紧挪个地方。老米说在庙台上碰见熟人说了会儿话。老婆问他手里的寻人启事是咋回事，老米三言五语说明了一下，老婆说他狗揽八泡屎，一走半天，就不怕旁人诳走你的老婆。老米笑道不怕，这世界上能诳走我老婆的人还没出娘胎呢。老婆横他一眼说那你是狗抱的。老米笑着把寻人启事塞到驾驶座的坐垫底下，那下面积存了一沓旧杂志破报纸，是老米闲来无事时翻阅的资料。

正午时分，关帝庙上的云头先是挑染出一绺乌云，然后闷雷訇訇作响，庙台里外的人一齐嚷嚷关老爷开始磨刀了。磨刀要洒水，落到地上就是磨刀雨，雨说来就来，撒豆般刷拉拉地喧响着落下来，人们立在庙台和道路上，仰面抬头拎着伞转着圈故意让雨淋，传说磨刀雨湿身，一年到头钢骨，不吃药不打针不得病。

人淋雨好，货淋湿卖不了，老米和老婆拉开雨布苫住车斗，老婆抽空到饭摊儿称了一斤麻叶儿端了两碗拉面回来，盛麻叶儿的塑料兜搁在三轮车的车头上，两口子就在雨地里端了碗吃饭，雨点落在雨布上身上落在碗里，老米边吃边说，关老爷给咱添汤呢，他们钢骨，咱钢牙钢肠钢胃。说到半截儿，老米压低声音说，还有钢牛。老婆拿筷子的手掩住口鼻笑得浑身发抖，笑够了才低声叱骂老米，这是庙台，胡说连天啥呢，你就不怕造业？老米仔细地喝光碗里的汤水，放下碗筷说，关老爷才不和咱这黑豆小民计较呢。

磨刀雨只下了几分钟，訇訇作响的闷雷就移出村野，老米抽着烟眺望着庙台和道路上稀疏走散的行人，一下就想起田宝辰，这工夫他能跑到哪里，他希望田宝辰挨了这场温热的磨刀雨，好好地相信相信神力。

老爷庙台那一面后，老米再没见过田宝辰，不见也就淡忘了，田宝辰自己都死心塌地回老家了，谁还能想起来呢，别说印成乌七八糟的一张黑脸，就是把大明星丢进蔬菜批发市场那种熙来攘往的嘈杂的人群里，也照样会泯然众人了。

老米确实不明白为啥能一下认出疯女人，这事和他们在庙台上说道可能有关，老米是真迷信。

5

过了个把钟头，老米听到老婆和疯女人说道着回来了，疯女人身上的衣服都换过了，穿着老婆的半新不旧的衣裤和鞋子，从头到脚看着干净清爽了许多，头发洗过了，也梳通了，柔柔亮亮的，一眼看去，比老婆还年轻顺眼呢。疯女人也笑眯眯地瞅他，很亲近的样子。老米知道这都是老婆的功劳，老婆脸黑，但是好心肠，否则也不和他过这种破烂生计。

老婆放下盆子，背转身悄悄告老米，“这疯子还是个怀孩儿老婆呢，刚才洗澡时问她几月的，她说她不知道，我想套套她的话，你猜人家咋说？”老米疑惑，说我没法猜。老婆没计较他的话，只顾神神秘秘往下说，她说也不知道是谁的。

老米看着一脸诡秘的老婆没搭腔，他不想猜谜。

老婆见他不搭理，拖过椅子坐在他边上边梳头边唠叨，这人要多日脏有多日脏，像是一年没洗过，我把她脱下来的那堆儿日脏扔垃圾池里了。”老婆还说，管澡堂的问她哪来的亲戚，“羞得我都不知道该给人家说甚好了。”

湿发上梳落下来的星星点点的水珠不时掉在老米的脸皮上和眼皮上，凉凉的，痒痒的，怪不舒服的。老米紧住眼皮，就是不吭气。

下午的买卖少，不如上午那么繁忙，老婆一人应付，腾出老米到套间里补觉。老米睡意正浓，老婆进来推醒他，说五义找他说话。老米迷迷糊糊坐起来，顺手摸了枕边的烟盒打火机，出来就看见穿着一身迷彩的五义趴在玻璃柜台上无聊地瞅对面货架上的烟酒价钱，五义是村里的治保主任，退伍多少年了还是好穿肥大的迷彩裤，这种伏天也不嫌热。老米也当过兵，那时的兵还不兴穿迷彩，冬夏都是草绿色的确良。五义比老米小得多，当兵也比老米迟十几年，老米寻思这号迷彩裤不耐看但耐穿，执行任务遇上情况，一大泡尿装进去外人也看不出什么异样来，五义在村里管治保，穿身迷彩也符合身份。

两人点上烟，五义就问起疯女人的来历。老米以为五义是来等人打牌的，老米在门口支了牌桌，五义是常客，几乎天天下午来玩。老米大致说了一下，还拿出寻人启事给五义看，五义草草看了又还给老米，眯缝着眼睛说怪不得别人说你会挣钱，这买卖你也做啊，你就不怕惹事？老米没睡够，可他糊里糊涂也能听出五义说的不是什么好话，便说挣个屁钱，我见过她家人才帮他们的。五义笑道，没看出你还是善良的地主呐。你当你还是小学生学雷锋呐。老米呛了一口烟，咳嗽着说你看你不相信，老米还要辩白，五义不听，说晌午吃饭时就听媳妇说了，他并不想管这闲事，可是职责在身不得不问，接着给老米讲了一些农村发生的治安案件。老米认为五义纯粹在借题发挥，老米熬了夜缺了觉，有些恍惚也有些焦躁，尽量耐住性子把情况给五义详说一遍，末了说最迟一半天她家人就赶过来了。五义说那样最好，赶紧把她打发走，这种人不中留，你不知道她啥来头，也许杀人害命才跑出来的。老米牙缝里龇出一口烟，泄气似的说，就那傻不叽叽的样儿，人不杀剐她就不错了。有人在窗外喊五义出去打牌，五义起身叉开腿往上提了提裤腰又往下撕了撕裤裆，才用公事公办的口气说老米，今后别往村里招徕这种外来人口，这都属于不安定因素，这么大个南坪村，又不是你单门独户一家，来人事先打个招呼。老米不爱听了，反问五义，几时兴下的讲究，莫非谁家来个亲戚还得到你家里报告？五义说讲究一直有，没人遵守，她要是你家亲戚就算了。老米说你家亲戚还差不多。拌嘴的工夫，窗外又有人喊叫五义再不出来别人就上了，五义高声回应马上马上，顺手摸了一个西红柿，在迷彩裤上蹭了蹭一口咬掉半个，汁水和籽粒迸溅出来，红红黄黄地顺着腮帮子和嘴角往下淌，五义一边嚼吃一边皱着眉无情无义地说，妈的现在西红柿也没以前好吃了，贼拉拉酸涩，一点也不香。临出门又扭回头说，他来转这一匝就算登记过了，有啥要他帮忙解决可以随时招呼，“我就在门口打牌呢。”老米心说你快算了吧，白吃果子还嫌酸的人。

五义一出门老婆就数落老米，没一人说你好，白吃了你一个三四两的西红柿还不说你好。老米好不窝火，尤其是想起五义那些阴阳怪气的话，他返回套间找手机，掩了房门打电话问田宝辰走到哪了，田宝辰竟说他还在村里借盘缠没出门呢，还讨好似的请教老米他该坐啥车来。老米气得笑出声来，说好我的天爷呀，我连你在哪里都不知道，咋个告你坐啥车？老米掐了电话，在肚子里狠狠骂了一句，骂别人还是骂自己，老米也说不清了。

疯女人傍晚就喊饿了，老米商店的上板关门时间要到晚上九点以后，晚饭拖到十来点，疯女人问老米你家咋没有电视，老米说我家买不起。疯女人同情地说真穷真可怜，老米两口子互相递了个眼色。晚饭后不久，疯女人就靠在袋装大米的垛子旁呼呼地睡着了。老米老婆又鄙视又羡慕地说，挺会享受。平时老米在店里歇宿看店，老婆回去看家护院。当晚老婆告诉老米，她不能让疯女人住在家里，所以晚上她和疯女人在商店里苟且一夜。

老米同意老婆的安排，却又磨蹭着不走，他不放心，歉意地对老婆说，本来以为就是一半天的个小事，没想到她汉子先跑回老家去了。老婆说你这时候说这话有个屁用。老米笑道救人救活杀人杀死，这次就这样了，下次再不做这事了。老米老婆把着门扇冷笑道，可不是呢，你救了她，她杀了我，你就称心了。老米说你咋就不说我一句好话呢。老婆嫌他啰唆，催促他赶紧回家。老米出门前又叮嘱老婆，别睡得太沉了，有事就打电话。老婆不答话，一把将他推出门外。

老米听着老婆从里头把门闩上，才转身朝密云不雨的夜空打了个肥大的哈欠。本该是满月之夜，天上却漆黑如墨，只有无形的空气带着那种令人起腻的黏稠的热情从暗处汹汹涌来，不由分说地裹紧人的周身。

村里已安静下来，有的家户还开着电视，偶尔能听到零星的歌声和人声，剩下就是变压器的嗡嗡声。

老米到家里洗漱了，用湿毛巾抹了凉席，躺下看了一会儿电视就睡着了，朦胧中好像听到手机在响，等他摸过来要接时，对方已经挂了。先看时间，才两点多，再看未接来电，是店里的座机号，他回拨过去，老婆马上接住问他半夜三更打啥电话，他纳闷儿地说，不是你打的？老婆犹豫了一声，说打错了，你快睡吧，说完就挂了。老米迷迷糊糊地翻身想接着睡觉，脑子一激灵，想起自己是睡在家里的凉席上，顿时清醒了，太大意了，怎么放心老婆和一个疯女人在一起呢，万一疯女人真把老婆害死可咋办？神经病杀人又不负责任。

老米这么一想就睡不着了，索性起身锁了门户，打着手电往供销社走去，脚步声惊起几声狗叫，阴凉潮湿的清晨散漫着淡然倦怠的轻雾，他本来想打哈欠，却一口气打了三四个喷嚏，他猜应该是狗日的田宝辰给人提他的名了。

老远就见商店的窗板和门缝里漏出的灯光，老米马上猜出几分。

他敲了两下老婆就给他开了门，一看老婆的黑脸就知道不妙，然后就看见嬉皮笑脸的疯女人举着拍子赶苍蝇。

老婆先埋怨他多管闲事惹来麻烦，然后埋怨他这么早下来，“让你在家好好睡一觉，咱俩赔上一个人看她还不够？”老婆做买卖做得成了算盘子脑瓜，凡事就看一赔一赚。老米把他的担忧说出来，她才明白老米的心思是在乎她，她长长地叹了一口气，显然是感动了。

老婆蓬头黑脸，眼圈发青，她低声埋怨：“傻老婆白天吃多了，半夜上茅房，我怕她不识地头，只好领她去，回来就喊饿，给馒头还不要，想吃货架上的面包和槽子糕，我说那可不行，给了她两个馒头，咱想关了灯再打个盹，又叫唤怕黑，一睁眼看见她偷吃桃酥，闹得人一宿没合眼……”

老米不知该说啥好，做好事做成错事了。

“半夜三更又不能骂人，打电话想狠狠骂你一顿……”老婆这么说就算道歉了。

老米点着烟坐下，宽慰老婆说，已经是这样，就便宜她吧，天明了她家人来接走就没事了。他给老婆保证，以后再不弄这事了。老婆打着哈欠说，我是怕你老雕请回醉猫来。老米发狠说，这你尽管放心，明天了再没人来接，我保证还给她扔回桥堰去。老婆欣赏他说话的态度，在她跟前说别的女人就得无情无义。

老米厉声命令疯女人坐下，否则就推出去。疯女人怕黑，乖乖坐下了，不一会儿就又睡着了，侧躺在老米的躺椅上，大张着嘴，呼吸平稳而深长。一手伸在揉乱的单衫下，露出一截膨胀的腰腹。老米看了一眼就赶紧扭过头去看老婆，老婆冷笑着盯住他的眼睛问他想啥呢。老米说想狗屁。两口子笑了一阵，老婆催促老米到里间的床铺上再躺一会儿，说赶天明还能睡一觉。老米心里歉疚，建议老婆去休息。老婆责备他，你一会儿还要取货呢，不歇过来哪有力气干活儿。老婆掇了板凳靠在货架上闭着眼咕哝，身上酸的，熬年夜似的。看着老婆疲惫不堪的模样，老米很过意不去，翻来覆去的口头检讨也没意思了，他只能在心里自责。

老婆似乎又想起什么，抬起头，睁开疑疑惑惑的眼睛问老米："你说她这样，跟猪一样，好几个月失落在哪里呢？"

老米琢磨出老婆的意思，说失落在哪里也没人理睬，跟猪一样。老婆笑了一声就又闭目养神了。

折腾半宿，老米早晨搭车时都萎靡不振，掏钱买票时老孙老婆揶揄他，你这蔫头耷脑的咋了，病了还是夜黑不老实了。老米说都不是，他叼着烟找地方坐下就垂下眼皮打盹，老孙老婆笑话他，看看这样儿，要笑的力气都没有了。老米吸着烟任她耍笑，烟灰随着汽车的颠簸簌簌地抖落，一直烧掉一截过滤嘴才吐掉，这样一路打盹儿到了沙江口，若不是老孙老婆把他吼起来，就坐到总站去了。

上午田宝辰打了三四次电话向老米问路，到了沙江口了还问他去北峪的班车站，老米熬了一宿窝着心火，听见田宝辰的腔调就不得劲儿，不客气地调教他，你就不能从火车站打一辆车过来？接你的老婆呢，别俭省那几个路费了。老米老婆也哈欠连天，几次看错秤算错账，给人笑颜赔话，老婆把这些坏账统统算到老米头上，问他这样图啥呢。疯女人精力旺盛，吃掉一盆方便面外加两个油酥火烧，老米老婆严格限制她再吃，她已经吃掉老米两口子一顿的饭量。老米老婆也使唤疯女人做营生，她不会让她白吃饭，叫她帮忙整摘菜叶，整摞米面口袋，老米还无意间听到老婆低声问疯女人吃东西时恶不恶心，后来听见老婆鬼鬼祟祟地说，啊呀，他们让你做你就做啊，你不会偷偷起来跑掉。老婆肯定还问了别的，老米听不见了。

6

下午四点来钟，老米睡了一觉，端着水杯坐在门口看五义几个玩斗地主，远远望见坡下上来一个黑瘦汉子，走路像鹭鸶，手里攥着一瓶矿泉水连走带喝，来人不是南岭村的，老米没见过，就继续看人玩牌。来人到商店门口停住，先从背后拽出一条毛巾擦汗，随后掏出一个小手机看了半天，然后才凑近人堆儿，弯下腰问正在码牌的五义，请问米海山的商店是不是这家？五义斜起眼说，找米总啊，双规了。一圈人都笑开了。汉子很快就反应过来，擦着汗接着问，那他这会儿在吧？五义板着脸说，你寻他干啥。来人笑道，找他肯定是有事嘛。五义说有事就好说，先给伙计发根烟抽抽。汉子二话不说掏出烟盒给五义点了一根烟，五义绷着脸皮说别光给我，给伙计们也发一根。汉子给几个玩牌看热闹的人挨个儿发了一圈，发到老米跟前时老米想搭话了，五义瞪他一眼说没你蛋事你急啥急。然后才指着老米给来人说，米海山天天忙得很，那个老东西知道他成天忙毬些啥，你和他说吧。来人扭头看老米时，一圈人大笑起来。老米笑骂了一句五义，然后报上名字，问来人是哪的，来人笑着握住老米的手上下打量，用不太地道的盔县话说，我姓田，田豫明，昨天咱俩通过话的。老米感觉手里握住一个阴湿的木块，离奇古怪的不舒服。

老米和田豫明走开几步去说话，几句话说完就都没话了，于是各自默默抽烟，郁闷加上闷热，田豫明不停擦汗喝水，矿泉水的瓶子变形了，在田豫明手里嘎巴嘎巴响个不停，老米问他喝点茶水不，田豫明摇摇瓶子说这个就行。两人离得近，老米看见他使的毛巾头上绣着的某某煤矿四个蓝字，抽完烟田豫明问他疯女人在哪儿，老米说就在商店里。田豫明问老米能不能瞧瞧她，像是征求意见似的，老米觉得田豫明怪怪的，让他自己进去看。田豫明起身，看见门口的水管，过去灌了一水瓶，田豫明弯腰接水时，老米看见他掖在腰带上的毛巾把裤腰洇了一大片。田豫明在里头待了起码有二十分钟才出来，又灌了一瓶自来水，他和疯女人说了些啥老米不知道，正好那一阵上来一辆送货车，老米老婆忙着给送啤酒的货车司机结账，也没去听他们嘀咕什么。事后老米寻思，这个田豫明就是一个打前站的主谋。

田豫明出来，又和老米坐了一会儿，老米说田豫明如果昨天就来接，就省了田宝辰跑这一趟了。田豫明说那不一样，一来我上班，没空儿给他干这事。二来我和你一样也是帮忙的外人，三来他们应该来好好感谢你一下，给他找回去这么大个人，那就是给他找回一条狗也得上门给句好听话吧。田豫明说得头头是道，不知不觉就换成他的家乡话。田豫明说出立场，老米就不好再说什么，说也没用，接人的人马上就来了。老米看着田豫明手里那个歪歪扭扭不成样子的矿泉水瓶同情地说，省一个是一个，他跑这一个来回，不得花钱。

昨天打电话时老米对这个“甜玉米”的印象很不好，现在老米看着他手上不成样子的矿泉水瓶子，印象慢慢地改变了不少。聊到后来，田豫明挺感慨地说，老米，你是个实心人，俺们这事儿，办得对不住人。老米以为田豫明还在说酬金的事，便笑着说，有啥对住对不住，穷帮穷，难帮难，说过的话咱就不说它了。田豫明古怪地瞅着老米难堪地笑了笑，像是不怀好意又像是不好意思地说，其实这人的麻烦是自找的，倒霉也是自找的，怨不得别人。说完就扭过头仰起脸狠狠地喝瓶子里的自来水，变形的矿泉水瓶随着他的喉结一上一下地滑动，发出狠狠的嘎巴嘎巴的响声，老米看着看着心里就难受开了。很后来老米也寻思过，田豫明就是在这些地方看出他是个不得要领的实心人，才在他心肠最热最软最不提防的地方狠狠下了一脚，人黑，心也黑，不愧是下煤窑的。这些都是后话。

田宝辰真的按照老米的意思，坐着一辆出租车来到老米的商店门口，这种绿白两色的出租平常只在市区里跑。田宝辰下车时，老米正给人挑瓜过秤，田宝辰过来跟他打招呼他才站过来。两人让烟时老米看见一个青头麻面的壮实后生扶着出租车后门也在看他，田宝辰叫后生过来，对老米说这是我的表弟，会耍武功。那个表弟左胳膊上有一个刺青，一副悻悻不已的生瓜蛋模样。

田宝辰面带喜气，虽然还是粗皮糙肉的，但土黄色去了不少，神色就明亮了一些，穿着也讲究，棕色西服套装，很正经的出客衣裤。脚穿枣红色皮革凉鞋，很光滑的灰丝袜。寒暄过后，田宝辰过去让司机打开后盖，拎出两个装得饱满的编织袋，提过来不好意思地对老米说，这是两口袋黑皮花生，他们的家乡特产，过去是进贡皇帝的无价之宝。说这些大话时，田宝辰的口气很夸张，不亚于电视里的明星做的广告。千里送鹅毛，礼轻仁义重，老米懂这个理，于是客气地推辞了几下就接过东西，暂时搁摞在门口摆设蔬菜的架板上。

田宝辰拍打着蹭在裤子上的沙土，一个多月没见面了，老米看见田宝辰还觉得怪亲切，尤其是他实心实意地给田宝辰找回失散的老婆，老米自己都觉得自己够意思。他朝商店喊叫老婆把人带出来，他也想看久别重逢的两口子会不会抱头痛哭一场。

接下来的事情老米再也没反应过来，先是疯女人跑过来一把抱住田宝辰的脖子，夫妻相见热烈拥抱的洋相老米在电视剧里见多了，现在疯女人要这么疯一下也算不上疯狂。直到田宝辰发出杀猪似的惨叫，老米才觉得哪儿不对了，疯女人又哭又骂，又挠又掐，已经把田宝辰压到地下，田宝辰也在咆哮，像是讨饶或是在做解释，老米听不懂他的方言，只能眼睁睁看他们在地上撕扯打滚。门口玩牌的闲人都跳起来，有人抓着扑克牌问老米为啥就打开了，老米用力摇头，困惑不解地瞪着眼说不知道。他确实没看出名堂来，那个后生竟然也上手了，老米当他是去拉架的，可那后生上手就抓住疯女人的头发生拉硬扯往起提，扯得疯女人尖叫起来，两个人搏斗变成了三个人混战，一时间打的骂的哭喊的乱作一团。一旁观战的人笑着叫喊别打了别打了，老米跟着喊了几声，发现这样叫喊等于喝彩，他就不喊了。他想起甜玉米应该在场才对，田豫明就冒出来了，黑脸发红，扳住后生的肩膀厉声地叫他松手，喝骂你们跑到这里干仗，丢不丢人，后生也不听话也不松手，田豫明拉一把这个，推一把那个，却一个也没拉开，退到一边狠狠地说，你们打，用力打，打死一个少一个，谁打死谁也算。看热闹的人随着底下滚动的人涌来涌去，出租车司机慌忙钻出车来，靠住车门伸开胳膊呐喊，往一边去打，别刮了车子。田宝辰一家人打成一堆，老米问出租车司机知不知道这是啥情况，听没听到他们在车上说过些啥，他知道问也是白问，那司机只觉得老米也是个看热闹的，拧眉瞪眼地说，谁他妈知道这是哪来的，一照面二话不说打下一片，还没给我车钱呢，操他个妈的。老米心里也有顾忌，见三个人没完没了地撕扯，便和田豫明一起拉架，三个人的胳膊腿好像连在一起，难解难分，倒把老米闪倒两次，手上身上也蹭脏了。坡上坡下的人都跑来看热闹，门外的台阶上下站满了人，还有人要进店里买这买那，老米老婆独自守摊儿，怕人多有失，看不过来，便把住门朝人群吆喝，报警了，报警了。吆喝了几声，纠缠在一起的几个人就松懈了，后生先松手，田宝辰也不还手，疯女人也不抓挠了，田豫明和老米趁机先把疯女人架到路边的台阶上，疯女人蓬头乱发蹬腿撂蹄儿像小孩儿一样直着嗓子号哭。田宝辰原地坐起喘着粗气，额头鼻梁和脖子上都有血痕，不过他似乎更心疼穿戴，不住拍打和拉展泥皱了的衣袖裤腿。田豫明指着后生的鼻子说叫你来是干啥的，你纯粹是来帮倒忙的。

一阵乱后，老米老婆关了商店门，看护着摆设在门口的货物，喊叫老米赶紧让他们带走疯子离开村子，老婆的喊叫让他想起五义，才发现这半天五义竟不在现场。

田豫明稳住场面，过来拉着老米难堪地说把人丢完了，让你见笑了。老米纳闷地问他怎么见了面还要打呢。田豫明看着老米说，穷好争，饿好斗，这家两口在村里也是这摊场，喜欢干仗。老米摇头说，穷人有穷人的过法，没见过这么蛮横的。田豫明感叹道，都不够数，你还看不出来？原来想找个地方置上一桌，好好谢谢你，你看这仗打得，哪还有心思。老米说有你这话就行，我也喝不了酒，别再打得水也喝不成了。

天已擦黑，老米不想拖延，他怕给村里惹下事，对田豫明说，你赶紧弄他们走，田豫明说，我也是这个意思，趁出租车还在，正好坐着回去。老米脑袋乱哄哄的，也没问他们去哪里。田豫明过去和出租车司机交涉了一会儿，田宝辰两口和后生挤到后座上，车刚动，又停下来，田豫明伸出脑袋指指门口的编织袋，给老米招招手说走了，然后出租车亮着的尾灯慢慢顺坡溜走了。

看热闹的人们围着老米问东问西，那场混战开得太突然又收得太潦草，大伙看得意犹未尽却又云里雾里。越问原委，越解释不了，老米不胜其烦，觉得摆脱麻烦的一丝丝庆幸，很快又被丝丝缕缕的困惑绕成一团乱麻。

飞鸟如林，人们也散回家里吃晚饭，老米坐在台阶上抽烟寻思，越寻思越古怪，好像哪儿不对劲儿了。路面上丢弃着三四个干瘪变形的矿泉水瓶子，有一个瘪瓶子，老米看着像是田豫明来时喝水的那个，而且越看越像。这个田豫明的确不能相信，老米掏出手机，从最近通话记录里找出田豫明的手机拨过去，无人接听，他再拨田宝辰的，同样无人接听。老米为了印证自己的判断，又重来一遍，结果田豫明的手机转至什么灵通服务，田宝辰的干脆就是关机状态。

老米瞅着手机发愣的工夫，五义走到跟前，迷彩裤门正冲老米的脸，老米抬头一看就扭过一边，他不愿意看这个。

五义问他讹了几个钱，老米恼火地说十三亿。五义也不在乎老米的态度，倒像是遗憾不尽地东瞅西看，嘴里还啧啧有声，说刚走了一会儿工夫就误了一仗。说着话又弯下腰问老米你没受伤吧，我还当他们是来打你的，路上捡了半块砖准备来开他个瓢呢。五义说着亮出手里的半截砖头。

又到了晚饭点，老米老婆在商店里嚷嚷起来，叫老米进去招呼买卖。

老米从五义手里的砖头好像看到了五义的心意，话里的火气也就消了，说多亏你不在，在还不得伤了人。

那可不，一挨一个拍倒狗日的。五义将砖块抛到墙角，拍拍手说，没事就好，昨天来问你，我就觉得不地道，说你还爱答不理的，他们为啥打仗？还不是怕你问他们要酬金哩。看来还是我赢了，你得给我拿一条烟。

老米本想站起来的，听五义这么说话，又倒坐回去，递过一根烟说，我给你拿一条……老米说了一句荤话。

老米老婆伸出头来嚷老米，你耳朵聋塌了，叫煞不应。老米大声回答，你就不容人说句话。

五义接过烟，点着抽了一口，嘿嘿一笑说，就你这小本钱，还是给老婆留下当细软吧。

（《中国作家》2016 年 12 期）

师说

1

高速公路服务区的空气就这味儿，汽油的芳香大快人心。

老余从洗手间出来，一边甩着湿手一边定睛找车。服务区里停了不少车，好多一模一样的。老余循着壮壮的话声看见那辆黑色的商务轿车，壮壮和李骏、高文喜站在车旁抽烟说笑。

高速公路那边不断传来刺耳的裂帛之声，应该是疾驰的车辆和成群的高速旋转的轮胎抓地一霎和路面摩擦时发出来的，老余听不惯这种撕心裂肺的声音，如果写出来是哪个字？“嗻”，还是“喳”？但觉得它们比发动机的轰鸣更恐怖更神经更瘆得慌。

老余蹒跚着走近，壮壮说等会儿上车换座位，他口鼻喷烟：“刚才闷坐得都快睡着了，我到后面和他们耍一会儿。”壮壮满面红光，一看就不是家常便饭吃出来的。壮壮大号叫刘壮志，是一家银行的经理，这辆车是他带的。

老余有一好，从来不晕车船，他满口应承，坐哪儿都无所谓。

老余头回坐商务轿车，这车坐着的确舒坦，空间大，跑得稳，刚才在路上听他们议论，这部车值四十多万，这在苇泊市能买一套一百多平的房子，连装修费都出来了，老余感叹，这等于是开着一套精装房在马路上跑。从苇泊出发时壮壮安排老余坐司机后面的座位，说那是全车最安全的一个位子，这会儿他坐在副驾位子上，发现这个位子更美，舒舒坦坦，而且视野开阔，是一个最好的观景窗，道路两边的景色扑面而来，看起来省劲儿还方便。

“一水护田将绿绕，两山排闼送青来。”“春风得意马蹄疾，一日看尽长安花。”根本没费力，这些好诗好句就自自然然浮现在脑海里，好诗要有好感觉，老余教了半辈子书，少有这样一个快意流畅的座位，尽管路上没有什么一水两山的，但感觉迎面而来的风景像是针管吸过来的深远饱满而浓稠荡漾的心血，衰老的心里蓦然就诗意鼓荡起来了。

壮壮他们玩斗地主，还“带血”，壮壮老说脏话。老余始终不回头，以前是老师，现在是老者，管不着了。

人生易老，车快真好，还能说什么？服老以待尊，服老最简单的做法就是少说。这是老余自律的心法。

2

老余在矿集中学教了三十六年语文，兼过十七八年的教导主任，退休前两年，校长才安排他当校长助理，把教导主任的位子腾出来给了别人。三年前他从校长助理的位子上光荣离休。老同事们，包括那些平常惯熟的年轻同事，见面都叫他“副股级调研员”。老余是中小学高级教师，走的是职称序列，另外，校长的行政职级才是个股级，老余又不是副校长，怎么可能是副股级调研员？“副股级调研员”就是挖苦他劳而无功，一盘儿凉菜。至于“校长助理”，那就是校长用口水给他脑门儿上粘的一个标签，连不干胶都不用。有次和妻子买菜，有人喊他“副股级调研员”，妻子听见了，回家说他："咋不叫个'屁股级调研员'呢？一屁就吹没了。"

老余此行是去省城参加一个叫金涛的学生的婚礼。金涛和壮壮他们一班人是中学同学，情况特殊，结婚较迟，在省府工作。金涛是孤儿，这次壮壮他们几个硬请老余上省城来，是要他来给金涛当家长，这当然是金涛的意思。老余这辈子给学生当家长，除过金涛，概无第二，这事是个别扭事，别扭到老余这样的知情者永远不想提起来。

老余不大情愿去凑这个热闹，虽然也有义不容辞的基本想法，还是觉得勉为其难。

壮壮几个在后面玩扑克，老余看够风景，就扭头关心起司机来，车上就数司机辛苦，眼瞪瞪地一个姿势瞅着前头。司机看上去不到三十，老余没话找话，问车跑多快，司机先瞥了老余一眼才说，110，眼神语气像是爱答不理的，像吃饺子先蘸一下醋水儿，一瞥一蘸的。他不知道司机在看这边的后视镜。小司机似乎感应到他的心思，解释了一句话："现在车速度110，自动巡航了。"老余想，巡航不成飞机了吗？他更不解了，甚至觉得司机说错了，他不懂车，不知道司机多话是照顾他的情绪呢。

老余终止了和小司机沟通的努力，老余认为这是代沟，看不见，也过不去。

大运高速一路向北，越往北走土色越寡淡，路边或田野上也能看见庄稼和绿化树，可开挖公路露出的那种苦寒的土色令人抑郁，连胃口都饱胀烦躁。所以，不能说老余犯困是因为上了年纪，还要考虑审美疲劳，坐车就是昏昏欲睡，老余的眼皮不知不觉就耷拉下来，嗒然而眠。

不知过了多久，耳边猛然听见司机和壮壮在说什么，他醒来再看，汽车已经开始绕城，壮壮大声笑着打电话，说金涛打来电话让他们千万别从南口这边下，这边城区正在改造，街都挖断了，下去就会堵住。壮壮吩咐司机到东出口下高速，然后又说："疙瘩已经去那边等着接你了。"老余闷闷地说："接啥呢，咱一群人又不是寻不着门。"壮壮说："真是这话呢，我这二年开会出差跑上来跑回去，一年少说也有个五六七八回，时常联系他出来吃个饭，也没见他哪回主动接我一回，每次都是我拎东西找上门。"

"五六七八回是几回？"李骏逗他，"你这行长当得阔气，不识数么。"

"毛说不行啊？"

"啥叫'毛说'？哪个毛？"

"毬毛的毛。"壮壮甩牌。

司机偷笑。

作为老师，老余就保持缄默。

壮壮荤话素话一起说，老余只当耳旁风，壮壮念书很勉强，但家里条件好。他爷爷他爸爸都是银行退休，到他这儿当了经理。

看见"距离收费口五百米"的招牌，车慢下来。八百里的高速行程结束了，如释重负的感觉让老余油然惆怅起来。

收费口像被镜头拉过来一样越来越大，车轮碾过减速带时车身一波一波地轻轻颠簸，老余瞥见收费口东边那个白铁雕塑和傻乎乎的题字，大字是前任领导的手笔，字如其人，颟顸不正。

老余看到金涛站在出口那边一手握着手机说话一手朝他们这边挥舞。"看见你的车了。"壮壮的手机里传来金涛兴奋的说话声。

壮壮挂掉电话问："余老师，到疙瘩那里该咋做？有啥特别讲究没？还有啥吩咐？"

“你们记下改口，喊他大名儿，别叫疙瘩了。别的不提。”

壮壮回头对李骏和高文喜说：“听懂了没有？”两个人会心地笑道：“懂了。”他们在玩学生时代的游戏，老余听得出来，他们的笑声融入老余的回忆里，虽然有些生涩了，但还是感到了油然的滋润，葵花在阳光下才笑得这样单纯和畅快啊。

疙瘩是金涛进班前的原名，这个大名是老余给他取的。当时班里同学老开他玩笑，金涛又自卑又无奈，有个女教师说，疙里疙瘩，一听这名字就是个农民娃，长大不好找老婆。女教师的话不好听，但提醒了老余，后来老余就存了心眼，趁中考报名的机会，特意询问金涛要不要取个大名，说这是个起头，你到高中就能用上了。老余把想好的名字写出来，说金是你的姓，不用动；涛字三点水，金生水，寿是长命百岁，合起来就是有钱有命，生活幸福。金涛听了小脸通红，满口同意。随后老余替他起草了一个申请，带着金涛跑到派出所，修改了姓名。学籍这块，当时老余就是教务主任，直接负责人，他到教育局直接修改，金疙瘩变金涛就这么改过来了。

商务车稳稳停在了金涛跟前。

金涛拉开车门，弯腰低头大声问他：“余老师一路挺辛苦吧？”

老余答应着，打量着眼前明显陌生了的金涛，怎么成这样了？老余心里嘀咕，几乎在照面时问出来。金涛和高文喜一样梳着那种官员头、穿着那种白衬衣了。金涛眼里透着殷切，还有地老天荒的漆黑的隐痛。

3

接风宴后，金涛带老余一行人去看新房。帮金涛开车的小刘也是苇泊人，笑呵呵的，一口褐色的氟牙。

金涛的新房在一座高层的第十八层，电梯上了好大工夫，老余喝了酒，有些晕乎。他想地震来了住这上头的人可怎么办。

出了电梯，就看见防火栓的玻璃上贴着大红“囍”贴，循着欢声笑语就到了房门大敞的新房，房间里还留着一拨人招呼贺客，男女衣着，悉数光鲜。金涛进门先给主管介绍老余他们是“老家赶来的老师和同学”，然后介绍，帮忙的主管是机关工会主席，姓任。主管停下手里的事跟老余打招呼，挨个儿握手问好道辛苦，热情地说：“金涛老给我说道你呢。”老余当成了客气话听，他不了解情况，也说不上别的，就客气回道，哪里哪里。

金涛引着老余到几个房间转着看了看，装修灯饰和家具陈设得很细致而且别致，个别地方点缀着剪贴的小“囍”字，没有大张旗鼓地悬红挂彩。老余暗自唏嘘，一个少失怙恃的孤儿，能在社会立住脚，能在省城住上这么华丽的洞房，完全可以告慰他不名誉的在天父母了。

主管叫金涛坐下说话，金涛说不坐了，主管笑道：“你客气啥嘛，好像这不是你家。”金涛用纸巾吸拭后脖子上的汗珠，给主管说：“余老师坐了半天车，我先送老师回酒店。”主管问他几点过来，还有事商量。金涛说：“你在我还回来干啥，有啥事你们商量，今晚我要和余老师住酒店。”

老余大摇其头。“不能乱来，”他说金涛，“按苇泊的讲究，完婚头宿，新郎得住在新房里暖床，还得找个童男陪你。”

周围的人都笑了，有人说第一次听说。有人诡秘地说这年头上哪里找童男子。还有人直接开金涛的玩笑说：“用不着了，他在这里都激情燃烧了两三年了，那床早暖过不知多少遍了。”人们嘻嘻哈哈笑其所怪，老余就无话可说了，也许自己说得不合时宜，可这些年轻人太浅薄了，不懂还笑。主管问近旁的后生，小王你今晚给领导暖房行不？小王顿时满脸绯红，窘迫地笑着说孬孬孬。主管煞有介事地说，明白了。扭头又问那小李呢？小李笑说，本人非常遗憾，上个世纪就不是了。主管失笑，上世纪你才几岁？小李手脚麻利地叠摞纸杯里的残茶剩水，从容回答："任主席，这个不带考古的，我承认结论，不表示我愿意展开论证，过程部分属于隐私，恕我无可奉告。"边上有人打趣，隐私还是荒淫史？

听见这边商量不下来，壮壮那边把牌扣倒，过来说："折中一下，金涛要陪老师就陪去，这边我和李骏留守，再看看还有谁想留下耍？你尽管放心走你的。"老余想说话，壮壮抢先说，"不要嫌我们那啥了，我俩都是儿女双全，原来也是没问题的童男子。"李骏也说："我们打一宿麻将，很快。明早再回去补觉。"

老余最后还是依了金涛。

老余金涛出了楼门，看见小刘已经等在楼下，汽车的前后灯都亮着。

送到酒店大门口，一个保安躺在大厅的沙发上玩手机，看见他们进来，就坐起来看着他们，老余进了电梯回过头，发现保安还在看着他们，直盯盯的。老余心想，这保安能保了安才有鬼呢。

出电梯时，金涛引导老余找到房间，刷卡开门，插卡取电，金涛打开柜子找出拖鞋让老余换了，又到小吧台拿了电热壶进了卫生间洗漱。老余换了拖鞋过去察看门户，这是老余出门的习惯，无意间看到门缝里滑进一张卡片，老余以为是谁的名片掉了，弯腰捡起溜了一眼，拉开房门往两边看，走廊里只有寂寂的灯光，只能听见金涛在洗手间里稀里哗啦的洗漱声。老余觉得有些诡异，暗自嘀咕，轻轻掩了房门，心里犹然狐疑不已，定神再看手里的卡片，见两面各印着一个穿着裸露的艳丽女子，印着“学生妹提供按摩服务”和“提供正式发票”，还留着名字、手机号、QQ号。

金涛洗好茶壶烧上水，开始清洗瓷杯，见老余还在看那张卡片，说扔了吧，哪个酒店都这样。老余纳闷地说，咱们刚进来还没有，转身工夫就……。

金涛告诉他，是服务员和保洁员塞进来的，他们兜里装着，散发小广告一样，互相帮忙呢。

水烧开了，电热壶开关发出“咔”的断电声，金涛起身去冲茶。

老余半晌无言，走到靠窗的沙发上坐下，把卡片放在玻璃茶几上，忧心忡忡地指着卡片上的手机号码说：“那这些呢？给警察留线索呐，一打就抓了。”金涛一边摆设茶杯一边笑说：“都是假的，名字、手机号随时可以换。”老余忧国忧民的认真表情令金涛发笑。

金涛带来两罐茶叶，一红色，一金色，金涛说，他和乔莹去云南玩了十来天，那里茶叶多，在产地买了一些茶叶。老余看了包装，金色罐是普洱，红色罐是滇红。老余翻转察看，在罐底找到标价，好家伙，滇红犹可接受，普洱就不敢问津了。老余把茶叶罐轻轻放到茶几上，心情复杂地看看茶杯里褐红色的茶汤，“不就是给水变个色变个味儿嘛，有这么金贵啊。”金涛随便说了一个名茶的价钱，老余摇头咋舌：“喝上不死是咋？”

老余的诗书茶方面的素养档次参差不齐，工资水平是个坎儿，决定了老余的喝茶档次。茶叶观因此粗鄙，简直不识好歹。老余确实不算个喝茶的，他一直喝单位发放的大袋子福利茶，往玻璃杯里放一撮，开水一冲泡，然后粗枝大叶撑满杯子，青苔色的腻绿又壮观又苦涩，二三十年就这么喝过来了，大路货色的龙井铁观音他也有，以备待客之需。

“诗书茶，现在喝茶是消费也是风雅。”

“除过味道有些变化，道理是一样的，电视上有那种玩茶道花把势的，”老余满脸都是嗤之以鼻的表情，“茶嘛，你装模作样穿着老衣裳一喝半天你就不死啊。”

金涛笑道：“你一这样说话，我就想起以前你上课的样子了。”

空调开启，纱窗之下，旧日师生，品茶夜话。金涛说了三件事，第一件是老余接他回校当晚，他第一次懂了家破人亡这个词，心里特别绝望，他那时最不想上学，也不想待在家里，但又不知道去哪里，找谁去。第二件是上晚自习他把心里对妈妈爸爸姐姐的呼喊密密麻麻写满一个练习本，那次他把老余吓着了。老余说是，我有密集恐惧症。第三件是，老余把他接到老师宿舍住的那段，给他倒水洗脚，给了他一双新袜子换上。那使他掉到井底的心重新感觉到温暖和光亮，明白了老余的用心。

老余说：“都是陈年往事，过去好久了，你看你现在，有好工作、好房子，明天一完婚，好媳妇也有了，不比他们谁差。人生一世，体体面面就行了。”

大喜之日，老余不想让金涛伤心。

金涛明白老余的心思，也不硬往下说了。他起身要给老余换茶，老余捂住茶杯说：“不能再喝了，再喝今黑就睡不成觉了。”

“我记得你睡眠挺好，还打呼噜？”

“现在也可以，老了睡眠就少了。不是有那句话，人老了就贪财怕死瞌睡少。”

金涛忆起住在老余宿舍的往事。“那时我可想一直住你宿舍里了，班里同学们也羡慕我，说你是我舅的，说啥的都有，乱说，壮壮还问过我你是不是认了我当干儿了，我说没有，那时觉得他是取笑我，他让我认你当干爹。最后我决定搬回学生宿舍里去。”

“还有这事？我没听说。”老余哑然失笑。

“还有一条我不敢说，你脑袋一沾枕头，鼾声就响起来了。我半宿半宿听你的呼噜声，第二天上课补觉。”

“那时精神头高，干活儿不觉累，也想奔前程，除了管班代课，还料理教导处没完没了的琐事，倒下就一觉死睡。家里也老说。”老余自己解嘲。他一直认为金涛主动搬回学生宿舍，是渡过了难关，醒悟了人事，才自觉融入同学中间的，这也正是老余接他来住的初衷。老余不知道金涛搬走是因为他打呼噜，这个太可笑了。看来彼此想法出入还是挺大的。

金涛应和着老余说话的意思，时或点头，时或摇头，末了笑道：“一晃十来年，今晚又能听你熟悉的鼾声了。”

金涛眼角含泪，一瓅一瓅。老余隐约看见，低头啜茶，心有不忍地说：“我还记得你那时说，最好的饭就是大米饭就油炸花生米。”

金涛破涕为笑，不无尴尬地说：“您还记得呢，我都忘了。”

“你说‘白米饭上盖上红油油一层花生米’，那时候……”

金涛眼里又泛泪花，老余适时而止，让浮泛的心事沉静下去，扭头催促金涛：“你快睡吧，明天唱主角。”他把床头灯调成暗光。

“好不容易见老师，哪能睡着。”

老余说等你这事过了再慢慢聊。

金涛又扯了几句闲话，然后若有所思地询问：“我爷后来才告诉我，你让他隐瞒了事情真相，说他们遭遇了车祸。”

老余半晌不语，金涛在这个时候问这个事，他有些踌躇，慢慢点头说：“你那时十来岁，如果把什么都一股脑端给你，还不崩溃了。我的用意，单单是父母双亡这一项，你的打击就够了，不能再多了。”

“我爷说了不少，说你心细这一条，对我就是大恩大德。让我找机会给你磕头谢恩呢。”

金涛说着就要行大礼，被老余架住重又坐好。

“老年人老思想，可能觉得那时候你们正在难时。报什么恩，其实我不叫你去，咱们小杨老师彭老师或者不拘谁也会去的，可不要把恩记谁一人头上，不要感恩戴德，有那么多负担，你上的是咱们矿集中学，不是哪家开的私立学校。你能走出来，能学有所成，这对你爷、你爸妈，再大了说，对社会、对老师同学和所有人，就是一个最好的报答了，你今天这样，就是最好的结果。”

金涛点头但神色惨淡，隐忍不决地说：“其实……余老师，我那时根本就觉得天塌地陷了，如果我知道我爸妈……是那种真相，我想我会自杀，就是现在，我也不敢相信。”

老余端起茶杯晃了晃又放下，绕开正题说：“懂事才有事，有事才有情。感情往往比事情大，你现在懂得比我多，比一般人多，还是朝前看，你看我跑这么远来看你办喜事，图啥，就是看希望、看圆满，自私点说，我一个‘屁股级调研员’，体会一次精神胜利法，看看你的好光景，我也有成就感啊。”

心结多难解，老余当然知道。金涛不懂事，老余替他掩埋了，现在金涛挖出来捧在手上，老余只能想法让他扔掉然后拉他跑开……

可惜金涛不再是那个能哄住的孩子了，他实在没啥新鲜招数了。

看着金涛吞声饮泣，他也觉得尖刀从四面八方扎进身体，他想起二十年前那座灾祸扫荡过的农家院落，仅剩爷孙俩的空旷冷寂的堂屋，泪流满面的金涛绝望地挣脱爷爷干枯的手重新缩回黑暗的墙角落里，悲哀和尘埃一样浮荡着，金涛的眼空空地拒绝着爷爷，也拒绝着还算年轻的老余，老余拉起干巴瘦小的金疙瘩的一只手，很平常地说："该回学校了，胡老师说明天月考。"

老余还是很平常地问金涛你爷爷后来咋样。金涛说他爷爷去世七八年了，金家剩他一根独苗，姥姥家的人自从出了凶事就成了仇家，早不认不管他的事了。他一直拒绝真相，他的舅舅给他说他都不听，那几年最难过的就是过年，他会关起门来哭，"哭累了就睡着了。"

"否极泰来，应该看开了，一个人的遭遇还能怎么坏？没法再坏，就会好起来。"

"可为啥让我遭遇？"

老余也想不出别的话来安慰，只好用"生于忧患，死于安乐"之类的名句来劝勉金涛。他会上课，肚子里有正经旧货，在解释"独孤臣孽子，其操心也危"时，他的古文催眠大法再现神效，金涛听了一会儿就昏昏入睡了，脸上泪痕犹湿。

老余恻然良久，去冲了一个澡。盥洗台上有一次性刮胡刀，他撕开一个试了试，不好用。台上还摆着不少零碎，竟有神油和避孕套，他想起卡片上印的学生妹和打房间电话要上门来捏脚的女人，暗自叹息世风日下。他端了一杯茶放在床头柜上晾着，倚靠着床头边看静音电视边等着茶水凉了……

李骏推门进来，还是学生模样，温顺礼貌地说疙瘩不做作业，整夜蒙着被子哭，哭爹喊娘，吵得宿舍里的同学不敢睡。老余跟随李骏到宿舍，推门进去却是教室，学生们在上晚自习，金疙瘩趴在课桌上不停地写啥，老余到他跟前也不抬头，老余伸手抽出他的练习本，翻开第一页，一个古怪的图案——整页纸上只写一个空心的

“妈”字，有一巴掌大，空心笔画里填满豆粒大小的妈妈妈妈妈妈……密密麻麻，老余有密集恐惧症，顿觉头皮发涨。往后翻页，空心字变成了“姐”字，空心笔画里同样填满密密麻麻的姐姐姐姐姐姐……再翻一页，又是一个空心的“爸”字，空心笔画里填满密密麻麻的爸爸爸爸爸爸……头顶的灯管又黑瞎了，眼前的构图像鬼符，透出邪祟和煞气，老余没见过如此阴森和魔怪的书法，摸着金疙瘩的脑瓜问他怎么了，金疙瘩仰起纸片一样惨白的小脸，两只空洞的眼窝里突然张开万千红唇，露出无数尖利的白牙朝他哭爹喊妈……

老余倏然转醒，方知是梦，依然五内翻腾，阵阵难受。

金涛已经睡稳了，鼻息深沉，鼾声均匀。

老余定住神，坐起来去够茶杯，茶水犹烫。

壁挂空调“咝咝”地吐气，街市上喧嚣的声浪明显减弱，空白像一柱愈来愈大愈来愈强的追光灯驱散了郁闷的睡意，老余喝了两口茶，闻到嘴里宿酒的气味，这难闻气味就像往事，他不愿意去回想，多少年了，他很少这样，在自己的梦里翻腾别人的旧事。

隐雷滚动一样的声音钻进窗户，老余撩起窗帘朝外看，都市的灯火总是如此这般璀璨招摇风情万种，老余观望的是黑沉沉的天幕，没有闪电何来隐雷？

4

婚礼选在晶宇酒店，酒店大门正对着省城有名的解放广场。酒店门口，贺客们三五成群聚堆儿说笑，负责迎宾的后生们呼朋引伴，开心地招呼，门里门外熙熙攘攘都是人。老余想，要在苇泊办这么大的婚事，一定会搭建彩虹桥，悬红结彩，非阔气到山气和村气漏出来不可。省城毕竟更文化一些。

老余暗自感慨，金涛一个孤儿，赤手空拳在省城弄出这么大动静，够他刮目相看的了。

老余准备进门时，有人过来和他打招呼，是苇泊教育局梁副局长和尚股长，尚股说他们是专门赶来办事的，不认识人，进不去，要看请柬。大概是嫌尚股说得不好，梁局了解了老余的情况，说："临时给你个任务，去给我们联系一下。能的话，最好是直接让金处长和我见面。看他们办的这事，一点不周到。请客不撒帖还怨我们没有——你这是请帖还是通行证？显而易见的上门欺客嘛！你和他熟，就你去，马上办这事。"

老余不觉得这是个啥事，更不是什么任务，梁局用不着这副腔调，显得他这个小地方出来的小官那么高调生硬，可笑得很。

老余喊来小刘，说这是苇泊人。小刘给主管打了电话，三言两语就办妥了。

梁局跟着老余进去。小刘把老余领到了巨大的主桌。客人们起来和他握手，仿佛再现头宿在金涛洞房里遇到的情景。此时的老余顾不上和别人握手，他要先向客人们介绍梁局长。场面有些错位，梁局长很会化被动为主动，上前握住那些本来是伸给老余的手，挨个握，还满面春风地摇晃，客人们只好先跟他握，然后重振笑容，轮流和老余握手寒暄。握完手陆续落座，各就各位，最后老余陪着梁局站在他那把椅子两边。

大圆桌上立有名牌，一个萝卜一个坑，梁局讪讪要走，老余赶紧推过椅子让座。邻座女客劝止梁局："今天谁也不能和余老师换座儿，他是重要嘉宾。"当着一桌人的面，梁局没法坐，老余欲让不能，心说什么人这么不照顾情绪，打量这个邻座，着装发式像个女官，胸佩嘉宾红花，眼睛明亮，流转着柔和却是尊贵的笑意。这个女客是给人眉眼看的人，而且，是笑着给人眉眼。气质是自带的东西，老余说不来。座位牌写着“郑秀”。

女客让老余坐下，不留余地，梁局也让老余坐，推说他去找找小尚。老余还在敬让，叫梁局别走，叫服务员再搬把椅子咱坐一起。梁局双手齐摆，玩花儿一样，他不好再说啥。

老余还在怅然若失，一个和老余年纪相仿、貌相儒雅的人特意起身，用京腔向老余引介刚才发话的妇女：“这是郑厅。”还提到郑厅的工作部门。那人说话还拿着劲儿，跟播报体育比赛一样，老余不大喜欢，耳朵选择性地忽略了那人的京白内容。郑厅还是正厅？老余没听出来，这比副厅还是妇厅更难弄清楚。倒是郑厅很和蔼，投桃报李地给老余引介京腔男人孙教授，“你俩是同行。”说他是北京那所名牌大学的教授，孙教授随即起身递过一张名片，说他也教过金涛，欢迎老余到北京找他。老余连连称谢，双手接了。

冷落了梁局，老余半天不得安稳，落座后左顾右盼。郑秀见老余闷闷不乐，嫣然一笑，大有用意地说道：“好人总是喜欢拿别人的过错来惩罚自己。你不用管他，有人招呼的，你好好坐着。咱们虽然是第一次见面，但可是没少听小金说起你。”郑秀左右看了看说，“我看在座的……多一半耳熟能详了。”孙教授马上接过话说：“可不，金涛那时跟我说起你，眼睛都是含着热泪呢。”老余慌不迭地说不至于不至于。

郑秀认真地说：“各位看到了没，有功而不居，这才叫德行。像余老师这样又教书又育人的好老师现在还有多少？”

主管带着司仪来见，拿着婚礼议程来给后面涉及到的有关人员交代具体事宜，司仪头发全竖起来，衣裤的料子似皮非皮，光滑软溜，紧裹在身上，看上去光滑得像一条大黑鲇鱼。这人要是在老余的班里，老余非把他摁进脸盆里搓掉他身上这层滑溜得像水锈一样的亮皮儿。

本来老余心里有数，可听了他们的策划以后，反倒觉得心里没底了。老余几次插话，想对他们夸张的安排提意见，都因别人抢断话头而作罢，后来娘家人到了，又一拨嘉宾跟着到来，新一轮的寒暄又开始了，所以有些话老余始终没来得及说出来。

大屏幕循环播放金涛和乔莹的结婚照、生活照和外景照，不停变换花样。婚礼开始后，喧嚣的声浪搞得老余头晕脑涨。宣读证婚词的是郑秀，司仪安排老余和金涛的岳父母一起站台陪衬郑秀。老余按照司仪要求，上了台。

郑秀发言不疾不徐，金涛的岳母掩着嘴悄悄告诉老余，这个郑厅是副厅长，是金涛的顶头上司。这些情况老余都知道了，出于礼貌，老余还是稍微侧过身子。“郑厅可欣赏咱金涛呢，要不请都请不动呢。”金涛的岳母也妆扮过，眉眼都有笔画的痕迹，挂项链戴玉镯，光闪闪的深蓝旗袍，很是珠光宝气。可惜腰身臃肿显得腿短了些，也把笨重的老态彰显出来了。金涛岳父留着精神焕发的寸头，显年轻。

老余发言之前，司仪先是隆重介绍：“这位是新郎的中学老师余继勇先生，余老师从教数十年，桃李满天下。说起来，他跟金涛同学的感情尤为深厚，他不仅是金涛的恩师，更是金涛的恩人。金涛曾经饱含感情抒写了他和余老师之间的故事，大屏上展示的这篇《老师余耘》，文中的余耘就是我们眼前的余继勇老师。也因这段难忘的师生情，余老师今天专程从黄河岸边的苇泊市赶来，参加他的学生也是今天的新郎官金涛的婚礼。”

司仪舌灿莲花介绍时，老余想到“屁股级调研员”，他能毫不汗颜地保持脸上正常水平的微笑，就是靠这个劲儿维系了平衡的。

司仪说话煽情，还自己领掌，大厅里随即响起热烈的掌声。

站了三十多年讲台，老余也能应付几下场面。他向前一步，接过麦克风，略作沉吟就直截了当说：“这么多人来给金涛贺喜，我真开心，我就说三句话，一是祝贺，二是祝福，三是祝愿。我教过金涛的中学阶段，他现在是博士了，在他的求学经历中，三年是短暂的片段。来当一个教师代表我已经荣幸了，再说多了就喧宾夺主了。有人说过，教师不过是被问路的同行者，意思是，说成路人也行，老师和学生迟早要各走各的，什么时候再见，就看稀罕了。我今天喝上金涛完婚的喜酒，看到他健康成长又幸福美好的人生，我十分十分高兴。”

老余说完，大家报以掌声。老余将麦克风还给司仪，退回原来的站位。郑秀抬手扶了一下老余，低声赞他朴素真诚，说多讲几句会更感人。老余说，喜日子，不说那些。

老余心里有数，他怎么会做那号喧宾夺主的傻事呢？

拜堂成亲，女方有的拜，也有的说，也有泪流。金涛的岳父更是热情洋溢，他说我们一直就把金涛当儿子看待。

老余嫁过女，也有感触。大老远跑来看人嫁女，凑热闹看戏，只能赶上哪出看哪出了。

轮到金涛答谢，大屏幕定格在一张旧照片上。

记不得是哪年在黄河边春游时的一张照片，带彩，比较清晰，背景是开阔的黄河，照片上的老余揽着身旁两个男孩儿的膀子，金涛正好是其一，身边还簇拥着好几个学生，李骏、壮壮和高文喜的小脸都在里头。老余的裤腿挽到膝盖上，光脚站在河滩的泥水里，那时正值青壮，垮在脸上的那副黑框大眼镜老旧廉价，老余咧着嘴，像在朝拿相机的人说笑话。

老余没见过这张照片，他看见自己那副模样，也是哑然失笑，好像久别重逢一样的惊喜。和周围的人一样，他的目光也被吸引到照片上了。

屏幕上老余搂着金涛的形象被放大，占满屏幕，老余看见胡茬和痣，看见大拇指上缠的创可贴，人群里发出一些笑声，大家看见了细节，也就没劲儿再看了。

老余觉得这个环节绝对多余。

台上早有人安了椅子，金涛扶老余坐下。

老余坐下，扭了扭脖子，这还是在帮助金涛，他不推辞，继续做戏。

现在大厅里只有金涛讲述的声音。

“我现在叫的名字，是余老师给我取的。因为遭遇变故，父母双亡，我成了孤儿。今天我请来我中学的老师和三个同学，当我的家人。余老师首先是我的恩人，然后是我的恩师。”

老余有些局促，一会儿下了台别人向他打听金涛的小名怎么办。

金涛平静地说：“孤儿的世界没有回应，爸爸妈妈姐姐，我在梦里都不会喊了，没人回答。”

“我确实有过很多老师，老师们对我也都很好，不过，我从来没有对第二个老师有过这种感情。”

“余老师除了给过我一个老师的高尚的关爱，还给过我一份父爱，这么多年，我很想叫余老师一声父亲，可我不敢，觉得不配，因为，我怕玷污了余老师。”

“我的爷爷临终前嘱咐我，要给余老师磕三个响头。爷爷去世多年了，我一直没找到合适的机会。今天，余老师从家乡来，身份也是我的家人，我想这个场合，也是天赐良机，我就在大家面前，把爷爷留的任务完成了。”

老余摆手说金涛不兴这个不兴这个。金涛笑着拱手说：“余老师，我今天要明知故犯了，您坐好，请受学生一拜。”

金涛说完下跪，对着老余一头磕到地上。

老余慌不迭要起身，想拉住金涛，却站不起来，司仪按住他的肩膀了。

金涛磕完三个头，说：“一日为师，终身为父。你教我三年，收我三个响头。你不叫我回学校，我就没今天。所以，我喊你一声父亲。”

金涛冲着老余叫了一声“父亲”，老余呆若木鸡，他摇头，摇头不应，克制在怀的悲痛像一波又一波的恶浪砸在老余的心口上，他摇头，老泪潸然。

老余的流泪，惹得众人唏嘘。新娘子、金涛岳母、郑秀，为数不多的知情人都在抹泪。金涛岳母哭得妆容尽毁，眼圈一塌糊涂。

悲喜交加是最煽情的镜头，扛摄像机的后生跪在一侧用机子记录下来，他是满意了。

流过泪，心神马上又明朗和稳当了，如果不是当着众人的面，他会批评金涛，大婚之日，这分明是扛出他来借尸还魂嘛。爷爷让孙子替他认干儿子，说破了谁干呐？可转念再想，还是感慨不已，一辈子解开一疙瘩，也行了。

司仪开始领掌，老余很烦这个。司仪继续用滑溜溜的腔调煽情：“我从业以来主持过不下五六百场婚礼，从没见过如此感人至深的场景，这对我来说都是历史性的，我见证，我难忘。”

掌声响了很久，老余都想赶走那个鲇鱼一样的司仪，这个环节根本不该有，婚礼的主题是什么？喜字当头啊。

一个识趣之人，办了一件无趣之事。老余很不自在。

开筵之后，梁局转到主桌来敬酒，把他拉到一边低声责怪他不会说话："让你发个言都说得不全面，你应该着重强调，你是咱们苇泊市教育系统推荐的发言代表。"老余疑惑不解，梁局恨铁不成钢地看着老余犯迷糊，丢下一句话，"丝毫没有全局观，多好的机会，可遇不可求。"然后意思了一下，端着酒杯痛心疾首地走开了。

平白挨了梁局一顿剋，老余像吃了苍蝇，哭笑不得，他怎么就成了苇泊市教育系统推荐的发言代表了？他说给金涛的话怎么就和苇泊的全局挂上钩了？他怎么就托付不效有辱使命了？根本不挨边儿嘛。

壮壮他们随后过来了，壮壮倒酒，李骏托盘，高文喜陪伴，簇拥着老余代表家人挨桌给贺客们敬酒。少不了互夸，对饮。

梁局饭后告辞，又拉了老余去和金涛辞行，金涛送出酒店门口，梁局拉着金涛喋喋不休。金涛打断梁局的话说："你有事跟余老师联系，余老师吩咐我一定办好。"老余不识金涛的脱身之计，心说我啥时找你说话了？梁局就乖觉多了，他晃着金涛的手说："余老师退休了，也还是我们苇泊教育局的老师，是我们的宝贵财富，你放心，我们会照顾好他。"

金涛转身一走，梁局的笑容就像尿在沙漠上的尿，渗漏得一干二净，变回他轻薄恶俗的尊容，语带轻佻地吩咐老余："你把我的电话号码记一下。"老余在手机上慢慢找路径准备保存，梁局特别补充："中午不要打，我看大讲堂；晚上八点到十点我看探索与奥秘，不要打……"

梁局起码提了五六个附加条件。临了又补了一条："不许再给第二个人我的号，别弄得全苇泊的老师都给我打不停点了。”老余琢磨，这个梁局是要把丢在主桌上的颜面从他这儿捞粉丝一样一丝不剩地悉数捞回来，谁让他在现场目睹了他的尴尬。梁局可劲儿地刁难，老余焉能不觉？他认真地微笑点头，说不会的，不会的，他的手指也不停忙，好像还在忙不迭地往手机里录入，其实他正顺手把刚才存了的姓名号码找出来删了。

人客散尽，帮忙的人才坐，金涛带着新娘子来谢老余壮壮他们，老余又喝一杯。金涛带了几分醉意，拉着老余的手淌泪，新娘子也劝不了。老余劝他平静，少喝酒，早点回去歇歇。劝来劝去，还是不听。壮壮醉态毕露，举起红酥的胖手给金涛掰着指头一根一根数说：“人生四大喜，你今日集齐了。‘金榜题名时’有过了。今天老师来给你贺喜，你在‘他乡遇故知’了。还有那两项，‘久旱逢甘霖’和‘洞房花烛夜’，今黑要齐活儿，你还要打起精神那啥啥。”

大伙开怀大笑。老余别于辈分，只能微笑。金涛破涕为笑，从盘子里拈起一个果仁，对着壮壮瞄老半天，比画着要丢，末了却丢进嘴巴里吃了。

老余笑出声来，他瞬间想起金涛小时描绘的顶级美食：大米饭上铺一层干爽的油炸花生米。

5

归途，自有一份万事大吉的轻快，可大家都默坐不语，连牌也不打了，似乎都受累了。老余问壮壮咋不“斗地主”了，壮壮说：“那俩‘农民’老赖账。”李骏和高文喜笑骂他胡说。

李骏是班长，高文喜是体育委员，壮壮啥也不是，但天性善良，性格活泼。老余把金涛从家里接回学校，曾经私下安排他们几个，多拉着金涛一块儿玩。后来他们懂事了说开了，也长大了，老余也就不管了。

出了韩信岭隧道，田野就平阔起来，眼界大开。

壮壮说，金涛都知道了，也挺难受。

李骏说，现在他完整了，难受也有人照顾了。

高文喜说，还是说余老师呢，在那种情况下，那种家庭，金涛就是覆巢之下的鸟蛋。他的家庭情况，和打砸过的厨房相似，烂坛破罐碗碴锅片满地都是，角落里头还有一个调料瓶子完好无损，这个调料瓶子被人捡回家，擦得锃亮，放到新厨房里，装满生活的调味品。没砸是侥幸，捡回来才是命运。

老余点头，说："文喜的这个比喻好，是这个道理。"

壮壮笑话："老师又表扬你了。"

老余说："你们都比我强，见识长进，还有，身份地位。"

"听着了，老师也表扬你了。"

"什么呀，这是集体表扬，不点名。"

三个成年人嘻嘻哈哈，说着孩子气的话，开着孩子气的玩笑，说着同学时的趣事。

就在一念之间，老余有些恍惚，觉得和带学生乘坐破旧的小公交去黄河滩春游一样，一边呼喝着故意挤撞欢叫的学生，一边扒拉着人头清点人数。有个确切的镜头，金涛缩在车门台阶上，那天他没交车钱，不好意思坐，老余转身拉上来，让他挤坐在车座上。

坐在壮壮的座驾上回想这些，他突然感觉到空前的老迈，空前的空虚，教书生涯是一拨一拨的学生填满的，他的躯壳就像一个空心字，曾经满载记忆，不觉晨昏，现在却只能收留虚无，回荡落寞。

司机抽出几张纸巾递过来，老余才发觉眼圈湿了，他朝专心驾车的司机点点头。司机无动于衷，把副驾一侧的车窗玻璃降下两三公分。

沧海月明珠有泪，不是眼前真情景。熏人的夏风呼呼地吸进车里，老余拭了眼角，透过宽阔的挡风玻璃，田野像展开的画面，村舍和零落的暗色斑块一样的树影，飘荡在奔放的油绿和明黄的膏泽之间。一望十里，满眼熟稔，老余心里好过了些。

（《中国作家》2017 年 11 期）

麦口

1

建阳看见正在扫路的大伯，将车靠边停下。

春山伯抬起大草帽荫得发黑的笑脸，一手拎扫把一手撮箕，汗衫上套着带荧光条的绿马甲，旧裤子，脚上趿着一双已经变形的沙滩凉鞋，建阳认得这鞋，是拣长明扔了不穿的旧鞋。老人节俭，这些都没什么，建阳在乎的是，这里离村子起码有二里多地，大伯趿着这烂鞋子从村口一步挨一步扫过来再扫回去，日复一日，这双老腿脚怎么受得了？长明两口子怎么就看不见？等下见了长明先问他长没长眼。建阳想着想着，心气就呼呼地填满嗓子眼儿。

马路扫得干净，连根麦秸都看不见，大伯是真卖力。建阳夸大伯认真，大伯拿小扫帚指指四下说，你不看看，地里哪还有麦？

路边大田里全是塑料大棚，白茫茫的，看得人眼里起雾。

春山伯打扫的路段是墅北市的旅游线路，沿线的孟盟桥蒲津渡等几处文物古迹，长年有人打扫维护，划段包干，建阳路过这里就会提前减速，留心大伯的身影。

九点来钟，杲杲白日已经有些逼人。他们站在路边，没往树荫下挪，大伯说你独自回来还开个车？建阳说行动方便，比大客车贵不了多少。他问大伯，今日不是给牛牛过三岁生日，你怎么还顾上扫路？春山伯冷淡地说，他们过他们的，我扫我的。大伯的家庭情况不正常，建阳深知其难，就不问细故了。他问大伯要不要一起回，可以坐他车。春山伯指指树下的电动车说："你先回，我扫出这一截儿，有定额呢，班长来回检查呢。"顺着大伯所指，建阳望见隔过绿化带不远的树荫下，停着那辆半新的电动自行车。建阳心下释然，转身从车上拿了一瓶矿泉水给大伯，春山伯不接，遥指电瓶车说带了水壶。建阳把水瓶塞进大伯的马甲兜里，叮嘱大伯，大热天，多喝水，上岁数了，预防点中暑。春山伯傲然笑道，让你说的，我像没见过个大热天。

建阳说他先回去，给长明帮点忙。建阳一提长明，春山伯的脸就黑了，加上帽檐荫黑，格外黑。

建阳发动车，放下车窗，春山伯马上弯腰冲他说："以后他两口叫你回来你别理。等我叫你再回来。"

建阳笑着点头，大伯说的是气话，气话是不能答应的。

2

巷子窄深，邻家靠门墙垒了柴垛，建阳怕剐蹭，把车停在巷口。

拐进巷口，老远看见挂满花红果的枝条压过墙头，搭出墙外。狗叫声传出来，钻在枝叶里纳凉的雀鸟扑棱棱地腾空四散，一颗果子跌下树来，在巷道里滚了几滚，建阳弯腰捡起落果，果子红黄发亮，像是打过蜡。花红果跟在麦子后面熟，村里就叫它麦茬果。地上还散落着几颗破裂的，应该是被麻雀啄下来的。建阳轻轻一捏，麦茬果就裂开了，粉红细腻的果肉里渗出酸酸凉凉的果香。

砖头欢欢势势地从街门里跑出来迎，建阳就势将破果喂到狗嘴里，砖头扭头跳到一边，眼神怪怪地瞅他，还哼哼唧唧的，嫌他捉弄。建阳笑着把果子扔进沟渠。

建阳母亲也跟出街门来，顶着手绢帕子，系着围裙，右手裹满白白的面粉，先问一声楷楷他们呢。建阳说他们没空。母亲的笑容就没了，转身进去了。

建阳跟进门来，将挎包和拎在手里的点心放在院心的石桌上，说了路遇大伯的事。建阳母亲在厨房里说，他活该，不怨旁人。建阳听出母亲话里有气，改口说今晌午咱去吃席呢，咋还蒸馍。母亲说是给你蒸两锅，你后晌带走。建阳听说如此，赶紧到厨房说不要，他们小区门口天天有人卖蒸馍，他一天两顿甚至三顿都在学校食堂搭伙，他心疼母亲，“天热熬熬的，您烟熏火燎受这罪做啥。”母亲不高兴地说：“你买的能和家里蒸的比？”母亲说今天的蒸馍是新麦，面粉是建阳的妹妹婆家送来的。建玫嫁在邻村，两口子在北京开饭庄，店面有四百多平，小两口会做生意。妹妹的一对儿女上中学上高中都是建阳一手安排的。母亲说早起就蒸出一锅了，还要再蒸一锅，“楷楷大后生了，能吃了。你都拿回去放你家冰箱里，够你们吃一礼拜。”建阳心里温暖无比，但又过意不去，他劝说母亲今后少受累，能买吃就不自己做。母亲说我自己能做，还嫌买的难吃呢。建阳劝不了母亲。

满院子的麦茬果香，浸在大红塑料盆里的脆皮西瓜载浮载沉，这个塑料盆是柳楷小时候的澡盆，刘珊用相机给儿子照了整整一个胶卷，拍了坐在盆里光屁股洗澡的相片，几年前儿子把相册里的相片和底片毁掉了。再过半月二十天儿子就要中考了，估计这个盆，也只能给他那两只四十四码的大脚当脚盆了。建阳明白母亲保存这个盆的意思。母亲对他们三兄妹管束严格，在孙儿外孙身上却格外慈爱柔和。母亲也发感慨，说隔辈亲不由人。那时放了暑假，他带着妻儿回来，母亲常在盆里沉一个西瓜，拔凉了等他们吃。红盆，绿瓜，漾动的清水，水面倒映出树影幽暗的波光和突然刺目的天光。盆里的瓜足有十大几斤，看来母亲是给他们一家三口准备的，他却独自回来了，母亲没切瓜，也能说明问题。

时间还早，建阳放下手机，去街门后拿出扫帚扫院子。母亲在厨房里大声说，早起就扫了，你歇着吧。建阳把几片树叶扫到水眼里，把扫帚放回原处。

几时回来院子都是这么整齐干净，一座黎明即起洒扫庭除的样板院落让他身心舒坦。石桌上摆着妈妈的针线笸箩，桌旁除了小杌子，还摆着四个新旧不一的草墩子，这些草墩子都是建阳母亲编的，先把包裹玉米的筋皮拧草绳，再一圈一圈、一层一层地盘叠起来，做成紧实的墩子。墁地的灰砖有年头了，院心里的砖头明显磨凹了，靠近台阶和墙角的发潮发黑砖头就明显高出一截，额外还蒙着一层青苔。建阳几年前就准备叫人把院子水磨了，母亲怕下了雨雪滑倒，不让。实际是不让他乱花钱。时不时有一片两片树叶飘落下来，混在树影和光斑中间，把地面照得花花绿绿。砖头歇息的草垫子旁边摆着一红一黄两个麦茬果。台阶上下摆设着高低大小不一的花盆，栽着一些瓦葱葱、指甲头、大雏菊、江南红等各色花，偶尔看见黄蜡小滴溅落溅起，那是来采蜜的蜜蜂。

盖了扣锅，母亲出了厨房解了围裙，坐下问他的家庭情况。砖头一蹦一跳像小板凳，不时将爪子搭在建阳的膝盖上摇头摆尾朝他撒娇，他一边逗砖头，一边和母亲说话。建阳母亲训斥：“你抓泥他的裤腿咋做？”砖头灰溜溜地卧回草垫上，伸出舌头舔了自己的狗爪，眼巴巴地瞅着建阳，柳建阳忍笑不住，砖头就扒拉着那两个落果玩，一副百无聊赖的样子。

母亲话里憋着火气，果然，母亲问他刘珊和楷楷咋不跟你回来，“礼拜六人都不上班，他们有啥做的？”建阳解释，柳楷在补课，毕业班周六不歇，是学校安排的。刘珊有采访任务，去了于乡，那边完事再赶过来。建阳母亲一脸不开心，冲着桌子上的点心包说：“你回就回来嘛，瞎花这钱干啥。”建阳看着母亲簌簌掉面粉的手哑然失笑，检讨说：“这也不对了，那我今日不该回来。”母亲不理他的笑话：“给我留一包就行了，拿一包给你伯送去。”

厨房里蒸锅发出嗤嗤的跑气声，母亲骂了一句什么，起身进了厨房，用刀背在扣锅上嘭嘭砍了两下，嗤嗤声顿时没了。建阳侧耳谛听，给刘珊发了留言：“你不回，我妈生气。”发完了等回复，母亲就出来了，他放下手机。

母亲坐下说，你大伯跟长明怄气，夜黑还过来诉苦，说他活了七十多，长明没给他过个寿。骂长明，你儿子满月、百天、周岁挨着过，现在又过三岁生日，你就不怕外人笑话。长明说他，凡人不过寿，你不看前巷的六老汉，一个寿做得做死了。你大伯气不过，说我是凡人，你这牛牛是哪家的龙门太子。你给我过一个，我不怕死，过死我不怨你们，我早就想死。惹得玲玲骂他，你七八十岁了，和三岁孩子争竞，耍寒碜呢。

建阳不插话，他一回家，母亲就会给他说些家长里短，他必须听。

“挨了人家磕打，他难过，进来告我，我也没给他好听话，我说你活该，你上辈子就欠人家的，这辈子你当牛做马好好还人家。”

刘珊打来电话，说她们刚到于乡，“等下听情况介绍，尚未开工。给孩子他奶奶说明情况。”建阳开的免提，对电话说，不用说明，他奶奶在跟前呢，听见了。建阳母亲对着电话问几点回来，刘珊说赶吃饭。建阳又给母亲看了刘珊的回复。母亲默认，她对刘珊奔忙事业没意见，是对刘珊分身乏术有意见。婆婆苛求儿媳多出于偏爱儿孙，这私心天公地道，没啥说的。

受了电话干扰，母亲的话题也换了："长明落草，带着衣胞就抱回来了，吃的第一口奶是我的，你大娘吊那两坨坨其实是俩空布袋。"母亲开讲大伯养活长明的艰辛经过，怎么当爹又当妈、怎么起楼盖房娶玲玲。

都是听说了无数遍的旧话，建阳耐着性子，想着心事。

长明打电话问他到家没有，叫他过去替他招呼客人。建阳笑道，我今日也是客人，到家了，喝口水再过去。长明咋呼："好哥哩，咱是主家好不好。喝水过来喝呀，咱喝好茶好酒。"

建阳接听时按了免提，母亲都听见了。然后，建阳顺便翻看了几眼消息。他加的几个群，都点着红点。

母亲的话题又跳了，有点像收音机切换频道，建阳随便就能接着往后听。"他光怕人家成不了人，你说你看见他穿绿马褂，那马褂他有三件呢，除了那件绿的，还有一件黄的一件红的。成天打听哪里用人，他挣下又舍不得花，闺女们跟前他一文不舍，就都甜欢了长明，长明不花他花谁？他给我诉苦，说他熬累，我骂他活该，村里发着老干部钱，一年一万多，镇里补贴老党员钱。村里又没大开销，坐在家里雇人侍候也够花了。"

建阳也说大伯的不对。他还给母亲说，年前大伯给他打电话，让他问学校缺不缺看大门的保安，还让他去跟校长打招呼。他劝大伯，你都七十多的人了当什么保安，在家好好歇息吧。大伯说他就差一身保安的制服了。母亲说建阳做得对。"不要招揽他，他老腿老胳膊，自己还保不住自己的安呢。”

母子俩正说笑，砖头叫了一声，听见春山伯咳嗽，砖头摇着尾巴跑出街门，建阳母亲说，说曹操曹操到。

3

先跑进来的是穿戴一新的牛牛，抱着一把红塑料水枪，嘴里咕咕嘎嘎地喊着，头上的大盖帽缀着银光闪闪的警徽。

“哪来这么个小警察？”建阳母亲笑着招呼孩子，建阳也随声附和。

牛牛怕生，和建阳不熟，转身跌跌撞撞往外走。

春山伯牵住拔脚要走的孙子：“怕砖头咬呐？拿你的枪崩它。”

春山伯拎着一个颜色发乌的大塑料杯，还罩着那件松松垮垮的绿马褂。

牛牛哼哟哈哟地扯着爷爷往门口走，小脸儿涨得通红，建阳摸出一张钞票晃晃，问牛牛要不要压岁钱，牛牛停下拉扯，盯住建阳手里的大钞。建阳笑道，认钱不认人，好说话，坐下就给你。牛牛过来规规矩矩坐在草墩上。拿到赏金，得意地悄悄说：“爷爷，毛爷爷钱。”春山伯笑道：“亲爷爷不如毛爷爷管用。”

春山伯是来叫建阳和他一块儿回老宅院烧香的。春山伯说，他儿孙满堂，孙子三岁了，要告诉祖宗。建阳母亲大不解，说，长明在饭店包席，你在家里烧纸。你们家到底是新做法呢还是讲迷信呢。春山伯说，他做他的，我做我的。王八打鼓各顾各。

建阳父亲去得早，他是出头椽，在祭祀场合要顶父亲的缺。这是春山伯叫他烧香的讲究，

建阳母亲拆开点心包，捏了一块给牛牛吃，说建阳带回来的，

我留一包，给你一包。大伯忙说你留下，我不要。建阳母亲说，咋不要，不识敬。春山伯就不吭气了。

坐近了看，大伯老态毕现，肩背都弯曲了，脸上皱纹横七竖八，胡乱刮过的胡茬黑白交杂。建阳能从大伯脸上看到亡父的影子，他想不出父亲在世的话，该是什么模样。父亲是教师，面容应该整洁些。一时之间，伤感不已：久矣，不复梦见父亲。

春山伯坐下就跟建阳打了两个招呼，一个是长明和玲玲要卖了小二楼到城里买房，他反对，不要给长明凑钱。另一个是建阳家的那块宅基地转让了，大伯给建阳说了一些讨价还价的经过。

大伯避而不谈他的担忧，说他现在还能走能跳，再挣些钱攒着，等动不了的那天去住敬老院，不拖累长明和玲玲两口子。话说得硬气，可听着特别悲怆。建阳母亲打断他，说你就不能和他俩好好坐下商量？春山伯拗着满是筋皮的松弛的黑脖子说，不商量，我不央告他们。就当我挽草喂了瞎眼兔，这辈子白下辛苦。建阳母亲说，你就是一块茅粪石头，又硬又臭。建阳笑着安慰大伯，长明没跟他开过口借钱。又说宽心话，人往高处走，弄好了都搬过去，他们都三十大四十小了，不是三岁小孩子。春山伯看了一眼牛牛，长吁一声说，一茬顶一茬，油酥顶邋遢，三岁看老呐。村里都不叫我搬进去，进城更不。母亲从厨房拎出茶壶，给春山伯的拎杯里续满开水，说你可得祷盼牛牛好呢。前头的急赶，后头的紧跟，他狗日的就不怕牛牛捡了他的脚踪？

牛牛坐久了眯瞪，建阳母亲拉他："到院子里跑跑，和砖头耍耍。"

牛牛攥着钞票眼巴巴望着建阳不敢妄动。

建阳母亲笑道："一百块钱就把个申公豹箍住了。"

得到建阳的许可，牛牛才扔下水枪去找砖头，让狗看他的钱。

说到卖掉宅基地的事，也不是一件多么愉快的事，这等于宣布他和弟弟都不回村里了，大伯白替他忙活了，母亲的希望也落空了。他在咸市工作，有房子，长明卖了村里的楼院到墅北市买房子，想和他过同样的日子。建阳寻思，在老人心里，他的做法比长明也好不到哪儿。所以他不想说此事，免得惹母亲不快。他有意说，现在这“麦口”一点也不像麦口了，我还记得以前一到麦口，能把人受死。

春山伯抽着烟犹豫，他还有几句关于宅基地的现成话没说透，建阳改换话题，他就不能说了。

默想片刻后，春山伯才闷声闷气地说：“现在的人精了，不受以前那罪过了。”大伯颇为沉湎地说，“那时候提起‘三夏’谁不害怕，自公社书记往下，到一般社员，三夏勒人九层皮，人当牲口使唤。现在全村恐怕连一个都拔不出来了，看看一个个的穿扮身架，哪还有扑下身子的苦架？”

建阳母亲说：“百年随时过，还和过去那样，你这把老骨头早散架了。”

春山伯吭了一声，掰着粗糙变形的指头说：“收、运、碾、打、晒、种、管，哪样营生不是下死苦？那是从龙口里抢食呀，你好容易。没有好苦架，根本顶不下来。百年随时过，那年月你好容易。”

大伯有的指甲盖儿破残不全，颜色像蚕豆皮，建阳不忍细看：“那时一放麦假就趴倒身子干活儿，黑夜翻身骨头关节儿都酥酥地疼呢。”

和大伯共话桑麻，建阳会有沧桑感和古怪的侥幸感，毕竟是农家子弟，他下意识地双手交握，看着自己整洁的手指，不无庆幸地说，现在村里比以前好过多了。

建阳记得的麦场故事里都有大伯和堂姐们的身影，记得高考那年打场打到半截儿，老天给他们演了一场晃闪催雷雷催雨的恶作剧，旋风把灼热的尘土和蜇人的麦芒搅和起来，刮得纷纷扬扬，春山伯一边啐土一边开玩笑，这老天憋不住了。大风刮麦糠，没人敢张嘴的，只能抿着嘴偷乐。建阳和堂姐们带着弟弟妹妹分头灌装，簸箕撮起来的麦粒儿往口袋里一倒，混在麦粒儿里的细土跌到口袋根底儿转身就会翻腾上来，冒出口袋直钻鼻子，土腥和热蓬蓬的燥气呛得人直打喷嚏，细腻的灰土落满鼻子眼窝，就像砖窑里出来的窑工，咳出来的也全是泥块儿。装了多半儿，钢镚儿大的雨点噼里啪啦砸下来，砸在脑门鼻头眼皮上啪啪响，那感觉也奇妙，先是胆战心惊的冰凉，转瞬变成温吞吞的泥水糊在脸上。大伯和建阳连装带扛，一百二十斤的帆布口袋，就指着建阳和大伯两个壮劳力。收拾完，一家人站在房檐下避雨，大伯突然说："你今年考上大学，明年我就没帮手了。"建阳当时就说："我哪也不报，就报平阳师大，一到麦口我就请假回来。"大伯笑着说："我逗你呢，你考上北大、清华，大伯累死都高兴。"

当年，他和弟弟相继考学和就业，随后妹妹出嫁，家里就剩下母亲一个人。春种秋收，家里的田地全靠大伯打理代劳。没有大伯的一力维持，母亲极有可能会走下一步。那几年他没少碰到登门造访的鬼祟媒婆，他不是没担心过母亲万一找一个男人给他们当后爹咋办。想到这些，他对大伯的感戴就不单是发自内心、发自肺腑了，还发自骨血。他对母亲、对建刚建玫、对刘珊柳楷都说过大包大揽的底话：大伯待承我们恩重如山，如果大伯老无所依，他绝对接过来给大伯养老送终，披麻戴孝把大伯安顿好。

牛牛啊啊地尖叫，建阳回过神了，方才他走神了。

砖头咬住钞票不松口，建阳母亲呵斥砖头，敲你狗头，砖头才松开，它咂巴着嘴，品尝着钞票的余味。

“好容易，都大甩手当掌柜，都不下苦，都不务庄稼。”春山伯忧心忡忡地说，“你到地头看看，趴在地里拔草的有一个年轻人没有？今年麦地里混长了雀麦和节节麦，连长明玲玲都分辨不清好赖，叫人家农业站的专家来，我就说他们，人家是不下地的专家，你才是种地的农民，应该你教他认才对嘛。你说我说得对不对？后生闺女都往外头跑，我寻思，都不会种地了，莫非以后这人吃草呀？”

建阳问大伯，哪来的雀麦和节节麦。大伯说，农业专家说是收割机连收带的过。都长在地心里，地头把边儿收割机够不着就没有。那东西比麦子精壮，抢水抢肥，长得快，苦害了正经麦子，产量就减了。

建阳突然很想说，长明和玲玲就是柳家的雀麦和节节麦，还不是你一根一根引进门栽进自家地头的。他寻思他要这么说大伯，大伯会吐一口血。于是他安慰大伯无需操心，说现在是全球贸易时代，国家做的都是大买卖，石油、粮食都能从外国进口，八辈子也吃不完。

“我不爱听你这话，你吃了外国人的，外国人吃啥？”春山伯很是不以为然地说，“毛主席说手中有粮心中不慌，大到一国小到一家，谁敢不要库存？过光景总不能锅里开水滚得咯哒咯哒了，你才拿瓢东家门西家户地满世界寻面吧？”

建阳赔笑说没那事，放你的七十二条心吧，光景只能一天比一天好，倒不回去了。您这岁数，经见比我多，看得比我深。

建阳猛然抬高了大伯，大伯好像眩晕了，凝视了他三四秒才定住睛，将信将疑地说："那最好。"

建阳爱宣讲，这是刘珊替他发现的毛病，教书养成的习气。貌似左右逢源，常常牵强附会。貌似头头是道，常常把话说死。刘珊告诫他，教室里犹自可，社会上使不得。建阳情知如此，但积习难改，克服不了。他给大伯说教的那些话，都是从电视新闻听来的，除过他的一片好心，余下的全是勉强。但是，他的话术有种功效，一般人听了还觉得信誓旦旦充分饱满，甚至春山伯这样灰心丧气的老人都觉得侄子的话至情至理了。于是，春山伯像是一吐郁积，换作轻松明快的腔调说："老以前我也不记得，就说公社那时候，一年趴在地头，一亩好地收个七八百斤到头了。那时说吃着白面香甜，那是吃自家血汗，敢说不香？看现在的麦口，你看见谁还像过去那样灰头土脸上麦场扑腾？前三四年就兴'一条龙'了。你给人家点钱就是，麦子直接装麻袋里。钱替人受苦，都是机械化。"

建阳母亲说，我就说现在兴得好，省得驴驮车拽人担挑。把人努得没个好样儿。

春山伯说，要啥好样？一个个土不土洋不洋，光会耍手机，光享受。

玲玲打着电话进门，描眉画眼的，在院心扭腰拧胯一站，沙哑着嗓子问春山伯，你不说烧香？烧半天烧到这里来了。建阳皱眉，心说这个玲玲二哈一个，媳妇怎能说公公烧呢？春山伯故作镇静，说我和建阳说道得忘了，还没去烧呢。玲玲扭过头对建阳说，长明叫你早些过去替他招呼客人呢。建阳说，我跟大伯先去烧香，随后过去。玲玲说，烧什么烧，不烧的该有的都有，会烧的没有还是没有。建阳母亲说，是这个理呢。

牛牛玩够了，小脸上全是汗，却不让摘帽子。玲玲拗不过，说咱回家妈妈给你换了这身皮。拉着牛牛出门时发现手里的钞票，折背回眸冲建阳招手，谢谢伯伯。建阳笑说你走。玲玲出了门，大伯就说神经病。

玲玲牵着牛牛出了街门，砖头跟出去送客。建阳母亲系上围裙进厨房卸馍。院子里安静下来，听见婆娑的枝叶间雀鸟穿梭的秃噜声。留言提示音响过，点开看是刘珊发了朋友圈，照片填满九宫格，有工地远景、蓝顶厂房、和橙黄色的各类工程机械，有专心致志的操作工人的特写镜头，眼神鼻尖呼吸，几乎能感到照片中的人是屏住了呼吸，还有计量或检测仪器一类的小玩意儿，还有花花绿绿的版面和大红字标语，信息量丰富。刘珊曾对他说，任何图片模式在她头脑中都可以转换为文字模式，就是一篇新闻稿，这些图片就是草稿。他不明所以，但知道这是心得。“看图说话”不也可以训练学生的叙事能力，提高学生的作文水平嘛。

刘珊给他留了言，是到家的大概时间。他回复：不要急赶，可能误了饭点。

建阳让大伯看了图片和留言，大伯眼睛老花，他竟根据山势认出刘珊所在位置是于乡东涧。大伯还了他手机，摸出揉巴的烟盒，建阳这才想起掏烟，他给大伯点了一根，他没烟瘾，回家另当别论，但老忘。他把这盒烟塞给大伯。

大伯坐在草墩儿上抽烟，眼睛瞅着砖头，嘴里不紧不慢地说：“人心真是变了，当老子不如当孙子。三岁的孩子过什么生日？楷楷也没有这么张扬过。”

“楷楷的满月、一岁、开锁儿，三回事都是我掌执的，现在长得比他爸高了。”母亲话里话外都是自豪，反让建阳想起一句俗话，养子养孙，越养越松。说者无心听者有意，建阳真担心大伯受刺激。

大伯抽烟不语，最后拧灭烟头，叫建阳和他回老院烧香。建阳问母亲要香，春山伯说他都预备下了，去了点香就是。母亲取出留过一边的那包点心说，这包没动，能当供献。

春山伯怏怏不乐地说，让狗日的说的，我都没心思烧这个香了。

建阳母亲说，你就是个鸡蛋心，呼噜噜转。听了拉拉蛄叫你就不撒菜籽了？

大伯不好意思地笑道，说的是，离了狗粪我还不撒菜籽了。

母亲说建阳，烧完香回来，你跟我从这边走。建阳答应着随大伯出了街门。

4

老宅院在旧村里，两间南房十几年前就垮成残垣断壁了。正屋的门窗还完整，大伯打开门扇，一股霉烂的怪味扑面而来。这是建阳爷爷奶奶住的屋子，黑乌乌的供桌上已经摆设了面包和绿苹果，建阳把点心包摆到桌上，跟着大伯烧香奠纸，大伯说，孙子三岁了，光景挺好的，吃穿不愁，都是祖宗庇护。说完他家的事，还捎带说，玉山的儿女都有大出息，光耀家门了。建阳磕头说，祖宗们保佑。挂在墙上的蓝色家谱，自上而下用细线串连着方格，填着故人的名讳，父亲柳玉山的名字下面，也支出细线和空格，这是一副多米诺骨牌，有朝一日他的名字也会填写上去，会听见稀里哗啦的脆响，会被柳楷和柳楷的儿女瞻仰。

大伯给长明盖了楼，但他留在老宅里，他在院子里栽葱种菜，院子里有股子沤馊味儿，东墙下的破架子车上扔着四五个细细的麦秸捆，建阳这才看出种了茄秧和辣椒的小菜畦里有没有沤烂的麦茬。

老宅院塞满童年记忆，刺耳的惊心的记忆。建阳记得大娘和大伯隔三岔五就嚷一架，大娘骂大伯窝囊废，还跺着脚指着老人的窗户谩骂，还把他和弟弟建刚拦在门道里低声咒骂他们小杂种。父亲在山上教书，半月一月才回家一次，父亲绵善和蔼，他告状，父亲给他讲理，她骂你你不理，她打你你和她讲理。那时不满十岁，已经知道父亲的道理就是不抵抗政策。他还记得大娘那副咬牙切齿的狰狞相，吓得弟弟夜里尿床。建阳对大娘又恨又怕，觉得她是村里最厉害的泼妇，谁也敢骂而且没人敢管，成天不是指桑骂槐就是指鸡骂狗要不就是指天骂地。父亲病逝后，大伯免不了照顾弟媳和几个侄子，大娘就站在窗前堵在门前骂些不堪入耳的话。建阳几次看见寡母忍气吞声，躲在厨房暗自抹泪，他对大娘的憎恨从此升级。他让爷爷奶奶替可怜的妈妈作主，爷爷奶奶面面相觑，奶奶说你别管大人的事，他当场气哭。爷爷闷声说，打天骂地，欺老压小，她狗日的迟早不等……后来母亲得知他做了小动作，叮咛他再也不许麻烦爷爷奶奶。但也是那次之后，母亲开始问人打听住处。奶奶三番两次劝阻母亲，寡妇人家，带着小雀儿似的一窝儿女，有多大委屈，住在一处，还有我打里照外帮你。母亲铁心要走，只能淌泪说一别两宽的话。奶奶哭啼啼地说："'养人的孩，住人的宅。'上了古的难听话，咋都让咱家遇上了？"母亲心里的委屈难过，奶奶话里的无奈和凄凉，多少年后建阳才尝出其中辛酸。

大伯叫他来烧香，他打心里不乐意，他不想踏进这个破塌衰败的院落，他只是不忍拂大伯的情意。

大娘生了四个女儿，大伯想过继建阳的弟弟建刚，大娘不愿意，她爱占便宜，怎肯把一份家产拱手让人占去？于是就抱养了长明——从医院妇产科买下的。大娘喂大了长明，也惯坏了长明，蛮横无理又胆小如鼠，建刚和建玫那时也是孩子，烦他，不和他玩，他哭着回去，大娘出来乱骂一通，真没少给他们招惹麻烦。其实长明从小就仰仗建阳和弟弟保护，说起来也是兄弟情分。母亲没少告诫建阳他们，长明心乖，少惹他。

母亲带着他们搬出老院子，搬到这座长着花红果树的空院子。开头是借住，主家两口子都是吃商品粮的，男的和建阳父亲从小同学，在区委当干部，女的在村里供销社，男的后来升到市里，分了楼房，全家进了城，便把空院子腾给母亲。那年夏天柳建阳就上了初中了，妹妹也上了小学，母亲说赁屋就图念书心静。他明白了母亲在学孟母择邻处，为他们成长考虑呢。当时没有街邻，也没有这条巷子，院子孤立在村边，入夜母亲有事出去，弟弟妹妹就一步不落地尾随着他，山风时来，树叶喧哗，那时还经常能听到山野里狐狸的叫唤，悲伤悠长，时断时续。妹妹总是抱着他的胳膊，像个坠子，甩都甩不开。那是他们度过的最恓惶最艰辛的时光，不过，他们也获得了难得的安宁，不再提心吊胆地忍受大娘随时随地爆发出来的恶毒咒骂。

搬出来四年多，他正上高中，那晚上下了自习他骑车从桥堰中学回来，在村口就听说大娘出了车祸。他调转车头骑到现场，路上还有不少人，有人说大娘死前骑着自行车，车后架上带着满满两篓子新摘的棉花。他马上看清了马路上散乱的棉花随风跑动，在黑夜里令人眼花缭乱地不安。有人用手电照着马路上的血迹，血迹上沾着染红了的棉絮，来往车辆带着风经过，红色的棉花团儿就震颤发抖……他激动得浑身发抖，骑车稀里哗啦冲进院子，把看到的景象告诉母亲，临了他笑着说活该，说完就挨了重重一耳光，母亲眼里流泪，他第一次也是唯一一次挨母亲的打。

大娘去世时，长明在念小学，中学辍学，歇回家里，反正有人管吃喝。混到结婚，玲玲和长明一个脾性，都不上心过日子，还是指靠老春山，老春山榨不出油水来，就怂恿长明去认生母，要改名换姓认祖归宗。有了外姓就起了外心，有这么一个“邪”内助，长明就越发不理老春山了。春山伯在村里也算能干之人，当过副书记，管过民政，掌管着一枚公章，建阳上大学迁户口，村里的章就是大伯盖的。退下来后，每年村里有一笔干部补贴，可以轻松度日。家里一乱套，他也心乱如麻，就把差事推了。越到老境，越到绝境，白发苍苍，两眼无神，精明强干的劲头像抽丝一样被抽掉了，建阳可怜大伯但爱莫能助。他对长明的看法越来越差，过去老觉得长明可怜，出得娘胎就送人，没成人养母也死了。可长明婚后对待老人的态度，让他觉得面目可憎。

大娘出事的地点，就在大伯打扫的那段路上。长明小时候稍不遈心，就跑到马路上打滚号哭，这个赖皮对付大伯百发百中，抓住大伯的心病，一直把大伯耍到底。大伯的家庭基本就是一棵从心里往出烂的包菜，大伯是包裹在外头的那层黄老的干叶，裹在里头的东西早烂臭了。建阳不是坐视不管，是无从插手，他只跟母亲交谈过，母亲的说法是“米面门道的过”，这个说法和他的又不一样。米面门道说的是门风传袭，甚或带有宿命的意思。“那道门里出夜叉，你大伯犯在人家手里了，走了个你大娘，又来个玲玲，一绳勒完又一绳，咋做逃不过。”建阳说母亲迷信，他戏问母亲，按你说的米面门道，你不也在那道门里当媳妇。那次母亲半晌才说：“早早拿了你爸，我罪孽才大哩。”柳建阳牢记着那次他着实吃了一记石破天惊。他宽解母亲说父亲得的癌症谁也救不了。母亲则说夫妻是同命人，“他的罪过就是我的。”

建阳记住了母亲这番话，母亲对父亲的这种担待，他以前居然茫然无觉，当然现在也说不清楚，父母的罪过肯定也会落在子女身上，就像树荫笼罩，在身上翻出的斑驳的阴阳，在心底翻出的忐忑不安。

烧完香出了院子，建阳看出大伯有话要说。大伯主动说起他和建阳母亲的事，说他尽力维持全家，不想图啥，他就怕兄弟一死，家也破了。建阳说全明白。大伯说，你贵贱不要听长明的，我们老哥哥老姊妹处了眼看一辈子了，咱不做败兴事，不落人笑话。建阳点头。大伯说，道理就在这两堵墙上，它能挺多久挺多久，改天起来塌倒了，你们合伙拉出去倒了垃圾，拆了东墙补西墙，不中用，也不中看。

大伯说完，建阳还是没作声。大伯在做结论，不需要他说。

土坯墙剥落得斑驳陆离走风漏气，墙头长着丛丛簇簇的草叶，紫色牵牛花的藤蔓穿过裂缝往上爬了一截然后搭在挂锄的木橛子上。建阳寻思起母亲说过的米面门道，他左看右看也看不出门道，他十分泄气。

春山伯从窗户里扯出插线板给电动车充电，建阳看时间十点半多了，便离开老院，回家里接母亲。

5

建阳回到家，街门虚掩着，砖头蹲在门道里看门。母亲不在。建阳坐下等待，看手机。

花架下的阴凉地里传来嘎咕声，两只芦花草鸡钻在那里打凉窝儿。砖头假眉三道跑过去凑趣，脑袋刚探进去，芦花鸡就奓起脖子作势鸽它，砖头就蔫蔫地跳到一边。

砖头让着鸡，像一个低调的哥们儿，不与姐妹们计较。看来是朝夕相处在一个院子里混熟了。建阳暗自发笑。他给学生讲解山水田园诗，很具体的东西，总有人分不清何为山水何为田园。曾有学生说，古代就是农村，怎么会是两个概念。他给学生说，松下问童子，就是山水诗；牧童遥指杏花村，就是田园诗。两个标准，指向山野，就是山水诗；指向人烟，就是田园诗。采草药就是山水诗，找酒喝就是田园诗。

他坐在院子里，就是回来找酒喝的，但这杯酒有点苦，不配他的田园诗。

母亲进来，说去前巷谁家走了一趟，送了几个果儿了。麦茬果的树叶入药，赤脚医生出身的村医经常在开完方子之后吩咐一声，到玉山老人家揪上七片树叶，煎药时一伙儿熬上。建阳母亲趁果子青涩摘一批下来切瓣儿阴干，收在罐头瓶子里，预备着送给上门讨药的远近邻人。

建阳母亲卸下蒸锅，把馒头晾在扁筛里用新笼布盖严了，然后捂了灶火，拾掇停当了，换上出门衣服，和建阳一起出了街门。砖头跟出街门来，建阳母亲吩咐砖头，好好在家看门，等下给你吃骨头。砖头摇摇尾巴，沮丧地扭腰翻过门槛，回到门里蹲下，建阳母亲拉上街门落了锁。

走在巷子里，建阳点数着落在地上和水渠里的麦茬果，母亲见怪不怪地说：“天一半地一半，老鼠一半兔一半，剩下才是给人的，年年都是这摊场。”建阳听得出，母亲不在乎落果，在乎的是他上多少礼，他说了一个数。母亲追问，刚给牛牛的算不算。建阳继续含糊。建阳母亲好像气喘，说就那一百，足够了。建阳说长明上门通知时还给搬了一箱白杏儿呢。建阳母亲不屑地说：“十块换二三百，他倒会算计，这都是玲玲的鬼。那号白杏儿一跌烂，十块八块搬整箱呢，口头不如麦茬果。”说着说着，母亲就迁怒到刘珊头上：“这事情她该操心，哪有让汉子们做的？”建阳赔笑道：“你不老说人情账是踢出去打进来嘛。”母亲说：“那是说你和外人的讲究，长明自家人，我看你在外头成囫囵布施了，连里外都分别不开了？”

母亲一通抢白，建阳只笑不语，母亲难奉承，脑子转得快，他不免一则以忧一则以喜。母亲在巷口停下看了看他的车，摸了摸倒车镜。建阳看出母亲的喜忧，说要不你坐上，我拉你过去。母亲断然说：“不，几步路，显金露白的，让人笑话。”

6

彩虹桥两边用拴了砖摞儿的绳子牵拉固定，忽忽悠悠地立在饭店门口，一台小功率蜗牛鼓风机在不停地给它打气。

长明和玲玲站在充气彩虹桥下指手画脚和人说笑，彩虹桥的拱顶还贴着黄字标语：热烈庆祝柳长明高玲玲贵子柳永生三岁生日。柳建阳仰头看过，哑然失笑。

长明迎过来搀住建阳母亲的胳膊说，婶婶，你看阳阳哥，一来就笑话我。

建阳笑道，我哪笑话来，我还没出声呢。

玲玲说，你嘴不笑话眼笑话，眼不笑话心里笑话。

建阳母亲笑道，笑话人的让人笑，不怕他笑话，你先堵了他的嘴了。

玲玲说，那你说这样好不好。

建阳说，非要我说，我就说你了，有这个必要吗？

看着虚胖粗夯的彩虹桥，就想起大伯脚上的烂鞋子，建阳其实是真想教训长明两句。

长明咧嘴笑道，别人都这样，玲玲非要看样学样。

玲玲倒不在意建阳的话，反过来问他，咸市不兴这么过？建阳说他没见过。他不想扫人兴致，长明从小没主心骨，言语飘忽，没有担当，还没说他什么，就诿过给玲玲了。

长明正经了对建阳说，我叫你早点来，是今日有做的。玲玲让我请了一桌干部，坐楼上，你和他们坐坐。建阳问他哪来的干部。玲玲接口说就是村上的几个村委。建阳说他下午还要返回咸市，不敢动酒，回来陪陪亲戚就行了。玲玲说，你看你这人，用着芝麻就油贵了。咱家就数你人物呢，长明有你一半还用麻烦你。建阳听着不是话，说长明才喝得好呢。长明哈哈笑道，阳阳哥和你客气呢。

这时来了一群乔装打扮的妇女，足有两桌之数，里头有那么几个妖里妖气带着土里土气，很快就席卷过来一大股浓烈的廉价香粉和樟脑丸的味道。建阳母亲低声说，这些都是跳广场舞的，玲玲是教头。那些妇女“嗨嗨”地和玲玲打着招呼，玲玲也“嗨嗨”地应答，迎过去招呼姐妹们去了。

长明这才问嫂子和侄子咋不一块儿回来热闹。建阳母亲替建阳说了原委。建阳说我代表全家了。长明笑道，你是三个代表，等下咱俩好好喝几盅。建阳母亲叮嘱长明，你今日当事主，少喝不了，要留个心眼儿。长明笑说没事，阳阳哥回来我就不怕了。亲戚邻居陆续到来，见面问候招呼，长明搭起塑料帘栊，让他们先进去坐。

饭店里头空气憋闷，空调不得劲，地下又摆了两台摇头扇，还是不凉快。

主桌坐的是年长的亲友，桌子中央放着一盒奶油蛋糕，插着三根细小的蜡烛。凉菜已经上齐了，围桌而坐的有长明的丈人丈母大姨子小舅子，春山伯和建阳母亲作陪。还有几桌就是普通亲戚、左右邻居，来凑热闹的多是老婆媳妇。喝酒的在二楼，是长明结交的朋友。建阳挨个儿打了招呼。

建阳和大堂姐被长明安排到主桌上。春山伯和亲家曾为儿女婚事闹过意见，双方坐一起，还是你看东来我看西，交言搭语露出别扭来。若不是办事情撑场面，估计早就拂袖而去了。

牛牛喊着呼呼哈嘿，正和几个小客人满地乱踢乱打，他今天唱主角，穿着齐整崭新的小警服，热得满脸淌汗，谁劝都不肯摘掉帽子，嘴里嚷嚷："摘了帽子就不像了。"长明丈母隔着桌子斜眼撇嘴调教玲玲："以后再别买这熊衣裳了，捂臭孩子了呢。"玲玲娇嗔："啥呀妈，你不懂。"她扯过牛牛："过来告诉姥姥，我们长大当警察抓坏蛋呢。"牛牛说不出这么一堆大人话，憋在呼呼哈嘿的节奏里出不来。建阳逗趣："别喊呼呼哈嘿了，以后给娃买成中山装，喊亲戚万岁，人民万岁。"大伙听明白了，哄堂大笑。玲玲笑道："能行，听大爷的，明年给牛牛买一身。"她画的眉毛眼线让热汗糟得模糊了。

饭桌上说的也是牛牛的吉利话。建阳妈笑说，牛牛属鼠，生在麦口，有吃命。玲玲笑道，还吃命，说得他成天磨缠着要吃了。长明眉开眼笑地说，不吃谁能活？俺婶这句话，一句顶了一万句。玲玲又接过话说，可不呢！牛牛没见过亲奶奶，一直当俺婶婶亲奶奶叫呢。玲玲娘家人起哄着附和，叫得对叫得对，本来就是亲奶奶。

建阳反感长明两口子说的话。他对这两口子的为人过敏。

还好，春山伯带着不满开腔了："什么麦口？村里都没人种麦子了，哪还有麦口？"

“没麦口咋了？哪顿少了你馒头吃了？”玲玲的话里长着尖牙。

长明跟着说：“不种麦就没麦口了？我就不种麦，照样活得舒舒服服。”

两口子的两张嘴一起冲着春山伯说，长明丈母喝住他们，嫌他们口气不好。堂姐也冲长明说，你咬人呀？长明辩解，今天是喜事，他尽说些气话，我是嫌他这个呢。长明又转身说春山伯，咱的地是流转出去，合同上你也签字了，补贴款你也领了，莫非那钱不是钱？不能买白面？

建阳母亲打圆场，你爸老脑筋转不过弯来，我就觉得现在兴得好，不种地有吃有喝有钱花，办事情下饭馆一坐，主家和客人一样省心。搁过去，摆设出今日这几桌，可要忙两天呢，我还不得杵柴弄火忙一天？哪能干鞋净袜和客人齐排排儿坐着等吃。

建阳母亲的话实在，引来满桌附和。长明丈母夸建阳母亲新脑筋。长明丈人话里带刺地说，咱不能得了便宜还卖乖。长明和玲玲也真情假意地换茶添水孝敬开明老人，故意冷落春山伯。不开心的还有堂姐和建阳。

开始动筷，三盅酒落肚，春山伯放下筷子，对着跟前那盘凉拌猪耳不甘心地说：“敬老院叫我，说你来管上灶头后勤，管吃管住，不掏钱，还倒给你钱。我说我能走能跳，啥钱挣不下，我不去。”

长明丈人冷笑着说：“敬老院，我满当是国务院。”

长明丈母说：“亲家，可不敢去，去那儿的是什么人，五保户、儿女不养活不孝顺的，你说你去做啥？你这不是打你儿子媳妇的脸嘛。”

客人们也七嘴八舌，堂姐说，她婆家姑就住敬老院去了，她们正月初四去看，老婆婆见了她们就哭成水幕，可问她哭啥又不说。

屋子里头的味道，说不出来……堂姐看看桌上的饭菜，不说了。

长明丈母虎着脸说："他们敢让你住了敬老院，我唾他们一脸。"

春山伯怕生事端，自己解释道："你们听反我的意思了，社会发达了才兴住敬老院呢，外国人早兴了。现在的人费心机，儿女们都有做的，要奔事业，要扑闹钱，拉扯儿女受教育，老人就不能再当拖累。猫老归山，现在山上有敬老院，当当老神仙，儿女们有孝心，四头八节来瞭瞭我就行了。"

说着说着，气氛又凝固了，大伙脸色各异，没人去接他的话。

建阳母亲数落："你真是老换小了，越不懂事了。今日给牛牛过生日，你净说些人不爱听的。"

柳建阳拿过茶壶起来添茶，开玩笑说："你孙儿外女几十口，人家养老院还不收你呢。"

长明丈人绷着脸说："亲家是去当干部哩，谁敢不收，直接让他关门大吉。"

长明丈母打圆场："长明和玲玲跑哪去了？叫过他俩来，今年务必给亲家摆酒做寿。"

春山伯别扭住了，下不了台。堂姐负气说："俺爸才不争竞吃喝呢。"

吃开饭后，春山伯再没发牢骚。

建阳和亲友们正吃得高兴，一只热腾腾的大手摁在右肩上，他筷子夹的肉片掉在桌上。他心说是谁然后回头，满升开他玩笑："我说，这位是哪来的客人？"说完热手还不松开。建阳使劲儿起身摆脱，问他："大领导咋在这儿？"满升大声笑着，热手又拍他一下说："大伙儿听听，这话是不是说反了？"满升说这番话时，不知谁带的头，一桌人都恭敬地站起来，老人们的腿脚不利索，扶桌挪椅往起站时，椅子腿磨得地板吱吱嘎嘎响声一片。满升两手打拍子一样热烈地指挥人们坐下，还不忘回答建阳："我就是这儿的，这是我的地盘儿嘛。"说罢大笑。

柳建阳也笑了，但不痛快，满升的话令他反感，反感夹杂着小看，他俩是小学一二年级同学，满升是被两位数的乘除法难倒的，然后就退班了。建阳认为这事满升也没有忘了。

众人七嘴八舌地笑着附和满升，建阳不好作声了，满升在众人面前向他抖威风，他只能报以轻笑。

同岁同学同姓，同一株柳树上生长出来的万千枝条的其中之二，经历的风雨各不相同。柳建阳上高中大学时候，满升跟着人跑到京城开饭店，开始给人当伙计，后来自己当老板。满升在咸市和墅北都置有房产，五年前他捐资修建了村口的石牌楼，据说花了八万多，赚得村民口碑，后来响应市里的"凤还巢"，回村里当选村委会主任，据说他也撒钱拜票了。

满升给老人们敬酒，老人们又是扶桌搀椅地往起站，都是双手端盅，恭敬如仪，脸上挂着甜笑。满升嘻嘻哈哈像电动弥勒佛一样转圈敬酒。一圈过后，硬拉建阳跟他上楼，还替建阳给在座老人们告假，说有正事要谈。老人们谁肯驳村主任的面子呢？都劝建阳上去喝上两盅。建阳母亲看他忸怩，让他上去转转，转一匝再下来。建阳母亲放话："碰上了，就趁得一块儿坐坐，少喝两盅。"母亲开口，建阳这才答应。满升大笑着说："玉山婶今日不放话，我真搬动不了柳老师呢。"

7

楼上的阁子里单开一桌，算是贵宾席，建阳跟着满升进去，那几人放下杯筷纷纷起身招呼，七嘴八舌地说：

“这可是个稀罕人。”

“建阳回来就不作声。”

这桌人大部分是村干部，面孔都不陌生，统统是人不亲土亲的表情，三十四十五十的汉子都有，穿戴也都整洁，两个黑脸显老态，露出庄稼汉的底色，其他几个的面相和农民的形象概念不符了。

满升让挨肩坐的人让位，拉柳建阳坐下，又喊店家调盘换碗另上了一套餐具。满升雄视一圈说，乡镇一级的领导我都喝过了，市里一大半领导也喝过，就是没和建阳喝过，建阳是老师，高人一等，回村里也从来不联络，今晌午很荣幸，咱们趁长明的酒，借花献佛，和柳老师喝上一下。

一番话说得柳建阳坐不住了，比在楼下刚才的反感，又多了一份难堪。满升为啥出他洋相他不太明白，但话里那甜一股咸一股酱油一股醋一股的滋味，倒挺像一个厨房里混出来的人在折腾顾客。建阳正正经经地赔话说，各自瞎忙，无事不扰。

柳建阳起小温顺，和顽皮的满升不是一类，他不记得两人在一起玩过。满升叙旧还是大声地从小时候说起：“那时放麦假就成天四处游逛，冰棍雪糕声一起，就跑回家跟大人讹钱，五毛一个的国王蛋卷啊，那时感觉就是世上最好吃的了，是吧建阳？”满升说穿了，彻底错位的记忆。建阳记得放了麦假他就是劳力，放学回家就帮母亲做营生，没像满升说的那样疯玩过。他从没向母亲要钱买冰棍，一次也没有。串村叫卖的小贩来了他都不往跟前凑，他也馋，也好奇，但他没的想，想也白搭，他怕丢人，他连口水湿了舌头都自责和羞愧。在大学学了心理学，他才发现他的性格出了问题，他内敛，他安分，他隐忍，都是扭曲。刘珊和他谈恋爱就打趣他矛盾人格有些分裂。

建阳陪众人喝了三盅见面酒，问满升要说什么正事，满升哈哈一笑说："喝酒就是正事。"满升端起酒盅张罗，建阳随着大伙又喝下去三盅酒。

这次满升的热胳膊热手搂住他肩膀说："回村了还文绉绉地端着，放开喝，捏着个小盅哪行，换细碗来喝。"

打了一关，柳建阳靠在椅背上嘘酒气，满升执壶给他添酒，壶空了，一个黄豆大小的酒滴子挂在壶嘴上，闪闪烁烁地晃不往下掉，柳建阳嫌晕，满升嘘他："别动别动，这是福根儿，给你控控。"

柳建阳饮下那盅福根儿酒，趁着酒兴说满升当官当得膘肥体壮。满升啪啪地拍打着圆滚滚的腰肢，笑呵呵地说："这号膘叫油烟膘，做饭弄的，成天到晚钻厨房，烟熏火燎，煎炒烹炸，闻油烟就闻了十四五年，皮肉都他娘让油浸了。这号油烟膘还不好甩呢，喝了多少年减肥茶也不顶事，其实我吃得不多。"满升发着狠劲儿，大把大把掐着粗胳膊和大肚皮上的肥膘抖擞给在座的人看。满升还是像个淘气的孩子，柳建阳忍俊不禁。

一桌人正吃喝热闹，一阵呼啸的高风挟着温热鼓上楼来，接着窗前一黑，随后听到人喊叫，彩虹桥跌倒了。大伙儿都停下吃喝朝窗户那边看，看见长明正和几个人在折腾那个软瘫在地的彩虹桥，贴在上头的标语撕脱了，还少了几个字，大概让风刮跑了。满升朝楼下喊叫："你个烧包儿，搭那个气球桥干啥。"长明仰起脸挥舞胳膊，让大伙儿继续喝酒。

热风一阵一阵鼓进窗来，山雨欲来风满楼，温热的风在房里回荡，建阳感觉身上都膨胀了。

说话间，猛听得一声干裂的焦雷，饭店外头有人叫唤落雨了落雨了，楼下桌椅板凳一阵乱响。大伙儿再次停下杯筷，到窗户边往外张看，天上黑压压的云头已经往下坠了，闪电像利剑斩下，数不清的剑锋刺进村头浓黑沉重的树冠，立闪风雨急，有人认出这种带着大雨的闪电。

长明上楼，雨水打湿的衬衣伏贴在肩背上。仨人找了一张闲桌坐下。满升让长明抓紧说，建阳马上猜到长明想干啥了，脸色就不好看了。长明赔笑说道："建阳哥回来了，满升哥今日也在，我想跟两位哥哥商量件事情。"长明果然说起两个老人的闲话，而且当着满升这个外人，建阳端起茶杯就要泼，长明早防着他，摁住他的手腕，觍着笑脸连声叫着哥哥说，君子动口不动手。两边都用力，茶水洒了一地。满升从中劝开。建阳含怒说道，告诉过你不许给我提这事。长明笑着说，我不说了，我请满升说，请村干部给咱说合说合。建阳更怒了，我在家都不许你说，你出来给外头人说，你还让外人说，你傻了。长明支支吾吾地说："你看你看，一说就冒，我就怕你这样的。"长明尴尬地朝满升求援。满升拿捏着说建阳："清官难断家务事，长明的想法我觉得符合实际，你可以考虑。让两个老人合起来伙过，两家的弟兄们姊妹们合起来伙养，红红火火一大家人。"

"你放屁，"建阳本来就小看满升，见他装腔作势乱插嘴，一句话顶死，"谁叫你断来。"

满升下不了台，只能自找台阶，大度地笑道，好好，我放屁。他的大度在建阳看来是一文不值的赖皮。

建阳这么一发作，也把长明将死了，眼看满升栽了面子，他赶紧说话帮着挽回，一连声说我叫的我叫的。我专门请来做你思想工作。

“我思想咋了？”建阳拉下脸皮说长明，“你这些屁话，外人都不敢说，你要再敢胡说，别怪我不认你这个兄弟。”

长明赔着笑说，哥你喝多了。满升也说，建阳你想多了。建阳说我什么也不多。喝酒，发火，说狠话，一气呵成，酒精助燃着羞恶之心。他包羞忍耻，讳言此事，唯恐引起闲话，村里头闲老婆碎嘴就爱飞短流长，他防不了众人的悠悠之口，但是谁敢当面妄议他的家事，他绝不客气，绝不温文尔雅。

满升想最后圆一下场，显露一下村长的处断能力。殊不知他在建阳眼里只是区区碎嘴一外人，满升劝建阳看长远看好处。建阳打断他的话说：“你觉得好，先给你妈找一个。”

满升没反应，长明先跳起来，他不知道该捂谁的耳朵，还是先捂谁的嘴，挓挲着两手说，“好我的哥呀，胡说啥呢嘛，人家是好心好意……”

“别给我献好心，”建阳打断长明的话，我告过你底线，你不讨好脸，不管谁说，我都是这话。

满升干笑几声，开玩笑说，等俺爸死了，俺妈想找谁我都同意。他想掩饰尴尬，建阳却不领情，说那你到时再给我说。满升举起手说，真不愧是老师，今日老粗遇着老师了，我说不过你，你就当我啥也没说，咱喝酒去。建阳直接推辞了。

周围的人看见建阳发火满升始终笑脸作陪，都很纳闷，想劝又不敢到近前。他们介意的当然不是建阳，而是满升。这就是世俗民情。

建阳扬长下楼，满升悻悻不已，依然笑脸相送。长明也不挽留他，话没谈拢，不欢而散。

下楼，见刘珊和玲玲坐在一起吃饭，他问刘珊几时来的，刘珊说来了一会儿了，都吃了一碟儿蛋糕了。刘珊看他一脸酒色财气，替他遮掩，说喝酒不开车了，别回咸市了。建阳母亲一听就高兴。建阳心说，刘珊太会讨巧了。刘珊说那边采访一完事她就往过赶，“怕耽误了牛牛的生日宴会。”酒足饭饱的亲戚们笑逐颜开，让她赶紧吃。玲玲站着给她挑拣盘子里的剩菜，自夸自说看我点的这菜好吧，嫂子大记者都爱吃。

趁着酒兴，建阳又和亲友老邻们喝了几盅。中间把酒喝混了，亲友应酬都不勉强，说是随意，都是大口，你来我往，积少成多，他心里有事，渐渐话多。刘珊过来替他挡酒，说他舌头大了，他竟说了一句荒唐话，众人哄笑，刘珊的脸红了。建阳母亲给砖头拣了一些骨头肉皮，正往塑料袋里归纳，听见建阳丢人现眼还捎带了媳妇，还让玲玲看了笑话，过来一巴掌打掉建阳的酒盅，酒盅碎裂的声音是休止符，建阳不絮叨了。

“书都念到狗肚子里了，拾掇东西回家去。”建阳母亲似乎还不解气。

刘珊不信婆婆会当众打她的爱人，她护住建阳，嗓子发抖，问婆婆为什么？

建阳母亲削铁如泥地回答，他说赖话。春山伯和一干老亲戚都说建阳母亲烈性。

建阳心里清楚，母亲这一掌，其实是一耳光。

离开饭店时，楼上还有划拳闹酒的动静，建阳猜是满升、长明那伙人在热闹，他没上去招呼道别，就陪着母亲回家了。母亲在路上才说他干粮也没吃一口，光喝一肚子酒，以后不许这么喝。建阳说酒就是粮食做的。雨霁天晴，水泥硬化了的村道干爽洁净，间或有小片的浅水滩儿，像深色补丁打在泛白的路面上。山风和旷野里的风掺和在一起，时或清凉时或湿热，村东头的天空还有半截彩虹没有褪尽彩色，高速疾驰的磔磔的鸟鸣隐隐传来，微弱但刺耳。

他在巷口看到车窗玻璃和前盖上的雨珠和雨水粘牢的树叶，槐叶榆叶柳叶，还有麦秸。他晕晕乎乎到了家，西瓜在盆里载浮载沉，砖头闻香起舞摇头摆尾，湿翠的落叶铺了一院子，接二连三踩破麦茬果时脚底和心底的慌张，雨后的闷热令他心烦，他口干舌燥，一屁股坐在湿透的草墩子上，挤压出来的雨水湿了他的裤子。刘珊把他搀回房间，扶他上床躺下才发觉，她问建阳什么时候尿湿的。建阳傻笑着说，别蒙我。

建阳沉睡一下午。大伯和堂姐们都过来看过他，刘珊把亲戚们阻在院里，婉言道歉，说建阳表现太差了。

8

入夜，村里又限电。逢到农忙就拉闸，农电还是不方便。

房间的空气郁闷，涌进纱窗的空气混杂着院子巷子和田野里的气味，也是热乎乎的。

战术手电发出亮蓝的钻光，这是刘珊的劳保用品，能当长效应急灯，还能当电棍防身。

布谷鸟的叫声断续而至，破空而来，一只摸黑飞行的布谷鸟，由远到近，叫声变得真切。估计是降落时与树叶发生擦碰，先是噗噗啦啦地响动，然后是啪嗒啪嗒的声音连串响起，像是打翻的雨珠在树叶间跌宕滚落。院子里的砖头不愿意了，叫了两声，树叶便再度摇乱，大概是吓走了立足未稳的布谷鸟，随着愈来愈远的“咕咕”声，窗外很快重归安静。

“鸤鸠在桑。”建阳耳语一样默念。刘珊推他说啥意思。建阳说别动，福根儿给你。刘珊不懂，建阳就不好意思赖下去了。

“鸤鸠在桑。天籁。大地和庄稼的诗歌。”建阳断续说出他的醉意倦意和惬意来。

“是猫头鹰。”刘珊暗中哂笑。

建阳笑她不懂，说这叫物候，布谷求偶呢。

“你在说自己吧？”刘珊嘲笑，下床去给他倒水喝。

放下水杯，建阳询问儿子一天咋吃饭的。刘珊说你不说儿子穷养，人家巴不得一个人呢。

刘珊说，长明和一帮人喝到下午，当场就吐了，大伯去说了几句，就吵起来了，长明还哭了一场，说自己是没娘孩儿，人不疼狗不爱，没人真心待，谁也看不起。

建阳说，听听这话，他那是醉了？他是要不害羞呢。

刘珊接着说：“还说他给柳家留下后了，活够了，他要到马路上寻他妈呀。”

“混蛋，就不嫌丢人，也不怕丢他牛牛的人？三岁记事了。”

刘珊叹气，劝他说：“你和他过不去，他没坏心，就是没本事。”

“我哪里过不去？”建阳说完就明白了，“那事谁说也不行，你别替他说话。”

“不说算了，春风不入牛耳。”刘珊踢了一脚被子，又往下说，“以前他就给我说过，自己念不了书考不了学，但不能让牛牛跟他一样没前途。他的理想就是在墅北买楼，让孩子受好点的教育。”

长明居然给刘珊谈理想，刘珊居然还拿长明的理想来攻他的心，建阳冷笑不禁：“去北京上海买房呀，谁挡他来。在十八线城里买房都花老人积蓄，还要变卖老人房产，什么玩意儿。还理想呢，做他的中国梦去吧。”建阳说得火起，“他应该说柳春山不是他爹，他不管了。装死讹人，想死还告人，忘恩负义的东西。”

刘珊说他毒舌。建阳哼了一声说，毒舌算啥，不是关乎大伯的脸面，我都想揍他两下。

刘珊沉默了，不久又说她就是可怜长明，“跟错乱了一样，又哭又笑。”

“谁不会装疯卖傻？谁不会以酒遮面？可怜他什么，我觉得他可恨。”建阳说了半截，寻思道，“说到这儿，我才发现这狗东西会用计了，苦肉计，假痴不癫，瞒天过海，还是连环计。”

“你爱帮就帮他一下,不帮就别嘲笑人。你这才叫为富不仁呢。”

“你用词不当了，一我不富，二他不仁，他不仁我才不义。他那么对待我大伯……”

“你不帮我帮，我答应他们，我出五万，我给玲玲说好了。”

建阳坐起来吼道：“你该借给他五十万，买一套房白送他。”他沉不住气了。

砖头在外头狺狺出声，替他发怒。接着传来母亲两声咳嗽。建阳躺下，一脚踢飞夏凉被。

“有那能力我一定。”

“你可以银行贷款呀？”建阳气急败坏，他受不了刘珊的镇定。

“喂，需要我提醒吗？咱们可是有约法三章的，我们都有处置权。”

建阳气咻咻地说：“你不知道他两口子什么人？你借给他，他拿什么还？”

“我不管他拿什么还，不还算我的，行吧？”

“不行，建刚买房我借两万你都不肯，那可是我亲弟弟。”

“亲弟弟？那他亲哥哥买房他为啥一声不吭？”

“是我没跟他张嘴嘛。他的生存压力比咱们大几倍。”

“你还真是个好哥哥亲哥哥，你咋不说他工资比你高几倍？”

建阳语塞，教师的嘴斗不过记者。

他缓了声气，懊恼地说：“你别跟我计较，且不说这些了。我不同意你借给长明那么多。”

刘珊不接茬，顺着原来的话题说：“建刚挣的是高薪，人家考虑的是移民，北京都盛不下了，可能一半年就成了外国人了。长明可怜巴巴的，在十八线的墅北市买一套房都是理想。现在给建刚五十万他未必睬一眼，但我给长明，就能帮他实现梦想，他两口子还会把我当恩人呢。”

“恩人？你装人吧，有你后悔的时候。”建阳只剩下气话了，刘珊还不急不躁，这令他恼火。

刘珊慢慢地说，玲玲和长明都找过她，这也是她今日回来的原因。“中午你下楼一照面我就看你脸色不好，后来长明说你把人家村长脸顶了。原来说咱们下午坐下商量看咋做。结果你和长明都喝倒了，计划就落空了，楷楷奶奶不让我走，我想不能白来，就答应了玲玲。”刘珊宽慰他，“我是以你的名义答应的，他们的初心是关爱老人，没你想的那么糟。”

建阳不领情，说：“你不懂村里的事，长明是不想养老人又想落好人，还要吃掉老人绝产，还想捉弄我们兄妹三个替他顶缸，这些都可以忍，最可恨的是，他说的那个，就是你说的关爱老人，简直就是害我家的名声。是可忍孰不可忍。”

刘珊笑话他封建脑袋。建阳忍无可忍地说：“好，你不封建，你先给你妈找一个。”

刘珊嫌他咒人，打了他一拳头：“我爸好好的干吗要找。”

“那你就闭嘴，我妈也好好的。”

“犟驴，一回村里就犯脾气。”刘珊又气又笑地说，“强词夺理，不识好人心。”

“这事不提，说过二百遍了。不管长明是亲生的抱上的，首先他是我大伯养大的，只要他给大伯养老送终，就是堂兄弟。否则拉倒。”

建阳决绝的态度，也让刘珊无言以对，他们都沉默了。

夜深人静，院子里零零碎碎的动静就清晰起来，树摇风的哗啦声夹杂着落果跌落的噗嗒声，煤堆儿上出溜下来的碎煤敲打铁撮箕的声音，鸡舍里不安的咕嘟引来砖头狺狺的警告。正是夜虫奏鸣的盛大季节，雨后的蝼蛄郁闷地叫唤，会在地皮下潜行，一夜之间把打麦场碾压平整的场面掘开拱烂，就像有人故意用铁钩子划破土皮，小时候每逢这事，柳建阳就跟着大人拎着盛氨水的瓶子到处找蝼蛄给他们泼，氨水味呛人。

因为建阳和刘珊在家，砖头入夜就蹲在他的门外。建阳母亲怕它绊了刘珊腿脚，睡前赶开过两次，但过上一会儿，它就又溜回门口卧下，好像它知道建阳留宿只是偶然，它也想陪陪。

刘珊感慨，在村里这么待上一辈子，植物神经会特别发达，特别敏感，特别感伤。

建阳说：“你是强迫症，你看长明玲玲哪个伤感过？玲玲还是广场舞的排头呢。就你成天讲效率。”

刘珊说：“工作性质决定的，你当我愿意这样？我也想跳广场舞，一退休就去动次打次动次打次。”

建阳说起他的担心，母亲年纪越来越大，在村里当空巢老人，他越来越不放心。

“你不放心接她回咸市咱一起住，说这一堆废话什么意思，我不是玲玲，我双手欢迎她去。”刘珊说，“你一年来回十几趟的跑，花的不是钱啊？”

“她想不通嘛，刚去两天就说住不惯楼房，要回来清净。”建阳眯着眼，无奈地絮叨，“她也舍不了村里这房子院子。”

刘珊突然冷哼一声：“什么院子房子，是舍不下大伯子。”说罢就“哧哧”地笑作一团。

建阳惊醒过来，他又气又笑，翻身压住刘珊，刘珊叫了一声……

这下可好，砖头在院子里马上关切地叫起来，然后是邻家的狗开始搭腔，随后村子里的狗都开始互相问询，远远近近狗叫一片……

（《中国作家》2018年8期）

外财

1

老米得了外财——撂在货堆上的那两袋花生，老米还没顾上看呢。

老米帮田宝辰找回了走丢的媳妇，田宝辰不提酬金，只留下这两袋黑皮花生当谢礼。编织袋上彩印的图文揉皱模糊了，巴掌大的五个红字“玉米杂交种”笔画还算完整，看得清楚。

饭点过了，门口的牌摊早散了。老米拣了空酒瓶，打扫了瓜皮烟头，把牌桌搬回商店里，蚊虫跟着他钻进门帘，周身扑打，墙上的电子石英钟已经报过二十一点了，他掰开蚊香点上，抽着烟说，总算清静了。

老婆摘下围裙苫在放青椒的箱子上，怪怨老米自找麻烦，险乎惹下乱子。

“他们乱，咱不乱就行。”老米拍掉叮咬脚杆的蚊子，故作轻松，“天下大乱才能达到天下大治。”

老婆在电磁炉上坐了半锅水，煮了两袋方便面。一边做饭一边气鼓鼓地唠叨。老米装听不见，里里外外忙碌，将收进店里的果蔬货物等分开，整理归位。老婆喊他吃饭，他才到水龙头下捧着凉水把头脸胳膊都洗了洗，搓脸时在心里连说晦气晦气。

门口的路灯在黑天里照见湿漉漉的雾气，几只灰蛾子傻乎乎地扑过来扑过去。

饭盆搁在小牌桌上，酱色汤水上荡漾着腻人的油香。老婆给老米两个发面烧饼，外加一袋榨菜。

“川菜么！”老米拿起筷子先吃了几根榨菜丝。老米当然识得拖刀，但他将计就计。

老婆见他得意，当是故意气她，又开始唠叨。

老米尝了尝，咋舌道：“这汤有些淡，调料包那么小，你看你，兑了半锅水。”

“你不会就着榨菜吃？！”老婆话里带气，拿起榨菜袋，往他饭盆里抖落了几下，结果大半袋榨菜都倒进去了。

老米使筷子搅和了几下，喝了一口，皱了眉头说：“妈呀，变成讨吃味儿了。”老米呼噜呼噜开始嚼吃，什么饭他都能吃香。

老婆挑了几筷子，突然发问：“给没给你谢金？”

老米停下筷子，摇摇头。老婆判官一样盯着他，好像他捣了什么鬼。老米明白老婆的心思，笑着说：“你看他们那样子，还不如这榨菜丝有油水呢，别说谢金，谢铁也出不了。”

“废话多，问一句说十句。说，有没有？多少？”

“有个屁，你要不？”

“不爱听你胡说。你给他寻着个大活人，多少不拘总得谢待你几个吧？你又给他打电话又管吃住，住店也得掏店钱吧？”

老婆一旦计较起斤两来就犯浑。老米耐心地说了田宝辰的家境，半是开导半是哄着说：“咱不开店要啥店钱。人都有良心，等他以后……”

“许猪杀羊，你哄鬼呐！”老婆抢白，“以后是哪会儿？走开了谁还认得谁。”

老米笑着说：“人家不是还给咱两编织袋高级花生，那就等于谢了。”

“莫非你忙来忙去就图个这？你是没吃过花生呢还是没见过花生？”老婆噼啪放下碗筷说，“你知道旁人说咱啥，说你啥？”

“说啥？嘴长人身上，我管逑他们说啥。”老米满不在乎地点着烟，抽空打了个饱嗝儿。

“说你得了外财。”老婆冷笑道，“五义说你最少得了两三万。”

“两三万？”老米岔气儿了，噗地从口鼻里吐出一团浓烟，烟灰抖落在腿面上，他边掸烟灰边笑，“咋不说成两百万呢？招贴上才写五千块，啥时涨钱来？”

“五千在哪？拿出来。”老婆伸过手来。

老米失笑：“那疯女人，我五千卖你，你要不要？”

老婆悻悻地收手：“屁话，我要她做啥？你想要吧！”

“你小看我了。”老米不介意地问，“跟你说正经呢，让你卖，你能不能卖住三千块？”

“你说的是个屁，那是大活人，又不是猪羊，哪有三千五千的行情？”

老米笑道：“可不就是屁嘛，卖不了的东西，白落我也不要。”

“你心里可想要呢。”老婆冷笑，“那三千五千呢？”

“没五千，也没三千。人家那么说说，表表心意，谁还真的去要？那成啥人？”

老米这么说，老婆就没劲儿了，悻悻不已地说：“电视上捞死人的还问人要钱呢，那不也是人？”

“不是一回事，下河捞人冒生命危险，要钱天公地道。咱这帮忙是顺便意思，不是图他钱财。积德行善，不为自己，咱为儿女，事事说钱，刀刀见血，就没人味儿了。”

“别给我讲大道理。”老婆打断老米的话。他们的一对儿女都在外地打工，老婆讲究避讳，不让老米话里话外捎带到他们。

老米后悔不迭，起身拾掇摊场去了。

老婆在旧算盘上算账，整点扔在抽屉里的钱票。

老米开始洒扫商店，到花生口袋跟前，单手拎起口袋掂量了一下，笑道：“光顾说钱了，也没看看他这黑皮花生到底是啥花生？”

老婆哼了一声，没抬头。

老米放下扫把，解开扎口袋的绳子，抓了一把花生哗啦啦撒到柜台的玻璃板上，一团儿细微的干尘随即伴着干爽的哗啦声在低垂的灯泡下飞腾起来，微尘高不及半尺，弥漫出一股荡人心魂的泥土香。老米深吸一口，笑了。老婆也扭过头来看，停下算盘。

两口子埋头拨拉着，端详着，皮壳儿上没看出名堂，但能听见花生仁儿在壳子里碰壁的轻微的动静，声音怪动人心的。

“这和咱卖的炒花生一模一样。”老婆嘀咕。

老米挑了一个看着饱满的捏开，壳子咔吧一声，他把花生仁扣在玻璃板上，拨拉给老婆看。老婆说：“咦，咋里头是黑的？”

两口子挨个儿捏碎六七个，果然，从壳子里倒出来的花生仁都是乌溜溜的，青紫色的，和他们摆卖的花生仁不同，他们卖的一直都是粉红皮的。

老米捡吃了几粒，不禁笑道：“让你说准了，这号花生还真是没吃过没见过呢。”

老婆也捡了一粒放进嘴里，细细嚼了一会儿，说：“还不是一个味儿？”

“白猪肉黑猪肉也是一个味儿。”老米笑道，“皮色不一样嘛。”

“我日怪它包在壳儿里，埋在土里，又没晒着，皮咋黑了？”

老米在老婆耳边嘀咕了一句什么，老婆拧他一把，骂他不正经。老米揉着胳膊笑道，一回事嘛。老婆扔下花生，边拍手上的碎皮边埋怨：“让你说得吃不下这东西了。”老米说吃不了卖了。老米顺口这么一说，老婆的眼睛刷地亮了，不计前嫌了，叫他去约约有多少。

老米拎起放下，看看口袋大小，估摸着说：“三十斤一大关，带壳儿的东西。两口袋有个六七十斤？”

老婆摸起一块纸板扇了几下，指指门外说：“这天气湿潮闷热，花生就怕发霉，出芽儿就没人要了。”

老米改口说：“那就别卖了，外财不富命穷人，卖了也卖不下几块钱，给亲戚友人分分，各家吃个稀罕，省得落人笑话，说咱白得的花生也卖钱。”

老婆说：“咋叫白得的，人不得外财不富，何况这是你挣下的。他五义不嚼嚼说你挣了两三万，你就卖卖试试，看看能不能挣下他说的那个两三万，不卖你永远不知道。”

“五义的话你能听？他那嘴，听风就是雨的。”

“嘴长在人身上，白给人你也落不下好，说你东西不值钱，咋做都有人笑话。”

老婆说得有理，老米稍稍踌躇，说：“留一袋，丰功和丰惠回来吃个稀罕。”

老婆责备他：“你别往娃们身上扯，我娃们不稀罕你这烂花生。”

老婆的话堵了老米的嘴。老米后悔这种商讨，既没有结论，也没有意思，还浪费唾沫和电费。生活就这么七零八碎地涌过来，需要他们没有休止地天天啰唆，探讨一些没用的对策。

老婆执意要卖，老米问她怎么跟人算账。老婆说：“按普通花生米的价格卖，黑皮算成钱，花生仁一两，花生皮一两。自家有商店，卖了就卖了，卖不了吃了，两不吃亏。”老米还在犹豫，老婆扔过一支记号笔让他写牌价，说着丢过那张当扇子用的纸板，一张展平了的整条装的烟壳子。

老米推开纸笔说：“说风就是雨，搁不到明儿了。”

“用着芝麻就油贵了，你不写我写。”老婆嘟囔他，悻悻地收起纸笔，也没写。

老米寻思此事就此作罢了，他心里还乱着下午的事呢，他没法告诉老婆他有多烦躁。

2

几只蚂蚁在七手八脚地搬运一截辣条，大概是买吃的孩子拆包时撒落在商店门口的，老米老婆用笤帚把它们轻轻赶到一边。

七月十七，连阴多日的天气终于放晴了。今年入伏后雨水多，云堆积存在天半，犹豫不决，去留不定。骄阳一露脸，就变成一面喷火的镜子，炙烤着搬弄嘴舌的雀鸟、大放悲声的苦蝉和忙忙碌碌的蝼蚁。

早晨七点多，老米就起货回来了。司机后生帮他搬货卸车，老米结算车钱时，等着拿钱的司机后生笑着念道：“‘黑米花生，皇帝贡品’。啥黑米花生，尝一个。”老米只顾忙碌，竟没注意老婆写了广告，闻听司机念白，扭头去看门口的小黑板，果真写着那几个字，字大如掌，老婆的字，笔画比较松散，枝枝杈杈，看着不振作。老米赶紧随口应付司机后生说，就是普通花生。

打发走出租车，老米蹲在水龙头下洗了手脸，踢掉脏污的旧皮鞋，冲洗了腿脚，趿上拖鞋，到商店里找出茶杯喝水。

早饭放在窗台上，老米端了饭盆去看了看，写着黑皮花生定价的纸板插在敞开口的编织袋里，老米还是不赞成老婆的做法，不过，招牌已经挂出去了，饭又占着嘴，他就不说啥了。

老婆给人介绍黑皮花生时，原样套用了田宝辰的现成话，说：“这东西是给老辈的皇帝吃的。”她还给人捏吃一两粒，让人先尝后买。有的人好奇，尝过了也不说啥。

老婆给黑皮花生定价十二块，比普通花生贵一倍。老米不踏实，按他的生意经，加个两三块钱，捡个便宜出手就行了，村里人买吃，五块一大关，十块一大关，价钱贵了就没人要了。反过来寻思，又觉得老婆这种低来高走的价钱更有理，毕竟是黑皮花生么，物以稀为贵，远道而来，独门生意，虚高几厘，没啥不对。

老米吃饭带琢磨，点点滴滴，翻来覆去，弄得饭没吃香，饭后去水管下弯腰洗碗时，还憋出一个响屁。

老米商店本是村里的供销社，算是村里的公共场所，走过路过的人们即使不买东西，也喜欢进来转悠一圈，扯两句闲篇，或者就是瞅瞅货架上柜台里那些花花绿绿的商品。一天到晚不断有人进出。春秋夏三季，商店门口老有打牌下棋的，冬天，那些走不了远路和出不了远门的老人，也愿意策杖扶拐，慢慢踱到商店里，一坐大半天，围炉烤火，说古道今。门庭若市，要靠人招人来。倒不是老米多么熟谙生意经，而是，本土本村，全是熟人，维持这种坐地生意，全靠为人。

老书记搀着老伴儿晨练路过商店，进来看稀罕，老米赶紧搬凳子，老两口都不落座，说还没走完。老书记指点老米，叫村委开了喇叭广播一下，老米摇头说不值得广播，东西不多，捎带着卖一下是一下。老书记说好，越坦然，越不愁卖。出门时老书记称了二斤，算是给老米的黑皮花生开了张。

老米换上干净衬衫，端着茶缸坐在门外，五义媳妇和另外一个小学老师来买东西，她们问起疯女人的事情，他没细说。但问到黑皮花生，他却添油加醋一通啰唆，说黑皮花生是贡品，皇帝吃的。是事主家当作谢礼送来的，没有多少。“我说留着过节待客，吃个稀罕。她非说天热油浸怕坏了，非要卖一袋，她就是财迷，怕我吃了独食。”

老米满脸忍痛割爱的不满。两个女教师并不同情他，各称了一斤走了。

有卖的就有买的，陆陆续续就有人来看稀罕尝新鲜来了，老米卖黑皮花生的消息就传出去了。

到半上午，已经热得憋气了，蝉都喊哑嗓子了。老米把西瓜码到阴凉地，帆布苫好，坐下抽烟喝水，听那几个檐下闲坐的老人闲聊。这时，远远传来的小孩哭闹声和大人的呵斥声，老米一听就笑了，左家那个馋嘴孙子又来买吃了。老米朝坡下笑着迎候，瞧见那个小男孩就招手叫：“小锛颅，快跑。”小锛颅看见老米，小狗撒欢儿一样跑得更欢了，左婆婆挎着塑料枪提着金箍棒拎着奶水瓶，啰里啰唆跟在后面，步履蹒跚大呼小叫，怕孙子跌倒，叫的却是小祖宗。老米和一干人瞧着看笑话。

小锛颅直接奔进商店，左婆婆气喘吁吁地赶到，指着老米，喘着粗气数落：“就怪你，硬把俺好好一个孩子调教得不听说了。”老米给左婆婆掇过一个凳子，左婆婆舒舒服服坐好了，把手里的东西放下，抚着膝盖说：“收拾不住了，撵不上人家了。”老米要笑道：

“这娃长大吃得开，锛颅出了门外头，下巴颏还在门里头，这脸面的人吃遍全世界。”左婆婆又气又笑，说：“你就会给俺孩儿胡编话，俺这是前锛儿金。”

左家靠看病和卖药发财，沙江口市里和桥堰镇上都置了房产，就是在村里，住的也是自家盖的小楼房。老左是赤脚医生出身，却是个有心人，善于搜罗，据说后来得了什么人家的秘传金方，能看了疑难杂症，他给一个回乡寻亲的美国女华侨吃了半年草药治好子宫癌，事迹登了报，时常有挂着外地牌照的轿车载着病人找上门来。左家不缺钱，舍得给孙儿外女花撒，这个三四岁的孙子，长得锛颅头大眼睛，活泼可爱，一天三次四次到老米商店找零嘴儿，往往是号啕而来雀跃而去，左婆婆管不了，只能顺着来，掏钱时才敢撒气：“给你买给你买，别号了小祖宗。”老米却打心眼里欢迎这个小祖宗级别的小主顾光顾，他还给小锛颅另取了个外号——啄木鸟，逗左婆婆说：“不愧是医生之家，你老汉当医生，你孙子是树医生，这叫家道门风。”左婆婆笑得直拍胸口，再三叮咛老米：“千万不能给人说了，传开就收不住了。”

小锛颅手心里攥着两颗花生跑出来，放到左婆婆手里说：“奶奶剥。”老米老婆给的。

老米拉过小锛颅：“小锛颅过来，听大爷的话，大爷的商店就是给你卖特供食品的。去，挑那圆的甜的，买那大袋袋的，好看盒子的，天天来吃，这脑瓜才能长大长圆了。”

左婆婆笑道：“山海，哄小孩儿的钱花造孽呢，你就不怕？胡给俺宗方取外号儿，俺宗方有名有姓，硬让你锛颅锛颅叫得大名叫不响了，霞霞你也听着，俺宗方长大娶不下媳妇，我就讹住你家山海。”

老米笑道："讹也不怕，谁叫你跟慈禧太后一样，把小锛颅惯成全世界最馋的孙子。我还得跟你算算这个账，你说我哪天进货不得专门给你娃寻找几样吃耍？一年下来，跑腿钱磨鞋钱搭进去多少，所以今后你给小锛颅买啥，都多收五毛。"老米煞有介事地回头吩咐老婆，"记住了霞霞，咱这不是讹她。"

左婆婆恼笑："咋咋？你多收我一毛钱试试，看我叫工商税务局，罚得你没鞋穿。"

老米和左婆婆逗闹，引来闲人围观，人多拥挤，老婆就会轰赶老米："数你俩狂气呢，一见面就逗不停当了，去去，别挡我做营生。"有人跟着凑热闹："你俩到电视里逗去，演演小品，肯定能上春晚。"

买卖要热闹着做，左婆婆拉着孙子回家时，拎走三斤黑皮花生。

村里头肯花钱吃稀罕的人家屈指可数，一是像左家和老书记家这样的富翁，另外就是像五义两口那样，借钱赊欠也要享口福的吃家。大部分人家花钱还是把得紧，钱多的时候葱爆羊肉能吃一大盘，没钱的时候，就不光是嫌羊肉膻，就连大葱也不买一根，因为葱花炝锅，真的呛。

进货卖货心里都有数，一般价钱的卖给大多数人，大价钱的东西只能卖给少数人。

趁人少时，老婆拎了拎口袋，低声说："赶到晌午这口袋都出去了。"

"便宜点不就都卖了。"

"便宜货谁买你的，越卖不了呢。"老婆白他一眼，"又没摊本钱，我卖一斤挣一斤，卖一两挣一两，一颗卖不出去，那也是白落下的。"

老婆自以为得计，老米却怕旁人听见，不吭气儿了。稳赚不赔的买卖，他可高兴呢。

忙忙碌碌，不觉晌午。午饭过后，家家歇晌，买东西的就稀落了，零零散散会跑来几个买雪糕冷饮的小孩子，或买香烟啤酒的外包工，他们在村边给政府盖大楼。老婆想喝绿豆汤，回家里熬去了，老米里外打看，一个人就应付了，他在门外的阴凉地里拉开躺椅随便一歪，光着膀子仰在躺椅上，一边犯迷糊，一边听收音机里的人说书。五个外包工围着牌桌，他们刚吃了两个大西瓜，又要了冰镇啤酒，有个外包工叫他一块喝，他说喝不起，外包工笑话他："你垛了一大堆，一瓶舍不得喝，我请你喝。"老米笑言婉拒："卖席子的老汉光炕睡，卖冰棍的大娘喝凉水，我卖啤酒就图收你们的啤酒瓶呢，酒干倘卖无。"几个外包工笑起来，他们一边打扑克一边喝酒，用生疏的口音嘀嘀咕咕嘻嘻哈哈。这些三十岁上下的老后生精力旺盛，大晌午跑进村里转悠，想浪费的可不仅仅是西瓜啤酒这等小钱，他们另有企图。老米不管闲事，也管不起，卖了东西收了钱，懒卧在躺椅上看摊听书，挥舞着破蝇拍子，在无边的煎熬中消此苦夏。

夏日的中午真是个不像话的大屁股女人，热烘烘沉甸甸，还一屁股坐在人脸上不走，老米一阵窒息，被一记响亮鼾声打醒，他霍地半坐起来，拿开肚皮上的热乎乎的小收音机，收音机收来的讯号像电磁炉烧水时发出的白花花的声音。外包工还在打牌喝酒抽烟说笑，有个外包工挺直脖子告诉他，老米你的呼噜打雷一样。他笑说我听见了。

是的，他听见了，要不怎么会醒呢，要不，怎么会听见……听见坡底有人咋咋呼呼呢。老米欠身去看，瞧见白花花的大太阳底下两大一小三个人外加一顶遮阳伞，从坡底走上来。村里打阳伞的假洋人没几家，老米看见伞就猜出来者何人。老米心里打鼓，坐起身来，他觉得来者不善，左家的小锛颅晌午睡大觉，从没在这个点来过他的商店。

果然，左婆婆领着她小锛颅，后面跟着打伞的儿媳，找上门来。左家这个儿媳是广西人，鼓脑门凹眼睛，左婆婆告人说，这个媳妇顿顿吃肉，无肉不欢，孙子嘴馋全跟了娘了，锛颅也跟了他娘的。

左婆婆走得银丝奋发面红耳赤，一屁股坐在小凳子上，喘着老粗气说："米山海，你说咱咋算这个账吧。"

老米愣了，左婆婆叫他米山海，乡邻乡亲连名带姓这样生硬地叫出来，就不妙。他让左婆婆喘口气再说。左婆婆摆手说："我不喘，我是让你给气的，咋你还卖给俺假货？"

老米纳闷地问："啥假货？我啥时卖给你假货过？"

"还嘴硬，你瞅瞅俺孩儿这嘴，都吃得黑彩彩的了。"

老米惊讶地说："哪里黑彩彩了？吃花生能吃黑嘴，我瞅瞅啊。"

左家儿媳拍拍儿子的脑袋，用普通话催促："左宗方，张开嘴，张嘴啊，让爷爷看看。"

小锛颅张开嘴，像小狗一样探出小舌头，老米看见了，舌头上有黑紫，仿佛眉豆籽儿的颜色。

左婆婆在一旁夸张地说："看看，看看这，像是嚼过炭碜。"

左家儿媳也担心地说，"你看，舌头黑、牙缝黑……"

没等老米说啥，左婆婆就气咻咻地说："拉的稀都是黑的。"

"咋还拉稀？"老米想说扯淡扯到哪里去了，这话他没说出口。还因为，这句话证实了他的忐忑。

那几个外包工也不打牌了，像是打乏了，他们开始打量打伞穿裙的左家儿媳妇，坐在一旁看热闹。

“你不知道这孩子咱说不下来？自打前晌买回去就不停嘴地剥着吃，非说你说来，吃黑花生就当乾隆皇帝，不给吃就跌倒轱辘地闹腾，这生仁儿东西吃多了，还不稀屎泻肚？拉出来的东西除了花生瓣瓣儿，就是墨汁儿一样的黑水水儿。”

老米顾不上听书了，他给左婆婆道歉说，我米山海就是黑了心肝也不会在自村卖假货糟蹋乡邻。然后趿上拖鞋进去拿了腰包，满口应承愿意退钱，愿意给孩子买药看病。

老米光着的膀子上印着一条一条的竹篾压出的痕迹——真皮压花，看起来有几分狼狈相。

左婆婆本是来压阵要合适的，老米认了错，等于无条件投降，她也就不好再放高声了，她把拎在手里的兜着花生的塑料袋递给老米说：“就把这个给俺退了。”左婆婆还是村妇的做法，尽管家产万贯，照样不讲情面，不吃一分钱的亏。

老米还是满口答应了，左婆婆理直气壮地说，前晌称了你三斤。老米说：“好，你买三斤我退你三斤。”左家儿媳有些不好意思地说：“三斤，回家都觉得稀罕，尝了一些。主要是孩子糟害了多。”似乎她不想和婆婆一样讹他。小两口平时在沙江口市忙活，周末才回村里来看望老人孩子，不想惹村里人。

老米按价算账，如数退钱，递到左婆婆手上。左家儿媳惭愧地提醒老米是不是多退钱了。老米慨然说道：“我按三斤给你退的，满打满算，让孩子受这折腾是我不对，但这个东西我不知道也是情真的。”老米又从货架上抓了两袋小吃塞到小锛颅的手里，笑着说，“这算大爷给你的精神赔偿啊。”

左家儿媳见老米这样做，更不好意思了：“其实我们吃了不少，中午还油炸了一大盘儿呢。”

“吃了的，拉了的，都算我的，不提了。”老米大方地说。

老米的大方是佯装的，他多难受自己清楚，他满脸堆笑，想尽快息事宁人。

左家儿媳总是觉得过意不去，又叫小铮颀挑了几样小吃，笑嘻嘻地说：“你这里东西挺丰富呵，好吃的这么多，怪不得我们给他买回来的都不要，非吃你这儿买的。”

左婆婆不想让儿媳跟老米套近乎，说儿媳：“他就是‘拍花儿’的，把个孩子哄迷糊了。”

老米要笑道：“超市里的东西尽是垃圾食品，哪像我这，特供食品。”

左家儿媳惊讶地说：“哟，你都知道‘特供食品’啊？”

老米笑道：“那当然，我还认识潘基文和转基因呢。”

左家儿媳闻言张嘴大笑，露出肉食动物尖利的小虎齿。

“你别听他瞎吹，哄了小的哄大的。”左婆婆见没受太大损失，态度也缓和了：“大人吃上没些事，我就是怕孩子那啥，落下什么毛病。其实这花生口头也好着呢。”

那几个外包工也仗义执言，从旁打劝，说老米是恕己之人，该认的认了，算了就算了。

左婆婆顺坡下驴，带着儿媳和孙子凯旋了。

外包工们目送左家媳妇袅娜而去，把扑克整好还给老米，打听了几句闲话，看看时间，几个人也起身吆吆喝喝地结伙走了。

打发了左家，老米扭头就把黑皮花生的牌价抽出来扔到门外，三下两下扎住袋口，坐下抽烟，气不打一处来。他一气田宝辰，不远千里送来一条口袋把他装了进去。二气老婆，把装他的口袋扎住口，不听他的话，手背朝了下，有火没法发。

老婆拎着饭盆下来，她先看见那张烟壳招牌扔在门口，再看老米脸色不对，就猜到出了问题。

午饭是绿豆汤和玉米面发糕，老米无心吃饭，沉着脸把前头的事情说了一遍。

“拉黑稀？我不信，有恁厉害？那她咋不给娃吃药，她家能治了别人的癌症，就治不了她娃拉稀？谁家没药她家能没药？是不是不合她口味，想要赖。”老婆一路抢白下来，不屑地说，“我卖的又不是她一家，为啥旁人没找来？”

“恐怕挨上就来了。”老米恼火地说，“且不说她赖不赖，这事不吃亏，是怕坏名誉，好人担了一个赖名誉。”

“咋就坏了名誉了，你干吗小心雀胆的，她娃直肠马肚拉稀屎，不怨自己怨吃的，还有理了？”老婆把发糕递到老米手上。

老米一口气喝了半盆豆汤，败心火，缓了口气说：“别唠唠了，后晌再看还有没有人来，怕哪出来哪出，这事要让旁人断，咱也一点不占理。”

老婆恼了，冲着老米说：“你别说咱，是你，谁让你招惹那个疯婆子……”老米最怕老婆翻旧账，老婆就偏给他翻，“那天我没说过你，说你你听吗？遇上恶心人，就摊上恶心事，你现在后悔了，你怨我卖花生，那这花生哪来的？是谁开这头的？”老婆泼风扫地一通数落，老米悉数忍过，边吃边说：“算了，不知者不为过，谁也没有长着前后眼。这发糕蒸得暄乎，酸甜好吃的。”老婆听他夸赞发糕，火气顿减，稍稍缓颊。

老米觉得事情不大，但总是觉得惶急，有些败兴。他不想怪怨旁人，他只怪怨田宝辰，怪怨他多此一举的黑皮花生。

下午，老米一直在等人退货。他坐在五义背后看他们斗地主，他的心根本就不在牌上。不过也没几个人来找他退，没他想象的那么严重。

不过，该来的人总要来。直到日头平西，老书记才来。

搁在前朝古代，老书记的做派和穿戴，就是有闲有钱的乡绅。他花白头发，皮肤白润，保养得体。白衫灰裤，头戴凉帽，架着茶色墨镜，脚蹬黑皮网眼凉鞋。左手把折扇，右手三根指头逍逍遥遥地端着一个白瓷碗儿，一路让人看过来，说是给路人看稀罕，实际是败老米的兴。老米不用猜就能听到，不用听就能想到，他肚子里的懊悔清晰得像庙里的钟声一样，一记挨一记地往下敲。

到了商店，老书记才把白瓷碗儿搁在柜台玻璃上，大大方方地询问老米两口子："你家这黑花生是拿啥染的。"老米老婆说，你问他吧，然后黑着脸闪到一边。老米苦笑道："给你退了吧，我是做那事的人？"

"我谅你也不会。"老书记干笑道。他当过村里的支书，在位时就把村集体最赚钱的高铝砖厂低价盘下来，下台后那厂子就成他家的私企了。有人说他是资本家了，要改口喊他老板，他不答应，说我资本家不假，我是红色资本家，还是喊我书记好。因为村里有了新书记，于是改叫他老书记。

老书记并不就老米的话，接着自己的话说："泡了一歇儿就泡成一碗黑墨来，主要是，"老书记耸耸鼻头顾左右而言他，"主要是还闻不出到底是啥味来。"

五义凑过去嗅嗅说："还是水味儿，没味儿。"

五义给老米使了一个爱莫能助的眼色，意思是说兵来将挡水来土掩，老书记找上门来算账，就得你自己扛了。

老婆也给老米递眼色，让他赶紧给老汉退了钱，别让他在众人跟前讲说了。

眉来眼去几次，老米还是没挡住老书记。

“卖瓜桃李枣的季节，你卖什么落花生？”老书记一叫板，老米就皮紧，老书记的教训他领教不起，一是夹枪带棒，二是阴阳怪气，不是呛你一声，就是噎你一句，拿捏人拿捏惯了。一张利口能把别人家的天鹅说成板嘴[①]，能把自己的私心杂念说成天公地道。老米莫名其妙地畏惧这个退位的老书记，是怵他天生的一身官气？还是怵他先声夺人的官腔？似乎都有一点。老书记是老米早年入党介绍人和第一级批准人，老米心存敬让。现在干的商店也是老书记给熟人打招呼帮他包下来的，因此老米在老书记跟前腰杆不硬。尤其眼下，做下这败兴的事，又落在老书记嘴下，老米更没奈何，只能示弱，认错，敬烟，道歉，让座，退货。

老米赔笑赔话赔钱，老书记没再为难他，痛快地收起老米退还的钱钞，接过老米递上的烟点着，才细问他花生的由来。当他听说黑花生的来路，手腕一翻，刷拉收起纸扇，敲着柜台呵呵笑道：“敢情你是让人家骗了嘛！这叫啥，哄人的让人给哄了，卖鬼的让鬼卖了。”说罢仰面大笑。

老米苦笑，几个买东西的人也笑。

老书记取笑老米：“噫，山海你也算人精一个，咋就不看看他是哪的人？那地方的人能打成交道？”

老米恼不得笑不得，只能也是解释也是讨教地说：“我这会儿还疑惑，就弄不明白，花生壳子不黑，花生仁的红皮咋就染黑了，莫非一粒粒染黑了再一个个安进去？谁他娘造假还费这大耐性啊，

---

① 指“鸭子”。

太高级了，根本看不出来，这假造的，天衣无缝啊。”

“现在就是能人的天下，一个乡镇粮站的管库员就能把当朝宰相骗了，这都是登了报纸的事。骗你小老百姓还不是随随便便？”老书记大气魄，顾左右而言他，却引得听者点头信服。

老米点头称是，又摇头说：“真能想得出来。”

老书记用折扇啪地击了一下掌心，仰起老脸说：“你不想是你不会想，你一辈子恐怕也没想过坐卫星上天，可人家有人想了，还上去了。你呢，你还在这里卖个白菜，卖个鸡蛋，卖个西瓜。”老书记眼睛转着圈四下瞅着，手里的折扇跟着一路指点着老米摆卖的可怜的货物，最后折扇指空了，话头却像钢钉一样射到老米心窝上，“还卖什么鬼黑皮花生？你不想害人能说你对了，你不想防人，那就只能怪自己了。”

老米唯唯，表示后悔莫及，老书记说的狗屁道理他都懂，也勉强能接受了。他不能接受的是老书记倚老卖老的口气，他不敢怒，他怕一怒把老汉儿拍死了。

老书记好像会读心，笑着起身，用扇骨敲了一下空碗儿，白瓷碗随即发出一声悠扬的小女人的嘤咛。

老书记慷慨地让老米听完瓷碗的音韵，话头一转，对老米说：“你这买卖在北京上海美国天津大地方就做成了，那地方买东西的都是流动人口，吃亏沾光都找不到，手帕缠腰，就那一遭，哄死人不偿命。你在自村里，就半下也不要做。”

老书记的假牙全覆盖，一张嘴白花花一片耀眼的白。但老米感觉头上脸上被喷了粪，他掩住额头，难堪地说：“老书记你放心，到哪我也不是做这事的人，别嚼咂我了。”

老书记走后，老婆嫌弃地问老米为啥一见老支书你就下软蛋，老米苦笑道："我惹不起他，只能怕起。他吃的是黑花生，拿回的是他家的钱，这还算各清各利。这人什么事做不出来，万一他是来跟你要药钱呢？拿一张医院的化验单找你来报销呢？多怕你就算不过账了。"

陆续又来了两家人找老米退了货，老米一律按买走的斤数退钱。前后拢共不到十家来退，老米甚至托人捎话叫买了花生的人来退，大部分人家还是不退，说是吃了没事，主要是抹不开面子。五义媳妇听说了，从学校专门跑来询问："我称回的一斤吃完了，大人孩子都没事啊。"老米说："没事好，没事也给你退。"

门口打牌的五义听见了，大步进来，把钱一分不少给老米老婆扔到柜台上，扭头冲老米发火："你咋回事？当我吃白食啊？"

老米说都一样的，一视同仁。

五义说："尽扯淡，我昨天就说你，想行善先在咱村行，你把一斤鸡蛋减价一块，肉减价一块，保证全村老小说你好，看你现在，弄这叫屁的事啊，活该。"五义说完就扬长而去。

边上闲人劝解："花生西瓜皮里货，谁的眼能看见里头。"

老米表白："吃了的就吃了，剩下的送回来。我一概认账、认错。"

老米的苦肉计用烂了，还搭上花生、笑脸，不算里外忙碌七手八脚的辛苦和一忍再忍的糟心，这一天下来的劳累起码是平时的三倍。

老米老婆也是身心俱疲，饭也不想做了，让老米自己烧水去煮两包方便面垫饥。盘点完毕已到深夜，昏灯照着她的蓬头垢面，她把笔扔到算盘上，长出一口气说："今日赔了。"老米没吭声。老婆又说："这伙造假的人多日能，造得那么好，真该死。"

老米还是沉得住气，田宝辰没必要从大老远弄两袋烂花生来糊弄他。可是他给老婆解释不了。出去上茅房，他打了田宝辰的电话，但记在手机里两个号码都拨不通了。当时他就想，田宝辰这假人真不了了。

老米也沮丧，赔上苦、舍了力、惹了笑话受了气，这些他统统不在乎，气当奴才使，使了就不气了。老米气的真不在此，他气的是坏了名誉，名誉扫地才是他跌倒扶不起的大亏大赔。

老米的顾虑有根有据，面箩来大一个村落，流言蜚语一样可以满天飞，而且，那些传闻远比他的担心耐人回味，前脚捡回一个疯婆子，后脚卖了半口袋黑皮花生，半个村子的茅坑都盖了一层墨水。

村子小，激荡得快，转回一圈来，已经有人深加工了：老米接回疯婆子，疯婆子带来大肚子，老米两口子黑更半夜在商店里闹腾一宿，商店附近的住家都听见霞霞叫骂了……

很快，又转一圈回来，传言又进一步：老米早就那样了，于是才弄成这样。

老米成了村里的新闻人物，平时人们在他的商店会说东家长西家短，现在来了就说老米的黑皮花生说疯婆子说打群架，老米两口子一听就来气，又不好阻止，毕竟心虚。于是天天有人说，那气就在老米商店里飘飘忽忽，在老米两口子身上才下眉头又上心头，一直这样持续了好几天。

买卖没做成，落下几句闲话，挣回一个外号：黑皮花生米。米字重读，说老米呢。

装花生的编织袋成了老米最反感的东西，编织袋半腰上巴掌大的红字“玉米杂交种”，差不多念成了“麻烦杂交种”了。

“外财不富命穷人。”老婆把残局扔给他，“你弄回来的，你自己弄去吧。”

老米也没好办法，他按原初的打算，分送给亲戚邻居。

先孝敬爹娘，爹娘和四弟住一座院子，他拎了两塑料袋花生进了街门，看见弟媳在揪着枣树枝翻寻半红的青枣吃。老米先叫弟媳拿走一袋，弟媳瞧了瞧，不接，摊开手心让他看，意思是枣占了手。老米说我搁你窗台。弟媳连连摆手，扭头吐掉嘴里的枣核，似笑非笑地问他：“这就是你那卖不了的黑花生？拿黑墨染的？”老米的脸上顿时僵得像挂了一刷子糨糊，拎花生的手悬在半空，给也不是收也不是。弟媳这叫裹脚布打人，虽然不疼，骚气难闻。老米忍了忍说：“别听他们瞎说，没有的事。”弟媳还是不接，绵绵笑道：“我冰箱里还放着过年剩的好的，这东西不稀罕，你留着慢慢卖吧。”说完扭头进了屋子。

老米真想一甩手扬了，踩踏了，掉头走了。不过他一样没做，不是他脾气好，是他从不作践东西。

弟媳不要，就给老人留个双份儿。不料，老米的爹娘也听说老米的花生不地道，四只糊涂的老眼疑惑地瞅着他，似乎他的东西没人要才拿来孝敬他们的，老爹还说：“我活了八十大几也没听人说这东西。”老娘也不接，而是让他把东西放在地下，犹豫地问他：“你这东西，吃上没事吧？”话里话外，古里古怪，很不信任。老爹笑话老伴儿越老越怕死，老娘反唇相讥：“那我接下你吃不？”

老米万没想到会这样，他猜到弟媳在二老面前笑话他了。他只好又把两塑料袋花生原样拎回供销社，寻思爹娘都不信他，就不好再送别人了。

卖蒸馍的来送货，他听说了老米捡人换花生的事，讨着尝了几粒，怪笑着问：“人家的花生是‘麻屋子红帐子，里头住着白胖子。'你这咋是黑胖子，不，是羊粪蛋儿。"

老米没好气地说："这叫非洲花生。"

卖馍的笑了，他不介意老米的态度，走前还给老米出了个好心好意的馊主意："干脆剥了壳子泡上一水，卖了花生米。"

老米烦躁地说："算逑了，还不够麻烦钱呢。"

"麻烦怕啥，有钱挣还怕麻烦。"

还是女人有耐心，老婆听了卖馍的话，一有空闲就一粒粒地剥花生，找了两个大铝锅，把黑花生米一遍一遍洗泡，去掉黑水，然后晾晒风干，再按普通花生米的价钱卖。有人看出花生仁落色后病容一般苍白虚弱的皮色和细碎的纹路，疑心花生仁不新鲜了。老米老婆就开导人家："味道地道就行了，又不是挑媳妇呢，还非要好看不行。"

看香吃甜，卖相不好，也就无人问津了。

花生米卖不动，"黑皮花生米"的绰号却卖出去了。

五义笑道："你姓米，正好是黑皮花生米，和你挺般配。"

老米恼笑："日他怪妈，做好事不光亏本，还亏人呢。"

3

田宝辰忽然打来电话，声嘶力竭的感觉，老米接电话前留意到电话是一个陌生号码。田宝辰刚说了两句不咸不淡的客套话，老米就不客气地打断，连着问了几个问题，他的手机办的是接听免费，此举有破费一下田宝辰的故意。他质问田宝辰那天为啥要做戏，为啥前脚走后脚就关机不接电话。他还问黑皮花生的黑皮为什么是黑的。田宝辰像是被他问住了，有些支支吾吾，但还是会圆话，说黑皮花生当然黑皮，红皮就普通了。关机是为了省钱，出省的长途漫游收费太贵了。最后，田宝辰嘟囔他："你凭啥说俺们做戏哩？你咋不说俺丢人败兴哩？"老米冷嘲："还嫌人说着你了？你们说来就来，说打就打，说走就走，一出连一出，比做戏还做戏，唱苦肉计。"田宝辰大呼冤枉："老哥，要不念你帮俺忙，俺现在就骂得你狗血淋头。"老米恼笑："你骂我狗血淋头，我还想骂你狗尿狗屎呢。"

两边喷笑，就缓和下来了。

田宝辰又没头没脑地说了一通，老米听得云里雾里，不等他问详细，田宝辰又试探着问："小平的肚子是咋弄的？"

田宝辰提到小平时，老米一下没想起来，当然他很快就明白了，田宝辰在说自家那个疯婆娘。老米听出了田宝辰话里有话——拐弯抹角的询问，疑神疑鬼的试探，还有龌龊下作的暗示。老米一股脑儿明白过来，羞臊难当不胜其怒地说："你的老婆你问我，啥意思？"

"问不出来。老说你好，说你待他好，比我好。"田宝辰的话里憋着愤慚之气。

这醋吃得太恶心了，老米气呼呼地说："你绕绕绕，绕半天就想说这个？是不是不问这个就不打电话？图情不领反为仇，你这人日逑怪了。早知这样你老婆变成'白毛女'我也不告你了！"

"那个大傻瓜给俺弄回那么大一条肚子，"田宝辰在电话里气急败坏地咆哮，"一肚子杂种，给你你要不？"

"你怨我呐，滚逑远些。"老米暴躁了，他当即挂了电话，朝手机骂了一句脏话。

田宝辰竟然疑心他干那号猪狗之事，且不说他不是那号人，他就算是……关键是他根本就不是。这么恶心他，实在小看了他，他不担待了，黑皮花生好歹还能吃，现在喂你一嘴苍蝇，你怎么吃？

好心没得下好报，正应了老婆奚落他的那句话，恶心人带来恶心事，把风水都弄坏了。

4

没人提念老米助人寻妻的义举，“黑皮花生米”却叫出去了，村民们看他的眼里少了尊重，多了嘲戏，仿佛他的头脸和身上裹了一层轻轻一搓就会破成碎末的黑花生皮。老米一想就着急，就浑身痒痒，担心会挠下一地碎皮皮。

时间依旧流逝，光景依旧太平。老米念书时背过一些文章，差不多又还给老师了，但极其偶尔还会有只言片语从脑子的哪个角落里突然冒出来，敷贴在眼前的情景上，像不干胶贴，粘贴在对应的情景和心境上。他整日忙碌，不会长久在意已经过去的隔膜的人情，更不会沉溺在一堆遥不可及的外乡人的鸡零狗碎里。他不参照别人的生活，不会对照什么高不可攀或虚无缥缈的梦想，他糊涂着活，也明白着活，他是大人物一笔带过的略不足取的微末，是时间里飞荡的尘埃和街市上黯淡的流光。文学在翻烂的纸张里变成垃圾，那些明艳的句子也不是什么珍贵的宝贝，偶尔在身体的哪个角落里珠光宝气地放出毫光，害他犯一次傻气。

一个早起，老米在市场门口的张贴栏里看见一张布告，田豫明的名字列在上头，这次不是寻人启事，是通缉令，老米大惊，布告上说田豫明和几个人合谋，在煤窑底下打死过好几个农民工，然后冒充亲属，骗取矿上的赔偿金和抚恤金，还是主谋之一。

老米看得后背发凉，一阵后怕，右手的手心有些腻滑，他把手摁在边上一张玫红色的招贴上反复擦蹭了几下，当初就是这只手和田豫明握的，算是他平生第一次和杀人犯交手，他还记得，像抓住一块阴湿的木块儿，很像从坟墓刚挖出来的沤烂的棺材碎块，感觉和记忆太不舒服了，很受打击。

离开张贴栏，老米在市场管理办公室的门口蹲着连抽两根烟，能想到的他都想到了，他自然想到了田宝辰，那就是田豫明的一盘菜啊，因为老婆走失才逃过一劫，这简直太可怕了，也不知道田宝辰知道了怎么想这事？老米想给人说说这事有多可怕，人多的是，穿着皮鞋凉鞋布鞋的腿脚在脏污的水泥地上来往杂沓，市场里外的人声嘈杂，市场门口和道路两旁车辆混乱，放眼望去熙熙攘攘人满为患。

他站起来，马上觉得不知该向谁说，惺忪的脸，臃肿的脸，汗污的脸，麻木的脸，计较的脸，还有舍不得打扰的几张笑脸，给谁也不能说，就算有人想听也不说，这些胡思乱想太耽误时间了，多亏周边没个熟人，不然真会耽误干活的时间。

各人的活路，各人的祸福。

老米走进市场，一眼看见热气腾腾的赵侉光膀子穿着香蕉黄色的大皮革围裙垒垛东倒西歪的紫皮洋葱网袋，嘴里骂骂咧咧，嫌那几个零工的手脚慢。

5

弟媳来买盐，拎来一小塑料袋脆红枣，给老米老婆放在柜台上，老米老婆尝了一个说：“七月十五枣红圈，八月十五枣落杆。老枣树还是甜欢人呢。”弟媳临走才说，中秋了，他爷爷这一阵腿又疼得下不了地了。

老米外头回来，老婆就告诉他，让他去瞅瞅。

傍晚老米就去看老爹，老爹说老寒腿，不是病。老米陪老爹聊了一会儿天，老爹瞅着墙上的月历说：“西风凉，谷穗黄，八月几时了，谁家种谷该收了。”老米说：“现在都退耕还林了，没人种庄稼了。”老爹叹气说：“都不种算啥？你们都不吃了？”老米没和老爹论理，看看没啥大碍，就回了商店忙去了。老婆听他说没事，哼了一声说：“我猜就是，梅平就会消遣人。”梅平是弟媳的名字。“仇人转弟兄，剜眼妯娌们。”妯娌间没好气，老米没有说啥。

晚上田宝辰又给打来电话，认错，还有致谢。对方礼貌，老米也就与人为善地客气了几句，言来语去，问起他老婆的病情，田宝辰叹息：“我现在不管她了，离了，从你们省回来就离了。”

老米吃惊地说：“这才回去几天，你费那么老大劲儿找回去，就为这？”

“寻她是负责任，跟她离婚也是负责任。”

“我咋老听不懂你说的话。”老米想象着田宝辰的心情和样子。

“她带回一个大肚子，谁能受了这个。那丢的不是俺一家的人，是俺全村的人。”

是够苦恼的，可老米想说，这跟你全村有什么关系。转念一想，这跟自己有什么关系？就把话咽回去了。

田宝辰在电话那边说：“我可得谢谢你哩，你不替我找着她，也没有这么利洒。”

田宝辰的话里听不出一点后悔，甚至透出侥幸的意思。

老米听得后悔不迭，他冲着夜空也冲着手机说：“田宝辰，你说句老实话，你是不是故意弄丢你老婆的？”

电话里安静了几秒，才传来声音：“你净瞎按哩，你想倒霉呀。”

“你就不怕遭报应？”老米就这么狠说了。他问田宝辰，你那个田豫明是咋回事。田宝辰说："早八辈就逮走了，弄回你们省了。"老米奚落他："八天也没有就八辈了？说话这么没边儿没沿儿。"田宝辰说就是这个意思，警察来过几回，还留人蹲守几天，豫明根本就没回过村里，在内蒙古大草原上让逮住的。

"抓住就好，不是你老婆走丢，你就危险了。"

"你说的，豫明不害我。"田宝辰居然小觑他，还是在电话里，还补了一句，"他害谁他也不能害我。"

"你随便说吧，我看你那老婆才是你的福将。"

那边田宝辰半晌不吭声，后来才说："快十五了，我再给你寄些黑皮花生。"

老米一口拒绝，但他没说详细，只说那东西不值几个钱，不值得寄来寄去。田宝辰好像受了打击，主动提起那笔酬金的事，愧疚地说，本来就没挣下钱，来回折腾几下，还搭欠亲戚熟人一屁股外债。"还借过豫明两千呢。"田宝辰诉起苦来，那两袋黑皮花生还是爹爹赞助他的，是家里最值钱的东西。"现在离婚了，寄来寄去也的确不值了。"

不提黑皮花生，老米还能心平气和，提起来，郁积在肚子里的窝囊气就点燃了。他很想把他的尴尬遭遇告诉田宝辰，让田宝辰知道他给他老米造下的孽。话到嘴边，还是没说。田宝辰和疯女人不离婚的话，说还有个意思，离了就犯不着再说了，隔着千二百里打电话掰扯一件败兴事，不是神经病也是发神经了。

就在老米要挂电话的当口，田宝辰突然说，上次帮他找媳妇，他会感念老米一辈子。但下一次再碰到什么人，就别帮他再找人了。田宝辰像提前告诫似的说："比方再碰到郑小平，就别再找我了，离了，和我不相干了。"

田宝辰这番话说得很流畅，像是背过几遍才说出来的。

老米悔怒哀惋，想都没想一下就说：“你当我吃饱了撑的啊，有这一次我就够够的了，我不找你。”

田宝辰连连说好，并格外耐心地道了谢，道了晚安，甚至没忘了预祝他中秋节快乐，然后才万事大吉地放了电话。

晚饭时，老米给老婆说了田宝辰离婚的事，老婆气得筷子敲着碗边说：“我还当他是千里送鹅毛千里送京娘的好汉呢。你承认你瞎眼了吧？他们那里的法院就不该判他离，那不叫离婚，叫抛弃，便宜了他。”老米挨了骂，暂无话说，问老婆干吗动气。老婆先用物伤其类的口吻悲切地说：“揣着多来大一条肚子去哪里？给谁要？换了我，讹也要讹住他。”说完，又换成怀恨在心的眼神瞅着他说：“说千道万，男人没一个好东西，都叫不成人。”老米平白挨骂，哭笑不得，说：“你看你你看你，他又不是我。”老米想的是，田宝辰这叫遗弃。他吃着烧饼，突然想起那天来的那个傻愣愣的青皮：“那么个疯疯傻傻的人，娘家就没人出头做做主？”老婆冷笑：“有你做主么，杀人杀死救人救活，你快去。”

话不投机，两口子也说不下去，本来他还想给老婆说说田豫明的事，老婆这么夹枪带棍地打击，他也就没法儿再提起了，特别是，他不想让老婆后怕。于是只好自己圆场自己下台，故作轻松地说：“狗日的田宝辰，离婚还打电话通知我一声。”话一出口当即后悔，老婆果然一脸愠怒，抬头欲言，老米见状赶紧说：“好了，我去拾掇，你快去洗碗。”

6

中秋的月亮包了一层滋润香甜的油光，在飒飒的秋风里一天天变得圆满丰盈起来。

十四下午，老米的儿子斜挎着电脑包，拎着三盒月饼风尘仆仆地回家来过节，一模一样的绿盒子，印着金黄的月亮和月饼。儿子大学毕业好几年了，一直自己蹦跶着找工作，现在在省城一家建筑公司打工，自称是项目部的经理，脸蛋子又黑又糙，半点不像当官的。儿子辩称，那是成天跑工地风吹日晒的过。沙江口市这些年也是没完没了地起楼盖房，老米长年来往，一看到工地，就想起儿子，他猜儿子就是个农民工，大学生农民工。

儿子照例先到商店来落脚，老米指指门口和柜台上展示着的红红绿绿的十几样盒装月饼说："咱家就卖这个，你还大老远往回买。"儿子说："我这月饼是省城百年老店生产的高级月饼，给爷爷奶奶一盒，姥姥一盒，给你和妈留一盒。"老米摆弄着盒子，看了价签儿，心头肉隐隐作疼，他摆卖的最好的月饼，价钱也不及这月饼的五六分之一。当然，说孝心就不能再说贵贱了，何况儿子想到替他们两口子到老人跟前尽孝呢。

老米觉得拎这么贵重的月饼跑回来看大人，起码儿子花钱的手段像是个项目部经理。

十五没预想那么忙，村里的月饼卖不了多少，还是卖菜多些，像左家、老书记家的儿女们都开车回村里来吃团圆饭，又要炒盘又要弄肉，老米提前就有方量。儿子上午去邻村给姥姥家送月饼，下午回来到商店里给老米搭帮着卖货。

下午，老米老婆就拣好菜蔬装好，天近黄昏，便拎了大大小小几个塑料兜出门，走前说等着买东西的人说："要啥喊老米拿吧，我要回家给俺丰功做好吃的。"

"瞧这劲儿，小子回来就不挣钱了。"在门外打牌的五义高声打趣，隔着门墙喊老米的儿子，“丰功，是不是给你爸妈拿回巨款来了，也不给这伙叔叔大爷们出来打散一圈烟酒。”

丰功笑着忙着不说话。

“等俺丰功挣下巨款再说。”老米老婆替儿子回话，笑着说，“忙死忙活就是给他们忙呢，他们爷俩干，我就不干了，专门做饭。”

节日就是节日，月亮早早地光临了，似乎只有中秋的月亮可以让天下所有的事物蓬荜生辉，世界上没有比这月色更加慷慨的福利了。天色微黑，门口的牌摊就散伙了，来买东西的人零星几个，老米打发儿子先回去摆贡献。他独自把货架和柜台上摆布的月饼整点好装回箱子里，这种应节商品明天起来就没人要了，明天派货的就开始上门回收了。平常老米总是磨蹭到夜里九点以后才关门上锁，今晚例外了，老米提前一个钟头关门回家，顺路去看老人。老爹指着桌上的高级月饼盒子夸赞：“丰功比你强，你一天到晚就知道抠挖村里这几个小麻钱。”老米尴尬地笑道：“日怪啊，你也说儿子都比老子强，咋换成咱俩，还是你数落我呢？”老娘呵呵笑道：“一茬顶一茬，疣猪顶邋遢。你爹糊涂了。”

回了自家，进了街门，就看见院心里的水泥桌台上摆设了水果月饼等贡品，还有一小盆煮熟的毛豆和嫩玉米。老婆已经在饭桌上摆出几个菜来，下酒的凉荤是自家卖的罐头鱼、火腿肠之类，老米自己动手，取出藏在柜子里的原浆汾，灌了一壶温在热水缸子里，这个原浆是儿子在省城转托同学搞回来的，老米没酒瘾，平时也舍不得喝，今晚是想让儿子陪他喝一盅。老米的闺女在平阳的一所乡镇中学教书，刚就业两年，假期短，路途远，怕影响工作，已经打电话说好不回来了。所以他必须和儿子喝点，然后说点正经事。

三口人围桌而坐，老米酒入肚肠，浑身舒畅，放下酒盅，给老婆使个眼色，老婆问儿子对象的事。儿子端起酒盅，很生分地说：“今晚请你们免谈此事，不要破坏节日气氛好不好？”

儿子一下变得这么陌生，变得不可冒犯，老米和老婆面面相觑，然后一起点头。老米宽慰儿子：“官场得意情场失意，到岁数了，两头事情都该自己注意。”儿子不领情，冷冷地说：“什么官场情场得意失意，烂电视剧看多了，乱联系。”老米指着电视屏幕发咒：“我觉都睡不够，哪有工夫看电视。你问你妈我几时看呢。”老婆撇撇嘴说:“这会儿就眼定定地看，还问人几时看。”老婆不配合，还出他洋相，抓他现行，他有点看不起她，怪怨地说：“你这人没脑筋。”开始三个人默默地笑，后来都忍不住大笑起来。

聊家常时自然就聊起黑皮花生，老米老婆用筷头遥遥指点着盛炸花生米的碟子说：“就这东西。”儿子纳罕地笑道：“吃了半天，我还当是咸干花生呢。”

老米老婆撇嘴说：“啥呀，我又淘又洗，可搭了些工夫呢，你吃的是我洗过的，过了几水，看，漂白了。”

儿子问还有没有原装的带壳儿的黑皮花生，他想看一下。老米老婆起身去拿，进来放在一张空椅子上说：“这是你爸让留下给你和丰惠吃稀罕的。”老婆的话像是列举老米的什么罪证。随后又把左家孙子吃坏肚子上门算账的事说了一遍，把外人叫老米“黑皮花生米”的经过也给儿子说了。老米大度地笑着，任由老婆絮叨。

儿子并不在意听，他搓了皮研究了一会儿说：“不是你们说的，黑皮花生就是这样的。”

见儿子研究开黑皮花生了，老米也想起那些往事，他叫儿子别琢磨了，赶紧吃饭。

“这个好像真是真的，等我上网查一下。”儿子起身，跑回自己的屋子，老米独自喝了一盅寡酒。

几分钟后儿子端着笔记本电脑过来，笑着说：“这上面说黑皮是花青素，是植物本身的色素，在水里泡久了颜色就化了，会落色。”

老米两口子面面相觑。老米老婆不甘心地问：“有没有毒？吃上没事吧。”

“没事，红豆、黑米、南瓜、西红柿里头都有这种成分。”儿子把电脑推到他们跟前，转着角度好让他们看清电脑屏幕，一边说，“好像是庄稼都有，玉米面黄，高粱面红，黑米粥黑，还有黑芝麻糊哎……”

老米大惑不解地说：“那也不对，你说这些我也信，可我不明白这花生壳子好好的，里头咋就黢黑了呢？”

“花青素啊，遗传啊，生物工程啊，涉及的东西多了，我也不懂。”儿子笑着解释，“你们更不懂了，我给你俩说不清。”

儿子少说一句就好了，老米两口子都不高兴了。儿子开始小看他们了，这令他们一致的不甘心和一致的不舒服。老米老婆是正经的高中毕业生，老米是上了高二才入伍当兵到部队的。在村子里，他们两口子这样的文化底子不算薄的，加起来等于一个大专毕业生。他们不是同心合力造化出两个真正的本科大学生吗？如果这不算智慧的升华，就一定是遗传优势。老米想，别觉得我们老糊涂了，我们不接受你的暗示。

也许是两口子一致的沉默压制了儿子，儿子换了歉意的口吻说，“我意思是，但凡你们知道这个常识，就不会怀疑别人害你们了，也就不会把人家的好心当成驴肝肺了。”

儿子开始和他们掏肝掏肺了，虽然听着像在数落，两口子还是心甘情愿地服气了。儿子的心比他们大，肯替人着想，肯替人说话，肯将心比心地开导他老子，老米听来是满心满意地高兴。他跟儿子喝了一盅，告诉儿子，你爷爷奶奶夸奖你了，夸你有出息。儿子调皮地说："爷爷夸你儿子，你也夸夸他儿子嘛。"老米愣了，说我咋就没想到哩。说完仨人都笑了。

老米想给田宝辰打个电话，念头一闪即灭，包括他想给儿子说的话，也暂时按下不表了。责人之心也罢，恕己之心也罢，老米端起酒盅，忽然想起田宝辰那天的电话，搁下酒盅，念了一句佛号。

老婆使眼色给儿子："瞅你爸，念开阿弥陀佛了，说醉话了，你也别喝了。"

"啥时说醉话了？"老米嫌老婆在儿子面前小看他，他吩咐老婆，"看看花生还剩多少，现在货真价实了，找个袋子装上斤数来的，明早我捎给跑北峪的那家人，让他们尝个稀罕，省得那老婆说我白坐她家的车。"

三口人吃饭聊天，女儿打回电话来，给家里说祝福词，老米听来，女儿的声音才是世界上最悦耳动听的好声音，回荡着无忧无虑的欢愉，听不出一星半点想家的忧伤，她让妈妈别想她，因为她不想妈妈，还说有好几个和她一样的外地同事也都没回家，她们正在一起吃月饼赏月呢。老米老婆捧着手机听着，竟哀哀地掉下眼泪。老米和儿子笑而不语。老婆很快平复了情绪，开始说你哥带回高级蛋皮月饼里头包着双黄蛋，又说咱村人现在叫你爸"黑皮花生米"，然后就从寻人启事、疯女人开始说起，说到小锛颅的黑嘴黑牙黑屎汤（老米听到电话里女儿说了两个恶心），说到她怎么辛辛苦苦剥壳子去皮又洗又泡……

老米忍无可忍，打断老婆的话：“行了，唠叨这些破事你就不怕花电话费了？”

“我给俺闺女说话，花多少都愿意。”老婆捏着鼻尖儿突然呜咽，“你们都在家，就俺丰惠，遍插茱萸……”

老米和儿子面面相觑，忍不住笑了。

女儿喊了几次挂电话，老米老婆才被迫挂了，她把手机扔到床上，气恼地说：“多大的闺女了，还是不懂事，白疼她了。”起身拾掇饭桌，摞了盘盏碗筷，抱着到厨房里独自流泪去了。

老米跟儿子嘀咕：“唉，你妈就是个这人，半辈子了，糊涂蛋。”

儿子给老米斟上酒，也给自己倒满，双手端起酒盅，笑眯眯地说：“俺妈这人好着呢，没俺妈这人，咱成不了爷俩。”说完仰脖喝干杯中酒，和电视剧里那些演好人的二货一个架势。

老米喝了酒，看看儿子，笑道：“我和你妈看法不一样，我觉得我的儿女都懂事着哩。”

儿子苦笑不语，没有骄傲。

老米没说下文。这年头大学生难找工作，儿子说是在省城上班，其实就是在建筑工地上工。闺女更是志气，直接跑到山沟里在偏僻的农村里当了特岗教师。儿女们这样吃苦，也是想替父母排忧解难。老米不止一次开导老婆，人要出息就得出去，就不能守在家里。这些话是两口子的话，老米就不跟儿女详细说了。

五义打电话叫老米，问他咋还不下来，“商店门让人撬了也不管？”老米笑道：“这不是儿子回来了，说道呢。”五义那边说：“我说呢，想到你商店喝酒呢。算了。”然后挂了电话。老米老婆隔着帘子问：“是不是五义，闲的他。”老米说：“这个点儿了，除了他还有谁。”老米给儿子解释：“五义是治保，黑夜巡逻呢，没人说话，就故意捣乱，老给我打骚扰电话。”儿子哂笑：“哪个贼来农村里偷呢？”老米摇头不然：“咦，日日防盗夜夜防贼，有个五义来巡逻，村里到底是安定呢。”

电视机里的中秋晚会又说又笑又唱又跳，巷子里不时传来附近邻居的欢声笑语。电视晚会结束，他还看完儿子存在电脑里的一部电影，《疯狂的石头》。老婆也凑着看，后来就歪到床上打瞌睡去了。五义又打来骚扰电话，叫他赶紧下去，有人在商店门口等他。老米笑着敷衍：“快了，你先陪他坐会儿。”老米只顾看电影了，应付两句就挂了。

隔了几分钟，五义又打电话叫唤：“你那个疯婆子又来找你了。”老米正看到盗贼火拼的热闹处，笑着说：“撵走她，你是治保主任。”五义大声说：“喂！我说的是真事，人家让我领她去你家呢，我给你领去了啊？”五义笑道：“好说么，你领回你家去。”不等五义再说话，他就先挂了。他压根不信五义的话。果然，五义后来没再骚扰他了。电影里的人一个比一个好玩，老米笑到最后，电影末尾那个浑身污泥披头散发抢吃面包连哭带跑的演员，像极了他在桥堰菜市上遇到的疯女人偷吃茄子被人追打的那一幕。

老婆瞌睡打盹地催了几次，老米才披了外套起身，他得去商店里守夜。儿子提出替他看店，让他在家里舒舒坦坦歇上一宿。老米径直拉住门扇，将儿子挡在门里，就着灯影端详儿子的眉眼，老米清晰地看出自己年轻时的样貌，恍若隔世之感，好像沉醉在幸福里一样地感伤。老米嘿嘿发笑，儿子担心地问他是不是喝高了，他摇头说没事，低声叮嘱儿子：“家里没啥事，回家来就好好歇，睡个懒觉。”儿子拉开街门问他：“爸你真没事吧。”老米拽上门扇说：“别虚客套了，闩上门去睡觉。”

老米打开他的长柄手电，光柱暗淡，仰脸看见光华四射的月光，暗笑自己喝晕乎了。

月色灿灿，清光满天，清光满地，清光满世界。他关了手电，踩着影子徐徐而行。月亮大过铜锣，像一张黄灿灿的烙蛋饼，蛋饼上还有几小片鏊花儿一样的黑皮，黑皮……黑皮花生米。老米酒劲儿微醺，盯着皓月驻足寻思，在铁鏊上烙这么大个蛋饼，起码要十五个鸡蛋。

无影无踪的手机铃声不知在哪座院落里响了又断了。煤矿那边的汽笛声总像肠鸣，令人饥饿。秋虫的鸣唱绵绵不绝。老米的心里也在唱一支悦耳的歌，像是躲在床脚唱歌的秋虫。

离商店老远，老米就瞧见门口的台阶上有人席地而坐。

五义的咳嗽很有力，离老远就能听见，席地而坐的人不是五义，五义站着抽烟。老米猜是谁喝醉了走不了路赖在那儿。

五义照见他从坡上下来，烦躁起来，骂他磨蹭，害他在商店门口站了半天岗。咋呼说正准备砸锁破门呢。老米笑道："你治保白当呐，站站岗怕啥。"

说话工夫到了门口，坐地的人还是低头抱膝蜷成一团，他想就近看看是谁，那人一分为二，其一站起来叫了一声哥。老米一下听出来了，是郑小平，胖乎乎的疯女人。

月光亮堂堂的，可他说不出话来，见鬼了，足有五六秒才问："你不……你咋又来了？"

"俺是来和您对话来了。"疯女人指指坐着不动的人说，"他说你给俺做下私孩儿。"

老米要疯了，转身向五义求助。五义说："别瞅我，早说你不听。半夜找上门来，我看你咋给人家交代。"五义没有幸灾乐祸，但这一推六二五的态度老米也受不了。

“她瞎说。”坐在地下的田宝辰开口说话了，“家里怕她再走丢，我就跟她来了。”田宝辰怀里抱着一卷铺盖。

疯女人喜滋滋的，月色照得她圆脸白白，面若傅粉。她催老米：“哥你先开了门嘛，你不知道俺是奶孩儿老婆？俺想吃你一块月饼。”

旁边的五义也说，你先开门再说。

老米开门开灯，疯女人欢天喜地跑进去。熟门熟路像进了自己家的店铺。

老米一人难顾两头，叫五义去跟住她。然后低声问田宝辰：“你前头不说离了，这咋又厮跟上了？”

“离不脱嘛有逑办法？这不是给你送回来了，寻你想办法来了。”田宝辰说着将铺盖卷儿搁在柜台上。

行李卷儿有股味儿，分不清臊味儿还是奶味儿，擦鼻而过，老米心不在焉——恁邋遢的人能有干净铺盖？他盘算的是这俩烦人货，不速之客，真是供桌底下栽眉豆——缠住祖宗爷的腿了。还好有五义在场助阵，评理打架他都不怕，我还怕你夜闯民宅上门讹人不成？

五义镇住疯女人，只允许疯女人啃西红柿。老米在寻思对策，田宝辰已把行李卷打开了，露出一张眉头紧皱的哭菜菜的婴儿脸，这卷铺盖竟是一个襁褓。

老米倒吸一口气，质问田宝辰：“你这是干甚哩？”

“看你给俺干的好事。”田宝辰粗糙的黄脸布满羞耻和义愤。

（《野草》2019 年 1 期）

宽带鱼

1

正月初二，建新带回家的四条宽带鱼臭了。建新妈蹲在阳台上逐条翻看，腐败软烂的带鱼淌着浊臭的血水，啧啧惋惜："怨我，一股手懒，搁冰箱里冻着就好了。"

建新三姐掩了鼻说："不许给我们炸吃啊。"建新妈说："咦三三，你妈几时给你吃臭鱼了？"

"吃得还少啊。"建新三姐撇嘴说罢走开了。

"怕你还来吃，没良心。湿手不伸，就不看看你姐。"

"人不会嘛。"三三撒娇，回头喊，"军军出来做饭。"

陆军笑嘻嘻地走进厨房，抹胳膊挽袖，找地方下手。

"人侍候不够你了三三？恁不像话。"建新妈嗔着，回头叫姑爷回客厅，"你今天是客。"

正月初二，是闺女回娘家拜年的日子。三女婿平时最勤快，今天建新妈不想使唤他。

建新大姐在水池里淘洗菜蔬，她烫染了新发型，三姐勾着小指头翻看和品评，捎带着和母亲逗趣儿。

建新妈还在自责手懒，她把烂带鱼连塑料兜一起倒进垃圾桶，遗憾不尽地说："只说在阳台上搁两宿没事，正腊月嘛，这邋遢摊场。"

建新妈站起来，好像对不起带鱼似的，对着垃圾桶默哀。

大姐一边切菜一边说："臭就扔了，几条烂带鱼，烂厂能发下什么好东西。"

"你咒人厂子干啥，能开了资，过年过节能发福利还烂？"建新妈说，看看院子里谁家的儿子和谁家的媳妇，厂子倒闭了几年了，过年连肉都割不起。

大姐不急不躁地说："你就往下比，开资就不烂了？啥时你也护他，就不怕他烂在厂里。"

三姐从旁附和："妈就偏心，偏到袖筒里了。"

母女仨笑了一会儿，建新妈说："今年的年过得迟，初五就雨水，啥东西也搁不住了。"

建新三姐笑道："你听听，还是舍不得那几条烂带鱼。"

客厅里的电视开着，建新的胖外甥女拿着遥控对着按来按去，大部分频道都在转播春晚，搁几分钟来一遍"昨天、今天、明天"，像绕口令。不转播春晚的频道都是唱大戏或者歌舞。外甥女上高一了，唉声叹气，她不想来，嫌姥姥家没有电脑，想待在自己家里玩电脑上网，她是被爸妈逼迫着来的。尚建新见外甥女没意思的样子，给了外甥女二百块压岁钱，外甥女一下来了精神，拿着钱到厨房让她妈看："两张四大伟人，够我买半年的上网卡，舅舅太够意思了。"建新大姐说："小舅舅还没成家，赶紧还了去，姥姥姥爷给你的压岁钱就都有了。"尚建新出来问大姐什么意思。大姐说："姐体谅你呢。"尚建新不睬这套，对外甥女说："拿着，全买了网卡。"建新大姐吓唬姑娘："舅舅一个月工资才几百块，他敢给，你也真敢要。”姑娘说：“你不给我钱还说我，舅舅的压岁钱咋不敢要？”

“钱多拿来。”三姐起哄，“我给我娃攒着，省得你补。张艺泽多少，我娃一分不能少。”

尚建新还没说啥，大姐已经帮腔，“啥都争一争，你倒是快生呀。”

“三三就爱倒打一耙，做饭陆军能替了你，生娃他能替你？”建新妈趁机敲打道。

建新三姐争理争来一顿奚落，落个引火烧身，咬牙切齿，又气又羞，逗得建新妈妈、大姐、妞妞笑作一团。

尚建新招呼两个姐夫，大姐夫张存孝大学毕业分配到检察院，一直在建新爸手下干，先当部下，后当女婿。前几年调到政法委，官身不自由，登门的次数少了，不过，正月初二他还是按旧俗上门，来给老上级老恩公老岳父拜年。建新爸退了四五年了，需要老部下的关怀。陆军平时常来常往，今天依然越俎代庖提壶续水看茶递烟，做得比尚建新还顺手。建新的二姐随军，在桂林驻扎，今年轮到回青海婆婆家过年，暂时不能回娘家。

客厅里茶烟袅袅，电视机成了背景音响设备，张存孝在跟建新爸谈论单位的旧人事，偶尔会道破一些玄机。尚建新和他们说不到一起，听都费脑子。好在还有陆军和他胡聊。陆军从烂带鱼问到矿机厂的效益再到他的工作，尚建新如实说，他开车床拿工时票算工资，基本能拿全工资。陆军听了直摇头，弹了弹烟灰说：“快别给他干了，回咸城来随便干点啥不行，在那儿耗什么？”建新爸听见生气了，打断他俩的话说：“说得轻巧。矿机厂是国营大厂，正经工作，你让他回咸城能干了啥？你安排？”陆军赶紧朝丈人赔笑：“不一定非要安排个什么工作，建新这么好的后生……”建新爸不屑地说：“你别说了，有这碗饭吃他就不错了。”

尚建新没作声，他愠怒地盯着徐徐自燃的香烟冷笑一声，震垮了一大截烟灰。

若不是大过年，他肯定回矿机厂。

尚建新早想换工作了，在西南交大脱产学习三年，拿了大专文凭，回墅北矿机厂继续开车床，没文凭时没啥，有了文凭就觉得屈才了。他拿着文凭去找车间主任，申请到技术组去当设备员或者工艺员。主任笑话他，刚拿了文凭就想给自己落实知识分子政策了？你去看看技术室，满满当当，恐怕你得等个五六年。主任讥笑他的文凭不值钱。

吃饭时，张存孝就说起咸城制版集团，说制版厂这二年的发展势头十分迅猛，又是改制，又是开厂，根本想不到原来只是一个集体企业，现在是制版业行业的老大，叫股份有限公司，开厂开到上海浦东。说到这儿，张存孝突然扭头问尚建新：“你想不想去上海，我认识这个负责筹建浦东分厂的老总。”

尚建新随口回答：“去。”他正在给大家斟酒。

张存孝说当真想去的话，他可以问问。

尚建新给大姐夫斟了一杯酒，他没当真，他没那么天真，他就当大姐夫跟他这个小舅子耍笑呢。

建新爸认真了，他不让大女婿喝建新敬的酒，沉下脸说儿子：“你老老实实当你的车工，少给旁人招惹麻烦。”

张存孝猜出丈人的意思，是怕他动用社会关系。于是笑着宽解丈人：“自己人，不麻烦。”

尚建新不高兴地说：“又不麻烦你，瞎操心。”

建新爸说：“啥瞎操心？我不赞成，你就不能调。”

尚建新扔下筷子站起来要走，陆军拉住他。

在厨房捏饺子的建新妈听见动静，进来冲着建新爸说："老糊涂了你，要走你走，大正月的，要啥威风，这家是你一个人的？为王霸道惯了。"

建新妈劈头盖脑一通数落，也不管两个女婿在场，建新爸老脸挂不住了，也摔了筷子。建新的姐姐姐夫们一起上场，两边劝和，打圆场，一家人才又坐拢。

这么一闹，歪打正着，闹剧唱成正剧了，当丈母娘的替儿子求大女婿帮忙调动工作，正所谓一个头磕到了地下，"反正他们厂子发条带鱼都烂的。"

建新三姐笑着对大姐说："看妈这偏心，刚才还嫌你说他在烂厂呢，这会儿又啪地偏一边去了。"

"三三别胡说，说正经的呢。"建新妈不准她打诨。

张存孝满口应承，节后一上班就打听。他喝了丈母娘和小舅子的敬酒。

建新爸不掺和，冷着老脸。

趁大家都不出声，外甥女冷不丁插话说："你们把小舅舅一个人扔在外头不管，就不怕小舅舅成了宽带鱼？"

一家人哄堂大笑。

建新大姐说："胡说啥呢？舅舅怎么能成了宽带鱼。"

张存孝接上话说："艺泽说得有道理，老百姓说的，话丑理端。你们刚才还说带鱼放坏了，人也一样，就像艺泽说的。建新哪年到矿机厂的？"张存孝问过，转头对丈人说，"这不，小十年了，你莫非真想让他干一辈车工？"

建新爸悻悻地说："什么叫我打算，看他个人啥打算。"

“明白了。我先试着问问她，她不给口粮还不给咱个口袋？”张存孝笑着说。

建新爸总算默认了。

张存孝说，负责浦东筹备工作的老总叫姜蓉，是咸城最早一批下海经商的干部，是制版集团的元老，外号“姜太后”“姜太母”。

建新大姐说：“一个女人两个外号，肯定老辣，别调得建新不如现在了。”

张存孝说那不可能。然后从工资收入、地理位置、将来的发展等方面，把矿机厂和制版厂的前景做了一番分析比较，尚建新马上按捺不住跃跃欲试的心情了。

“人挪活，树挪死。有这机会，不要犹豫。”三姐夫也端酒给尚建新壮行。

正月初七，张存孝打电话给建新妈——丈母说，建新的事说好了，能调了，姜蓉还在英国和闺女过年，她打招呼让厂里的关照了。

建新妈是老人事，上下左右都有熟人，举全家之力给儿子办了调动，没费劲儿就把尚建新从矿机厂调进咸城制版厂。尚建新回矿机厂办理离厂告别书，叫班组的伙计们吃饭，饭桌上就有人问他为啥不叫冯青。他说联系上了，师姐有事来不了。另有人说：“冯青混惨了，怕是不好意思来。”工友们都羡慕他，挨个儿端酒祝贺他，都说他“过年过值了”，尚建新不以为然。

尚建新这边调动，他妈那边又趁热打铁给他和祁妍张罗着订婚。尚建新去成都进修前，他们见过几面，祁妍给他寄过两三次贺卡，有国庆的有元旦的，东西不值钱，却是铺路石，对方还愿意交往，尚建新觉得未尝不可。祁妍身材高挑，运动短发，小圆脸，丹凤眼，穿一身运动服，走路大步流星，很健美。订婚宴上建新妈对祁妍的哥嫂说："以后咱就是一家人了。"

祁妍话不多，两人在一起尚建新老得找话说，他喜欢祁妍这样生涩。

领证那天，工作人员先让他们阅读一份文件，类似结婚须知。尚建新看到流程里有一项，建议男女双方婚前体检。尚建新饶有兴趣地指给祁妍看，祁妍的脸刷地变了，说她不做。尚建新以为祁妍害羞。害羞就好，体育老师的身体错不了。领了证就挽上手了，下台阶时祁妍问他不后悔吧？尚建新不解其意，误以为是开玩笑，刚扯证，谁不甜言蜜语两句呢。后来回想，才明白那是祁妍的提醒，"勿谓言之不预"，祁妍没开玩笑——尚建新肠子也悔青了。

到制版厂报到后，尚建新列入了第二批赴上海筹备人选名单，四月下旬随队到了浦东，他没和祁妍辞行，五一假期他没回咸城，祁妍给他打来电话，干巴巴说两句就挂了。

2

姜蓉逗留在国外，浦东筹建组的临时负责人是曹德武和韩振华。老曹四十出头，人高马大，主管设备和基建。老韩分管人力资源，兼管办公行政后勤一大杂事摊子，人很随和。尚建新报到后，老韩笑道："你当过车工，制版厂没这个工种，不过你是姜总的关系，以后尽量给你考虑一个技术操作岗。"老韩一字没提到他的文凭。尚建新隐约觉得老韩和矿机厂的车间主任一副腔调。老韩打发他到设备室去帮忙。老曹胡茬老长，主动和他握手，大手很有力，说："来得好，正缺学机电的人才，好好干，这里可是英雄用武之地，可以大有作为。"

从来没人叫过他"人才"，尚建新心里涌起了激动、惭愧、干劲儿和希望的波涛，几样东西交织成的狂涛冲动得他眼眶都湿润了，他对老曹的好感就这一面之交就形成了。

来浦东前张存孝就叮嘱他要面谢姜蓉，两个月过去了，尚建新还没见过姜蓉。他不便打听，偶尔也听见同事议论，说姜蓉在英国陪读，还有人说别的。

有一次老曹在设备室吹牛，说姜蓉移民了，趁着给女儿办理定居，母女俩都办了。

室主任打趣他，开玩笑吧，她不上班了？

老曹讪笑道："当英国女王还用上班？"

尚建新意识到筹备处的人际关系有问题，就是老曹开的这次玩笑，负责人说出不负责任的话，就是别有用心。随后，他看得越来越清楚，老曹喜欢给人吹风，说制版厂还要在新马泰日韩等国家开厂子，说如果总部派他去海外，"你们就是我的班底"。高大的老曹长了一对肉泡眼，和他的体量很不般配，小眼珠在厚眼皮后面霎霎乱闪，有点不地道，有点狡猾。

筹备处在镇上包租了一栋三层小楼，办公住宿都在里头。拆迁后的残垣断壁和遍地开挖的建设工地构成了广袤的战场，晚上看也像盗墓现场。

工地开在水竹烟墟的村落，征地之后，原居民都整体搬迁了，丛竹、芭蕉随处可见，大块的水塘稻田像水彩颜料，大型的工程车挖掘机推土机开进来，或挖或埋或堆或填，车辙横七竖八。园区里正在新建的厂房高低错落参差不一，夹生的风景从设计图纸上层出不穷地变成立体。工厂和田园的格斗也会流血，不流红血，流碧绿和乳白色的，甚至还有土黄色的。有一天，推土机铲倒几株芭蕉，芭蕉倒地时发出嘎巴嘎巴的脆响，尚建新跳到履带碾轧过的地方，从浮土拽出一片芭蕉叶，像拖着芭蕉的一条胳膊腿。

筹备处三分之二的人有家室，对他们来说，想家使得日常工作艰苦异常。尚建新就没这个感觉，从部队学校再到工厂，他一直在过集体生活，所以别人苦在其中的日子，他却乐在其中。

周末或节日放假，老曹会领一帮人去市区吃喝玩乐，老曹开玩笑说，这是他的政治经济学。

尚建新在成都和咸城都去歌厅玩过，和朋友喝喝啤酒，吼叫两声。跟着老曹到了地方，才领教了老曹的另一面，老曹放浪形骸的玩法，再一次颠覆了他的认识。

老曹进了包厢，立马变身为大老板，让小姐们一对一对排队进出，让大家自选中意的，那些小姐们搔首弄姿扭捏抛媚眼，尚建新看了都难堪了。老曹带头点了一个骨瘦如柴的女人，那个女人穿着海军领的背带裙，其他人也各自挑了陪酒女，尚建新选了一个看着白净的姑娘，姑娘吊带裙细高跟，咯噔咯噔浪笑着走过来，一屁股偎坐在他身边，开口先说："谢大哥高看。"那种烟嗓，也让尚建新吃惊不小，他以为长这样的姑娘应该你侬我侬燕语莺声才对呢。

老曹要完大牌，到了点酒水果盘的环节，要开了小气。他只要便宜啤酒和矿泉水，不许小姐们带货卖假洋酒。小姐们纷纷冷了脸，好像空箱给她们挂霜了。

老曹开麦，先唱一句"在欢度节日愉快的时刻"，然后就不管不顾地搂着怀里的瘦女人揉搓厮磨。尚建新身旁的小姐熟练地吸烟饮酒，看出他不适应，一直挑逗他，指点他，一脸白净的风尘相。

那晚回到驻地已经凌晨两点，同屋的司机林辉笑话他胆小。"你干活穿着工作服怕啥，她们比你讲究多了。"林辉摆出一副老司机的样子教训他。尚建新正派地说他刚订了婚，不想胡闹。林辉又笑话他想不开："高速公路为啥设计六车道八车道，就是怕你老在一条道上跑，跑成疲劳驾驶。"尚建新不爱听他胡扯，林辉越发下作地刺激他："你敢说你那对象没和别人搞过？"

尚建新从床下摸起一只拖鞋砸过去，林辉拉起被子蒙住了脑袋。

次日上午管料员报告库房被撬了，一台自发电机丢了，还有电缆和十来桶柴油。老曹说问题不大，不用报案，按下不表。

老曹把周末吃喝玩乐弄成一个集体活动，大伙忙碌一周，千里迢迢回不了家，也乐于接受现实——放松身心也是为了更好地工作，何乐不为呢？恕己之心恕人，彼此之间互相谅解相互协作就容易多了，尽管形式乌烟瘴气、内容下流龌龊，但同事之间很默契，尚建新觉得老曹的政治经济学够邪性，但也佩服老曹真有一手。

库房隔三岔五被撬，尚建新纳闷地问管料员为啥不值夜看守。管料员说："东西值几个钱，曹经理说小毛贼大不了弄点废铜烂铁，万一打伤咱们咋办，人生地不熟的，打死咋办？"

这也是老曹的政治经济学？尚建新听不明白了。

不明白没事，老曹能安排好一切。

世纪之夜，黄浦江上天女散花，密集的礼花排山倒海，东方明珠彩灯闪烁珠光宝气，电视机里转播的景象和窗外的一样漂亮嘈杂声浪滔天，一样纸醉金迷波光潋滟，黑暗的江水荡漾撩人，恍如摇曳的旗袍偶一闪露的皮肤。东方明珠的门票早已售罄，老曹的登塔跨年计划没法实现，改在附近预订酒店和高级服务。小姐像赶场的明星，轻佻而直接，进门就算钟点，声明不能超过半个钟。尚建新把花束递到她手里，并祝新年快乐。香槟和鲜花也是老曹预订的，老曹想得太周到了。小姐有些意外，三两秒的迟疑，先警觉地婉拒了他的香槟，愉快地接受了鲜花，然后笑逐颜开主动贴面致谢，不无俏皮地调侃他："你很枕套（gentle，绅士），有缘再见。"说完拜拜，毫不迟疑地闪身出门。尚建新跟过去关门，看见小姐打着电话步履匆匆往电梯方向走，顺手将花束塞进电梯口的垃圾桶里，鲜花头重脚轻地纷纷跌落到地毯上，小姐头都不回迈进电梯。

尚建新看了个不亦乐乎。

老曹直到辞职也没提过那晚的开销，大伙心安理得地坐着老曹安排好的贼船，快活地跨了世纪。

3

建新妈催尚建新和祁妍完婚，尚建新说刚换地方就请婚假不太合适。元旦节后，建新他妈说年前"赶乱水"把婚完了。

元月二十号祁妍学校放了寒假，她来上海找尚建新照结婚照，采买结婚服饰和用品。尚建新陪了五天，等着拿到结婚照片后才去找老曹办假，邀请老曹当他证婚人。老曹满口答应，翻着台历说，从二十号算起，到下个月的二十号，正月十六，中间夹个春节，蜜月够长了吧？尚建新说够了够了。老曹打趣他："太长了也不好，一个怕你吃不消，一个怕你吃伤了，都划不来。"逗得一旁的老韩几个都笑了。

老曹又说："本来想弄一桌先给你们贺喜，时间和条件都不凑手，还是等你办事我争取回咸城一趟，把大家带上，反正都要回去过年的，到时再好好喝。"尚建新称谢不迭。老曹特意关照他先买好火车票，春运期间车票紧张。尚建新说，提前买到卧铺票了。老曹的肉泡眼好像看出什么名堂，提醒他以后就别假正经了。尚建新听了不舒服，老韩笑道："他是老战士，早实弹射击了，还等你说。"老韩的玩笑比老曹还令他恶心，他是假正经，但他真恶心。

祁妍是教师，尚建新对她存了莫名的敬让，两人在一起，祁妍老是一本正经，说她还没谈过对象。于是敬让之外，又加了期待和珍惜，弄得法相庄严了，庄严就不好谈情说爱了。开始他认为是祁妍羞涩，现在谈婚论嫁了，又是在外地，还是客气生分，几天下来别说亲近，连挽手搂腰的动作都没有，非但不让他抱，还斜睨他，那眼神令他羞愧，仿佛他是爱占女人便宜的上海瘪三，不拉手怎么拉近距离？尚建新觉得不对劲儿，又不能太计较，如果冷傲也是炫耀，他希望她像藏在高枝上的守身如玉的好苹果，希望她志存高洁拒所有男人于千里之外，希望到了洞房花烛夜可以如愿以偿。

婚礼如期举行，喜庆热闹自不必说，建新二姐一家三口专门从广西赶回来参加他的婚礼。尚建新的工友战友和小时候的老同学也来了不少。冯青没来，托工友捎来礼金。老曹也没来，给他电话贺喜，说厂里有事实在回不来。人来客往乱哄哄，敬酒陪酒，尚建新头晕脑涨，哪还顾得上细问详情。

洞房之夜，尚建新的动作小心翼翼，唯恐伤着新娘，祁妍的初夜，他特别在意祁妍的一颦一笑。孰料祁妍自如地接纳了他，脸上风平浪静，身上从容不迫，动作毫不扭捏。这情况尚建新没料到，他想起林辉早前刺激他的那句玩笑，心里哀叹一声，荒唐的身体立马像拔掉气门芯的轮胎，没法再完成规定动作。

祁妍没完，也没问，她能看透他心眼里的重重迷雾，任他萎靡打蔫儿，拉过锦缎被子帮他盖好，才翻身自睡。

尚建新到客厅抽烟，杂乱的心情火烧火燎，墙上的大幅结婚照上，祁妍的巧妙微笑的嘴角，慢慢露出一层层嘲讽的意思来，就像烟圈一个接一个缠绕在他的脑门和脖子上。他无聊地抓起礼金账册胡乱翻看，看见冯青的名字，他一阵羞惭。

洞房夜，新房大而无当，凌晨的寒气深入人心，尚建新夜不能寐，敢情祁妍的拘谨矜持和冷漠都是装给他看的，是遮掩真相的帘幕。他在沙发上熬了一宿，天亮前开始泻肚，赶中午拉了四泡。建新妈打来电话叫他们回去吃饭，尚建新说肚疼不回了。建新妈着急地问他："是不是吃上不干净东西了，要是的话去找饭店理论。"尚建新说："你怎么和人家理论？客人们都没事，你不无理取闹嘛。"他说可能是晚上凉了。建新妈若有所思地说："喔，新房暖气不好，祁妍没事吧？"尚建新咬着牙哼哼说："她没事。"

放下电话，他从背包里翻出一板氟哌酸，就着水喝了一粒。

祁妍气色挺好，没有得罪和悔罪的意思。穿着红毛衣毛裤红袜子和红拖鞋，打扫了烟灰和瓜子皮，又用墩布仔细拖擦一遍。

尚建新喝了药，祁妍过来收了东西，平静地说："你回床上，我把这里收拾一下，同事们下午要来玩。"

好汉不敌三泡稀。尚建新超过这个数，加上半宿瑟缩半宿忧，躺到松软的床上就迷糊着了。

尚建新被门铃吵醒，翻身听见祁妍应门和开门的动静，听见有人问："怎么一个人呐，新郎官藏哪儿了？"听见祁妍回答："在里头睡觉。"听见又一个女声低声说："哟哟，是不是你折腾了人家一黑夜呀？体育老师身体素质就是好。"

他听见来人拥在门廊里擦蹭鞋底的声音，拖鞋不够，祁妍让她的同事穿鞋进屋。

尚建新听够了，自觉起床，开门出来见客，女老师们看见他憔悴的脸色和翘起的头发，齐齐回头，大有深意地瞅着祁妍发笑。

才下午四点多，窗外就灰暗无光，年关在即，像是要下雪了。尚建新把门厅和客厅的灯开了。

祁妍的同事们来了十几个，多数是女老师，有四五个男的，都是校领导，祁妍给他一一介绍，什么陶校长、范主任、胡主任、杨处长，他胡乱点头，记不住。

祁妍还补充介绍了陶校长在省体工队打过球。尚建新礼貌地问什么球，顺便打量了一下对方，陶校长的个头在一米七五上下，头发浓黑，身板挺直，西装革履，那副派头比小学校长的级别起码要高两格。尚建新觉得陶校长这个头打篮球没什么优势。

“小球，乒乓——”陶校长说着，右臂一抬巴掌一抖，摆了一个削球的架势，动作干净利索，短促而地道。

尚建新记住这个陶校长了。

教师们自觉地给校长留下大沙发的中间位置，陶校长气宇轩昂，他的屁股理由十足地落座主任们中间。陶校长说话对着祁妍，祁妍的羞红十分媚人。单位领导慰问下属，这种情况尚建新可以理解。

陶校长说：“今天就是我们几个了，这一放假就不好集合了，老师们都回家过年去了。”

那几个主任马上附和：“祁妍你这时间选得不好，应该选咱们不放假的时候，老师们都在就热闹多了。”

尚建新闪了一眼祁妍，这个吉日喜期，是建新妈请阴阳看了他俩的生辰八字后选定的。

祁妍用力点头，好像下巴也很懂事。尚建新看着想笑。

不知哪张快嘴闪出一句话说下次吧，老师们都笑了，有几个老师笑的时候还往尚建新这边瞄了瞄，好像挺不好意思的。

尚建新肚里骂了一句乌鸦嘴。

陶校长带着叽叽喳喳的女老师们参观了卧室厨卫，回到客厅，重新落座后对祁妍说："不错，装修还行，比我那儿好。"

祁妍忸怩了一下才说，是她姐姐姐夫弄的。

几个年轻的女老师暗暗欣羡打量尚建新，反复和墙上结婚照里英俊挺拔的他做对比。有个胖胖的中年女老师捏着嗑开的瓜子说："瞧瞧人家，郎才女貌，祁老师真有福气。"女老师们都同声附和。

祁妍轻描淡写地说他是个后续文凭。

胖老师说："主要还是找人呢，文凭能和你过？"

祁妍不语了。

"后续文凭含金量低嘛。"尚建新自我贬低，给祁妍找台阶下。

"真会体贴人，会听话。"胖老师笑呵呵地对尚建新说，转头又说祁妍，"这新郎官多好，我向着人家说话，人家想着你，怕新娘受了委屈，你找对人了。"

老师们嘻嘻哈哈跟着打趣，说些笑话，闹洞房就要这样。中间祁妍和陶校长出去说了一会儿话。祁妍在陶校长面前显得羞涩柔顺，眉眼含情。尚建新多瞅一眼，他寻思那是普通群众在上级领导面前惯常的媚态，是人之常情，抑或还有什么特别交代，所以他就没往别处想。

坐了一个来钟头，送走客人，尚建新问祁妍："你们老师咋都爱说别人不对呢？"

祁妍横他一眼说："不对吧，我就没听见。"

"你刚又说了。"

"我没说。"

他懒费口舌，回了洞房拉开被子蜷伏在床上继续胡思乱想。祁妍在客厅独自对完账，把老师们补上的礼金写进账册，进来和他说礼金的事，最后问他："冯青是谁，上这么多。"

尚建新闷声说："老同事，我师傅。"

"不对呀，什么同事？你最要好的朋友不是秦康嘛，秦康都不到她一半。"

"又不是我让她的。"尚建新不悦地嘀咕，"没看出来，你还挺在乎钱的么。"

"你不在乎？上重礼要重谢人家。"祁妍说完就出去了。

祁妍很乐意当家理财了，尚建新的家庭生活开始了。

婚姻生活的默认选择全是模糊选择，祁妍在他迷糊时钻进被窝。

默认真好。

晚上回家吃饭时，两人就心照不宣地作假，祁妍主动挽着尚建新的手，建新妈打开门一眼先看见他们手指穿插相握的大拳头，抬起来的老脸满是皆大欢喜的花纹，看见比自己高出一头半的儿子儿媳，建新妈和女仆一样，有失身份地用脊背压住门扇，让小两口从跟前挤进去，仿佛后面还有一对比她高两头的孙儿孙女呢。

婚假和春节合在一起二十多天，按照咸城的旧俗，新婚夫妇要给亲戚大拜年，尚建新天天开着陆军的红色桑塔纳，后备箱里塞满大大小小的礼盒，载着新娘和老娘，有时三姐也混着出来热闹。建新妈是引路陪伴，不少老亲戚住在山南的村落里，什么老姑老舅的，多年不来往走动，建新妈这次全想起来了，也不知道她图啥。

成天走亲访友请客吃饭也十分辛苦，别人不能代劳，又推脱不了，只能怪老娘事多。祁妍乐此不疲，每到一家，她总会收到一两个红包。

元宵节一过，尚建新就逃回浦东上班。

4

尚建新回了浦东，才听说老曹离职走人了。

尚建新吃惊之余，才明白老曹没给他当证婚人的原因。

老曹是从国营企业跳槽过来的，给人的第一印象是粗犷豪放讲义气，能和手下人打成一片。但和同职级的竞争对手在一起，他就变态了，小心眼就多得像海泡石密密麻麻的气孔，往出滋坏水。老曹的原单位曾经帮他申请过两项发明专利，他瞧不起外行领导，偏偏他又斗不过领导，于是跳槽到了制版厂。

机器设备陆续到位，也陆续安装调试，老曹三番五次向总部反映问题，什么进口设备达不到预定的性能指标，花了冤枉钱了。表面看他是真操心，但反映上去的问题都是些莫须有的情况，这么弄他就失信于人，有了告黑状的嫌疑。老曹爱在人前人后说风凉话，说什么女人当家房倒屋塌。自作聪明的老曹简直糊涂到家，他第一没搞清啥叫“疏不间亲”，第二他忘了谁是制版厂的主人。总部的老董老总和姜蓉是铁股子，是公司初创时期合力打拼的内当家和外当家，水泼不进，这在总部是人人皆知的明戏，老曹野心勃勃，他造次，他找死，他早就变成一个卖力气的小丑，他不自知，别人也没法说他，比如老韩，就一直冷眼等着看他的好看。

尚建新后来听林辉说，姜蓉从伦敦直飞上海，回来就召集中层开会，半个钟头的会，打发了老曹。老曹不服气，要总部下令。姜蓉说我就是总部。老曹拍案而起，给自己评功讲理，煽动其他人的情绪。姜蓉拿出手机摆在桌上，冷笑着说：“老曹，你监守自盗是功劳？还是吃喝嫖娼有道理？”姜蓉指着手机，环顾一圈在座者说：“我现在一个电话就能把你们交出去。”仿佛手机是姜蓉下的恐龙蛋，一打开就能把在场的每个人送回到黑暗世纪。在场十几个中层干部没一个站起来替老曹说话，他们跟着老曹快活地度过千禧夜跨越了新世纪，往者不可谏，再往下是黑暗空间，没人愿意陪他重返过去。老曹灰溜溜孤零零地离开了筹备处，尚建新听说都觉得可惜。

尚建新上班销假，去见姜蓉。姜蓉侧坐在办公桌里接电话，右手拿话筒，左手的食指中指夹着青烟袅袅的烟卷儿，拇指和无名指捏着一个方块打火机，在烟盒上碾来碾去，见他进来，颔首示意他坐等。尚建新虚虚坐下，把印着"囍"字的红福袋放在桌梢，默默等着姜蓉打完电话。姜蓉圆脸有肉，中年发福，额头鼓鼓的，嘴稍大，谈吐爽朗，饰过唇彩的嘴唇圆润饱满。传言里的"姜太后"派头，尽在冷峭的眉目之间，看上去眉开眼不笑。姜蓉将烟一点点拧灭在烟灰盒里，一边对着话筒谈笑风生地说结束语，抿拢短发，露出玲珑白皙的耳朵，真有羊脂玉琢成的那么白。光凭第一印象，姜蓉的模样更像一个行政机关的领导干部，但她抽烟，应该就像男人婆式的"姜太母"了。

姜蓉放下电话，尚建新报上姓名，姜蓉说："张存孝的弟弟？"尚建新做了更正，并代大姐夫致意感谢。姜蓉浅笑着改正："喔，是内弟，小舅子。"接着颔首说存孝客气，他们认识可早了。姜蓉又简单问询了几句张存孝的近况，指着桌上的大福袋问尚建新这是什么。尚建新不好意思地说是他的喜糖。姜蓉笑着恭喜他，这次是眉开眼笑，说："这可是最好的见面礼，喜糖不能白吃，我得给你随一份礼。"尚建新婉辞，说明他是来销假。

说到工作，姜蓉就敛去笑容，让他继续原来的工作。有大姐夫的关系，姜蓉不看僧面也要看佛面，对尚建新算是相当客气了。在他起身告辞时，姜蓉还送他几步，在门口说："下周例会，我想做些调整，会涉及到许多人。”

尚建新从办公室出来，松了一口气。那个大福袋本来是给老曹预备的。晚上林辉给了他一百块钱，说是姜蓉的礼金。尚建新方才知道林辉是姜蓉的亲戚，他马上想到老曹，不由得心里发毛脊背发凉。

两天后，姜蓉召集会议，尚建新看到姜蓉跟前那个手机，曾经镇压老曹的恐龙蛋，会上的姜蓉口气表情都和那天在办公室里看到的不同。

老韩宣读了科室调整后的人员分工名单，新增保卫科，科长尚建新，一个是他年轻，二是他当过兵。就算姜蓉是因他设岗，他也不希望这样跻身中层列席会议。

主要议程进行完毕，姜蓉做总结，说是总结，其实是训话，说是训话，其实是一场虐心的狂风暴雨。姜蓉的开场白就不客气：“在座的大部分人是从国企调来的或者跳槽过来的，有经验有能力，也有等靠要的惰性，和尖懒馋滑混光景的臭毛病。还有人搞不清自己的身份，我现在给你们明确一下，你们都是制版厂的雇工，不是什么主人翁什么领导阶级。老毛病别给我往这里带，改不了的不听话的马上滚。”

姜蓉叉手在胸，靠在椅子上环顾左右说：“你们搞清一点，制版集团是股份有限公司，可以姓资，可以姓姜，不姓社，更不姓曹。让你干什么就努力干，不叫你干的想也不要想，烂脑瓜歪点子少给我使，什么难剃的脑瓜我没剃过？别想什么日韩新马泰首发，你们跟他干那些不要脸的事情，就不脸红？不怕你们的媳妇知道，不怕你们的子女知道？”

霸道的训话令人羞恼，大家眼观鼻鼻观心，没一个人吭气。老曹当家时，大家沆瀣一气，谁也不说谁，也不怕别人说，现在有人指着脑门子说，成了戴罪立功人员，羞恶之心还是有的，尚建新都想钻到椅子底下。他坐在会议桌左边，间隔了五六个人，无意间看到姜蓉交叉的胳膊托起来的气鼓鼓沉甸甸的胸部，赶紧低头反省，它们长在这种女人身上有什么意义，冒充脂肪瘤吗？

姜蓉说话爱打一个手势——“手刃”，她要强调什么问题，就伸展右手在桌面上切面条，左右切，嘭嘭嘭，一二三；上下切，嘭嘭嘭，一二三。这么嘭嘭嘭、嘭嘭嘭地来回切，问题和症结就条分缕析地找到了、化解了。

姜蓉后来挨个儿和他们谈话，老韩说这叫“过堂”。尚建新进去时，林辉站在门口，姜蓉满脸怒气训斥：“干那事还有脸说，看我给你妈说。”林辉哭丧着脸负隅顽抗似的说：“不许给我妈说啊。”姜蓉厉声说：“说了你怎样？你现在就给我滚回去。”林辉灰溜溜地出去，也不看一眼呆立门旁的尚建新。尚建新进退两难，他听出这是沾亲带故的气话，暗笑林辉猫盖屎。

姜蓉余怒未消，指指桌前那把折叠椅子让尚建新坐下。

姜蓉翻弄着笔记本，沉思着问：“听说你主动提出过看库房？”尚建新点头。姜蓉问为什么。尚建新说：“一是老丢东西，二是我在部队天天站岗。”姜蓉颔首，若有所思。

尚建新也在猜测谁告她这些事的，他就和老曹提过，不可能是老曹。

姜蓉和他说话的口气比刚才委婉多了，有点像大姐在厨房里逮住他偷吃冰箱食物时那种爱护和责备的口吻，他一时间不知该羞愧难当还是受宠若惊。他向姜蓉保证好好工作，临走时还给姜蓉行了一个军礼，姜蓉开心地笑了。

晚上躺着抽睡前烟，林辉说起上午的事，骂骂咧咧地嘬着烟说：

“泼妇、寡妇、河东狮吼，妈的她不是我姨的话，我日死她。”灯管老化了，镇流器发出烦心的嗡嗡声，他们吐出的烟雾被潮湿的霉气拦在半人高的地方，死活飞不到天花板上。尚建新劝解：“你们是正经亲戚，好好干，当官发财。”林辉绝情地咒骂：“谁逑和她亲戚，没人要的老女人！”林辉骂不解气，把半截燃着的烟头嗖地弹到房门上。

尚建新笑出声来。

林辉悻悻不已：“不说她了，睡。”

5

建新妈打来报喜电话，咋咋呼呼地说祁妍生了，“给你生了个儿子”。尚建新脑袋“嗡”了一声，就听不清他妈的话了，电话里人声嘈杂，可能是公话。

尚建新挂了机，脑瓜依然嗡嗡作响，这个消息像一记沉重的摆拳捣在他耳朵上，眼前乱七八糟，他把传呼机摔在地上，“咔啦”一声，呼机碎了。办公室的人都站起来看他。关切地问他发生什么事了，有人替他捡起呼机残骸说：“烂了，太可惜了。”

尚建新掩饰失态，说和他妈发火呢。然后出了办公室，像困兽一样在厂区里乱走。他离家前和祁妍说好的，先不离婚，凑合一段时间，是怕招人议论，也是遮人耳目，过一段时间再找个好借口离。这是他们的约法三章。孩子压根本不在考虑范围，祁妍现在突然生了一个，尚建新恼火的不是祁妍违反了约定，而是不祥的预感，说不出口的预感。

走到一处僻静的堆场，停下来一根接一根地抽烟。接电话时，他真想对着话筒告诉母亲，那不是他儿子，也不是她孙子，是他妈的“租子”。他是地主，但他没有播种。

尚建新气急败坏，肚肠一阵阵绞痛——肠子像有一只手撕扯抓挦，发出叽里咕噜的哀鸣——想起洞房夜那次闹肚子，就和这次一样原因不明。

他不明白祁妍的用意，祁妍根本不在乎他的感受。

建新妈第二天又打来电话，给尚建新描述了小孙子的眉眼脸盘，“不像你小时候”。尚建新不让他妈打办公电话：“有话可以下了班打。”过了四五天，建新妈又打过来，语气还是按捺不住的喜悦，告他孩子取名儿上户口了。“我和你爸两人上午到杨树沟街道派出所去登的记，你爸亲自填的表，你爸可高兴了，给院子里的邻居说，他当爷爷了，他没想到这辈子还有这么大的一次提拔。”

建新妈说完，说你爸也有话说。尚建新不爱听父亲说教，条件反射，他厌恶父亲的声音。不过这次他爸以罕有的慈父口气说：“尚下立儿，是什么字？”

尚建新听了就皱眉，心想你有话就快说吧，老糊涂，孽种你都看不出来，装什么英明神武。这种沉默的冒犯在心底横亘了二十来年，早已变成一道崎岖蜿蜒的山岭，难以拆除。谁他妈知道尚下立儿是什么字？为啥非要出题难他，他哪知道那是不是“尚下立儿”？

尚建新的这些腹诽如果能传到他爸耳朵里，他爸会活活气死的，好在这种电话还没发明出来，普通电话又没这功能，他爸还能继续坐在沙发上享受他的免费电话的待遇，洋洋得意地卖弄：“我就知道你猜不出来。孩子大名就叫尚风正，小名叫一帆，‘风正一帆悬’，唐人诗，你更不知道，不过正好用上。”

尚建新心说，我知道的你也不知道嘛，什么一帆风正，分明是杂种。

包羞忍耻之极就是怪笑，冷笑，惨笑。

建新爸听不出儿子的诚意——既没有夸名字用意好，也没有夸他博学多才——但听得出儿子没文化。老人不免大失所望，又把电话传回建新妈手里。

建新妈喜滋滋地说："大名小名你爸都给取好了，你取个奶名吧。"

尚建新放肆地说："叫租子。"

建新妈说："行，卒子。"

尚建新听见他爸说："挺好，小卒过河，爷爷爸爸都是当兵出身，家里再添一个小兵。"

这头的尚建新听得真切，气得够呛，真想破口大骂两个糊涂蛋。

建新妈也是坐过机关的离休干部，说话办事干脆利落，会抓要点。当了奶奶一夜之间就变成啰唆的老太婆了，一打电话就说祁妍的奶水够不够了，说甲鱼汤、猪蹄花生汤、鲫瓜子白汤、柴鸡清汤了，说一帆拉的屎稀了稠了。

尚建新听得愁破了脑袋，他肯定，又不确定，他回忆和祁妍在一起的次数实在屈指可数，每次都有安全措施。结婚才八个月，他倒希望是某次妄行的结果，就算恶果，也算正果。

尚建新明白，一帆是不是他的，都算在他头上了，他必须接受这个事实，安全套乱套的事实。

他习惯了胡乱应答。建新妈让他放心工作，祁妍出院就搬回来住，方便照顾。

满月前祁妍打电话问他哪天回家，他说不回。

祁妍阴沉地说："你看着办，没你照样过。"

到家当天，陆军在车站接他，开着车还开他的玩笑："可以嘛建新，完婚八个月，喜酒还没尿完，明天就又喝满月酒了，真是深圳速度。”

尚建新说：“浦东速度。”

“对，浦东速度，更快更强。”陆军笑着轰了一脚油门。

祁妍出院住在尚建新父母这边，方便建新妈侍候。尚建新中午晚上都有客人，喝了不少酒，一人坐在客厅里喝水，父母卧室黑灯后，才起身进了月房。月房还是尚建新结婚前住的那间小房子，空气浑浊，混合着乳臭汗馊的干酪味，祁妍垫着靠枕穿着睡衣靠在床头，拿着一块毛巾擦汗，旁边设置着婴儿床。

尚建新进门就闷出一头汗，觉得呼吸不畅，回来三天了，他一直没和祁妍单独在一起说过话。开头几句话，说得还比较平和。他说：“说好了不要孩子的，为什么生。”

“是你妈想抱孙子。”

“完婚到现在，满打满算九个月，完婚前没在一起过，你哪来的孩子？”

“早产了。”

“你给三姐说足月产。”

祁妍擦了一把汗，扭过脸去。

尚建新指着婴儿问祁妍：“他是谁的？”

“卑鄙。”祁妍回答，疲乏地合上眼。

祁妍刚才喂过孩子，头发黏在一起，圆胖的脸蛋松弛慈祥。

“你才卑鄙。”尚建新咬着牙，“你生个杂种还有理了？”

婴儿挨了骂，醒了，哇哇大哭。

“去死吧你！”祁妍母兽一样发作起来，抓起手边的奶瓶、尿布、杂志，一股脑儿朝他砸过来。

尚建新站起来，祁妍这么嚣张，他反而没法应付。

建新妈很快进来，先骂他不会说话，“祁妍是月婆子，一动气奶水憋回去了，你娃吃啥？”他没好气地说吃屎。建新妈说他：“你真是憨娃。”把他赶出月房。

尚建新躺在客厅沙发上生气，三五分钟后，他妈也出来了，站在他头前接着数落他：“你不在家，她不容易，你咋不懂道理。”说着努嘴使眼色出了阳台，尚建新只好跟过去。

建新妈伸手戳他额头，低声训斥：“她月婆子，身上不利落，你可不许胡来。明天你回裴家湖去住。”

又一个不能解释的误会，尚建新羞恼不堪，脸都没处搁了，他扭头就走，收拾行李，连夜打车回了裴家湖。

骗局和美梦一样让人沉浸在幸福中，眼看父母整日欢天喜地多出十二分精神，尚建新不能揭发，又不能告人。他只能和祁妍修订约法，顾全双方的脸面，尚建新不究其余，但一年以内，祁妍必须带着孩子离婚，不能拖延。祁妍气悻悻地说，最多半年。

两人达成协议，尚建新悻悻返回浦东。林辉见他就起哄着请客，他发烟，林辉奚落他：“你得了儿子，拿这烂烟给哥们儿，你好意思？”其他同事也说结婚生子是人生的大喜事，应该摆酒请客。尚建新苦不堪言，强装笑脸说回家办过了钱不凑手。

林辉见怪地说：“钱不凑手大家还有礼呢，你是怕人白吃呢，还是儿子不是亲生的？”

林辉又一次误打误中了他的隐私，他咬紧牙关苦笑着说：“等周末吧，我请大伙出去喝酒。”

后来他在附近一家中档饭店订了两桌，他也请了姜蓉，姜蓉那天去了财大，人不到但礼到了。

再没有比违心做事又强装欢颜更难过的事了——那晚开席，他一杯即倒，大伙把他扶起来，他耳朵听得清清楚楚，就是醒不了。耳边七嘴八舌，有人纳闷说这是怎么回事的，有人说这是喝了急酒的，也有人说这是喝了气酒的。他听见老韩笑着说林辉："小尚有个三长两短你负责啊。"林辉说："没事儿，大不了我替他买这单。"他在椅子上坐了两三分钟才睁开眼。林辉如释重负地笑道："你再不醒，老韩就要我给你抵命了。"那晚大伙不让他敬酒，怕他再跌倒呢。

林辉口无遮拦，但尚建新真的怕了他。晚上聊天，林辉再问长问短，他就装睡。

建新妈还是隔三岔五给他打电话，一次他妈在电话里说，祁妍原来想休满三个月的产假，她们学校的女工委员和校长一块来家做工作，说学校缺老师，说得祁妍坐不住了。建新妈劝阻她，祁妍说坐一个月都捂臭了，再坐就捂烂了。

建新妈这通电话的意思，是让他劝祁妍休够三月再说。

尚建新嗤笑道："由她去吧，万一烂了臭了咋办。"他妈在电话里骂他不像话。

6

电话多是建新妈打，祁妍几乎不打。

建新妈早瞧出他们感情不和了，她只是不说而已。小两口的事，哪个不是床头打床尾和，没啥大不了。况且她自有看法，感情就是个随方就圆的东西，今日多了，明日少了，颠来倒去就又有了，老一辈拉郎照样日久生情。两地分居，精力旺盛，床头的逮不住床尾的，肯定会急急毛毛，等两人到一起自然就和了。再说，娃都有了，还怕没感情？怕的是奶水不够。

有次建新妈打电话问他的工作情况，尚建新无意中说到姜蓉带病工作，非常能干。

说者无心，听者有意，过了两天，建新妈又打来电话，好像手里拿着姜蓉的干部简历一样给他念白：姜蓉是一九五六年八月生人，上海财大毕业，恢复高考第二批就考走了，当时有个冬季招生。毕业后回了咸城财政局，一九八五年当了咸城计划和发展委员会副主任，一九八七年冬天离婚，生过一个闺女。离婚后就辞职下海，去了制版厂。

尚建新听毕大笑说："你给我说这些干吗？"

建新妈说多掌握一些情况没坏处，不定哪会儿就顶事了。这是为娘的经验之谈，听听没错。

然后接着说，姜蓉过得不舒心，男人在行署办公室当过秘书，笔杆硬，侍候大领导。当过秘书长和统战部部长，后来到了政协，因为生活作风问题让人整下台。在文联安个闲职，就成了书法家了，给咸城的街铺写了好多牌匾。姜蓉那几年升得快和她男人在领导身边有关，两人过不成了，姜蓉就带着姑娘过。

尚建新了无兴趣地听着母亲的絮叨，忽然佩服起母亲的记忆和口才，同时，古古怪怪地感到了母亲的耐心和好意，他搞不清这是他的进步呢，还是他进一步的困惑。

挂电话时他长吁一口气，手腕酸困，右耳朵都麻木了。

还别说，听了母亲的闲话，第二天见了姜蓉，真的一下就看懂她眼神里不经意流露的苦涩，还有眉头口角旁深藏不露的憔悴。尚建新暗暗埋怨母亲，让他知道太多，给他加了心理负担。同时也暗暗可怜姜蓉，居然有些物伤其类的感慨，连这么智勇双全的女人也披着伪装过日子，看来人和人都差不多。

看法是不知不觉改变了的，尚建新觉得他妈给了他一个望远镜，给了他一个可以调焦可以放大细节的设备。他另有一种看法，另有一种改变，是基于同情或者同病相怜的，这样再看，好像看得更深入更真切。

老曹离职，姜蓉亲自坐镇。随着基建告竣，工程验收，与地方单位部门对接，处理各种关系，应付地方部门各种赶来吸血的水蛭……事杂而繁，疲于应付，毕竟是女人，看得出她力不从心强打精神，坐在办公室焦灼地抽烟。老韩在背后说她像暗杀列宁的女特务。

老韩比较阴柔，喝酒、唱歌、小姐样样沾，老曹离职，他却没事儿。后来集团总部派谢总工兼了老曹的职，他就来情绪了，自己要求调回总部了。

姜蓉把尚建新抽到办公室顶缺，尚建新在车间和办公室两头跑，天天从早忙到晚，比起在矿机厂天天驼背弯腰摇车床手柄，他觉得现在有文凭有用场，就像老曹说的，他也是个“人才”了，人不人才不打紧，至少机会难得。

综合楼竣工，筹备处迁入。新厂规模初具，附近村民时常深夜光顾寻觅家用物资，姜蓉住在二楼端头的套间，出于安全考虑，隔壁就是尚建新和林辉的宿舍。那天家具店的安装工上门服务，尚建新和林辉招呼监工，中间姜蓉上来查看，又让人把床铺桌椅书柜重新摆设到她满意的位置，又嫌后窗上的百叶窗稀里哗啦不严实，让换成窗帘。她看了看窗外，笑着说：“谁在外头种的芭蕉？”尚建新探头看见，楼后真有几根歪七扭八的绿芭蕉。林辉说等下叫人去砍掉。姜蓉说：“别砍，留着，看风景多好。”

姜蓉管得比老曹严，时间拧得紧，常吃两顿盒饭，但收入比在咸城能翻一番，工资奖金以外，他们还有一大块出差补贴。姜蓉还允许项目提成，提高了工作效率。员工们都开始商量在哪里团购住房，考虑哪年哪月接妻儿来当上海人了，这个生活目标比老曹许诺的海外风光更贴近现实。

2002 年的第一场雪从天而下，不是流行歌，不是雪，是冬雨。

难捱的冬天又来了，霜降前后三天两头阴雨淅沥，到哪里都阴冷难捱。

林辉敏感体质，不经冻，手脚上的冻疮破溃后流黄水，跑回咸城歇病假了。

尚建新也不适应江南冬天的阴寒苦涩，来浦东四年了，还是受不了冬雨霏霏。他比林辉强的是手脚没冻破，心却是长了冻疮了。厂区里硬化和没硬化的路面上都压出车辙和轮胎印。房间里没暖气，姜蓉跑工地和厂房的次数明显少了，她的腰背疼，倚靠在床上办公，边抽烟边咳嗽。尚建新打回晚饭，她让搁在桌上，身子在被盖底下蜷曲着，显得虚弱不堪。有同事想来看望，她让尚建新一律挡驾，整个人情绪焦躁，眼神里流露着备受折磨的痛楚。谢总工特意关照尚建新照料好姜总。

尚建新当兵时养成备药的好习惯，那天他把一盒感冒冲剂和毛毯送进去，姜蓉焦躁地说："药能胡吃？你行了，我有药，你出去。"

尚建新讪讪退出。林辉在的话，他才不去献这份好心的，回房间躺下后，仍觉得羞愧难受。

断断续续、忽重忽轻的咚咚声，惊醒了酣睡的尚建新，他警觉地起身穿衣，侧耳细听，是敲墙声，正是他和姜蓉办公室的隔墙。他将压被头的大衣披在身上，开门出去，走廊里的夜寒袭人，廊灯包着一团寒气。

果然，姜蓉房间的灯明晃晃地亮着，从门窗上照出来。他进门看见毛毯和感冒冲剂还搁在一边，筷子晚饭原样搁在桌上。姜蓉在呻吟，脸烧得通红，喘着粗气，身体打颤。见他进来，虚弱地说："我头晕，起不动，你帮我倒杯热水。"

尚建新扶起姜蓉，姜蓉喝了几口水，喘吁吁地说："行了，你走吧。"

尚建新伸手试了一下姜蓉的额头，滚烫。他回去取来体温计，也不讲究那么多了，拉开姜蓉的领口帮她放在腋下，然后在杯里冲了两包感冒冲剂端着喂她喝下去，重新扶她躺下，把毛毯抖开加盖在被子上。体温计显示 39 度多了。他告诉姜蓉："你发高烧了，去医院吧。"姜蓉闭眼摇头。他只好泡温毛巾给她敷到额头上物理降温。过了一个来钟头，烧不见退，体温不见降，姜蓉还呼呼地喘开了。

尚建新着急了："咱们必须去医院输液，我去叫他们。"

姜蓉难受地说："你陪我就行，别惊动别人。"

尚建新扶起姜蓉，还想着再去叫几个同事，姜蓉摇头说半夜三更，医院又不远。

尚建新把军大衣给她套上，姜蓉努力站起来，随即又扶着头软软地坐下，倚靠在床头上说："算了，走不动，不去了。"

发自怜悯的勇气有多大？尚建新不再犹豫了，他把毛毯抖开把姜蓉从头到脚蒙起来，一把抱起来，直奔镇里的卫生院。半夜三更，街上冷清路灯惺忪，四下尽是阴冷潮湿的灰霾，灰霾里是影影绰绰的塔吊和在建的楼厦。卫生院的外墙写着"拆"字，谢天谢地没拆了。他敲开医生值班室的门。医生是个三十出头的老后生，看了体温，先让护士打了一针退烧针，然后扎上液体，又让护士用药棉蘸着酒精给病人物理降温，护士在姜蓉的额头和太阳穴擦了一会儿，把活儿交给尚建新，说："看会了吧，和我一样给病人擦擦。你们北方人不是不怕冷吗？病人烧糊涂你也糊涂了？再烧就到白喉了，没得救了。"完了拎着橡胶带打着哈欠回值班室睡觉去了。

医院很小，门诊病房里没有人，病房里设施陈旧，病床上的被褥也不干净，他带来的毛毯和大衣派上了用场，病房门窗斑驳陆离，屋里充斥着医院特有的陈旧顽固的青霉素和尿臊味以及新鲜冷香的酒精味和令人抑郁的来苏味。

扎上液体不久姜蓉就睡踏实了，尚建新却又乏又冷又饿，在小病房不停走动，刚才走得急少穿了一件外套，烟火也没带来。叫护士换液体时，他看了一下时间，还不到四点，挂在处置室墙上的电子钟玻璃有一道纵贯的裂纹，他想大概是冻裂了。

睡意蒙眬的小护士进来换液体，尚建新站在一旁看，姜蓉说她想解手，护士命令她等一下。护士换完液，叫尚建新跟她走，转手就从值班室递出一个便盆，俨然就是一只又大又白的塑料鞋。

尚建新见状退后一步，赔笑央求护士："麻烦你去帮她一下，她不能自己。"

小护士睡眼瞪起说："她不能你能啊，你帮她啊，病人不你送来的？"

"你看我……"尚建新为难地说，"她是妇女，请你……"

"这儿只有病人，没有男女，急诊又不是住院。"小护士冲他冷笑，"这会儿她不憋了？"

促狭的小护士弄得尚建新无话可说，只好接过便盆。小护士又下命令："用完洗净还回来啊。"说完打个哈欠，砰的一声从里头关了门。

姜蓉不用盆，抬着扎着液体的手，想挣扎着起身下地，结果失败。

……

尚建新从姜蓉身下轻轻取出便盆，混合着青霉素的尿味温热刺鼻，姜蓉难堪地闭上眼睛。

倒了尿，按护士要求涮了盆，放回护士值班室门口，到水房洗了手，水比寒夜冷，他甩掉手上的水珠返回病房，姜蓉又睡安稳了，面色也柔和多了，病容的红晕平添了几分光彩。

没事干，就觉得饥寒交迫，想起给姜蓉打的晚饭就搁在桌上，后悔刚才没吃几口。日光灯嗡嗡地叫着，像疲惫不堪的人听见耳鸣。现在冷饿疲乏能少一样，他都会好受许多。

瓶子里的液体慢慢滴答，他趴在床边迷糊，刚打一个盹就打一个冷战冻醒了。

迷迷糊糊坚持到医院的卫生员开门进来打扫。姜蓉在深睡，脸上的烧红退下去了。卫生员拖地的墩布磕碰了床脚，姜蓉睁开眼睛，看见身上加盖的大衣，让尚建新穿上大衣，话音里带着嘶声。尚建新说没事，大致将医生的诊断和治疗情况给姜蓉汇报一遍，感冒引起心肺病，姜蓉摇头不语。看到窗户发白，他请示姜蓉，输完液她接着休息，他回去给谢总说一声，再顺便带饭过来。姜蓉马上摇头，伸出右手拉住他，嘶声说："辛苦你了。"尚建新强打精神笑着说没事。他一宿不睡，加之冻馁，脸色青白胡茬青黑。一颗泪滴从姜蓉的眼角渗出，紧接着是一串，潸然不绝，她抽回手去抹泪。

尚建新想不出合适的话来安慰她，一是嘴笨，二是克服不了的敬畏。女人终究是女人，他深深地遗憾，什么姜太母、撒切尔，分明就是一个患病的老妇女老寡妇。

输完液又休息一会儿，姜蓉下地走了走，对尚建新说："别扶了，我没事，回吧。”

尚建新回去向谢高工汇报，谢高工批评他贪功冒失，说：“就在大上海边边上，你还把领导送到那种地方。”尚建新无话可说。

送晚饭时，姜蓉已经坐在床上翻看图纸资料了，烟灰缸里歪着十来个烟头，人也精神些了。打开饭桶，看见里面热气腾腾的馄饨，便知是从街上买的，她道了谢。尚建新劝她病还没过去，要多休息少抽烟。姜蓉边吃边含混不清地说：“当过兵的人就是不一样，部队确实锻炼人，素质，还有各方面。”尚建新谦虚地笑了笑，把烟灰缸和纸篓里的垃圾端出去倒进垃圾桶里。

此后，姜蓉对尚建新的态度大为改善。姜蓉还给张存孝打电话，表扬他肯学肯干，有培养前途。张存孝又转告岳父岳母——建新爸妈。

很快，好大喜功的建新妈就打来了电话，殷切地嘱咐儿子，要趁热打铁……

尚建新打断他妈的话说：“我又不是铁匠打什么铁。”

“你没听《国际歌》唱的‘趁热打铁才能成功’嘛？”建新妈怪他胡打岔，又是一通人生社会的啰唆，又听得他耳朵发麻手腕酸。

祁妍也在电话里问他姜蓉几岁了，人怎么样等等。尚建新一带而过。离婚的时候祁妍自辩，她有人，尚建新外头也有人啊。祁妍说的就是姜蓉，她是瞎猜。

7

南方的冬天不会滴水成冰，但会落雪化雨，变成阴郁的寒气。

一天，姜蓉出席同学的宴请，要尚建新陪她一起去。姜蓉在江浙沪一带广有同学资源，那次请客的是常州的老同学，是一家国企的老板。他给姜蓉说：“两岸开发建设前期启动资金将达一千亿元，你们的项目能挤进名单，可以争取一笔资金的。”旁边有人出主意，你去找某某，“他是咱们学弟，现在是‘黄浦江两岸开发建设领导小组’的专家成员，找找他，问问也行。他随便帮你挟出这么一小片鱼生，那就是几千万呐。”姜蓉那天抱病，不能给同学敬酒，尚建新从头陪到尾。

从酒店出来，又是姜蓉揉搓着指尖朝天说：“冬雨霏霏，这也算江南时节？冻得人心疼。”

老板同学笑呵呵地说：“唔，一句宋词噢。”

姜蓉笑道：“岂敢，仿宋词。”

返程时，车子路过一家电器商店，尚建新进去买了一台电暖气。

电暖器很管用，插上二十来分钟房间就温暖了。姜蓉问了他价钱，说改天进一批，每间公寓配一个。

谢高工几次劝姜蓉回总部看病休假，姜蓉也准备回咸城找中医调理，赶巧那段时间德国人正在厂里安装设备，那台设备是姜蓉采购的，她就想等着看设备调试情况再走，行期因此推迟了。

尚建新和设备室的同事一起白天在现场协调配合，晚饭后给姜蓉汇报进展，顺便料理一下办公室。姜蓉倚靠在被子上听他说话，床上桌上堆摞着各种文件资料和装订成册的厚重图纸，显得乱七八糟。尚建新每次进来都帮着整理一下，腾出地方。姜蓉不在乎他的殷勤。姜蓉隔几分钟换一个姿势，脸色阴晴不定，看得出她在忍受煎熬，尚建新的汇报就尽量简明扼要，免得彼此难受。

姜蓉的病是坐月子时落下的老毛病，生了女儿半个月就没人侍候了。男人天天侍候领导，根本顾不上她。她在月子里下地烧水冲奶粉洗尿片。男人在她月子里偷腥，偷朋友妻时被朋友抓了现行。

姜蓉产后虚弱受凉受风已经病在腠理，再加忧愤生气，病就到了骨髓，生下根了。

如今人到中年身心俱疲，姜蓉苦不堪言心情复杂，简直没法对人说。

有天晚上尚建新看她仰头耸肩实在难受，便停下汇报，问她要不要吃止疼药。姜蓉摇头说吃多少也没用，在咸城都是找中医理疗按摩。

听姜蓉这么说，尚建新忽然想起了连队那个潮州籍卫生员战友。那时连队日常都有高强度训练，逢上风灾雨害大洪水，还要出去抢险救灾，肌肉拉伤挫伤的事情常有，都去找卫生员“修理”，有些极度疲劳腰酸背疼的战士也去找卫生员看病。卫生员忙不过来，就给他们示范教学怎么找穴位怎么按摩，教了几个解除疲劳的按摩手法，他也学了一点皮毛，在战友身上练过手，也有战友说过管用。

他把这事给姜蓉说了，说她愿意的话，他可以帮她摁一摁。他特意说明，复员之后再没用过。

姜蓉犹豫片时，大概有点病急乱投医了，起来倒坐到椅子上。尚建新隔着毛衣摁了几下，背肌僵硬，找到疼点摁了几下，姜蓉连连喊疼，晃着脑袋哎哟哎哟地说：“尖酸的疼，一摁就难受，不是，好受一些。”

尚建新指上加力，问她感受，姜蓉说：“对对对，舒服舒服。”

姜蓉浅尝辄止，不让他按了，感觉好受了，就来了谈兴，说她这些年一直在咸城一家医院做理疗，一周两三次，可以缓解疼痛。尚建新也是兴之所至地说：“你这种情况最好是松松皮。”姜蓉问他怎么个松法，尚建新一一说了，姜蓉不作声了。尚建新方才醒悟，是不是又表现过头了，一来他不是卫生员，不是专业医护；二来他从未在异性身上练过手。现在给姜蓉提出来，不是冒失是什么？这样一想，就不好再说啥了。

沉默片时，姜蓉才说：“我是老毛病了，大医院都治不了，摁几下哪行，还是说正事吧。”

姜蓉听汇报时，不时晃晃肩背，表情和说话的口气，都明显轻松了。

过了两三天，一晚姜蓉穿着加厚内衣伏在床上，尚建新帮她按揉那些痛点，过了一会儿，姜蓉像是突然想起来一样问尚建新：“你那天说的那个办法，叫松皮，你就这样能不能松皮？”尚建新说我试试，他就去隔着布衣去捏，使不上劲，说不行，捏起来的是衣服。姜蓉犹豫了一会儿，让他就在身上试一下，说完抻了抻内衣后襟。尚建新往上推了半尺左右，露出半尺多的腰背，尚建新按照卫生员教的手法，捏拉提抖，在脊柱两侧很快做完了实验。姜蓉的皮肤柔腻绵软，手上留下细腻的滋润感。姜蓉连连说疼却笑个不停，背抄回手来，把卷起的衣服拉下去，脸粉扑扑地说别捏了，疼得不行。尚建新坐回椅子上解释，就这样，第一次都疼，你绷得太久太紧，肯定一拉就疼，多做几遍就好多了。他把卫生员说的疗效细说了一遍，说如果反复做，可以一层一层，慢慢深达肌肉，就舒服了。过了几分钟，姜蓉伏在床上，自己小心地把内衣的后襟往上掀起，一只手护在胸前，肘腋以下的脊背基本露出。姜蓉的腰背收缩得均匀好看，尚建新分成四溜，依照前法捏拉提抖，脊背一会儿就泛起四路滋润的嫩红，姜蓉说可以了，又难为情地笑道，这里没法洗澡，别搓起垢痂来。尚建新笑道，什么也没有。他帮她拉下后襟，隔着衣物用手托轻轻揉按几下，最后用被子盖住。

姜蓉翻转身，倚靠在枕头上继续和尚建新说事。过了一会儿，她背回手去摸了摸脊背，和悦地说："哎，这个松皮就是管用，我现在就觉得脊背热腾腾的，比头前好受多了。"尚建新说那是肯定，他在谈设备的事情，并没有进一步讨论疗效。

第二天，姜蓉早早插上电暖气，等尚建新过来给她敲背。结果一直等到九点半，才等回尚建新。尚建新进来说，真暖和，把桌上的饭盆拿出去洗了烫过。姜蓉看他做完这些，给了他一根烟，问他干啥这么晚才回来。尚建新说领着几个加班误餐的人跑到外面吃饭去了。姜蓉问他喝酒了吧，一股酒味。尚建新伸手比画说，一点点，大伙冻得难受，喝点暖暖身子。姜蓉点头说，这边的冬天比北方难过，她的脊背就比在咸城疼。

聊了几分钟，姜蓉才说我一直等你给我敲背呢，专门出去洗了一下。姜蓉说着抬手拢了一下头发，尚建新这才看出姜蓉的发型饱满蓬松，和以前不同。他说我去洗一下手，厂房的凉水洗不净机油。姜蓉说："这么晚了，你忙了一天，不按了不按了。"尚建新说："还不到十点，我马上过来。"

尚建新出门，门外夜寒一股脑涌进姜蓉的心里，不由自主地凄凉。隔壁隐隐传来水溅盆响的动静，姜蓉有种莫名的期待和激动。她掀开窗帘，看见夜色和水花一样冷清的灯火，细细的阴冷从窗缝里透进来。

过了十来分钟，尚建新再次进来，他已经换下工作服和皮鞋，穿着干净的袜子和拖鞋。

姜蓉已经盖着被子伏在床上，提前准备好了。尚建新弯腰在电暖气上把手烤热，反复搓揉，指关节发出低微但清脆的嘎巴声，好像他烤的是什么柴火，还有木柴的坼裂声。姜蓉的听觉变得格外辽阔。听到尚建新小心地问她现在可以吧？她脸埋进在平叠的胳膊上嗯了一声。

尚建新掀起被子看了一眼又赶紧盖上——姜蓉光着脊背，他不敢轻举妄动。

姜蓉自言自语地说：“你不说这样按效果好嘛。”

这是允许。尚建新小心地把被子重新轻轻揭开，叠放到腰窝下面。

姜蓉肩膀圆柔，脊背细巧均匀，文胸系带的勒痕犹然在目，脊柱带动两面斜坡像冰山一样光滑地收进腰凹。姜蓉催促他按吧，别凉了我。

尚建新施展手法，整个背部松下来颇费力气，房间温热，加上他紧张，做了一半就冒汗了。他停下来，给姜蓉盖好被子，想回去拿条毛巾来擦汗。姜蓉抬头疑惑地说：“还没做完就成这样了？”尚建新揪着领口扇风笑道：“屋子热。”姜蓉看他脸红紧张，笑着说：“你不会脱了毛衣？”建新三姐织的加厚棒针毛衣用的是品牌纯羊毛，又贵又重又厚，脱下来他就凉快了。他把毛衣折好放到椅子上，姜蓉趴在枕上欣赏他的整洁。尚建新穿着灰衬衣，他建议姜蓉稍微往外挪一下：“要不床太靠墙，干活儿扛手，使不上劲儿。”

姜蓉左右看看，想起身挪动，勾头看见身体，又趴下，说她不想动了，让他将就着揉揉算了。

尚建新想把床往外拉一点，刚一搬动，床脚就磨得地板咕咕叫唤，姜蓉连忙制止他，说动静太大了，干扰别人。尚建新搓着手想办法。姜蓉回头看看床尾，腿脚后弯，挑起被子，露出一大块地方。她说：“这么大地方，你上来，左右两边都够了。”

尚建新跨上床尾，骑跪在姜蓉的腰腿两侧，这下的确顺手了。随着他的捏揪、提拉、抻抖的动作，姜蓉忍不住轻轻嗯哦喘息。松完脊背，尚建新冒了一头细汗，接着推揉按摩肩膀和脊背，姜蓉的脊背泛起红润的光泽。后来的事，怪谁呢？怪建新，那晚他不喝酒就没事了。怪酒，酒壮怂人胆。也怪姜蓉，她闻到了酒味，就该叫停。姜蓉背上的皮肤像晕染了一层桃红，尚建新瞅着瞅着脑袋发沉了，他的按摩变成了爱抚，他想尽量让背上的桃红晕得再多一点再远一点，他的两只手探到了腋窝和两肋，姜蓉这里没有病疼根本不需要他按摩……姜蓉轻轻扭动身躯，呼呼地吐着怨旷的粗气和深沉的叹息，有点像那天高烧的沉吟。尚建新的大手环绕到她胸前时，她哀叹般咕哝："这样不好。"

第二天下班回宿舍，尚建新见姜蓉的办公室黑灯落锁。上楼去问谢工，得知姜蓉去杭州出差了。谢工灰白头发，高度近视，从他的镜片看进去，他凸起的眼珠直接顶在镜片背后，无比危险，其实离得很远。谢工五十多了，很开朗，大嗓门，和他交谈或向他请教问题，会觉得站在一座敞亮无比的大礼堂里，坦荡空旷。尚建新后来再没有遇到过第二个比得上谢工的人。谢工提醒他："凡事我都可行，但不都有益处。"

姜蓉认为公寓里那次纯粹冒险——险只能冒一次，但偷欢次数没有像冒险，在一次上停下来。

制版集团质量保证部来浦东搞内审，女部长见了姜蓉，惊叹她气色明润，一下子年轻了二十岁。姜蓉笑着敷衍："我有那么老吗？"女部长让组员们看，大家随声附和，称赞大上海的空气好，夸她驻颜有术。

另一次是他们到海关办一个报关手续，姜蓉的女同学也吃惊地说她逆生长了，问她是不是找到意中人了，在为悦己者容。

姜蓉故作不悦地说："我们老人家也得出个门见个人吧。"

枯木逢春，雨露滋润。姜蓉心知肚明，对尚建新也格外眷顾。

姜蓉推荐他去财大工商管理学院学习，第一年上课，第二年实践，回原单位也行，提交一篇论文，然后发正式文凭。姜蓉把计划告诉他，满以为他会高兴地跳起来，或者，有力地拥抱她，她充满了期待。不料尚建新怪怪地问她："你想打发我？"姜蓉叹息道："又不会理解，又不会表达。啥叫我想打发你？怎么能这样想问题。"姜蓉的话里流露出恨铁不成钢的怅惘来，她说，"暂且不说那二三十万的学费，你知道这个机会多不容易，招生要求只招收厂长经理，反复做工作，才给你破例，明白我的苦心没有？说白了就是给你买他那个研究生文凭，再慢慢等机会。"

尚建新举起双手赔话说，一，学不动；二，现在工作很满意；三，不想离开姜蓉。三是重点。

姜蓉说："没出息，不思进取，你在跟前影响我工作。"

他们谁也说服不了谁，看到电视里正在播发一起空难调查的消息，一个乘客买了七份保险登上飞机纵火，一百多个乘客为他殉葬。他们停下话来，听完调查，姜蓉的手不知几时紧紧抓住了他。

姜蓉伤感地说："人生无常啊，我在这架飞机上的话，临死肯定会想，最后再抓住点什么东西，可以飘在天上不掉下来。"

"抓啥？降落伞？"尚建新笑道。

"我抓你。"

姜蓉紧紧抱住他。

尚建新低头说，他听她的，硬着头皮，再去财大学习。

圣诞节下午，姜蓉带着尚建新去答谢帮忙解决入学事宜的朋友，朋友在值班，约在他的办公室。窗外校园一派清寂的萧瑟，他们说到办班情况，朋友笑着调侃："羊毛出在羊身上，不过，是金羊毛。”姜蓉邀请他一块儿晚餐。朋友笑着婉辞：“你是学姐，回来该我请才对，但是今天特殊，晚上要陪家人孩子一起过圣诞。”姜蓉笑道：“咱们就免俗了。”说完拿出备好的金卡奉上，“权当圣诞礼物。”朋友客气两句就笑纳了。

出了校门，正是薄暮，好多商场门口摆设的塑料圣诞树已经灯光闪烁。姜蓉有些怀旧，沿路寻找上学时打牙祭的小饭店，大多没了踪影，剩下的也换了门面。她怅然地指点着繁花说：“阳春面、小馄饨、生煎包、锅贴，就能吃得起这些。”

饭后，他们提前回了酒店，电视开着，沪剧名角茅善玉在电视里糯滋滋地唱着：“金丝鸟，在哪里……”安静的房间里全是糯滋滋的温香。搁在床头柜上的手机突然嗡嗡地震动，姜蓉摸过手机掠开蓬发，竖指示意尚建新暂停。英国长途，女儿给姜蓉祝福圣诞。尚建新慢慢抽身，不想耽搁她们母女聊天，姜蓉“喔”了一声揽紧他。女儿马上问她是不是病了，姜蓉敷衍：“嗯，没有，很好。”女儿说：“听着你有点嘶哑，现在国内是深夜了吧，你真没事？”姜蓉憋着嗓子咳嗽了两声，哑着嗓子说：“嗯，有点上火，感冒一直没过。”女儿关切地问她吃的什么药。姜蓉胡乱说：“唔，国产药。”听见女儿还要说话，姜蓉抢断话头：“小媛，你给妈妈节约点，嗯？这是国际长途。”女儿不满地说：“人家好心好意关心你，哼。”说了拜拜，姜蓉丢下手机，重新拥吻尚建新，惬意地说：“来吧小尚，‘Merry Christmas’。”

三月十二号入学，二十九个同学在校园里栽了一棵凤凰木，是班长弄来的，拖车吊车工人一队人马开进来，挖坑栽树，树栽好了，大伙一人执一把系了红绸的新锹围着树合影。

十年树木，百年树人，栽树就是他们的入学典礼。

真浪漫，真有钱。尚建新连听都没听说这种树。

同学们互称不是这董就是那总，要不就是这公司那企业的高管，尚建顶着一个部门经理的虚衔儿滥竽充数。尚建新身材算是最高大的，只是没有那种气度，派头和阔气他真的装不出来。别人都是来充电更新回炉深造的，尚建新是来镀金的，坐在教室跟听天书一样。课余别人跟授课的学者教授谈论股市 K 线期指，或者三三两两交流生意交换信息，他一概不通。他跟姜蓉诉苦，说受不了，真白痴，太自卑，想退学。姜蓉笑着安慰他，别管学不学得动，耳朵听着就行，能学多少算多少，别在乎他们的看法，再说他们成不了李嘉诚、索罗斯。反过来又劝他和同学建立关系，他们有的你也会有，不要有顾虑，学费都划过去了，肯定给你发毕业证。

尚建新只好硬着头皮继续回课堂上滥竽充数。

周末的联谊几乎不断，尚建新酒量大酒风好，凭这一技之长，居然赢下了推心置腹的朋友，有一晚他连喝了两场，被同学拖住不放，耽误了与姜蓉的约会。等他赶到地方姜蓉已经退房走了。他打电话道歉，姜蓉有些不快，但通情达理，让他把请客的发票拿回厂里报销。一次他告诉姜蓉，常州和沈阳的两个老板同学叫他一块干。姜蓉笑着问他怎么回答的，尚建新说他与单位有约在先推辞了。姜蓉教他，以后不能跟他们实打实，比如他们再那么说，你就聘他们来，一律给他们现在挣的两倍待遇。

话不在多，在于谁说，话不在对，在于说谁。姜蓉的口气磅礴，尚建新自愧不能。

8

新厂基础工作告竣，投产试运行，为了和总厂的厂庆日安排在同一天，一直顺延到三月十八号。集团董事长兼总经理领着一干人过来参加剪彩仪式，姜蓉把尚建新向董事长做了引介，董事长听说他是复员军人，高兴地说："我也是老兵，七三年在山海关。"董事长特意勉励他几句，姜蓉胸前别着花，容光焕发，一荣俱荣地看着他笑。

厂门口圈出一块草坪，中央的喷水池里还竖起一座白色大理石塑像，一对男女人物造型，女的单足站立手指前方仿佛在跳芭蕾，男的体魄健美半蹲半踞准备起跑，底座刻着"奋进"两个大字和建厂时间，喷到半空的水花落回来，落在男女塑像身上，在骄阳照耀下熠熠发光。剪彩仪式后在厂门口集体合影，那对白石人作为背景站在半空中，栩栩如生。

不久，尚建新到开版车间检查设备，一个穿戴工作服的女工笑嘻嘻地跟他打招呼，拦住他说话，尚建新认出了女工，吸了一口冷气，赶紧左右四顾，车间里机器轰鸣，没人在意他们。女工看他紧张兮兮的样子，嬉笑着说："你特别爱紧张，像我家的小胆胆。"尚建新问谁是小胆胆。女工说："我家的猫。"尚建新笑了，如释重负，在社会底层挣扎过的人，才知道规矩。尚建新问她怎么进厂了。女工嬉笑着说："想你了，找你来了。"尚建新知道她开玩笑，但这里不是她放浪玩笑的地方。女工看他又有些紧张，笑嘻嘻地说："我是来打工挣钱呗，不许小看我噢，我没法才去那地方混口饭吃的。"尚建新说自食其力好。他刚说完，女工就揶揄地笑话他："瞧你得意的来，大门外淋浴的两个白石头人是你和姜总。"尚建新骂她胡说八道。女工对骂："老子好心才告你的，又不是我说的，车间的人都说，全厂人都说。"尚建新说："啥全厂，我就听你在这儿胡说。"女工抬起胳膊朝车间划拉一圈，毫不畏缩地盯着他说："他们都知道，老板娘往出一扔飞盘，你就‘嗖’地跑过去捡回来。”尚建新不能发作，行状难堪。女工笑呵呵地说：“你就会跟我装、装、装，原来你爱妈妈咪，重口味哟。”尚建新警告女工不要造谣，然后落荒而逃。

那尊塑像摆了不到三个月就拆除拉走了。

去昆明考察电子雕刻机时，供应商安排旅游观光，一站丽江古城，一站洱海。

洱海下榻的酒店，毗邻一个著名艺术家的豪宅，站在阳台上能隐隐看见豪宅的窗纱漫舞，尚建新好奇地凝望了几分钟，连一根孔雀毛都没看见。

很晚了，姜蓉接了一个电话，接着尚建新的电话也响了，是大姐家的号码，他不假思索地接通了，大姐问他逛美了没？又问他和谁在一起。他都信口敷衍过去了。大姐又和他说了几句闲话就挂了。

姜蓉和他同时挂了电话，笑着对他说：“张存孝刚才打电话，问你最近的表现。让我好好带你走正道……”尚建新笑着说：“巧了，大姐也刚给我打完，还问我和谁在一起。”

说了一半，都不说了，他们面面相觑，笑容僵住了，表情尴尬了——他们的声音已经交叉传回那两通电话里了。

尚建新担心地对姜蓉说：“怎么办？大姐大姐夫知道咱们了。”

“这是迟早的事。”姜蓉故作镇静，却是无可奈何地说笑，“知道这事传扬出去，别人会怎么骂吗？我老不正经，你叫偷情。”

尚建新有点难堪，他说：“骂我没事，就怕影响了你。”

“是啊，都怪你，把关系弄乱套了。”姜蓉看他紧张兮兮，笑着说，“现在追悔莫及了吧？”

尚建新忐忑不安，出阳台坐在转椅上抽烟，望着夜色中的豪宅，望着灯火映照的水波，望着粼粼波光爬满楼墙，洱海的夜景真好看，可惜他的游兴大败，心乱如麻。

姜蓉端出两杯酒来，放在小巧的玻璃茶几上，微笑着说："对我来说，生活是一杯苦酒，最苦的恐怕就是爱情了，但最上瘾的也是这部分。我们在一起，有点突然，换成外人的角度，叫不正常。我不要你的爱情，要不起，我就想谈谈恋爱，体验一下，现在谈完了，该结束了，喝酒，然后分手。"

尚建新不会说，但能喝。他还是觉得烦乱，他体会不了姜蓉说的苦，酒杯里的酒分明发甜嘛。

事情越严重，越要放轻松。姜蓉嘴上这么说，情绪却和尚建新一样低落衰败，两人的力气加起来都走不到最后那一步了。计划次日去玉龙雪山，也没玩兴了，于是提前返回浦东。

几天后大姐打来电话斥责他："你傻了？她都能当你妈了。"尚建新拒不承认挂了电话，大姐反复拨打，他只好又接起来。大姐训斥他："我还没说完你挂什么挂。"又说，"你嫌我的话难听，就不嫌她老丑，就不怕别人戳你们的后脊梁？怪不得祁妍到处日脏你。"

尚建新忍不住挂了电话，云南归来，他和姜蓉就不到一起了。

9

福无双至，祸不单行。建新大姐说破他们的关系，却一直保密，没给家里说。不言之意，是发出警告，让他好自为之。

一天深夜，建新爸打来电话，建新接起电话心想，老汉儿知道了，大姐泄密了，就像姜蓉说的，这是迟早的事，他硬着头皮，准备好好挨一通臭骂。电话那头却半天不说话。

"祁妍外面有人，你知不知情？"建新爸的声音很低，似乎再声高一点，家丑就从电话里扩散出去了。

“啊？”尚建新错愕了，他爸打电话，居然不骂他。

“先别问谁，如果属实，你怎么打算？”

“离。”

“好。此事属实。”建新爸是忍无可忍才打这个电话的，他不想在电话里多说，他羞于启齿。“你先控制自己的情绪，具体情况等你回来再说。”

“现在……一帆咋办？”

“让她带走，那不是我的。”

沉默，是气急败坏到说不成话的沉默，建新爸终于开口：“你不早说。”

“我猜的。”

“这要证据证实，不能猜，不能推理。”

“肯定是。”

“呈堂证供，不能凭猜，要拿出证据，现在有鉴定办法，不复杂。”

尚建新问到底怎么回事，他爸说：“今天先跟你通气，看你啥态度，我不能容忍她玷污我尚家的门。”

挂了电话，尚建新闷头抽烟，老干部气到这个程度，祁妍一定犯了大错。

第二天一早，他就到办公室办假条，中层干部需要姜蓉签字才能准假。他去找姜蓉，姜蓉瞅了一眼假条上的时间，关切地问他什么事要两周。

尚建新踌躇了一下，觉得不需要遮掩，就实话实说，回去办离婚。还有别的牵扯，需要时间。

姜蓉听得脸色凝重起来，她让尚建新坐下，自己点了一支烟，关切地说："不能过一段再离？咸城现在疫情正厉害，这时候跑回去干这事，冒这风险干啥。"

"家长命令。"尚建新难堪地笑着，掏出香烟点上，又故作轻松地笑道，"我就等这一天呢。"

"她知道你我……"姜蓉疑虑重重地问他，夹着烟卷的手指在指她跟他。

"知道，不过，不要紧。"尚建新咧咧嘴，难为情地说，"她出轨了。"

姜蓉扭脸盯着黑漆漆的电脑屏幕，半面羞愧，半晌不语，把大半截烟卷慢慢捻灭，才又扭过脸来，面带同病相怜的忧戚。

"你也出轨了。"她酸楚地说。

"但她被抓住了。"尚建新自觉可耻，他等着姜蓉赶紧给他签字他好赶紧离开，太丢人了。

姜蓉还想听他说说详情："你们现在有孩子，大人怎么也好说，孩子摊上这事就遭罪了。"她深有感触，也是告诫。

尚建新点头复摇头，苦笑着说："我就知道这么多。"

"不信任我？"

尚建新连连摇头，无话可说。

姜蓉提笔签字说："你考虑清楚，最好别走这一步。"签完字又若有所思地说，"女人都不容易，你让着她点，假如她知道你……"姜蓉说他，却指指自己的心窝低声说，"就算我替她求情，谅解她，实在不凑合，也好说好散。"

尚建新漫不经意地点了头，姜蓉才把签好的假条推向他，盯着他问："你俩谁先提出离的？"

尚建新拿起假条说："我爸。"说对了意思，说错了话。

姜蓉扑哧乐了。尚建新难堪地笑着做了解释。

姜蓉叹息一声，吩咐他先把工作安排好。"离婚简单，尽早回来，这儿离不了你。"

姜蓉的意思丰富，尚建新点了一次头，又快马加鞭地狠狠点了两下，身子也像马一样，奔腾起来了。

尚建新赶回咸城，平常熙来攘往的车站广场头一次显得这么空旷阔大天高地远，"非典"疫情压制了城市。路上也是行人寥落，出租车司机脸上都捂着口罩，显得鬼祟。进门便见父母脸色黯淡无光，尤其母亲，不像往常那么嘘寒问暖，说长道短。满屋都是尖酸刺鼻的白醋味，窒闷的空气更加压抑。

建新妈负责给他讲了事情的经过，建新妈唉声叹气，满面羞惭，尚建新从没见过母亲这样灰溜溜过，母亲不论在家还是在单位都是那种"有理分子"，这是建新爸说的。建新妈讲说时，建新爸出去，特意回避了。

事情很意外，经过很简单。建新爸战友嫁女儿，建新爸赶去贺喜，陆军开车送去，建新妈看了天气预告，下午有阵雨，特意给建新爸带了裴家湖的备用钥匙，让他顺路过去查看一下门户。中午和老战友喝了几盅，饭后微醺，喝茶解酒，听到闷雷沉沉响起，建新爸就想起"老板"交代的任务，急着要走。可陆军的车迟迟未到，战友的儿子便开车把他送到裴家湖，进了小区，刚从车上下来，陆军的车也开进来，建新爸打发战友的儿子开车回去了，然后掏出钥匙，打开单元门，和三女婿慢慢上楼。

结果建新爸撞破了现场。建新爸在门外就听到电视开着，还嘀咕祁妍粗心，开门进去看见电视真的开着，探头往客厅里张望，就看见客厅的那张太妃沙发上凌乱不堪。祁妍穿着睡袍蓬头光腿光脚从卧室里慌里慌张迎出来，面红耳赤地说："爸你们过来咋不打招呼？正在午休呢。看这屋子乱的，顾不上收拾。"一边说话一边捡拾沙发上和地上的衣物。建新爸是何许人也，早看见祁妍手里团着的裤头、背心和撇在地板上的袜子，也看出祁妍在慌乱地掩饰什么。老汉儿警觉地想到进门时看见的那双摆在鞋架上的擦得锃亮的男士皮凉鞋，不是它打眼，也不是眼生，而是反常，儿子不在家，不穿的鞋子谁擦那么亮。建新爸坐下，给陆军丢个眼色，陆军直奔阳台，又转身进了主卧，马上听见陆军呼喝和撞门声。祁妍喊叫："姐夫你干啥呢？！"建新爸命令祁妍坐下。祁妍哪还顾得了那么多，跟着陆军跑回卧室，陆军跑出来对丈人说："小卫生间里藏着一个男人。"建新爸让他叫出来，要看看是谁。同样头发凌乱的陶校长敞着怀慢慢走出来，白馥馥的肚皮鼓凸着，裤腰歪扭，前门拉链半敞着，黑乎乎腹毛露在外头。

祁妍开始还竭力辩解，说陶老师找她谈工作，没干别的。还想掩护陶校长脱身。陆军讥笑她背着牛头不认赃。祁妍竟撒起泼来，说她愿意，别人管不着。还赶他们出去。建新爸哪吃这套，说："祁妍你太不像话了，你辜负了我们全家人。"建新爸对陆军说打电话报警吧。陆军说，还是叫大姐夫，稳妥一些。祁妍知道厉害，阻止陆军。又把东西塞到陶校长怀里让他赶紧离开。可怜陶校长一条大汉，来不及整装，手里抓着就要走，建新爸暴喝一声"蹲下"，老陶马上就地蹲下。

陆军后来给尚建新说："咱爸不愧是三十年的老检察。"陆军描述不出建新爸的吼声里那种言出法随的威风，那威风在他一百三十多平的房间里像闷雷一样回荡，跟着窗外又一个霹雷，雷阵雨就下来了。他们本来是奔这场雨来检点门户的，谁也没想到会堵住祁妍，会变成捉奸。

陆军担心家丑外扬，建新爸坚持让他报警。祁妍大哭大闹，寻死上吊。建新爸稳坐沙发，冷冷地说她："你还是赶紧换身衣服，等下人来更不好看。"

不久，夏邑区派出所来了一女两男三个干警，建新爸和他们商量了一下，只带陶校长走。建新三姐和祁妍的哥嫂也先后赶过来，主要是怕祁妍出什么事。祁妍的哥哥羞得抬不起头，祁妍的嫂子说冷话："哭啥呢？冤枉了你了？还是嫌人坏了你的好事了？"大家都郁闷难堪。建新爸让祁妍哥嫂带走祁妍，回家暂住，出门时祁妍的嫂子脸黑得像外头的阴天。

晚上建新爸就听到汇报，陶校长在派出所承认他和本校四个女老师有染，祁妍参加工作第二年和他密切来往，关系保持了七年多。

尚建新不在家，尚建新爸妈叫回两个女儿商量，家丑，奇耻大辱，怎么处理，老干部碰到了棘手的问题。

"我怎么给建新交代。"除了自责和羞恼，建新妈还有耻辱和愤恨，"一个芝麻小官都敢上门欺负，我到政府找小苏，她管文教卫，让她给教育局说话，撤他的校长，不能便宜了他。"

建新三姐抢白："苏市长是你生的，你说就听你的？人家认得你是谁？"

老干部受了刺激，悲壮地说："我明早就去堵她的门，看她认不认识老干部。"

大姐批评三姐不该故意惹老人生气，又自责又后悔地说："早知今日何必当初，就不该让建新去浦东。"她掌握着另一手资料，后悔之外，自责甚重。

“长期分居两地，身边再有人甜言蜜语勾引，谁也难免一时糊涂。”

陆军反感地说：“苍蝇不叮无缝蛋，你是没见她当时那张牙舞爪的架势，背着牛头不认赃，嚣张得很。”

大姐批评三姐，叫你来拿意见，别撩猫逗狗。

张存孝慎重地说：“这要看祁妍是被胁迫利诱还是两相情愿。她要说被迫就得处理那个流氓校长。”

建新爸听得到出张存孝的凶险，但他不想给祁妍任何机会了，他冷静地说：“不费那事了。两个原则，一个家丑不可外扬。一个，等建新回来再说。”

“我也是这个意思。”张存孝点头。

尚建新和祁妍摊牌后，要带帆帆去做亲子鉴定。祁妍说不用做，孩子是我生下的，你家不要还给我。

祁妍把孩子藏起来，孩子自己走出来，爸爸半天不去找他，藏着就没意思了。

建新妈说祁妍：“你从不老实，孩子是我家养大的。”

鉴定结果是无血缘关系。尽管早有心理准备，尚家人还是集体崩溃了——是可忍，孰不可忍。

建新爸耻于提起那天的事，远虑和近忧困扰着老干部，排除疑点，始得心安。建新爸最后才告诉尚建新，帆帆出生证填的血型是A，当时他就起疑，户口簿上儿子儿媳的都是B型。

祁妍不离，她想要裴家湖那套房子，尚家不给。祁妍又说尚建新外遇在先，她出错也是尚建新造成的。他老两口都不想再见她，“你不同意我们就起诉，连你的情夫一起告。”祁妍说：“我也告你家尚建新的老情妇。”

尚家准备了有力的证据，就算走法律程序，法院也不支持祁妍的索赔要求。建新爸说："你不听我的，你可以去告，我奉陪。不过到时肯定会撕破脸皮，我绝不让你，你把孩儿他奶奶，不，把我老伴儿害得多深，我绝不饶你。"

因为各有把柄在对方手里，后来走了调解程序，调解的重点放在祁妍身上，首先她有不利证据在尚家，而她说尚建新的没有证据，如果对方反告，她就构成了诽谤罪，就要另案处理。纠缠不清的房产就算可以对半分，但也有经济账算，在尚家毫不知情的情况下，祁妍让尚家替她照顾供养没有任何血缘的儿子长达三年多，吃穿住养尚家全部代管，所花费的价钱已经远远超过那套房子的一半价钱，算下来祁妍还应该倒付尚家两万多。这还没有追究她的主观恶意的欺诈行为。

尚家不要钱，离婚就行。建新爸还是饶了她。

祁妍哄帆帆去姥姥家住几天，尚建新把他的玩具装满两个纸板箱，放进出租车的后备箱里。

办离婚那天上午，尚建新准时到了民政局大楼，几分钟后，祁妍才单骑赴会，骑着单车过来，后座上半旧的婴儿座还没拆掉。

办完手续出来，祁妍突然说，她还要在裴家湖这边再住两三月，放了暑假再搬。尚建新还没说啥，祁妍就说她可以交房租，这样总行吧。尚建新本无催她腾房之意，见她依然臭着脸咄咄逼人，当即一口回绝。祁妍碰了大钉子，也许是没想到，很是难堪地换了口气，重说了一遍她的意思，一是暂时不想让同事们知道她的事，二是离婚就离家，带着孩子找不到合适的住处。"帆帆被他奶奶惯坏了，小房子住不惯。"这些狗屁理由不是让他同情而是痛恨。可是看到那个婴儿座他就莫名其妙地心软了，孩子无辜，还有姜蓉说的，女人不容易。他说，房子租出去了，租户是三姐单位的同事。祁妍骂了一句脏话，转身走了。

后来祁妍把帆帆送回娘家，婴儿座拆掉扔了。尚建新见过她一身轻松地骑行，看来早该拆掉婴儿座。

10

建新妈好几天不思茶饭，面色愁惨，独自流泪，尚建新的大姐三姐回来安慰，大惊小怪地弄到医院，医生护士热情地迅速给她查出心脑血管以及胆囊肠胃上的问题，然后配药输液。由于疫情吓人，往常拥挤热闹的医院干净冷清，大概医护人员闲得技痒难耐了。

建新妈哀叹，没明没黑侍候了两年，狗咬猪尿泡。三姐冷笑，还不如养狗。建新妈戚然摇头说，帆帆聪明伶俐，刚会说话就说，他喜欢奶奶，不喜欢爷爷，喜欢妈妈，不喜欢爸爸，吃奶孩子，他什么都知道了。三姐说："那让建新给你要回来。"建新妈摇头说不，又不是狗，看见亲是心贴心，现在不能了。

三姐把尚建新推出门外，看妈气倒了吧，狗男女，都不是好东西。

尚建新在医院走廊里给姜蓉打电话说明家里情况，提出续假。姜蓉安慰他几句，告诉他，总部考察后备干部，她推荐了他。尚建新没再说感谢，心里嘀咕，情场失意官场得意，真有这回事。

疫情不减，槐花绽放，爆满枝头，搁在往年，早被人偷偷捋干净了，今年它有罪，洒水车将药水喷洒到树上，连鲜洁蓬勃的槐香都闻不到了。

透过窗户，看到两个浑身穿白防护服的人绕着苗圃给红白月季喷雾消毒，隔着玻璃看，那些水雾毫无意味。

建新妈住院期间，尚建新常到附近的舜风广场散心，喧嚣的市声可以排遣抑郁。明辰和侨汇等几家商场门庭冷落，反复播放优惠打折的“好消息”，穿旗袍披绶带的礼仪小姐眼巴巴地望着过往的行人。抑郁简直像悄悄传染的疫情。一个雨后初霁的上午，他和抱着襁褓的秦康不期而遇，秦康媳妇掀起小毯露出小姑娘柔嫩的小脸，小闺女还不到一岁，皮肤和气球一样单薄透明，脑门上的蓝色静脉血管清晰可辨，一头服贴柔软的黄发。大概是听见动静，小孩儿睁开眯眯眼，一哆嗦就迅速闭上，日头耀眼。孩子的举动把三个大人逗乐了。尚建新用指头逗逗小孩柔嫩的下巴说：“秦康的种。”秦康媳妇笑着重新蒙好女儿。秦康笑骂：“屁话，好像你儿子不是你的种。”无心之语打中有心之人，尚建新咧嘴一笑，没接秦康的话头，反问他们这个时候带着孩子乱跑什么，不怕传染。秦康媳妇说：“回来给我奶奶过寿呢。”秦康皮笑肉不笑地说，听到了吧，老人比小孩要紧。秦康媳妇抢白他，一路牢骚了还不停当。尚建新听说秦康媳妇家住城西榆树洼一带，问他们咋不打车呢，还有好长一截路，带着孩子挤公共车多不方便。秦康媳妇埋怨地说：“你问他，小气鬼！”秦康反驳媳妇：“我小气？你不是说要给你奶奶买礼物嘛？我现在就打。”尚建新笑着支援秦康：“嫂子，他不疼他闺女还能不疼你？”秦康说就是嘛。他没颠过来。秦康媳妇哼了一声说，他算了吧。

秦康流连不去，像是有话要说，媳妇抱着孩子一脸的不耐烦，尚建新见状，赶紧催促秦康先走，下次见面再说。

秦康两口子走出去一截，尚建新追上去说看我这脑子，一把掏出兜里的钞票拣出里头的六七张大钞一伙递给秦康，说刚才忘了给孩子拿见面礼了。秦康不接，两口子异口同声地拒收，秦康媳妇说：

“不年不节的，不能给，不能要。”尚建新说：“我这过年还不定在哪儿过呢，秦康知道，今日碰上了就提前给了。出来瞎转的，没多带，也没想到碰上你们一家，就这些，过年满月生日一伙算了。”说着话就把钱塞进秦康的裤兜，秦康嘴说你看你看，却没再推挡。秦康媳妇眉开眼笑地替孩子道了谢。

秦康抚平装钱的裤兜，让媳妇先到一边长椅上坐等，然后回头对尚建新说：“给你说个事，我刚才还犹豫说不说，你那个师姐现在又回了墅北了，弄个门面卖服装，和老头复婚了，听说跟人跑了几年，让人甩了。”

尚建新很吃惊，发现秦康在观察他的反应，他就不想细问究竟了。

“她老头真不错，给一般人可不行。”秦康看他故作正经，主动说，“你最近不走吧，改天到矿机厂耍耍，到我家里坐坐，叫几个老伙计一起喝喝酒，捎带看看你师姐。”秦康话里有话，似乎啥都清楚。

尚建新满口答应，两人又站着聊了几句闲话，秦康自然也问他的家事，他没给秦康说他离婚的事。

那边，秦康媳妇嫌椅子潮湿，抱着孩子站在椅子旁边等候。尚建新和秦康话别，催促他走人。

目送秦康一家走远，尚建新眼前忽然一阵迷离和茫然，行人声浪和潮热的空气将他填埋在角落里。

尚建新回了一趟矿机厂，去散心，他给秦康打了电话，约了师姐和几位工友一块吃饭。师姐憔悴了不少，喝得少了，出于助兴，和秦康划了两三拳。尚建新心乱如麻，故作潇洒地给师姐斟酒，说离婚也是喜事，那年喜酒她没喝着，今天一块儿补上。师姐不喝他的伤心酒，岔开话题，说她回归是因为女儿要上中学了，外地没户口没学籍，念书掏高价还进不了好学校，将来没法参加高考。“我怎么都好说，姑娘耽误不起。”认了命的师姐像再也飞不起来的母鸡。大家七嘴八舌批评高考制度，有人说好有人说坏各说各理。散席前师姐说，你算咱们这里混得好的，这些年矿机厂工资领不全，工人们还不是照样强打精神上班干活儿。大伙都感叹附和，各有说法。尚建新起身给大伙斟满杯子，说以后去上海找我。座中有人打趣，这是市委书记的口气。“上海人民欢迎你们。”大家哄堂大笑，秦康说，那书记可不得了，进常委呢。

晚上回了咸城，建新爸独坐沙发看电视，手里拿着一本书。昔日满地玩具的客厅里显得冷冷清清。尚建新身上的烟酒气很冲，建新爸一下就闻到了，大皱其眉，说衣上征尘杂酒痕，远游无处不消魂。这婚也离了，逛得还越美了。尚建新想做个解释，换上拖鞋却说不逛还不烦死。建新爸没接上火，不无泄气地说：“有你电话，打了几次。”示意他去看座机旁的那张纸。尚建新过去扫了一眼，是厂办的电话。他正琢磨谁打的什么事。建新爸说：“别成天晃出来晃出去，三十大几的人了，我像你这么大……”尚建新说：“行了，我明早走。”他走到自己的房间门口，回头看见父亲曲背驼腰的样子，失去以往的高大威严，心里一阵难过，他难得地劝父亲早点休息。他的话刚说完，就听见父亲发出一声沉重的叹息：“你放心走你的，你妈是气不是病，家里有你姐姐们在，不会有事。”

一宿无话，也基本一宿无眠。

次日早起，在街口的旅行社订好机票，咸城飞浦东是隔天航班，他给厂部打电话汇报行程。又去三姐家跟母亲辞行。建新妈强打精神，又叮嘱一番口是心非的大道理。中午三姐夫给他喝了壮行酒，劝他既坠釜甑，反顾无益。他没听过，不解其意，三姐夫端着杯子说，就是家里这些坛坛罐罐掉在地上统统摔破了，就别管它了，走为上策，大丈夫何患无妻。

晚饭后，他带着行李箱住回裴家湖，这边靠近咸城机场，交通方便。

打开门，先吃一惊，屋里乱作一团，门口摞着一大一小两个破纸箱，鞋盒子扔得到处都是，破旧的拖鞋皮鞋旅游鞋扔了一地，都是祁妍的。大衣柜门半敞着，里头空荡荡的，一个折断的塑料衣架吊在柜子里。书架上下歪躺着几本旧书，尚建新没读书习惯，原来搁的都是祁妍的书，教材居多，那种资料书他从来不翻。书架上摆设的套娃布偶之类，床头写字台上的小摆设，都没影了，那些玩意儿都属于祁妍的。乌烟瘴气，家破人散，尚建新的心情一垮到底。他放下行李箱，开了空调，飘窗没有关，纱窗吹进的灰尘在地板和茶几上落了一层。尚建新去厨房找出扫把簸箕将零乱的杂物归置到破纸箱里，一通收拾，热汗湿了衬衫。

他冲了澡，沙发能坐，电视能看，他给三姐打电话，让她明天就叫租房的人过来先换了门锁。原来说好祁妍搬走要留下房门钥匙，现在挂衣钩和鞋柜上都没钥匙的影子，看来祁妍违约了。

百无聊赖，《晚间新闻》之后他就关了电视进了卧室。

朦胧中听见开门关门声，起初他听成对门邻居，看到客厅的灯亮起，听见祁妍的声音说："可能是租房的来打扫过。"

尚建新翻身坐起，趿上拖鞋出来。灯光刺眼，他看见祁妍和抱着帆帆的陶校长三个人站在门廊，帆帆软趴趴地像是睡着了，他们看见打着赤膊的尚建新，就像见了鬼一样大惊失色。尚建新问他们干什么。陶校长搂紧帆帆连连说对不起，神色狼狈地扭头责备祁妍：

“看你弄这事。”祁妍委屈地说：“我不知道他在。”祁妍像个低三下四的小媳妇。陶校长语无伦次地说，打扰了打扰了，赶紧走赶紧走。祁妍听话地开了门，陶校长就出去了。帆帆一直没有醒。三口之家，尚建新没有为难他们，直到祁妍也出了门，他才赶过去提醒祁妍，把钥匙留下。不知是话声高了还是别的动静，帆帆醒了，伸出小手抬起小脸叫尚建新爸爸，弄得两边大人都不知所措了，陶校长嫌弃但还是犹豫了一下，走慢了，祁妍推着他的肩膀步下楼梯，抬起脸骂道：“钥匙钥匙，要你妈的屎。”尚建新掇起门口箱子里的破烂砸下去，没砸中，垃圾撒了一楼道，祁妍护着陶校长且避且逃，帆帆的哭声满楼道回荡，单元里的邻居探头探脑看热闹。尚建新强忍情绪，退回门里，他穿得太少。

拎出箱子，推上房门，防盗门发出了闷钝的声音，楼道里有隔夜的不胜其烦的闷热。

楼梯上散落着他扔下来的破烂、垃圾，他出了单元门，叫过正在清扫的保洁员帮忙收拾，他掏了二十块，保洁员接了钱，二话不说进了楼门。

小区门口的快餐店早早开门，碧绿的粽子和鲜榨橙汁看起来就开胃，他要了两枚粽子一杯饮料，拎着上了出租车。七点三十，飞机从咸城机场起飞，尚建新额头鼻尖贴着舷窗使劲儿往下看，机场高速，开发区的建筑工地，显得盐碱荒凉的盐池，山脊和田野，然后是茫茫云雾，很快就什么也看不到了。

尚建新调整座椅靠背，闭上眼睛。

返回浦东销差，姜蓉问了问情形，弹弹烟灰洒脱地笑道：“这下好了，同是天涯沦落人了，连毛病都一模一样。”姜蓉的一颦一笑挺爷们儿的，挺幸灾乐祸的。尚建新苦闷不解，心说：你不该负一点责吗？一点不内疚，一点不害羞？姜蓉还是轻描淡写地说："这号事情形都差不多，我那时也是，最后才知道，蒙了，晕头转向，都一样，大同小异吧。"尚建新闷声不语。姜蓉吐出一口长烟，胃疼皱着眉说："我也像她这么闹腾的话，他就死定了，你真是万幸。"尚建新觉得这事情不大好交流，尤其有过苟且，更难启齿，说啥都有些狼狈不堪。姜蓉看他别扭，捻熄烟头打发他："患得患失，总要难受一阵儿。不是冤家不聚头，不能过，趁早离。"

11

一家外企落标后向国资委检举了姜蓉，说她在设备采购招标过程中收受贿赂，姜蓉被咸城检察院带走。

此事在制版集团的高层引起震动，公司马上采取应急措施。一面与外企沟通，依照合同违规进行补偿，以期釜底抽薪，达成和解。一面派出审计组到浦东分厂自查，任命尚建新为浦东分厂的基建设备副厂长，急招他回咸城待命。

董事长在公司宾馆的客房里见他，一个秃顶法律顾问也在场。房间不透气，沙发阔大而低，尚建新坐下就觉得憋气胸闷。

董事长看出他的局促，说情况比较严峻，咱们亡羊补牢，长话短说。完了让法律顾问先说，此事涉外，影响大，有关方面要求严查。现在姜总在检察院，咱们是咸城的利税大户，是大鱼，他们下手有顾忌，这就是咱们运作的余地。

法律顾问说完先行离开。董事长又说，设备采购的环节存在暗箱操作和潜规则，是整个行业的问题，拔出萝卜带出泥，必然牵扯上下左右，所以姜总绝对不能出事。"我要你去做张存孝书记的工作。"

尚建新稍微迟疑，说他可以试试，但张存孝未必肯听。

“不是让他听你的，是让他放人。姜总栽培你，这是公开的秘密，她现在遇上麻烦，要你为知己者死，于公于私你都应该义不容辞，咱们都在部队锻炼过，要在危难之际显身手。”董事长给他打气鼓劲儿，“我们研究了，你是不二人选，是这次紧急公关的专干，姜总出来之前，你直接向我报告。”

一番面授机宜之后，董事长交代，捞人消灾，不惜代价。

尚建新先联系张存孝，张存孝果然不听他说，反而教他不立于危墙之下，批评他“没病揽伤寒”。尚建新说：“这身伤寒，这堵危墙，还不都是拜你所赐嘛。”张存孝末了才说：“这事归反贪局，没你想的那么简单。”把他草草打发了。

尚建新明白他在张存孝眼里就是一个不着调的小舅子，凭他的心脑口手根本做不了张存孝的工作。

尚建新带了重礼去求大姐，进门先挨了大姐一顿骂，骂他的丑事，他当然死不承认。大姐得知他的来意，又骂他背着牛头不认赃，板了脸不理他。他只能软磨硬泡，说姜蓉事关大局，也关乎他的前途。大姐可没他的大局观，只是可怜她小弟。先骂他不知轻重难为姐夫，又让张存孝想法帮忙。张存孝说：“给他说过了，这是大案，上面压下来的。市领导也管不起。”

张存孝又对尚建新说：“你们老板叫你来跑这腿，是害你害我，他不知道事情的严重性。国资委从北京到省里一级一级压下来的，上面有监督。”

尚建新说，意思是没救了？

张存孝建议他回家去跟他爸讨教。

老干部就是老干部，听他说了情况，半天才开口说：“你的上级是拿卒子当车使呢，暗棋哪能这么明走呢。”尚建新离婚后，他爸觉得儿子遭受生活重创，慢慢开始维护儿子了，替他着想了，甚至料到了情场失意官场得意的势头。听了他的汇报，他爸笑话法律顾问出的馊主意，“你人押我手里还要花招。”

老干部说一下子脱了干系很难，想要人不知，除非你不做。让人捉住手腕，谁也没有万全之策。他爸没有允诺什么，要他尽早回到浦东的岗位上，不要他在咸市露面。尚建新说他留下配合，是专干，万一找人说话上下打点，他可以跑腿开车什么的。他爸冷笑：“你当这事也能急来抱佛脚？你开火箭也赶不上。”

尚建新第三天去见董事长，董事长还没吃早餐，领他去了小餐厅。

董事长一边剥鸡蛋一边听他汇报一边琢磨，临了把剥好的鸡蛋给了他：“好，我们静观其变，饭后叫人送你去机场。”

放松下来，董事长和他谈到姜蓉逼走曹德武，说姜蓉急躁，小不忍乱了大谋。又说“人而不仁疾之已甚乱矣。”尚建新没听懂，但能猜出老总话里流露出来的情绪。他没有附和老总的意思，他替姜蓉说了公道话，并说曹德武是一匹“害群之马”。老总被他拂意，不悦地擦着嘴角边的粉红豆腐乳说：“害群之马，不至于吧。”他就列举了曹德武三四件违规的事。

老总听了沉吟不语了，其实老总早有风闻，但这时最见祸心和动机，也符合案情：老曹伺机报复姜蓉，不惜把老东家的台拆了，把集团的高管们一网兜走，毕竟牵一发会动全身，姜蓉进去，下一个是谁，最后是谁？最后老总告诫他，他们的谈话不要外传。

过了一个多礼拜，老总亲自致电通知他，姜总住进了医院，有他的功劳。

姜蓉电话关机，尚建新猜了两三种可能。次日，尚建新飞回咸城，坐车直奔医院，有人提前打了招呼，看护人员退出门外。

姜蓉穿着松垮的病号服，更显得清瘦羸弱，白发多了，眼神的光芒也削弱了。入门休问荣枯，观看容颜便知，尚建新从她余悸未定的脸上看出了名堂。门外有监视，他们握了手，姜蓉强装笑颜轻轻道谢。尚建新从拎袋里掏出姜蓉最爱吃的红心火龙果剥了皮，跟前没有水果刀，就搁在碗里用瓷勺子切成小块，姜蓉不吃，问他浦东的情况。尚建新说都很正常。姜蓉憾恨地说，她出院就退休，不干了。尚建新说大伙还等她回浦东上班呢。姜蓉摇头微笑说："十分感谢……你的谎言。"

离开医院，尚建新直接联系他姐夫说要见面，张存孝让他有事晚上到家里说。他说事情紧急，快到检察院了。张存孝责怪他冒失，约定在粤珍轩对过儿的文德广场南门见面。

尚建新先到，坐在南门的挡路圆石球上抽了两支烟，看见身穿制服的张存孝打着电话匆匆走来，赶紧起身招手。

张存孝一眼就看穿他的来意和情由，接过烟胡乱抽着说："因为上次那件事，你姐不让我招揽你的事，嫌我帮坏你了。"尚建新赔笑说你别朝理她。广场上有好些老人轮椅和婴儿童车，张存孝看着那些蹒跚学步的和步履蹒跚的，极不痛快地说："要不是老领导打招呼使劲儿，没弄进去就算不错了，定个性三年五载怕是出不来。再神通再'四通'也白搭……"

尚建新心虚地扭过脸去，张存孝猜出这个不争气的小舅子听歪了，笑着说："'四通'是见伏动变。"尚建新越听越蒙，张存孝笑话："你这水平还来当说客。"他开玩笑说是来发福利的。张存孝拉下脸教训他："我看你是皮紧了。"

张存孝娶亲时尚建新上小学，尚建新把张存孝当大哥。两人直来直去的习惯了。

张存孝的电话多，一会儿接一下，还没说个长短，张存孝就说马上有个紧急会议，匆匆走了。

尚建新回家问他爸，“什么三通、四通？又不是管件儿。”老干部一听便知，“他给你说这个干啥。”尚建新说了老总交办的任务。他爸敷衍他，“官、打、刑、贼。”“四通”是个心法，里头的奥妙很难说透，即使父子间的授受，尚建新也没法继承和坐收。老干部不无遗憾也不无轻蔑地说儿子：“你别动那个脑筋，你没那个脑筋。”

姜蓉的事稳妥以后，尚建新去见董事长。董事长在陪国资委的人，秘书让他暂等。尚建新到了露台吸烟室。很快，老韩像闻到他的气味儿，尾随而来。

露台改造的吸烟室，豁亮的大窗下是一大溜道旁树的树冠，枝干疏阔，交相穿插，点缀着尚未脱落的枯叶，像生锈的铁片。

闲聊了几句，老韩压低声音说：“老曹狠，不宣而战。”

尚建新没吭气，老韩什么人他有数，肯定是来探口风的。

老韩眨眼笑道：“姜总英明啊，没看错人，这次她多亏你，没你这条线使劲儿，她这次就栽在老曹那个小人手里头了。”

尚建新弹掉烟灰说：“我可没那本事。”

“你本事大着呢，谦虚啥。”老韩半真半假地恭维他，说公司花钱养着那么些个律师，屁用不顶。

尚建新弹弹烟灰说：“跟我无关。”

“这都是公开的秘密——在极小的范围内。”老韩用烟头在烟灰缸亮晶晶的边沿上画了一个圈儿。

尚建新目测烟灰缸直径十厘米左右。

“最后给了检察院这个数。”老韩竖起两个手指低声说，“现金，两个大背包，扔进后备箱拉走的。”

老韩说得煞有介事，尚建新不知真假。他只起穿针引线的作用，具体操作他概不知情。他琢磨老韩来说这些的用心何在，莫非只想告诉他，他也是烟灰缸那么小的圈子里的知情人和决策者之一？老韩可没这么傻。

三两支烟工夫，老总的秘书打电话叫尚建新。老韩掐了烟，陪他到了董事长办公室门口。

由于采取了紧急避险的措施，检察院撤诉，姜总的名誉免受伤害，同时也让制版集团规避了一次诉讼风波。老总肯定了尚建新“釜底抽薪”的作用，称赞他是“这场遭遇战里制胜的奇兵”。老总爱说兵法。老总还代表集团董事会感谢他。老总说到集团董事会，他想起吸烟室的那个烟灰缸。他谦虚诚恳地说，他也是制版集团的一分子，出力帮忙都是分内之事。老总很欣赏他的稳重可靠，后来委以重任都和这次谈话有关，这是后话。

尚建新返回浦东咸城制版公司，两年半后接任浦东公司总经理。

后来证明，老韩的嗅觉的确灵敏，嗅到了李代桃僵的烂桃味了。

12

七年之后。

年终岁末，尚建新飞回总部述职，参加咸城年会。

从后排座看前车窗，只能看见航站楼前青铜塑像的袍摆战靴和大刀头。

出了机场他就给姜蓉打电话。

电话响了几遍才接通，声音断断续续，开始他以为信号不好，或是打电话的姿势不对，开免提什么的，慢慢听出来了，是病，是虚弱，姜蓉有气无力地问他在哪里。他说在咸城总部。他问她身体怎么样，说电话打迟了，两三小时前他还在北京转机呢，这会儿刚到了咸城。姜蓉那边许久没动静，他叫了两声，一个陌生的女声回话："她不方便说话，sorry。"然后挂断了。

他猜接电话的人应该是她女儿，不会有别人了。

姜蓉脱离官司之后不再担任行管职务，后来病退。尚建新现在的成就和地位，仍与姜蓉在董事会的影响和元老地位分不开，谁不知道姜蓉是尚建新的教母贵人呢？谁不知道他们亲如一家呢？他们的传说都成了制版集团的企业文化了。

进了酒店，尚建新看见老韩在大厅里背着手巡视，大厅里有好些穿西服打领带搞接待的男女员工在奔忙。老韩也看见尚建新，离老远就热情地伸出手迎了过来，口称欢迎大总裁。尚建新自嘲小国寡民。四年前尚建新担任制版集团东南亚分公司的总裁，常驻马来西亚，老韩儿子跟着他在吉隆坡混呢。

一番寒暄过后，老韩说这次回来，还能见姜总一面。尚建新最反感别人跟他提姜蓉。他淡漠地问老韩姜总怎么了。老韩说肺癌晚期，"四军大查出来的，转到 301 去了。"尚建新闻言大惊，老韩看他瞠目结舌的样子，难以置信地说："怎么……你还不知道？"

尚建新脸色阴沉，十分讨厌老韩的说法。"我在海外，凭啥知道她病？你想暗示什么？"他盯着老韩心里发狠地说。其实不说才对，一说反而欲盖弥彰了。不悦之色是掩饰，但意外的打击他装不了，他感觉心口挨了一刺刀，一阵冰凉之后才是绝望的刺疼，疼是他的良心发现，贯穿的冰凉却不是刀，是忘恩负义，是悔之晚矣。这种情况从未发生过，现在发生了，他不比谁清楚呢。

看他难受，老韩也紧张了，先说姜总烟瘾大造成的，又说是积劳成疾工作太拼命造成的。他后悔没先说说儿子的事。尚建新心里乱糟糟的，像是询问也像是自语："四军大都看不了？"

"癌症晚期呀小哥，无药可治。"老韩见尚建新变了脸，改口说，"301 的水平高，也许有办法。"

老韩大半辈子看人脸色做事，脸上堆满歉疚揶揄和捉摸不定的暧昧表情——尚建新后来居上，不服不行，何况儿子在他手下打工呢。

那两天尚建新度日如年。年会议程过半，尚建新跟董事长请假，让总经办订了当晚的红眼航班准备飞北京。公司派车送他去机场，车子在十字路口左转时，一辆直行通过的无牌工程车朝他撞来。

尚建新头、脸、身体多处受伤，右胳膊、四根肋骨和髋骨断折，术后包扎固定，躺在床上动弹不得。他的手机是十来天后交警送还的，破拆当时没发现。他让公司差派的专门陪护他的员工充电重启，用左手笨拙地翻看手机，一大堆未接来电和问候平安的短信，欣慰之余，赫然看到一条讣告，姜蓉的。

尚建新再次感到粉身碎骨的疼痛，肋骨的断茬像扎住心肺了，他问陪护员工为啥不早说，员工为难地说："老总让保密，您姐姐们也不让说，怕影响您康复。"

尚建新不能侧转，两眼也僵直了，他把手机反扣在病床上，不忍再看。

"您是黑夜出事，姜总是早起咽气。"员工低声说，小心翼翼地观察看他的反应。

尚建新浑身僵硬，无力反应。他动弹不得还能反应到哪里？可以流泪，太娘们儿了；可以认错，又不甘心。没有比一死了之更简单的结局，竟也生生地错过去了。

（《小说林》2021年4期）

夏老师的小生涯

1

夏阳正批改作业，祁月芳推门进来。

祁月芳正在体验韩国面膜，她爱把瓷盘大脸凑近了让人看效果。祁月芳的脸皮上有密集的针尖划痕一样细小的皱纹，潜滋暗长在皮肉里头，面膜是没法深入的。这些岁月留痕惹得夏阳心里又凉又麻，每次都会瘫痪两三分钟，用不了十年，她也会成了黄脸婆，不过，她不会和祁月芳这么花钱捯饬，就黄着，蛋黄饼干一样黄着，不，玉米饼一样黄着，不能素面朝天，就黄脸朝天。这些感想，都是看了祁月芳的面膜以后产生的，不过，祁月芳每次进来征求她的看法时，她都会左看右看一番，然后认真地说，更白皙了，或者说，更光滑了，再或者说，更紧致了。总而言之，要说出一点点变化向好的趋势，好让祁月芳开心。奔五的人了，眼角嘴角的皱纹真的很容易暴露年龄的，面膜是很难提上去，更别说脖颈上的褶皱。上周五她刚夸过一回，那天两人脸冲脸，趁夏阳“赏脸”的工夫，祁月芳也相面一样尽情端详了夏阳一番，很是欣羡地说：“青春才是最好的妆容，一点不假啊。看你这脸嫩得，白里透红，又弹又光，看得我都想啃你一口。”夏阳不太喜欢旁人评头论足——她知道自己啥模样，啥叫白里透红又弹又光，又不是虾丸儿——怪没意思。

所以祁月芳进来，夏阳想当然地认为，又是来找她看效果了，她是有思想负担的，前文那一堆想法就是。上午一二节没课的老师，都爱在早餐后遛遛食串串门聊聊闲天儿，给祁月芳“赏脸”是她俩最近的主要话题，夏阳把摊放的作业本收罗了一下，腾出一小块桌面，团结就要紧张一下，紧张是个礼貌问题。

祁月芳把手上的东西放在空出的桌面上，先问她吃过了没有，夏阳说在家吃的。说话时，她就开始在祁月芳脸上来回睃，帮老同事赏赏脸尽点义务和责任，看看说说，做个心理按摩，她从不惮烦。今天她在祁月芳的脸上没发现什么好夸的变化，人只能一天比一天老，韩国面膜真是回天乏术，她这些鬼鬼祟祟的想法，怎么像投影一样，影射到祁月芳的脸上去了？她发现祁月芳的脸上来了一阵皮笑肉不笑的笑。

“咱班学生把你写进作文里了。”祁月芳就这么笑着说，指了指搁在桌上的练习册。

夏阳如释重负，拿起祁月芳手上的练习册说：“我看写的啥。”她翻了几下也没找不到，祁月芳帮她翻到地方，指给她看，还是那么笑着说：“你也不问问写的是好事还是坏事。”

“好坏都看。”夏阳笑道。要看的地方祁月芳已经用红笔圈过了，题目是“写作训练：描写一个你记忆中印象最为深刻的老师，注意交代清楚记叙的要素。”

“从小最怕看语文题了，密密麻麻都是字，还是我们数学语言简单，一目了然，数字、公式、已知、求解、答案。”夏阳连说带笑往下看，看了开头，夏阳还夸学生的钢笔字写得好，看到半截脸色就变了。

通过那件事，我知道世界上的老师不全是道德高尚的人。

周日，妈妈叫我和她去菜市，路上，我捡到了一块钱，说来也巧，我碰上了夏老师，那时，我走过去，说："夏老师好，我捡了一块钱，给您。"她接过钱说："好！"她也去买菜，我在菜市里，当然愿意多看她几眼，突然，我发现她用我捡到的钱买萝卜。

啊！夏老师做得实在太不对了。"老师"这光荣神圣和伟大的名字，能容许她这样玷污吗？她虽然有本事做老师，但她不配做老师。

是郑浩写的，夏阳想起当时的情景，翻过封皮来一看，果然。她挺喜欢郑浩，聪明，脑子反应快，考试成绩好，可没想到他会这么写她，一气之下，她把练习册摔在办公桌上。

她这一摔，吓了前头的老余一跳。老余扭回头问："这是跟谁发火呢？"夏阳都没解释，本子摔在桌上，拿去自己看。祁月芳也没搭理老余，脸上还是皮笑肉不笑的，她像是料到了夏阳的这个反应。

老余拿起练习册，戴上花镜，快快看完，摘下花镜笑道："这就叫'毒舌'吧？"

祁月芳错听成毒蛇了，反感地说："你老老的了，怎能这样比喻学生呢。"祁月芳是那号护犊型班主任，特点是，给她的学生挡箭护短。

"毒舌是网络词语，舌头的舌。"老余放下练习册，捏拢手指扮个蛇头，"不是蛇。"

老余自说自话，夏阳愠着脸，祁月芳也不想听老余舌啊蛇的扯，她问夏阳当时的情形。夏阳把事情经过说了一遍，说着说着，就和郑浩写得吻合上了，她确实接了郑浩捡的钱，而且顺手花了，现在让人写出来，确实挺难堪的，她详加说明："菜场里污泥浊水的，钱上沾着黑泥，谁装起来才傻呢，就顺手花了，一块钱，你说我犯得着吗？"

夏阳让小作文气着了，情绪也来了，她觉得她在辩诬，又气又笑，从包里拿出一块钱，给祁月芳说："这就算郑浩交的那一块钱，现在交给你。"祁月芳不要，夏阳坚持，祁月芳才接住，说："早知道你这样，我就不叫你看了。"她笑话夏阳较真，"像个学生娃。"

夏阳检讨："一块钱，转过头就忘干净了，要不是他写，要不是你叫我看，真就忘完了。"

祁月芳收起练习册说："我找你就是怕误会，怕怂娃让人看了乱说，咱俩先沟通，也算及时处理了。"

夏阳谢过祁月芳的好意，说她随后上课和郑浩说清楚。祁月芳马上说："还是我找他说吧，你是当事人，我是班主任。"

"什么叫当事人？"夏阳听着挺不得劲儿的，"不就那一块钱嘛？一句话的事。"

"要我说，谁也别问，也别理他，这有啥？根本就算不上个事。"老余从旁献计。

祁月芳骂老余多嘴："咋不算事？少说风凉话。"

"忠告啊，忠告你们都不听。"老余的笑脸像一张揉成一团又展开的皱纹纸。

祁月芳的面膜要是能把老余的脸弄展，才叫真有效果呢。

夏阳看看老余，再看看祁月芳，暗自发笑。

"马上下课了，我叫他来，让他给你当面道歉。"祁月芳坚持认为夏阳给学生直接解释不妥，“他会认为你就是错了，他写对了。”她大包大揽地说，“你不用吭气，我来收拾他。”

夏阳知道祁月芳什么意思，护她的犊子，于是默认了。

老余却说话了：“你也别理这茬儿。不理他自然就没事了。”

“没你事儿，一边玩儿去。”

“你看你，好心当成驴肝肺了。”

祁月芳不理老余，继续吩咐夏阳：“今天周一，课间操有升旗仪式，校办查考勤呢。你就别去了，在这等着。我让校办给你画上考勤。”

祁月芳是年级组长，有半天时间的准假权。

夏阳赶着又改了几本作业，下课铃就响了，楼道里就热闹开了，学生们追逐喊叫的欢声笑语和杂沓纷乱的脚步声、乒乒乓乓的开门关门声、广播喇叭播放的音乐声，混成一阵沸腾的声浪。

老余叫夏阳一块去操场，夏阳无奈地笑着说：“请假了。”

2

祁月芳领着郑浩进了数学办公室，黑瘦的郑浩看见夏阳，先愣了一下，马上扭过脸去。

郑浩的表现不是心虚，是鄙视和轻蔑，夏阳被刺伤了，她不喜欢郑浩现在这副样子。

祁月芳喘吁吁的，气的还是累的，夏阳分不清，但觉得祁月芳是在为她受累呢，心里格外过意不去，赶紧给她让座，自己拉过一张折叠椅坐下。祁月芳会摆谱，让郑浩在她俩跟前立正站好，先表扬几句，特意说夏老师老夸他聪明，数学课上能主动回答问题。夏阳陪坐，觉得祁月芳的铺垫太多，有些绕远，大概这就是语文老师的特点。不过有点效果，郑浩渐渐放松了，小黑脸上露出几分喜色。这时祁月芳才突然拐弯，说到“写作训练”上，夏阳的想法。说到症结，就该发力解决了，岂料祁月芳故伎重演，还是先表扬他拾金不昧的品质，又夸他作业用心，最后最后了，祁月芳竟然撒了个谎，对郑浩说：“我在看你作业之前，夏老师就给我说过这件事了。”

一句话就说明白的事，啰里吧嗦说了一堆，夏阳怀疑郑浩理解不了祁月芳的意思，一堆废话里，就这句假话碰了碰正题，费劲儿。她盯着郑浩，郑浩的反应像成年人，冷淡、狐疑。他果然领会不到祁月芳的意思，要不就是误会，脸上那副轻蔑的小表情令她来气儿，用祁月芳的话说，她是当事人，可祁月芳把她安排成了旁观者，这也令她憋屈。

祁月芳拿着那本练习册问郑浩：“还记不记得你写的最后两句？”

操场上集合整队的口令声很大，体育老师和政教处的老袁轮流用话筒发号施令，夏阳起身关了窗户。天气这么好，广播声起码能传出三五里开外。但夏阳现在满耳朵都是郑浩恼人的声音：“老师”这光荣神圣和伟大的名字，能容许她这样玷污吗？她虽然有本事做老师，但她不配做老师。

太刺耳了，太气人了，夏阳上前一步，祁月芳摆手阻止了她，继续问郑浩：“那你是怎么想到要这样写？”郑浩扭过脸看另一面墙，祁月芳逗他：“怎么，夏老师在场，不敢说了？”请将不如激将，郑浩答道：“那样想的，就那样写了。”

祁月芳掏出夏阳刚才给她的那一块钱放在办公桌上，对郑浩说：“这是夏老师替你交回来的那一块钱，看见了吗？”

郑浩扫了一眼，说：“我捡的不是这张，那张上面有脚印。”

脾气再好的人也沉不住气了，这诱导的工夫也太作了，婆婆妈妈，她简直怀疑祁月芳的用心了——借题发挥，成心做给她看，她一屁股坐下，不看了。

广播里在奏国歌，这是升旗仪式，接着学生们合唱国歌。

停了一会儿，祁月芳接着开导："你甭管它是哪张，是一块钱就行了，交了就算，不一定非要交你那张，那个不重要。"

"我觉得重要。"郑浩很坚决。

"怎么个重要你说说？莫非你那张一块是十块？"

"不是。"郑浩的想法是原物上交，祁月芳一打岔，他就说不上来了，他必须先回答问题。

"既然不是还说什么重要。你拾金不昧交给夏老师，你对；你看见夏老师买菜花了你捡的钱，就认为老师想占便宜，你不对；况且你压根不知道夏老师今天到校就把钱给了我了，老以为夏老师昧了你那一块钱，这你就更错得离谱了，大错特错了。归纳下来，你的这个'写作训练'就写错了，要重写。"

郑浩急了，说："我亲眼看见她花掉的。"

这成啥了？当面指责开了——说谁她呢？连老师都不叫了。夏阳大为光火地站起来——广播里传来值日生朗诵国旗下的献词的声音，于是她又捺住脾气。

"我刚刚不给你说了嘛，你光写了你看见的事，才产生了错误的认识。后面发生的事你没写，事情的经过就不完整了。你现在给我看好了，摆在桌上这一块钱就是夏老师替你交回来的，这个过程你没见不怪你，现在我来告诉你，咱们都在场。由于你写的作文不符合事实，误会了夏老师，你现在要给夏老师道歉说对不起。然后回去重写。"

郑浩将信将疑地说："这张就不是那张，那张钱被人踩脏了，有鞋印，我让我妈擦了擦，我才交……的。"没有道歉的意思。

"你这娃，你这是刻舟求剑嘛，夏老师的一块和你交的一块都是一块钱，一等于一，竖着写横着写都是一，变不成二，变不成一百，能变成一百倒好啦，它和你擦不擦有啥关系嘛。"祁月芳哭笑不得地说，"夏老师还老夸你灵呢，我看你就是小糊怂嘛。"

郑浩的小黑脸变成炭红色了，坚持说："这张就不是我捡的那张，我亲眼看见她给了那个卖萝卜的。"

"谁说你交哪张夏老师也非得交哪张才行，咹？"祁月芳抢白，"你地下捡起来的脏钱让夏老师往哪装？你为啥不跟你妈换一张干净的再交？说你小糊怂你还不服气。"

郑浩抓耳挠腮，显然他没料到这也是个问题。

夏阳却觉得祁月芳这样说没水平也没必要。她现在有点懊悔，刚才看完别出声就好了，课下找郑浩说清楚，三言两语就得了，现在弄得跟听课一样。自个儿一懊悔，对祁月芳就很失望，本来想学她的高招呢，就这，胡扯。马上她还有课，桌上堆的作业还没批完呢。

祁月芳还在点拨："你的记叙不符合事实，议论就更不对了。跟谁学的这说长道短的？"

郑浩困惑地说："你在作文课上说，把看到的事情和想法写出来就行。"

"咦，你咋净给老师们头上记账，哪天你杀人犯法也成了我教的了？"

"我没说。"郑浩摇头。

"你没说，但你就是这个意思。"

祁月芳一抢白，郑浩就不敢反驳了，只能冤枉地摇头。

祁月芳很是得意地朝夏阳递了个眼色，像是给她传了一道什么心经，换成上课的口气说：“写人叙事可以一事一议，但不能以偏概全这样乱下结论，你以为你看到了事情的全部，实际只看到局部，凭啥来断定这个人是好是坏呢？我都没有这个权力，谁也没这个权力，除非你是神仙，能未卜先知，没有调查就没有发言权，知不知道？”

郑浩连连点头，一副心悦诚服的样子。

全校学生集体背诵校训的嘈杂声从操场上传来，意味着升旗仪式就要结束了，祁月芳还在做戏，夏阳陪了二十分钟了，觉得可以了，她就要一个道歉，就没事了，她拦下祁月芳说：“你让他自己认错嘛。”

祁月芳讲得正好呢，有些扫兴地推了一把郑浩，让他给夏阳认错道歉。

郑浩要开口了，夏阳突然不乐意了——祁月芳这是在用处理两个学生的办法来处理她的事情，分明是贬低她嘛，祁月芳是粗心了还是存心呢？她要的是被“玷污”的形象和尊严，现在祁月芳把她和学生混为一谈，她的忽上心头的别扭在此——她不能再配合了，不能再按祁月芳的意思往下走了，她盯住郑浩追问：“你看见我花钱为啥不当面制止？当面不说背后乱说乱写，乱给人抹黑，谁教你的？”问得有些急，急火攻心，嗓子嘶哑，带出哭腔。

“看你把夏老师都气哭了。”祁月芳批评郑浩，捎带也把夏阳敲打了——太矫情了，泪腺这么发达，改教语文算了。

郑浩连忙给夏阳鞠躬道歉，惹怒老师和惹哭老师后果是不一样的。

楼道里和楼梯上脚步声和说笑声又热闹起来。

升旗仪式结束了，再拖就要上课了，祁月芳让郑浩回教室写一份检讨，写清过程和想法，“写到夏老师满意为止。”说话工夫，“哧啦”一声撕下那页作业纸，把练习册给了郑浩，“你这个‘写作训练’我替你保存了。你回教室借同学的练习册，抄题重写，把真实情况一五一十写下来。”

谁也没想到祁月芳来这手，郑浩拿着练习册，蔫蔫儿地转身离开了办公室。

祁月芳责备夏阳不该在学生面前抹泪示弱，夏阳难为情地说她没抹泪。祁月芳摇头说：“这伙怂娃们鬼着呢，要批评就要有气势，不能惯，压不住他，他就敢给你蹬鼻子上脸。”

“我看你光给他讲写作文，也没见你压他。”

“那这是啥？”祁月芳亮出撕下来的作业纸说：“小孩儿嘛，就是要连吓带哄，讲大道理他又不懂。”

“咋不懂？都他妈会用‘玷污’骂人了还说不懂？”夏阳心里不服气，话里带了脏字儿。

“懂个屁，他能有几个词汇量？逮住啥词用啥词，生搬硬套，张冠李戴，胡说八道。”

祁月芳的词汇量倒是挺丰富的，不过，夏阳挺不屑她这副反说反有理、正说正有理的劲头儿，当然，她也不好说啥，二十多年的老教师，全凭一张嘴挣饭吃，真要是占不了上风咬不住理，还真是功夫不过关呢。

“这件事就算了了，别再想了。”祁月芳把那页纸放到桌上，不无调侃地问夏阳，“要不要权当资料留存？”

夏阳不作声，这个东西，她不想再看第二眼。

“不要就扔了。”祁月芳三下两下撕成碎片转身丢进纸篓，拍拍手说，“好了，你该上课了。”

这一撕，夏阳没想到，又被刺激了一下，别扭极了，这多像电视剧里的人销毁证据的情节。

课代表进来抱作业，夏阳批改了不到半摞，只好让课代表抱回去教室，上课时同桌或前后邻桌对批一下。

事情了了，夏阳整好教案准备上课，祁月芳依然端坐没动，言辞闪烁地讲了一个笑话，说班里有个女生笑话郑浩，你看你那脸黑手黑，郑浩马上说，你是心黑。别看娃黑倔倔的，小脑瓜子挺灵的。说到最后，祁月芳才替学生求情：“他是说者无意，你别和他一般见识。”夏阳尬笑着说：“怎么可能呢？”祁月芳这才起身出门。

夏阳翻看讲义，还是没情绪，“玷污”像个苍蝇在脑子里自动发声，要这样下去，就没法讲新课了，她到作业柜里抽出一沓卷子，准备让学生做一份单元测试。

出去没两分钟，祁月芳又返回来，把夏阳交给她的那一块钱放在桌上，笑着说：“看我这记性。”夏阳不要，站起来说：“都说好了的，咋又拿回来了？”

祁月芳笑话她敏感，“这是个道具，用用就行了。”她逮住夏阳的手腕，要看镯子。夏阳没抽手，就势把钱塞进祁月芳手里。

“你怎么还真当真了呢？以前没见你戴过银镯。”祁月芳顾左右而言他，“老银呢，有人洗银，有银洗人。”

“不是道具，是真的，再收起来就真成了郑浩说的那样儿了。”夏阳绝口不提银镯的事。

“咋这么拗呢。”祁月芳也不自在了，松开手说，“他小破孩儿，写个小破事儿，你就得上心病了？”

夏阳抽回手来，苦笑着说："小破事儿弄得我真有了障碍了。"

老余进门时，她俩还在你推我让，老余坐下，笑眯眯地说："是不是嫌少，嫌少给我，我不嫌少。"节骨眼上开玩笑，没人搭理他，老余自讨没趣儿。最后还是祁月芳收起那张钱票，自嘲一笑："放学了我拿它买把小青菜。"

"路口的小摊儿上，青菜五毛钱一把，一块钱能买两把呢。"

夏阳不想听老余谈论小青菜的行情，拿了教案夹出门。

老余三十来年前是他们县里的高考状元，夏阳听同事说过不止一次，可她没看出他身上的状元样子——哪家的状元会为一块钱动心动意，会为两把小青菜和人喋喋不休半天呢？就是这些琐碎令她对老余失敬，失望也算。老余高级职称，工资在学校不排前三也有前五，生活上档次，可以更体面，可他跟自己也计较不清，一年到头身上老是式样陈旧的衫裤，在夏阳看来，这不是朴素，而是寒酸和扎眼的迷彩服。体谅他的同事会说他是被生活驯化了，一人工资养一家，也有同事笑话他是让老婆驯化了。夏阳倾向于后者。老余老婆以前在纺织厂上班，纺织厂倒闭二十多年了，老余占住着学校的两间器材室不腾，还包着学校的小卖部，没课就去小卖部理货。老余老婆面容浮肿，自带几分煞气，眼里冒着生活煎熬出来的燥火，她老算错账，少找钱，还不认账，学生们反映，她是故意的。就这么一个人物，和老师们拉家常，还埋怨老余呢，说男怕投错行女怕嫁错郎，都让他两口子赶上了。

夏阳情绪不好，没讲新课，让两个班的学生做了一份单元测试卷。在祁月芳班上她给郑浩面批，全对。

3

九月中旬了，日头仍然火辣，下午骑车上班，夏阳穿戴着全套的遮阳防晒装备，裙子配上轻薄的翡翠防晒服，骑上她心爱的小摩托，很潇洒。赶到学校门口，和门卫一块执勤的老袁就朝她招手，手里拿着一块板夹，扇扇遮阳。夏阳关了电门，溜到老袁跟前停了车，老袁笑着说她全副武装，包裹得严实，说了两句闲话，才问她那一块钱的事。老袁是政教室主任，事儿妈一个。夏阳摘下墨镜问谁给他说的。老袁说："你别管谁说的，我问你呢，学生娃拾金不昧做了好事，不夸奖还要写检讨，说不过去吧。"

夏阳不防，一时想不出话说，只好问他祁月芳上午找过他没有。老袁说："我上午跟李校长在教育局开会，她上哪儿找我。"夏阳说那就对了。她约略说明了一下，最后说："没人让他写检查，事情我们已经处理妥了，祁老师随后会给你那一块钱。"

老袁眼睛睃着进入校门的学生，心不在焉地来了一句："那就别让娃写了，做好事应该表扬反而写开检查，传出去都是笑话。"夏阳说："这个不是检查，是他们的一个语文作业。"

"开玩笑，检查和作业我都分不出来，还往这里站？"老袁哂笑，刮得溜光的脸蛋上全是揶揄之情。

下车伊始，进门吃气，夏阳不解释了，戴上墨镜说："我这就去找祁老师，让她跟你说。"

夏阳放妥车子，先上三楼祁月芳的办公室，祁月芳还没来，她给祁月芳打电话，祁月芳说迟点过来。夏阳回了办公室放下东西，照了照镜子，额头都气红了。她查了课程表，去了操场。

操场上有三四个班在活动。她站在操场边的柳荫下张望，课代表马上跑过来，她让课代表叫郑浩过来。

郑浩跑过来，鬓角和脖子上淌着热汗。

“你告政教处了？”夏阳问，“上午祁老师怎么跟你说的？”

郑浩不住地回头看着场上，随口敷衍：“我没告，我到校时看见袁老师在站岗，就过去问了一下。”

“问还是告？”

郑浩瞥她一眼，抬起胳膊擦掉额头上的热汗，放下胳膊，理直气壮地说：“问，我没告。”

夏阳看着郑浩的小黑脸，想她将来会不会也生一个这样的儿子，心神一恍惚，话就不理智了：“好，袁老师怎么说的？”

“他说你没交。”郑浩大人一样端详着她，“还说我做得对。”

看着郑浩那副不服气的、得理不让人的小样儿，夏阳笑着说：“没有人说你做错了，你没问问袁老师，他是说你拾金不昧对呢？还是说你文章写得对呢？还是说，你问得对？”

郑浩被问住了，觉得夏阳为难他，小脸上露出烦恶，扭过头倔倔地去看操场，看同学传球。看到同学把好球踢飞，他急得叫出声来。学生最反感占用体育课的老师，现在他最讨厌跑到操场给他训话的夏阳，他心里一直在咆哮：赶紧滚蛋。夏阳听不见他的心声，但能感到那种不敬，惭愧地说：“要不咱们现在去政教处，一起找袁老师。”郑浩不耐烦地说：“我不去，我要上体育课。”

“那好吧，你去上课，我让祁老师找你吧。”夏阳的话没说完，郑浩就跑回操场上去了。

夏阳浑身燥热，回到一楼的音美大办公室吹了一会儿空调。她们正好在聊祁月芳推销的面膜，教美术的小汪听说她没买过，瞪大画过眼影的眼睛说："你不怕老祁不高兴？"她笑着说："有啥不高兴的，我又不用。"小汪说："我也不用，我买了两盒送人了。"小汪还说她们办公室的人都买了。坐中间的胡老师说："不买她的东西她就不理你。"夏阳说不会吧。胡老师笑道："那是你俩关系好呗。"在座的老师嘻嘻哈哈笑了。胡老师说，十来年前祁月芳卖蜜，她家人都不爱吃甜，不买，老祁就不理她，背后还说她小气。后来她买了一瓶，关系就好了。小汪说好像她有个亲戚代购，互相支持一下。正说到热闹处，祁月芳打电话叫她回办公室。

夏阳挂了电话，又坐了几分钟，才上楼。

在楼梯上就能听见祁月芳的咋呼声在楼道里回荡。她推门进去，看见郑浩湿乎乎地站在那里挨训，像是刚从操场上捉来的。祁月芳的圆脸通红，浑厚的肩背也热腾腾的，阳伞和挎包都堆在她办公桌上。老余坐在电脑桌前，端着茶杯，满脸皱纹满脸笑。

夏阳进门，祁月芳就扬声说笑："快来瞧瞧，咱班的小'上访户'，把我告到政教去了。"

老余打趣："上午你还反对我说毒舌呢，现在你'上访户'都叫出来了。"

"我周瑜打黄盖呢，你管得着嘛。"

夏阳说见过老袁了，"老袁说你就没找过他。"

祁月芳摸起桌上的书本当扇子摇，掩饰着说："忘了忘了，一天到晚多少事，谁老记那一块钱。"

"你不记他记着呢。"夏阳冲着郑浩说，郑浩不自然地扭扭身子。

老余插话："现在叫袁大头也不迟，你们正好三头六面，说清楚。"

祁月芳顾虑事情放大了，影响不好。夏阳烦躁地说："能放多大？他反正也知道了，叫他来，咱们快快做个了结，我都烦死了。”

祁月芳拿出手机给老袁打，她按下免提，老袁没听她说完，照直回绝：“你班主任干啥吃的，屁大一点事就往政教处推。”说完就挂了。屋子里的人都听见老袁的话了。

祁月芳说笑：“好了，这一块钱交不出去了，没人要了。”

“这叫屁股级干部，省部级派头。”老余说风凉话。郑浩低头偷笑。祁月芳让老余不要随便乱讲。老余笑道：“他是个娃娃，懂个啥。”

夏阳瞥见扔在纸篓里的碎片，不由抱怨一句：“今儿一天，净弄他这一块钱了。”

“怂娃太耗气了。”祁月芳站在吊扇底下双手刨梳头发散热，对夏阳说，“怪我怪我，没及时给老袁说清，让他先告了一状。”

“我没告状。”

“犟嘴，不你告谁告？喊冤呢？”

“我是调查……”

“嘴翻得挺快，不告状了，调查什么？”祁月芳冷嘲热讽，没当回事。

“你不说‘没有调查就没有发言权’嘛。”

“呀呀，这娃还会倒打一耙了。”祁月芳亦惊亦笑，冒出土话，“我啥时叫你调查来？”

“上午，你说的。”郑浩占了上风，继续发挥，“你说没调查就不能乱下结论。”

祁月芳卡壳了，笑着说：“这怂娃，你把我说住了。”

“你厉害了，三个臭皮匠顶不上你这个诸葛亮了。”老余有点看不下去了，“谁给你的发言权？你调查谁了？谁让你乱发言的？”

郑浩闭了嘴，低下头。

祁月芳的糨糊刷子不顶用了，虚张声势地把郑浩推出门外。“去，打电话通知你家长，我教不了你了，叫你爸妈给你转学，袁老师就负责办理转学手续，你不是已经找他了？”

祁月芳叫家长是假，掩护郑浩撤退才是真。

袖手旁观的老余用商量的口气问祁月芳：“我能不能和你这个学生说两句话？”

“说十句十万句都行。”祁月芳在气头上，命令郑浩到余老师跟前，“立正站好。”

老余拉过郑浩，和气地说：“稍息吧，我不批评你，我想请你做个算术题，一点不难。”

郑浩垂头丧气，他不适应老余的方式，而且，也不喜欢老余的样子，老东西爱管闲事。

老余慢条斯理地说：“你替我们算一算账，祁老师和我每小时工资二十，夏老师十块，按一天工作八小时，算算我们一天挣多少钱？”郑浩答了一个数。老余夸他聪明，接着说：“工资是国家付给我们的劳动报酬，今天因为你这一块钱，祁老师夏老师从上午到现在一直在替你处理，现在也没处理完，因为谁也说服不了你，因为你不满意，因为你添乱，节外生枝。对不起，我不教你，不该批评你。咱们还是做算术题，你算一下你今天占用了她们几个小时了，再合一下是多少钱，时间一去不复返，你算算浪费了她们，不，应该是损失了国家多少钱。”

像打蔫的树苗吸饱了水分，郑浩站得笔直了，他明白老余的意思了。

“为了你区区一块小钱，让学校和国家成十倍成百倍地损失，你说该不该？”

老余确实在声东击西，郑浩身子摇晃，满脸愧悔。

“说得严重些，你不光损失了老师们的时间和金钱，还伤害了她们的精神和名誉，你这才叫作‘玷污’呢。她们辛辛苦苦教育你，你呢？刚学会念经就打和尚，你捡了一块钱，就抹黑了一群老师，你能说你这叫做好事？”

郑浩摇头。

夏阳和祁月芳苦笑不已。祁月芳这次没干涉老余。

“写也写了，问也问了，还有调查。”老余更和气地说，“我替你说句话，但不知道对不对，你是想要一个什么结果吧？”

郑浩不敢承认，忸怩地偷瞄了一眼祁月芳。

老余轻拍郑浩的肩膀笑道：“好说嘛，你请到门口稍候，容我们商量一下，祁老师就给你结果。”

郑浩望着祁月芳等指示，祁月芳沉着脸说：“瞅啥？等我们给你开欢送会啊。”

郑浩开门要走时，祁月芳又喊回来，让他先回教室上课：“给音乐老师说我找你有事。”

婆婆妈妈，就会耍些小把戏。夏阳心里这样嘀咕，她发现郑浩离开时只给祁月芳和老余鞠躬，又给了她一次难堪。

4

打发了郑浩，祁月芳就问老余要结果，老余笑说：“结果是要花钱买的。”祁月芳嗤笑他：“能不能情操高尚点啊，成天钱钱钱钱。”老余厚着脸皮说，就要捡来的那一块钱，又不和你多要。祁月芳愈加不屑地说：“噢，你处心积虑老半天，就为要这一块钱？

那这结果也太便宜了，石膏豆腐价，这样吧，我给你十块。”祁月芳拿过包作势掏钱。老余说不要那么多，就要那一块，“君子爱财，取之有道。孔夫子收冷熏肉，我收豆腐干，不为过吧。”

夏阳不爱听他俩开玩笑，不及格的打情骂俏。她催促祁月芳去找老袁，把事说清，交钱了事。祁月芳又泰然处之了，说：“着啥急，你这会儿给他，他扭头就添上买烟抽了。”

“他买啥我不管，我得有个交代。”

“你也不能为交代而交代。”老余提醒夏阳，“那娃为啥死盯着你不放，想过没？他认为你犯规了，你没在第一时间交上去，他起疑了。”

“你拿小屁孩儿比你这老狐狸。”祁月芳说老余在瞎分析。

“人家连将你两步了，还说人家小屁孩。”老余帮祁月芳支过招了，现在又给夏阳支招，“这和接力赛一样，他第一棒，你第二棒，祁老师老袁第三棒，第四棒就应该上交国库。”老余把他自己说笑了，“你现在才急着赶着去交，学生娃会怎么看你？他会认为：啊，我要不写出来，你就假装忘了；我不问袁大头，你就假装交了。看来你是迫不得已才交的……”

“对，不给老袁。”祁月芳附和，“你这会儿交了他，成了授之以柄了，以后他再逼叨，可就有话说了。”

“不交不对，交也不对。”夏阳讪笑道，“就交给你就对了？”

“差不多就是这意思。”老余面无愧色，“按我的办法，变被动为主动，既简单，还没后患……”

“但好事不白干，收费一块钱。”祁月芳打趣老余，替他把话说完。

“物尽其用，是这意思。”老余油腻地点头微笑，“不是娃娃小看你，是你们小看这个娃。反正我听了老半天，还挺服气这娃，你给不了我想要的结果，我就跟你没完。”

夏阳不想听老余胡说，她要给老余钱，祁月芳拦住她，把上午她交的一块钱给了老余说：“咱们说好，假一罚十，解决不了问题重罚。”

“罚百，有诚意吧。”老余捡起钞票，抖了抖说，“接下来请你见证奇迹……”

“别贫了，钱给你了，该干活了。”祁月芳不耐烦了。

“钱难挣，屎难吃。”老余起身，出门时又来一句，“脸难看。”

“你说啥？”祁月芳敏感地呐喊一声，老余已经带上门了。

办公室剩下夏阳和祁月芳，祁月芳仰靠到椅子上，伸了个懒腰，然后脑袋一歪耷拉到胸前，烫染过的头发也乱纷纷地翻起来，夏阳一下就看到白色灰色甚至土黄色的发根。

祁月芳眯缝着眼睛自言自语地说：“一天到晚，破事不断。”

停了一会儿，夏阳才说无聊透顶。

她们低声议论起王小英的病情。祁月芳唏嘘：“小英惨了，做化疗，大把脱发，剃个光头，出门戴帽子戴口罩，捂得严严实实。”夏阳纳闷地说：“去年体检为啥没发现，今年查出来就是中晚期。”祁月芳说：“这个不懂，癌细胞发展得快吧。咱且不说她，咱要从王小英这儿想到自己，少生闷气，开开心心，心疼自己，小英是咱们的镜子。”

夏阳这时提出想买两盒面膜，问祁月芳跟前还有没有货。祁月芳欣喜地说有有有。夏阳要付钱，祁月芳说：“不急，明天带来东西，你看了满意了再说。”夏阳说行，那就等明天。祁月芳狐疑地问她怎么一下想开了。夏阳伤感地笑道：“你刚不说了，小英就是镜子嘛。”祁月芳叹气说：“可不嘛，女人花，花开不多时，堪折直须折，人啊，都没几天。”祁月芳把话说死了，空气顿时变得沉闷了，祁月芳觉得不对劲儿，就把瓷盘大脸凑近了让夏阳鉴赏她的面膜使用效果。

下午看油大，一个天气，一个生气，把油污煎熬出来了，黄褐斑也明显了。夏阳谨慎地说出看法，祁月芳说：“没事，咱有配套的洁面纸巾。”然后麻利地从挎包里掏出一包纸巾，看着和国产面巾纸也没啥两样，就是包装袋上印的是韩文。祁月芳抽出一张，额头鼻梁脸颊下巴有序地揩擦下来，果然去了油光。又给她一张试用，柔绵贴肤，可能纸上加了东西，馨香是一方面，醒脑，再一个，皮肤还清爽了，夏阳寻思，看来这个也要买了。

她们正嘀咕呢，老余回来了，递给祁月芳一个软皮本，祁月芳翻开一看，笑着说：“这就是结果？”老余点头。祁月芳递给夏阳，扭头冲老余说：“亏你想得出来。”夏阳看了看，还给祁月芳，笑着说老余，你这戏法变得不咋地。

老余说这不叫戏法，叫结果。他给祁月芳报账：本子是从他小卖部里拿的，“拾金不昧”是他题的，印章是找老袁加盖的。“小费一番口舌。”老余觍颜说道，“这结果绝对物超所值，一分价钱一分货，十分价钱买不错。”

祁月芳说他王婆卖瓜。问夏阳听懂了没有，夏阳笑而不语，老余的笑话也离不开小钱小计较，和小辛酸。

下午最后一节自习，祁月芳到教室开了个小班会，说了说班里的情况，然后才说郑浩拾金不昧，学校给予郑浩同学特别嘉奖。祁月芳举起那个软皮笔记本让所有同学看，扉页上的题字和矿集中学政教处的大红奖章还新鲜湿润呢。她叫郑浩上讲台领奖，让全班同学向郑浩学习。郑浩翻开本子，让同学们看题字和红印章，他站在讲台上，小黑脸上满脸笑容。祁月芳站在讲台下领着同学们给他鼓掌。郑浩的小胸腔里好像扔进去一根活蹦乱跳的弹簧，要不是上课，他会连翻几个空心跟头的。

祁月芳又叫班长给郑浩加五分，记入班里的考评栏里。

祁月芳出了门，教室里就一片欢呼。祁月芳看见夏阳在走廊里站着，贴着墙往窗里瞧呢。她朝祁月芳打个手势，悄悄退到一边，祁月芳走过来笑着说："咱这一天，要猴呢。"

5

晚上睡下，爱人靠过来。夏阳推开爱人的手说没心情，爱人问她怎么了，夏阳说学校的破事。她本不想说的，爱人让她说出来听听。夏阳知道爱人想啥，他是没达目的不肯罢休。他们恋爱六年，大学四年，工作后又两年多。造人计划放在明年，爱人对她总是耐心十足，好像他啥也等得起，放在胸上的手温暖又安详。于是她就说了，说多久没在意，直到爱人的手变得沉重无力，鼻息发出轻鼾。她去了一趟洗手间，回来轻手轻脚上床躺下，爱人含糊地说："嗯，我听呢。"她惊讶地忍住笑问："我说哪儿了？"爱人咕哝说："一块。"她低声笑道："睡吧，明天再说。"爱人乖乖地撤回手去，翻过身低语："我理解你了。"她就要理解，梦话也算。

（《北方文学》2021 年 2 期）

感情用事

1

节后到校，又有两个学生转学到市里，办公室里来了三四个家长，气氛有些别扭。何玉娟是班主任，有几道手续要她签字，她写错了时间，一个学生家长提醒她是十月七号，她涂改日期时，校办的小朱敲着门喊她马上过来开会。

因为是情景记忆，她记得特别清楚，十月七号开始申报职称，一周时间准备资料，一周后初评。实际拖了两周才结束，参评教师都在争，心里都没底，何玉娟也是。

她问刘雅雯有什么诀窍。刘雅雯两年前就评过了，何玉娟也报了，名额有限，她没过。她一问，刘雅雯就冷脸了，话也冷淡：“一步一步，该走的程序走到就行了。”何玉娟心想，不想说就算了，这么简单还叫答案？她前年该走的程序走完了，走完了，也就完蛋了。前年刘雅雯评上以后，没评上的教师就说刘雅雯鬼，她不明其意，反觉那些人嫉妒，她也嫉妒，人同此情，情同此理。这次刘雅雯给了她冷脸，她才觉得别人说的不假。

关系不到，所以不告，不说拉倒，何玉娟不再问了。自讨没趣，何必呢？

刘雅雯上了职称第二年，买了一个家用小轿车，丈夫开车早送晚接，宿舍留着，但不常住校了。

她不问了，刘雅雯反倒凑上来给她谋划，说年后教育局要调整学校的领导，老陈可能回城，到二中当书记。劝她不如等老陈走了你再评。何玉娟心想刘雅雯有意思，敢情你争着抢着评过了，完事大吉了，就说出有风格有境界的漂亮话来了，你前年就争着抢着评时，怎么不想着老陈走了你再评呢？她心里不悦，嘴上却说："我要学你，今年说啥都要拿下。"

"啥意思？我有什么可学的。"刘雅雯脸色变了，像触到什么痛处。

何玉娟并不觉得说错话，她顿了一顿，说出她的担心："按你说的，我要再等一年，我现在一天也不想等了。再说，老陈走了，上头给矿集换个新校长，到时我连印象分都没了，从头再来，从头表现，熬到退休也评不上了。"刘雅雯安慰她不至于那么惨。何玉娟伤感地说："还不惨？老陈他又不瞎，他当校长这些年，我年年一拖二（一个班主任，上两个班的课），功劳苦劳疲劳，他走了谁还认这些账？"

刘雅雯摇头说："给他说这些没用。他一句话就顶死你了。"

何玉娟的想法焦躁混乱，她竟把刘雅雯的话误听为"你给我说这些没用"了。心里赌气说，你不是校长你说了不算。心里别扭，话就难听。她的思虑返回刘雅雯开头说的消息上，她不安地说："如果真是你说的明年换领导，那我真得抓紧了。"

何玉娟的过激反应，完全是不明就里，刘雅雯既说服不了，又不能明说，只好勉强笑道："由你吧，老陈这人，难，你看不出来他想啥，要防他点。"

刘雅雯没提供任何经验，不过，何玉娟觉得她带来的情报很紧要，也算支援她了。

何玉娟往校长办公室跑了几次，不是锁着门，就是里头坐着外人说话。有天中午在食堂领饭，她和老陈排了一个前后，老陈说饭后到办公室谈吧，她意外逮住一个机会，挺高兴。胡乱吃了几口，就回宿舍取她准备好的材料。

她敲门进去，谦恭地说，校长不好意思打扰您休息。老陈像是刚进门，伸手指指沙发，把脱下来的西服外套搭到办公椅上。

她把述职报告递过去，老陈说："别给我，放我这里两天就找不见了。"老陈让她看桌上堆放的书报和文件堆儿。公事公办就是有话讲在桌面上。

何玉娟只好口头汇报，坐在老陈对面很不谦虚地给自己评功摆好，一时间千头万绪，恨不得一嘴就把心肝肺呕吐出来，摊在老陈的桌上，让他扒拉勘验真假。她也不管老陈要不要，自己鼓劲儿往下说："我工作从不挑拣，从没给你找过麻烦，努力干好本职工作，我喜欢学生，学生也喜欢我，跟同事们的关系也很融洽，因此，不论评模评优我靠的都是自己的真本事。可现在，和我同龄的都有好几个上去了，我能不着急，能不嫉妒？我现在每月工资还不到两千，上了职称后就能拿到两千多。我爱人的厂子效益不好，工资比我还低。两边家里都上有老下有小，开销大，我们的工资收入刚够基本生活，孩子过两年就要考大学了，一年两三万，学费怎么办？往后还要娶媳妇，还要买房，靠咱这点工资，别说帮忙了。"

她也讨厌自己这样诉苦，虽然每句话都是经过推敲的，备课一样准备好的。

老陈更不爱听她唠叨，皱起眉头说："你这都是小烦恼变成的精神压力。”她断了话头，苦笑着说：“也许是，你是领导，对你来说是小烦恼，对我来说都是现实困难。”

老陈难掩其烦地捂着嘴打了个软哈欠。她停下来。老陈勉强笑道：“我才发现你其实挺能说，接着说，说干净。”

敢情在他眼里她是个哑巴蛋啊？何玉娟大受刺激。老师凭嘴吃饭，哪个不能说啊？她不想诉苦兜圈子了：“该做的都做了，该得的得不上，就这情况，请您这次帮我争取上。”说完这句话，她觉得急赤白脸的羞愧。

老陈笑着摇头，躺靠到椅背上说：“你想得好简单。”

说错了？动之以情晓之以理地说了半天白说了？

何玉娟不甘心，她再接再厉，掰着指头一二三四地给老陈算起家里的经济账来了。这是她备好的另一课。她全情投入，讲得全神贯注，她不知道她的认真是多么失态，多么神经。

老陈忍住笑，起身晃晃腰肢，踱到门口看了看，关了门。她也没在意。直到老陈过来挨着她坐下，她才意识到情况有变，想站起来，好像晚了。老陈一把搂住她的肩膀说：“不就是想上个职称，你看你急出病来了。”嘴巴里的饭菜味和嘴唇上剃过又冒了头的根根入肉的胡茬都一清二楚，她周身别扭，坐得太近了，看哪儿都不合适。

她推开老陈的胳膊规矩地坐直了，像在给老陈示范。老陈没学她，仍像挤靠在车座上的陌生同座，肉乎乎地紧挨着她：“我也在考虑你的情况，就等你自己来表个态。”她慌不择言地说我来了几次看你忙。老陈点头说：“你也看见了，人人都有想法，跟你一样，都想争取，都想先上。而且和你一样，谁都觉得自己该上。我当然可以让你上，别人就有意见，我不管别人意见，那我图啥？就这摊场，你说我咋办？”

老陈对着她的半张脸表示无奈，话的味道浊重黏糊。她不敢扭脸，距离太近，戏再好也觉着别扭和生硬。

她横了心说：“你是校长，你让谁上谁就能上，还不是你一句话的事。”

“这就对了嘛。”老陈说笑着，就势把她搂进怀里。

除过初恋的同学和现在的丈夫，她没和其他男人这么干过。她跳了起来，但不好发作，不是涵养问题，该说抱歉还是骂他流氓，她想判断一下形势。

老陈似笑非笑地仰面瞅着她，眼光光的，看不出邪恶，也看不出冒昧之后的难堪，他不道歉。似乎不觉得他有错。两条胳膊还罗圈着，像是在等她钻进去。

“太不像话了。”她低声责怪，适度地表达了被冒犯的羞愤，快步朝门口走去。

出了办公室，匆匆下楼，长长出了一口气。老陈大胆，她脑子突然雪亮一片，明白了刘雅雯那些吞吞吐吐欲言又止的话。现在不说也知道了。

回了宿舍，她照照镜子，面带愠色，顺手揉揉眼角的细纹，摸摸怦怦乱跳的心口，暗自责备，都多大岁数了还芳心乱跳。

她和衣躺下平复心情，听见学生们无忧无虑的笑声、拍球声和球砸中篮筐的回荡声，精力充沛的学生不午休，她想起了儿子，儿子没蹿个儿，有点自卑，不爱打球。当年跟她在这边读书，从不到球场上。

为了儿子，她责备了自己，原谅了自己，顺便原谅了老陈。她甚至觉得是她在午休时间贸然造访，让人有了非分之想。老陈拥抱她，但她毫发无伤，两边隔着七八层衣服呢。心旌摇荡一下又没发生灾害损失。她对老陈没恶感，老陈会讲课，会当官，不过刚才的做法令她大感惊讶，她的心情有点复杂，儒雅的老陈那双炯炯有神的眼睛，凑近了看竟那么荒唐，像什么东西从眼眶子里探出来了。

心绪平静下来，她才想起，老陈没应承她职称的事，她那些掏心掏肺的话等于白说了，老陈没答应给她解决问题。刘雅雯是怎么评过去的？她是怎么做老陈的工作的？以后和刘雅雯说话要留心了。

后来她迷糊了一会儿，每天跟着学生早读晚自习，总也睡不够。梦里有人探手怀中，她一惊而醒，她认得荒唐人，她鼓胀得喘气。

下午的活动课，教研组在会议室给讲公开课的青年教师评课，何玉娟去坐会。老师们正在分析“老舍”的“舍”该读四声还是三声，老陈推门进来，教研组长兴奋地说，陈校长一直重视语文教研，请校长来断一下，讲两句。说完使劲儿鼓掌，老陈谦虚地说：“你出我洋相，你们才是专家，我听听就行。”不过，末了还是谈了几点感受。

“生于忧患死于安乐，鱼和熊掌不能兼得，两篇课文都在摆事实讲道理，论述都很透彻，我也讲过十几遍。给学生的知识点就那么多，给我们的启发就不止这些了。叫我来理解，就是一要作为，二要舍得，串起来说，舍得就要选择，选择就是作为，选错了我们可以重来，但不选择就永远等于零。”

老陈的话句句朝着何玉娟来，何玉娟垂下眼帘，避开眼神的交流。别的人则听得津津有味。老陈像是谈得兴起，又像是接着发挥，说孟子还讲过一句话，叫“虽有智慧，不如乘势”，文译白了，就是要人学会审时度势，明智选择。

教研组长击掌喝彩。

老陈谦虚地说："可能跑题了，我是随便谈几点体会，你们接着研讨。"然后起身走了。

老陈走后，何玉娟放松下来，教研组长还在夸奖老陈的领悟力，她深感失望，在座的老师竟没一人听出老陈的话外音和针对性。她又坐了一会儿，提前离会去了教室。

2

找老陈谈过以后，何玉娟越不知道接下来该怎么办了，回家歇礼拜也没歇好，心乱如麻。藕块炖排骨也吃不香，丈夫看出名堂，问了情况，也没好主意。但有老办法，带她到一个香火鼎盛的老庙里捐了 50 块香火，掣了一签。看庙的后生煞有介事地说："好签，碰上好事了，该咋做咋做，想咋做咋做。"然后给他们推荐 666 元、888 元、999 元的神明永照大红蜡烛。何玉娟有组织，不迷信这套，更不相信这个把"天露淳淳"念成"天露郭郭"的白字后生能解了签、能领悟了天机、能破解她的困惑。在庙里，她不好说破这些，权当和丈夫出来散心就是了。

也不知是那支"天露郭郭"的好签安了心，还是游玩散了心，从家里回了学校那礼拜，她的心真的笃定了。期中考试也临近了，她领着两个班的学生上课复习，暂时也顾不上职称的事。白字后生不是说"该咋做咋做，想咋做咋做"吗？意思就是随遇而安，自求多福，也许会碰上好事。

这么想是有根据的，今年有六个指标，符合条件的参评老师一共十四个，她综合了其他人的情况，又把自己的情况分析了一下，自认为排不进前二，也落不到后三。这么一想就自信了不少，觉得没必要再到老陈跟前惹那个骚去了。

不过，她到底还是觉得忐忑不安。晚上就寝前倚在床头给丈夫打电话唠叨，丈夫说，神仙都说成了，今年肯定能上了。丈夫在给她鼓劲儿，她也愿意讨这个口彩的。说到后来丈夫还给她出馊主意："该送就送，现在兴这个，问问别人咋做，你也咋做。"她一拍被头，低声咆哮："那样儿我宁可不评。"丈夫那边温言软语安慰她："由你由你，我不懂，怕你心里受制急着了。"

丈夫一向敬让她、娇惯她，一是觉得她为人师表，二是疼怜她长年城里乡里来回跑。丈夫和她一样，属于卑微的善人。说白了，敬让、娇惯还不是出于爱惜？她也习惯在家里端个架子，就连上床都放不下身段。每次过活儿，她都像是一本少儿不宜的书卷，打开一页，让规规矩矩的丈夫读上一两个小段落，就又匆匆合上了。往长远看，她确实够丈夫阅读一辈子了。可这十几二十年了，丈夫好像也没从她这儿读到特别精彩的段落——高潮的地方。生儿子以前是要"完成功课"，儿子出生以后，就是"复习"了。完成几个简单的指定动作，就撤了。结婚多年，他们安之若素，平平淡淡，波澜不兴。

大庙求的那支"天露郭郭"好签到底还是失灵了，随遇而安的态度很快遭遇到波折。

周四是个好天气，下了两节课后，她回宿舍抱了被褥出来晒，刘雅雯的被褥可能已经晒了一阵儿了，她正拿着一个铁丝晾衣架拍打被子。见她过来就低声问："你不是找过老陈了，怎么还那样？"

刘雅雯还没说啥，何玉娟就猜到坏事了，她身心发颤，十根指头掐进了绵软的被面，故作镇静地问刘雅雯什么事。

“你自己去看。”刘雅雯告诉她，考核分数和排名公示了，张贴在校办墙上。

何玉娟抱着被褥原地转了两圈，然后往楼前的双杠上胡乱一搭，匆匆朝办公楼走去。上楼梯时，迎面下来的同事都和她打招呼，她一律点头不语，后来有人告诉她，那天她脸色煞白。

办公室墙上并没有张贴，她真希望刘雅雯在开她玩笑，她问冷着脸盯着办公电脑的小朱，小朱说刚被老柴撕了。她问为啥撕，我还没看。小朱说气疯了呗。小朱递给她一份复印件，她发现小朱桌上有一沓复印件。她接过纸来，还故作轻松地说：“这个老柴真是。”

随后她也急疯了——她不在前三，也不是四五名，前六名里没有她的名字。

她排名第九。这个名次意味着，她被提前刷下去了。

签不灵？还是失灵了？不是说碰上好事了，“天露郭郭”了，怎么好端端就黄了。

大意失荆州。

何玉娟急红了眼，血泪汩汩往心里流，又从心里往出溢。她一急就憋尿，她不想在办公楼里解决，作为惩罚，她忍着，往操场边的学生厕所里走。上课时间操场没人。没尿出来，泪先来了，她哽咽出声，一忍再忍，忍回去了，哭没用，是没一点用，何况又不止哭了一次。

她独自坐到球场边的阶梯上，青白天，冷飕飕，无动于衷，淡淡冬阳里的剪剪寒风让她冷静下来。她重新分析分数的构成情况，排名的综合分数由三块构成，一块是个人积分，占百分之五十；一块是办公室考核，占百分之三十；剩下一块占百分之二十，在校长一个人手里，名曰校长评定。前两项百分之八十的分数她谁也不怕，要怕也是别人怕她。看来校长手里的二十分就没给她几分。因为，开始她自己测评能排到四五名，是把陈校长的那二十分全部加进去了，看来是她自作多情了，老陈不仅没给她满分，连十分八分都没给到。

风从天上垮塌下来，吹跑脚下的落叶，她打个寒噤，明白老陈为啥不给她高分。

恨谁也没用，公示表明一个事实，老陈偏谁向谁，谁就能排进前头。

莫名其妙的紧迫感，她沉不住气了。她不能再眼睁睁看着别人越过自己往上评了。求神不如求己，她要争取，眼下，求己不如赶紧求老陈。必要时，必须看开点。

前进就是退路。她站起来，远远认出挂着空调压缩机的老陈办公室窗户，挂机像白牌。她用鼓励学生的话给自己鼓劲加油，现在不是事不宜迟了，是不惜一切代价。她听见心底的可怜鬼用古怪的悲怆的声音替她呐喊助威，我来了。

她鼓起勇气，敲开了老陈办公室的防盗门。

她好好看了看这道门，真是严实，开了门才听见里头的人哇啦哇啦说话。进门看见排名七八的柴老师和李老师在跟老陈理论。彼此照面，落败者的脸上连微笑都没了，只有一丝尴尬的羞耻的抽搐，那是窝囊坏了的表情肌在痉挛。柴老师年近五十，眼睛红肿，平时老说宁静致远、淡泊明志，现在还是中教二级，一直没有上职称。李老师也比何玉娟大三四岁，未老先衰的阴风黑脸，像一颗风干的核桃。

失败者的愤怒是丑陋的。

何玉娟进门，老陈没招呼她，躺靠在椅背上继续说：“不是你们三个两个，咱们这次参评的所有老师都很优秀，我想让大家一个不落地都评上，职称上去，工资跟着上，大家心情舒畅，上课劲头足，我当校长脸上也有光。”

何玉娟心想，撒这个谎有意思吗？你现在就一脸油光，打这个官腔有意思吗？

老陈不看她，伸胳膊蜷指头给他们数算：“可学校的指标就这几个，和兄弟学校比，我还死乞白赖跟局长多要回来一个名额，就这也是不够，僧多粥少，分不分到头上，按理说，你们上职称的条件都够格，可是考评下来是这个样子，这是客观依据，我也说了不算，希望你们能体谅我的难处。也请你们相信，我肯定以公平公正公开的态度给全体老师一个交代。好了，你们都回去吧，我要赶紧回几个电话，你们一件事就能薅住我半天，我这边事可多着呢，好吧，有事我随时通知你们。”

老陈最后一句话加重语气，很负责任的口气。

何玉娟还没跟老陈说上一句话，就被连哄带轰地逐出门来了。

何玉娟和柴李两位老师出来，走到楼梯口，李老师不无用心地向她泄密，说排名靠前的老师都有猫腻。老柴更是黑脸如铁，愤愤不平地说要找地方去告。男老师脾气大，在她跟前尤其大，本能。何玉娟不想听他们发牢骚，已经够沮丧了。她回了楼上的办公室，对着窗外空白的天空发呆，对着灰影一样的蜘蛛网出神。窗玻璃被来自遥远地下的某处矿井下的掘进炮震得瑟瑟颤抖，极度失落造成她的反应迟钝，以往她的耳膜能感受到这种闷雷一样的自内而外的负压，就算听不到炮声。

课间，刘雅雯回来休息，听她说柴李的事，轻蔑地说：“你别听那两人瞎吹，说了几百遍了，你问他敢告？除非他们这辈子不评了。”

何玉娟说，老李和老柴有失风度，她理解他们的愤激，职称套工资可以变现。“眼巴巴瞅着锅里的几窗肉让前头的人儿筷子搛走了，轮谁都有意见。”

刘雅雯撇撇嘴：“正常反应，闹情绪不解决问题，就像‘驴不胜怒蹄之’，别看他们是男的。”

她们笑了，她把症结——怎么拿到老陈手里的二十分，给刘雅雯说了，让她帮她想想办法。刘雅雯说多做工作加强沟通。何玉娟说试了不顶事。刘雅雯说，送钱，正面进攻。何玉娟犹豫地问多少。刘雅雯说两三千，三五千，这没多少，看个人的决心。见何玉娟犹疑不定，刘雅雯说，打出油来吃油嘛，打不了水漂，办不了他会退的，但对于他来说，你表了决心了。何玉娟犹疑地问，他真收人钱呐？刘雅雯冷笑说，他不收你的钱，除非打你的主意。何玉娟扭过脸咬住嘴唇，像挨了一记耳光。刘雅雯说，小聪明小手段，平时不烧香急来抱佛脚，这香火钱省不了的。

3

思来想去，她都灰心了。她怏怏地回了宿舍，看了一眼摊在桌上的课本，一点心气儿都没了。离食堂开饭的时间还早，她瘫倒在床铺上，随手从枕边胡乱拽过一本杂志翻开，这是她多年的习惯，一个习惯性动作，她其实无心阅读，就想换下脑子，把塞满脑子的麻烦挤出去。书页上的字密密麻麻，乱如蚁行。她一目十行地看着，脑袋里麻木不仁，一句话突然跳进眼里：“在自己的身上克服这个时代。”她陡然一震，坐起身来，这句话太及时了，她听懂了。

她扔开书，去给自己冲了一杯蜂蜜热水，想暖暖凄凉的心肺，润滑枯干的肠胃。捧在手里还没喝呢，手机响了，一看小号是老陈的，心念一动，心照不宣啊。她接通电话，可她的欣喜没引起太大反响，那边的安静依然苍茫，足有十来八秒钟后，手机里才空谷传声般地飘来老陈惺忪的声音。现在有空，有话面谈。

挂了电话，她轻拍了一下手机屏幕，有希望，她希望看到的是出埃及的生机而不是灵感。

她对着镜子整理一下头面，眨巴眼睛，连使了几个眼色，调整到明媚的亮度。然后从拎包的夹层把准备好的现金抽出来又数了一遍，别管数几遍了，不能心疼钱了。想要在自己的身上克服这个时代，就先跟上时代的节拍。

进门，老陈埋头翻着一沓什么票据之类的东西，明知故问地说，你有什么事直说吧。

何玉娟此番来理直气壮，话带轻狂："我想今年评上，不想再等了。刚才听你那么一说，死心了。"

"哀莫大于心死，不至于吧。"老陈抬头发笑，"等来年吧，什么都不说了。"

何玉娟掏出包好的钞票放在桌上，说："请陈校长帮帮忙，我不想等来年。"

"你什么意思，成心是吧？快拿起。"老陈放下脸说。

老陈在演戏，何玉娟给他配戏，笑吟吟地说："一点心意，没多少，没事的。"

"你没事，我有事，我有纪律，快拿回去。"老陈一脸正经。

她认定老陈在装正经，在试探她的诚意，在跟她演三推三让，她没那么笨，她甚至娇嗔："别虚了，赶紧收起。"

老陈倒吸一口气："你把我看作什么人咯。"说着话，从案头找出一份文件翻着挑着给她看，“这是教育局专门下发的文件，‘凡有下列行为之一者，不得参加本年度评审’。你现在的行为违反了第七项，‘以不正当手段拉拢贿赂评委与评审工作人员’。”老陈把文件推到她跟前，盯住她说，“你非要留下也可以，我会原封不动交给薛书记，由他去处理。作为矿集中学的校长，也是评审工作的第一责任人，我现在通知你，你违反了评审纪律，你的评聘资格被取消了，你啥也别说了。”

何玉娟慌忙把纸包装回兜里。她看出老陈嘴角的讥笑，情知他在捉弄她，不想给她办事。脑子一乱，就转不过弯来，她只能说实话：“给我加上你那二十分，我就排到三四名前头，分够了我自然就能上去了。”她的实话像是臭不可闻的屁话，老陈不胜厌恶地说：“都是你的了？凭啥？凭啥？”

“凭啥，凭我给你下苦，凭我在矿集中学站了二十多年讲台，我二十二岁进了矿集中学，辛辛苦苦不算吗？我又没多要，我又没白要。”

何玉娟硬接住这句伤心的话，她本想再来个莞尔一笑，嘴角一咧先哭出声来，上午憋回去的泪热乎乎地涌出眼眶。她本是笑着来送礼的，官不打笑脸人，官不打送礼人，她没料到老陈这么对付她，往她心窝子里扎刀子，她的伤心史本来就有溃疡，被她无数次翻来翻去翻成了一本破烂，哪还经得起这么一搠一弄。她难过至极，一肚子苦水顺着伤口冒出来。

“儿子过了年就要高考，我已经和丈夫儿子说好，高三最后一学期我跟学校请假，回家给儿子做饭，陪儿子高考，我欠我儿子太多。”

“正好赶上评职称，我还想好事，评上职称再请假，两头都不耽误。哪想到会评出这结果。”

“我万一今年上不了，再请一学期的长假陪儿子高考，光这项考核会影响我两三年里的绩效。两三年后又是什么样，你们领导班子一调整，你走了，谁还认我？那时谁还理睬我？”

越说越不堪，越想越迫切，越说越难过，越说话越多，越说泪越多，一时间涕泪滂沱。

老陈递了几次纸巾了，不耐烦地安慰她先别哭哭啼啼，还可以考虑。

何玉娟发怵那个沙发，她站起来又坐下，含悲忍泪说：“今年评不上，你一调走，我又完了。”

“谁说我调走，谁在底下造谣。”

何玉娟不能解释，换作央告：“陈校长，我就求过你这一次，你帮帮我这个忙，今后让我做啥都行。”

老陈说好。但没有像上次那样趁机动手动脚，如果他愿意逞其私欲，她会默许的。

可情况并未发生，反是这么一动脑筋，泪不流了。

难过的劲儿没过去就没泪了，她好尴尬。上次她没按他的来，这次她按他的来，他又不来了。她饰过唇彩呀，真不要脸。

老陈提醒她，书记和副校长都在他面前替老柴说话了。何玉娟领会了老陈的用意，情急之下便犯了忌讳，把听来的那些闲话统统说了。

老陈对她说：“这下你该信了，不能听他嘴说，听他给人上课。人是感情动物，不瞒你说，在我这儿，动之以情比晓之以理更管用。”

看她还是不求甚解，老陈认真地说：“你这件事光我在上头努力不够，你在下面也得努力。一起努力，争取给你这事办了。”她听出老陈的双关，但她不那么认为，装傻扮痴，默而识之。

4

学校食堂给学生做吃了翻塘死鱼，被学生家长捅到网上，骂矿集中学丧尽天良，给学生喝了“一大锅腥臭的淤泥汤”，引得群情激愤，不少家长留言要给孩子转学。教育局局长把老陈叫去劈头盖脸一通臭骂，说查出他染指就撤他职，老陈只好供出食堂承包人是某副市长的亲戚。

老陈回来给教师开会，让班主任安抚学生，绝不能因为这件事转学，哪个班发生转学就考核哪个班主任。教育局发文整顿学校食堂，把评职称的事搁到一边。老陈跟何玉娟闲聊，说局长不鸟副市长，叫副市长笨鬼，让老陈换了承包人。老陈口头答应了，拖着不动，一个是合同没到期，二是副市长惹不得，“他可能不知道我这个校长，如果他因为这事知道了，我就完了。”何玉娟说你可不能完，我还指望你呢。老陈点头说：“这就是危机和责任，谁都不好干，承包人也是想改善学生伙食呢，瞅便宜掉坑里了，他也喊冤呢。”

那晚何玉娟回了宿舍，发现刘雅雯宿舍亮了灯。她进门不久，刘雅雯就过来了，说下了一下午雨夹雪，下了晚自习就懒得回家了，到宿舍来住一宿，和你聊聊天。何玉娟不相信刘雅雯是因为天黑路滑住回来的，再说有啥可聊的？有话白天在办公室就说了，回宿舍洗洗就该睡了。

东拉西扯，一会儿就聊到职称上，何玉娟感慨真比怀儿子还遭罪，一怀几年，最后难产，痛苦死了。

刘雅雯打趣她，这次肯定生下来了，有老陈给你助产。

何玉娟摇头，她担心话多有失，宿舍里的灯光为此显得昏暗下来。

她们一块儿去解了手，然后在操场上踏雪散步，楼头上一牙黄月，她挽起刘雅雯的胳膊问："有没有诗兴？"刘雅雯责怪她，你又来了。她说露似珍珠月似弓。刘雅雯说今天是十一月初八，月份不对。她说大雪满弓刀呢。刘雅雯说雪不够大。她扫兴地说，本来想跟你附庸一下风雅，冷哈哈的，白出来了。操场上的雪基本被学生玩过了，在夜色里一片斑驳，她们小心翼翼地往回走，她的手机响了，她松开刘雅雯的胳膊掏出手机，刘雅雯问，这么晚了，老公惦记了？她把手机递给刘雅雯，刘雅雯看了递给她，笑道："骚扰电话。"她们看着手机安静下来，屏幕变回一片黑寂。

她的这一举动本来是弥补此前的那个愧疚的，凛冽的夜风确实可以令人警醒。回到宿舍，何玉娟用小锅热了几盒奶当夜宵，两人挤靠在床上，腿上搭着被子，一直聊到四点多，附近村里的鸡都打鸣了。这样谈心，她俩共事以来绝无仅有。何玉娟真不想这样，但不好意思拒绝，想着下不为例就是。刘雅雯讲她那年在咸市宾馆几乎跳楼，老陈假死在床上叫不醒，吓得她够呛。何玉娟记得一句话，忘了在哪儿看的，说人到后半夜，大脑就会软化，就像缺了一根弦儿。所以她硬绷着，尽量让刘雅雯说——刘雅雯真的是和白天有点两样，甚至，和前半夜进来那会儿都不太一样，嘴松了，说醉话一样吃吃地笑道："干起那事来他就像狗。"何玉娟装聋作哑打哈欠，刘雅雯捅她骂她"装憨憨"，她咬紧牙关——刘雅雯说得再对再像，她也不能起来共鸣，那等于不打自招，所以不能交流。她后来再三提醒刘雅雯天快明了，躺一歇儿就该上早读了。刘雅雯才起身，出门前还神叨叨地说："关电视睡觉，顺手拍死等着暗地里搞你的蚊子，一宿好觉就是成就感。"

何玉娟久久难眠，她没有刘雅雯的勇气，在夤夜道出自己的隐私，她不敢与别人共享和共守此类秘密。她暗自比较她们遭遇的相似之处，不甘和自洽，羞愧和悲哀，都是两头牵拉无法分解。她刚半醒半睡，梦见站在一栋高楼的窗台上，耳畔呼呼生风，高风把窗纱和厚窗帘吹得飘摆起来啪啪作响，楼下行人车辆如同扁平的蚁虫，她想起危楼高百尺手可摘星辰，还想起一个诗人寻死跳下八楼，她现在站在二十一层上，在陌生辽阔的城市，想到粉身碎骨、香消玉殒、臭名远播、任人评说、后悔莫及，她想抽身却被大风掠下去，她大叫而醒，犹然头晕目眩轻如鸿毛，额头上细汗涔涔，起身喝水压惊，窗外已有校工扫地的咳嗽声。她把刘雅雯刚讲过的故事编进自己梦里了。

早读时见到刘雅雯，她们还是点头一笑，熟悉的况味真的苦涩。她们都熬了夜，还在苦熬。

5

星期四上午课间操，老陈把她叫去一边，说了他帮她的计划，她难掩兴奋，但心有不忍地说："非得这样吗？"老陈说："名额教育局控死了，你上他就得下。留他你就这样了。"她马上不作声了。

"我要想办法做成这件事了，你也要实际行动。"老陈吩咐了她两句话，一旁的人根本看不出是谈私事，"你说帮了你这个忙，今后你做啥都行。"她明白老陈说的意思，羞得"哎哟"一声，下意识地扭过一边。操场上满满的学生和跟班的老师，她班上的学生也在随着音乐做韵律操，音乐替老陈打掩护。老陈说："这事取决于你，不勉强，我等你决定。”说罢，背抄着手转身走了。

何玉娟发作不得。她不像以前反应那么过激了，可是薄面含羞，依然不堪。附近一个同事见老陈走了，才凑过来打听，是不是说你的职称了。她摇摇头，又点点头。同事表示理解，也爱莫能助地陪她摇头叹气，不再问了。

第三、四节课上完就到开饭时间了，她到学校食堂要了一份饭菜，食堂的饭菜能诱发厌食症，她出了食堂门就倒进潲水桶。回了宿舍，她掩面坐在小桌前，想起老陈的吩咐，太不像话了，太不尊重人了，丈夫都没这样安排过她。她拿过镜子看看脸色，想到的是那些个形容词，憔悴、苦涩、扭曲。杯子里的蜜水已经放凉了，她续上热水，一口一口喝下去，心情和脑子渐渐平静下来。

中午丈夫骑摩托赶过来，送来她的大学毕业证和教师资格证等几个证书，她拿着上报材料的目录对照勾选，丈夫蹑手蹑脚地从后面抱住她，她不动声色地说，别胡来，这是学校。丈夫就无趣地放手了。她瞥了一眼丈夫被寒风吹得干涩粗糙的灰脸，柔声安慰他，明晚我就回家了。丈夫马上笑逐颜开。她和丈夫合计了一下，她如果套上职称，工资每月增加三四百，加上绩效工资的同比增加额，一年下来多收入五六千，五千对于他们清贫的家庭来说也不算少了。丈夫说，相当于一年的物业水电等杂费不用支出了。她笑道，怎么不是支出。丈夫错了还是笑呵呵的。她让丈夫赶紧回去找计生办要一份个人计划生育情况审查表，她上次打电话漏了，她回家就可以带来。丈夫二话不说，拎着头盔高高兴兴走了。

丈夫是普通技工，六年前他们在铜城边上买了一套房，她在离铜城三十多里的矿集中学上班，想进城要门路要财路，她没有，就一直跑家。周五下午放学，搭公交返回铜城歇礼拜，和家人团聚，吃丈夫炖的猪蹄或排骨补充营养，补补住校亏欠的油水。周天下午再拎些干粮、挂面、麻酱、腌菜，坐公交回到矿集来上课。比起长年累月在外省打工的妹妹强得多了，三十里地算什么，她已经习以为常了，在学校，每天少做多少家务呢。

她后悔让丈夫那么走了，到晚上这后悔就加重了。

下午到办公室批作业，老陈说的话还是像蚊子的叫声，在耳畔不时地悄悄响起，挥之不去。弄得她恍恍惚惚，注意力散乱，一再走神，盯着墙角的蜘蛛网。两堂课才批了小半摞作业，她刻意不去看墙角，但那片软乎乎的蛛网好像植入她的脑壳里头，像她老早看过的一幅外国画，熔化的钟表软乎乎地从桌边耷拉下来，从树枝上耷拉下来，她觉得那片蛛网也是，软乎乎地耷拉在她的脑瓜里，她看不清楚在哪里，也够不着打扫。

刘雅雯下午没课，来得迟，进门就说她脸色不好。她先说缺觉，中午也没睡着。随后说送礼被拒。刘雅雯很是吃惊，好像猜到了什么，安慰她："老陈就这人，你跟他接触了就知道了。"

晚饭还是没胃口，索性不去食堂吃了，回宿舍热了一杯奶喝了，一天这么煎熬着过，焦躁得她都便秘了。

饭后要陪学生上两个自习，她坐在讲台上准备批改积攒成堆的作业，但一直心不静。扶着额头盯着黑乎乎的窗外，脸色时红时白，细心的班长上来低声问她是不是生病了，她警觉地摸摸额头，掩饰说不太要紧。她瞅着学生纯净闪亮的眸子夸他懂事，打发他回座位。

职称加老陈，让她心乱如麻。今年评不过，两三年后什么样，长远怎么说？校长一换，谁还认她，那时白贴恐怕也没人理睬了。这么思前想后，越发觉得动辄得咎，情不能堪。机会当前，没有几个二十年供她坐等，不能像老柴那样强说淡泊明志，事到临头，他都不信，不是拼着老命跟人争吗？叫谁信？

下课前，她处理了一个调皮的学生，说他“你的书都念到狗肚子里了”，这是她的口头禅，一条习焉不察的不文明用语。

上了第二节自习不久，老陈推门而入，站在门口威严地扫视着埋头自习的学生，又转头朝她信任一笑，带上门走了。

长痛不如短痛，一通然后百通，羞归羞，总不是大姑娘的羞了，自己要想通，给丈夫给家里也能交代。她从未嫌弃过家庭清贫，她也不会玷污家庭的清白，她要给这个家庭添砖加瓦。她要劝说僵硬的身体，在自己的身上克服这个时代，大不了就那么一回事，忍过一时总比一堵几年强。老陈取笑她僵化，像树桩子，树桩子会害羞会生气会这么难受？会左右为难会患得患失会忿思难会见得思义？

迈不出去，又不想后退，只好往边上跨一步。

快下课时，学生们开始悄悄收拾书包然后交头接耳哄吵哄吵，过去她会制止，今晚她毫无察觉。

两个小时的晚自习坐下来，腰腿麻痹，想法多得够写一本厚书，可思来想去，还是没了主意。

晚八点下自习，先放学生回宿舍，等着值日生熄灯关门上锁，她才返回宿舍。

镜子里映照出她一无是处的疲惫和憔悴，给想法判的对勾和叉号统统打在脸上了。她忧心忡忡地和镜中人对视，对方的眼里也布满疑云。都这样了，有啥意思？

她扣下镜子，把暖壶水倾倒在脸盆里。

水一点不烫，可她觉得烫脱皮了，她捧住发烫的脸庞，分明觉得老脸挂不住了。随后心念一转，她就松手了，湿漉漉的手心里空空如也，并没有粘下她的老脸来。

可是镜子里明明有啊，松弛了的眼角，松弛了的嘴角！

她梳了头，把梳子抛到桌上，心里发狠道，不就是这张老脸吗！我给你。

何玉娟按时出了门。

走在路上，她感觉那里冷飕飕，像没穿东西。生儿子宫缩，她在产床上等待，体验过这种赤裸的感觉，那是产科医生用酒精给她清洗消毒。

校园静静的，灯影树影带着书卷气，她心虚地埋首疾走，羞于领受这份雅致的照拂。为了障人眼目，她特意带了述职报告、教学论文和一大厚本教参。夜晚的楼道杳然深邃，她知难而退，先到楼上办公室闭眼默坐了大约三两分钟，墙角落的蛛网像一个小罗盘，她在桌上布下课本和备课纸，然后虚掩了房门，重新下楼。楼道里有微弱的戏曲声，是从楼梯间里传出来的，那里住着一个打扫卫生的校工，大概还在看电视。

她轻轻叩门，然后咳嗽了一声，厚重的防盗门从里面打开，她进了门，老陈顺手把门反锁，把她压在门墙边，也不管她洒落在地的书本资料，先搜身一样一阵掏摸，老陈奔五十的人了，还像个演外国电影的后生，如饥似渴，上下其手，而且一语不发。何玉娟开始受了惊吓，身体僵硬，不久就软了。老陈干事真的像狗。事毕，何玉娟起身收拾衣饰，把地下的评审资料一样样捡起来整好，也是一语不发，匆匆离开了。还是先到办公室，门还虚掩着，她静坐了十来分钟，顺手收起布置在桌上的东西，她不敢看穿衣镜，关了灯带上门。下楼，在楼门口碰到扫地的校工，校工礼貌地和她打招呼，给她道辛苦。她谎称去办公室取书，三言两语就敷衍过去了。

回宿舍反锁了门，打开小台灯，镜子里的脸腮饱满了几分，眼里甚至泛着水润的光泽，脖颈上有两道红斑。拿湿毛巾敷了几下没效果。她暗咒该死，扔下毛巾，推开镜子。又喝了几口水，稳住心神，然后换下弄脏的衣物，重新清洗，又忙碌了一阵，才躺下。

何玉娟像醉酒醒来，脑子不停地闪回一些乱七八糟的镜头，老陈太下作了，书都念到狗肚子里头了。她还在胡思乱想，老陈打来电话询问她感觉怎样，她说不怎么样，然后不再说话。电话里传来黑漆漆的寂静，她压抑但不作声，好一阵老陈才倦怠地说起一件往事：早年教育系统组织了一次省市优秀教师在冬县温泉办学习班，她穿着泳装泡完池子出来，皮肤白得像白瓷。他那时在东王乡中心校教书，就站在池边，她从他跟前走过，头发和身上挂满水珠，特别性感，他当时冲动得赶紧蹲下跳进池子。教育局统一配发给男老师们的黑泳裤又小又薄。调来矿集后见到她，一直等到现在才找到亲近的机会。

她一点记不得他说的这些，但觉得他处心积虑地这么干真的龌龊，她冷淡地问：“你这样惦记的女人不少吧？”老陈“嘿嘿”笑道：“你把我看作什么人咯，好歹我也是三十里追寻着你。”她说：“你是狗。”老陈说：“你说我狗我就狗，狗爱吃啥你说。”他还是把她逗乐了。她娇嗔道：“我不跟你说了。”但她并没挂了电话，就这样不知不觉地上道了，还协助老陈演绎了一个撒娇的桥段。

老陈说他就记得她露在外面的皮肤没一点瑕疵，现在看还是。她嫌肉麻，不让老陈再说了，说老陈原来你一直没安好心。老陈说不是好心能办成好事？她沉默不语，老陈说不说话就挂了吧。她低声发问，你准备怎么帮我？老陈斟词酌句地说，劲儿往一处使吧。有好多工作要做，大家眼定定瞅着，谁敢耍障眼法。何玉娟凭啥从第九蹦回第四第五第六，你进去了，觉得公平了，别人呢，公不公平？你上了，谁下来，我要给别人解释。

何玉娟的心开始七上八下，想到同事们投来鄙视的目光和风言风语，她就不寒而栗。她现在要的不仅是老陈的帮助，更需要老陈的掩护了。哪怕是沆瀣一气。

老陈说，文件要求，推荐名单确定后，按顺序出榜公布三个工作日。知道我为啥要在周四公布？跨双休日，到下周一，三天就变成五天。我要给自己留出调整的时间。我把你放到前头，就要先拔掉一个，你说拔谁？

何玉娟没说拔谁，但她心下稍安，于是自然地说了一句贴心话，让老陈赶紧休息。

隔壁有轻微的动静，刘雅雯今晚没住校哪来的动静。刘雅雯神经衰弱，一说是住校的缘故，又说是那几年评职称落下的毛病，看来这病会过墙传染，她已经有些疑神疑鬼的毛病了。

何玉娟准备好失眠了，神经也预备好衰弱了，躺下后她开了小夜灯，想再看一会儿书，不料几分钟就睡着了，轻浮的舒展和倦怠，让她睡过了头，起床铃和早操铃都没听见，直到早读铃响过才惊醒过来。她赶紧起身，洗漱时，又照了照镜子，脖颈的痕迹不褪反晕开，难堪的画面好像也从镜子里跳出来。她找出一块长久不戴的丝巾系在脖子上，匆匆离开宿舍，去教室看学生早读，在教学楼的楼梯上迎面碰到了老陈，他们一如平常地点头而过，他装，她也装。

刘雅雯站在教室门口看班，见她匆匆过来，老远就立在过道上，问："你还迟到？"说话时还左右端详。她随口说我就不能迟个到了？她心虚，想夺路而过，刘雅雯不让她，笑着说，咋还打扮了一下，这丝巾好看，衬得面色也好看了。说着还伸过手来捻弄丝巾。她主动解释，脖子冷，领口钻风。刘雅雯笑笑说，我当是给哪个悦己者容呢。她不堪其扰，怕刘雅雯没完没了地勘察到她脖子上的痕迹，便说你就给人胡说连天。然后来个强行突破，冲进了她的教室。

何玉娟一天没去办公室，算是躲避刘雅雯。几天后她取掉丝巾，刘雅雯还是一脸诡秘地追问起来。她说蚊子叮了挠的。痕迹消失了就什么也好说了。刘雅雯阴阳怪气地问她蚊子有口气吧。她说刘雅雯疑神疑鬼。刘雅雯说疑神疑鬼的是你，咱俩隔壁宿舍，又不是住在地图上，大冬天哪来的蚊子。她说不是蚊子就是别的虫子，用不着大惊小怪。

6

情况没她想象的那么糟。

第二天晚上她也没回家，她给丈夫打电话报喜，说这两天事情有点眉目了，接下来她要讲公开课，要答辩，要整理一年的教案和一批课件。丈夫在电话里祝贺她，还高兴地说："我说签灵嘛，这下你信了。"她笑不吭声。丈夫认为她默认了，叮嘱她："你安心准备你的，别操心家里，明天我给你送一锅排骨过去。"何玉娟不让，嘱咐他照顾好儿子就行，然后挂了电话。第一次这样诳丈夫，她不忍心当面骗他。

刘雅雯下午搭班车早早回家了，老陈知道何玉娟没回家，也留下来值班，晚上十点才过来。老陈真像悬丝上出溜下来的蜘蛛，晃着大膀子在她上面轻飘飘地起起伏伏。他当然不是一只蜘蛛，他是松开裤带出溜下来的，随后又抓着裤带爬上去了。

老陈不动了，何玉娟不顾害羞，盯住老陈问："我呢，我的事咋办。"说完话，自觉卑劣。

"何玉娟，何玉娟，如花似玉，如玉似绢。"老陈答非所问，他手上的小动作太多，她推拒阻挡了几次。

老陈说他查了某老师的第一学历和后取学历的专业和现任教学科不一致，老柴是串岗申报，还有一个没完成课时量，还有一个党校学历参评语文的，这些人随便哪个，都可取而代之。

她吃惊地问怎么会有这么多问题还报，老陈说，都是活动到上头，上头让先报上去。可我是第一责任人，我不能让谁报，只要问题确凿，上面没人敢说我错。

她问老陈原来给她低评的原因，老陈说，谁也不是无懈可击，你记住，关键在此，这就叫一夫当关。

隔墙无耳，但床架子晃动的吱嘎声扰了老陈的兴致，何玉娟也不时打断老陈的节奏，听见到处都是风吹草动。老陈临走时说："下学期给你们换床，淘汰了这些破烂。"

次日中午，何玉娟丈夫骑着摩托送来一锅土豆炖排骨，还带来计划生育情况审查表。他们一起吃了饭，吃饭时说到儿子，还有住在家里的公公。饭后关上门稍事温存。事后，丈夫又查看宿舍门窗，怕关闭不严密封不好往进灌风，从摩托车上拿来工具加固了门锁螺丝。冬日苦短，刚四点多太阳就偏西，刮起清冷的北风，她催促丈夫趁早回去。

晚上，学校里除了门卫和几个下夜的校工，老师和学生都回家了。校园里比平时少了动静和灯光，偶尔能听到桐树的枯叶啪嗒坠地的声响，还有远处传来的汽车的微弱的马达声和零星的狗叫声。

何玉娟从梦里哭醒，她梦到她没评上，老陈把她漏了，不管她了。哽咽刺激的心脏还在隐隐作疼，眼角泪痕犹湿，她看了下时间，还不到凌晨三点。她心烦意乱，越琢磨越觉得梦是个坏兆头。翻来覆去睡不着，开灯看书，脑子迷迷糊糊，半天也没翻页，熬到五点，校园里响起啾啾唧唧的鸟叫，她拿起手机拨通老陈的电话，电话响了好一会儿，老陈骂了一句有病啊就挂了。

被窝里留着老陈的味道，也有丈夫熟悉的机油味儿。她的失眠迟到了，但还是来了。周六，周日，一连两晚上没睡踏实觉，饭吃不下，书也读不进，也不想整理补充教案，上火牙疼。

周一上班，她径直到办公室找老陈说话，校长办公室敞着门，老陈站在办公桌后面指手画脚，和副校长、教务主任在说什么事。她不明白一个学校哪来那么多破事。等那几个人离开，她赶紧进去。老陈拿着笔记本说马上有个会，看她满脸委屈，大声说道："你别跑来跑去好不好，这不是你一个人的事情，总得坐下来才能解决吧。"老陈拿着本往出走，她问他时间，像跟他要命。

晚上，老陈来找她，她先把担忧说出来，老陈告诉她，我不会亏欠你的人情，你安心配合工作就行了。

老陈把何玉娟排到前头，果然引来麻烦，拉下来的那位教师找老陈大吵一架，又告到教育局。教育局复查结果，仍按老陈的处理意见。告状老师气得病回家里。老陈在教工会上公开讲，评不上跟校长发火，可以理解，但没用。杠杠是根据上头的文件画的，符合条件你就上，根本不存在领导和谁过不去的一说，你们在座的中高级职称的，哪个不是自身条件硬邦邦的？大家都可以说，哪任校长能挡住你们往上走。他这一闹，自己暴露了，人人皆知了，得不偿失了。明年我还在这儿，他连报评的资格也没了。

何玉娟坐在会场中间，浑身不自在，老觉得背后有人交头接耳指指戳戳，她不时抬手触摸耳郭，掩在发下的耳朵应该烧红了。她排到前头之后，不少同事的话里话外就藏着试探和猜疑的口风，何玉娟时有觉察，时时防范。她给老陈说过她的担忧，没有不透风的墙，学校就这么一块。老陈满不在乎地说，你让他们捕风捉影说吧。老陈还是合着评审进度的节口，隔三岔五一约。

拿到正式表格那天，老陈又给她打电话，她那天和丈夫说好她要回家的，只好给丈夫说，临时有变，不回去了。丈夫永远是丈夫，老陈是紧要关头，她得先顾老陈。讲公开课和答辩安排在咸市的长虹宾馆，她上午九点半进场，十二点半出来。老陈那天也专程前去，托熟人给评委说话，给她保驾护航。公开课和答辩是评审的终点，讲课是她强项，答辩也是信心满满。老陈找到她，她就想说到此为止不再来往的话。当她得知老陈前后安排的一片苦心后，她感动了，饭后到老陈订的房间休息了两个小时。

礼拜天上午，老陈在春天百货的四楼碰到老郑两口在买鞋，老郑在市教研室搞了半辈子教研，连副主任都不是，但老郑掌管题库和教学成绩综合考评。两口子已给老郑试好一双鞋，一问鞋价，赶紧脱下来让售货员放回去。老陈掏出信用卡让售货员到收银台付了账。老郑是老学究，当然不接受，谦让一番，也就笑纳了，临走时老郑反复说有事打招呼。老陈说你放心，没事就不能打是吧？老郑两口子笑呵呵，欢喜而去。

期中考试成绩公布出来，何玉娟的教学班排全校年级第一，教育局的全市年级大排名第四，教务主任告诉她，连她都意外，全市十四所中学，至少有五十个平行班，矿集中学生源又不是最好，尖子生流失，考出这样的名次，就算她不明所以也惊喜不已。老陈在全校考试分析会上大加赞扬，说何玉娟给学校争得了荣誉，也证明了自己的教学水平，是青年教师的榜样。她坐在台下很不自在。他们私下说起，老陈也不吝美言，说这次排名的说服力，是她上职称的有效而且及时的注脚。只要站得住，就不怕别人说长道短。

吃定心丸不避孕，但她觉得更放心。

7

公示出来的那天下午，何玉娟一上班老陈就打来电话，问她看见了没有。她“哼”了一声。老陈说，没反应吗？这么好的消息，晚上给你庆祝庆祝。她犹豫着想说点什么，电话里传来噪声，老陈说，先这样，等下再打给你。然后就挂了。

扔下手机，她就仰靠回椅背上，她是该高兴，但她一点也不高兴。

老陈是拿办公室电话打来的，听起来像从什么阴沉的山谷里打出来的，惺忪、冷淡。她经常有错觉，怀疑老陈躲在什么阴暗的角落里给她打电话的，出其不意的阴沉，令人毛骨悚然。像是从悬丝上出溜下来的蜘蛛，突然降临，晃着大膀子吓她一跳，在她的眼前晃荡一番，然后再从眉心之间升上去。

说难听些，老陈更像是松开裤带溜下来，然后又抓着裤带爬上去的。

不管怎么说，事情办成了，咸市教育网公示了中小学教师中级职务评审结果，包括中学一级教师和小学幼儿高级教师的大名单，一千五百多号人，密密麻麻的，何玉娟查到名字。网页上还写着，公示期间可通过来信来电反映公示对象存在的问题，留着联系电话和邮箱。

何玉娟打过那个联系电话，打了两次都是忙音。她就释然了，谁干那种缺德事呢？

一下午过去了，她都不知道自己干了个啥。

晚自习后，几个住校老师来她宿舍道贺，她把当夜宵的饼干、牛奶和苹果摆到小桌上，请老师吃喝，有老师说："这个不算，得喝酒。"她说改天请你喝。老陈也来凑热闹，他在场她不自然，感觉心虚气短，像是没穿衣服站在人中间。没人留意老陈喝她杯子里的水，一个粗放之举而已，她确实敏感了。有个女老师夸她皮肤好滋润，说她不像四十多的人。老陈替她打圆场，人逢喜事精神爽，何老师的气色好是运气好。老陈起身要走，把别人都带起来了，他让别人多坐一会儿，说他等下要回家一趟。他的话说给谁听也算。她送老陈出门，老陈笑着吩咐她等电话。她打个寒噤，老陈说："外面冷，赶紧进屋去招呼别人。"她说着谦虚谨慎的客气话。

老陈一走，老师们也散了，她正打扫桌上地下的花生皮壳，老陈就打来电话叫她整装出门。她说晚了，冷的。老陈说："冷了穿厚点，一会儿你就热得叫唤了。"

她穿着大衣裹着围巾站在大门口，给门卫说她要上街买东西。门卫给她开了大门。顺街刮来的寒风冷飕飕，她把围巾裹严头脸，走到矿集医院附近，看见老陈的车。大概车里开着暖风，车窗上有模糊的雾气。

她慢下脚步，一阵犹豫。

包里的手机一直响，老陈在催她，问她为啥还没到，他要回头来接。她说今晚不想去了，又黑又冷。她在试探。老陈"哼"了一声，然后说："你觉得公示了就没事了？不是这样的啊。"她想解释，老陈不耐烦地说，"见面再说话，你赶紧些，亨达眼镜店门口，车等你呢。"

老陈阴沉的声音，比威胁更可怕，他会让她前功尽弃，可以反手敲碎她玉成的好事。

她连忙说："你别急么，不是跟你商量嘛，我在路上，正往过走呢。”

她把手机放进包里，左右看看，下了台阶，过去敲敲车窗，拉开车门坐进去。

她坐后排，老陈回头说了句什么话，递过来一个信封。何玉娟接过信封就掂量出是什么。她的心里复杂而难受，被迫偷情能偷到真情，这包钱肯定是假钞。她收好信封，问老陈为啥非得今晚，黑洞洞去哪里。老陈说自有安排。说着将车开到大街上，慢慢加速。灯火璀璨，夜还是夜，车子开出街区，灯火稀落，何玉娟又问一次去哪里，老陈阴沉地说，你只管坐车就是。

车里开着暖风，还是不能驱散冬夜的冷清，她下意识地夹紧双腿。

下了车，她有点晕，天黑，她转向了，后来看到汽车城的大牌子，才知道到了哪里，上次来是白天，和晚上的景象大不一样。

酒吧的卡座带隔断，老陈点了酒和果盘，倒了两杯，给了何玉娟一杯，说喝一口，先暖暖身子。何玉娟说还吃什么，你晚上没吃饭？她的大衣没脱掉。老陈端起酒杯说，我是给你庆祝呢，我们也不能直奔主题吧。她抿了一下，难喝。她让老陈也少喝，说你等下还要开车，别出事。

窗外人来车往，游动的灯火聚散着冷清和繁华。最后一趟高铁从半空中掠过，被搅扰的空气传来厉声的喧嚣。她习惯清寂，喧哗令她不安，像是激动，因为面临着突然的改变。

酒起劲儿了，何玉娟喝了半盏就有上火的感觉。他们的年龄，不能像隔壁那对年轻的情侣一样可以即席表达了。老陈又说起第一次见她泳装出浴的情景。酒后的焦躁上身了，老陈替她记着她的年轻态，就凭这点就能打动她哀婉的虚荣心，什么好不要人来夸。水是眼波横，她低声催促老陈别喝了，她犯困了，该回去了。老陈说楼上三层就是快捷酒店，你先上去歇一会儿。他说他人熟惹眼，不便登记。

这件事老陈安排才对，但老陈说明原委了，她就得去了。

何玉娟先去吧台买了单，做东做到家，不会和他有下次了。服务生指给她电梯，然后她上了三楼。穿枣红色制服的后生满面春风，验看了她的身份证，随即客气但谨慎地打量着她，问她要什么价位的房间。她盯着电子显示屏上的房间牌价，她故作镇静，最后挑中一间十二小时的高级大床房，交费时说明，房间是给外地亲戚登记的，客人随后就到。后生说，客人入住时请登记身份证。她随口漫应，脸在发烧，觉察到后生对她的好奇和窥探，但她始终没好意思抬头接住后生目光。只是接过后生双手递过的房卡。

这个后生是十几年前从何玉娟的班上流失的学生，那次他拿了同桌文具盒里的二十块钱，想捉弄一下同桌，但同桌告了何玉娟，他不承认偷，可他说不过去，于是就不能还了。何玉娟骂他“书念到狗肚子里了”，让他停课写检查上讲台当众认错，他逆反了，一口拒绝，何玉娟叫来他妈还钱，他觉得蒙羞，无脸见人，从此辍学，然后给人打工。他看见何玉娟就眼红了，何玉娟如果还能认得他，说句软话，起码说明人情还在。令他难堪的是，整个过程她不正眼看他，对他视若无睹，全无印象。当初认贼时认他那么准，做事那么狠，现在面对面不相识。一怒之下，他拿起电话。

可惜，何玉娟桃李过千，哪里想到一个和她有过节的学生近在眼前呢？很遗憾，她没认出来。

她刷开门，宾馆房间的墙壁上有几点蚊子拍死后留下的血迹。她察看一下，拉上窗帘，然后进了洗手间。

老陈十分钟后上楼出电梯。

监控探头默默看着空寂的走廊。

二十多分钟后，三名警察出了电梯，他们和服务生打过招呼，径直走到何玉娟登记的那间房门前，敲门查房。

（《百花洲》2020年5期）

后　记

这是我的第二本小说集，收录了近几年发表在文学期刊上的十三个中短篇小说。我写小说比较迟，行健兄在序里提到了。2006年聘为山西文学院首届签约作家，那届只签长篇，便放下诗来写小说，两届签满，发表了十多个中短篇小说，2014年结集为《乱结层》由三晋出版社出版；长篇小说《桥堰》2013年由北岳文艺出版社出版。

《未来简史》里有个“知识 = 体验 + 敏感性”的提法，改成“小说 = 体验 + 敏感性”也能说通：凡人都要经受生活的煎熬，就像王琴的遭遇带给她儿子母贱子辱的感觉。人生就是一连串的体验，帕慕克在《我脑子里的怪东西》里写的城中村，库切在《耻》里写到的果报，他们的创作动因居然和“每下愈况”的哲思暗合相通，人生疾苦自是小说非写不可的东西，这等于是殊途同归的小说观。

小说集的序是请张行健先生写的，他没换笔，还是手写。完稿后再送到打字行，付费打印，辛苦周折。行健兄退休后一直担任临汾市作协主席，一直创作不辍。节前就想请他写序，怕扰他过年，于是过了年才说，本想趁他节余工夫走马观花一挥而就，他却把稿子打印出来全部细读，进行了全面、深入、细致、精到做分析和批评。恰值二三月份临汾市作协换届选举，他有许多具体工作要做，所以这篇序真是他在百忙之中写成的，十分宝贵。

这本小说集是我在北岳文艺出版社出版的第三本书，另两本是长篇小说《桥堰》和诗集《蜜蜂的献词》，衷心感谢北岳文艺出版社的长期支持，感谢编辑老师们的热心帮助。借此机会一并感谢选发这些小说的刊物和责编老师们。

2023 年 03 月 31 日，西安